MYST: DAS BUCH DER D'NI

BASTEI
LÜBBE

MYST
DAS BUCH DER
D'NI

RAND MILLER
UND DAVID WINGROVE

Ins Deutsche übertragen
von Barbara Röhl

BASTEI
LÜBBE

BASTEI-LÜBBE-BUCH
Band 20 902

Erste Auflage: November 1998

Deutsche Lizenzausgabe 1998 by
Bastei-Verlag Gustav H. Lübbe GmbH & Co.,
Bergisch Gladbach
Originaltitel: MYST – The Book of D'ni
Lektorat: Michael Schönenbröcher/Stefan Bauer
Innenillustrationen: Tom Bowman
Umschlaggestaltung: The Leonhardt Groupe
Herstellung: Dieter P. Deichmann
Satz: KCS GmbH, Buchholz/Hamburg
Druck und Verarbeitung:
Groupe Hérissey, Évreux, Frankreich
Printed in France
ISBN 3-404-20902-8

Gewidmet dem engagierten
Team bei Cyan

Danksagung

Wir stellen Ihnen heute das dritte Buch vor, das neue Erkenntnisse über die D'ni und ihre Geschichte zutage bringt. Dennoch ist uns klar, daß wir nur die Oberfläche dieser faszinierenden, vielfältigen Kultur gestreift haben. Immerhin konnten wir diesem ständig wachsenden Puzzle ein entscheidendes Stück hinzufügen. Und dieser neuerliche Versuch, den wir der Leserschaft hiermit vorlegen, war nur möglich durch die unermüdliche Arbeit eines Kerns engagierter Einzelpersonen.

Wieder einmal ist es uns eine Freude, weitere erstaunliche historische Ereignisse aus der Vergangenheit einer Kultur ans Licht gebracht zu haben, die fortfährt zu leben und zu lehren. Diese Arbeit wäre jedoch nicht möglich gewesen ohne die Unterstützung von Chris Bradkamp, Richard Watson und Ryan Miller sowie die vielen Stunden, die unser Freund David Wingrove ihr gewidmet hat. Diese spezielle Entdeckungsreise war für jeden von uns eine außerordentlich wertvolle Erfahrung.

So sind es einmal mehr diese vier Freunde, denen mein aufrichtiger Dank gilt.

Rand Miller

PROLOG

EIN SEEVOGEL RUFT.
DER UNWISSENDE STEHT AN DER RELING.
FRIEDE. DER KREIS IST GESCHLOSSEN,
DAS LETZTE WORT GESCHRIEBEN.

– Aus dem Korokh Jimah, Vers 13245–46

In der großen Höhle war es still. Über das Wasser driftete ein leichter Nebel, illuminiert durch ein mattes, orangefarbenes Glühen, das seinen Ursprung tief unter der Oberfläche des Sees zu haben schien. Ringsum erhoben sich gewaltige Granitwände, und hoch oben, nicht zu sehen und kaum zu ahnen, lag massiver Fels, eine Meile dick, und erlaubte keinen Blick auf Mond und Sterne.

Der See war mit Inseln gesprenkelt, unregelmäßig geformten dunklen Punkten, die aus der glatten Wasseroberfläche ragten, und dort, auf der anderen Seite der Höhle, stand ein einziger massiver Fels, gespalten, aber noch aufrecht, wie ein zersplitterter Baumstamm. Seine Spitze verschwand im Dunkel.

Dahinter lag, in Schweigen gehüllt, die Stadt, deren uralte Gebäude sich an den Fuß der Höhlenwände klammerten.

D'ni schlief, traumlos und in Ruinen. Trotzdem war die Luft frisch. Sie bewegte sich, zirkulierte zwischen den Höhlen. Das ferne Schwirren der rotierenden Ventilatorenblätter war kaum mehr als die Andeutung eines Lautes, ein schwacher, wummernder Puls hinter der Stille.

Kurz riß der Nebel auf, als ein Boot über das Wasser glitt, das sich nur leicht kräuselte, und dann war es ebenfalls fort, verschwunden in der Finsternis.

Es war Nacht in D'ni; eine Nacht, die nun schon fast siebzig Jahre währte.

In den Straßen der Stadt schlängelte sich der Nebel über

kalte, uralte Pflastersteine wie etwas Lebendiges. Doch jetzt lebte hier nichts mehr außer den Moosen und Pilzen, die in jeder Nische und jedem Felsspalt wucherten.

Die Stadt war leer, als liege sie seit Tausenden von Jahren so da. Eine Ebene nach der anderen bot sich dem Blick dar, verlassen und verfallen. Tausend leere Straßen, zehntausend leere Räume, eine trostlose Landschaft aus zerfallenden Wänden und herabgestürztem Mauerwerk, wohin man auch blickte.

In der breiten Bucht zwischen den marmornen Flanken der Stadt lag der Hafen. In seinen leuchtenden Tiefen waren die Schatten gesunkener Boote zu erkennen, und über der Hafenausfahrt wölbte sich ein großer Steinbogen, der als Keraths Bogen bekannt war. Ein Netz von Rissen durchzog seine schartige Oberfläche.

Stille, eine unheimliche Stille. Und dann ein Geräusch, zuerst schwach und aus weiter Ferne, dann deutlicher. Das *Tock, Tock, Tock* von Metall auf Stein.

Hoch oben, in den engen Straßen der Oberstadt, hielt ein Schatten unter einem teilweise eingestürzten Tor inne und blickte sich um. Das Geräusch war vom anderen Ende der Höhle gekommen; von einer der Inseln, die dort über den See verstreut lagen.

Dunst wirbelte auf, dann war es wieder still.

Und dann kamen neue Geräusche: ein hohes, mechanisches Kreischen, gefolgt von dem leisen Brummen einer Bohrmaschine. Und wieder das Klopfen, das auf dem Wasser widerhallte.

K'veer. Die Geräusche kamen von K'veer.

Zwei Meilen über den See, und da liegt sie, die Insel, die sich wie ein gigantischer schwarzer Korkenzieher aus den leuchtenden Fluten erhebt. Seit einem Steinschlag in jüngster Vergangenheit sind ihre einst klaren Umrisse verschwommen.

Wenn man näher kommt, werden die Geräusche lauter, und das Bohrgeräusch ist jetzt konstant, ebenso wie das Klirren schwerer Hämmer, die auf den Stein einschlagen. Die Insel bebt unter der Wucht des Angriffs, und der behauene Stein bebt wie eine tönende Glocke.

Aber der Höllenlärm weckt niemanden. Die uralten Räume sind dunkel und leer, das heißt, alle bis auf einen, an der Basis der Insel, unter der Oberfläche des Sees. Dort, tief im Fels verborgen, liegt der älteste Raum von allen, ein Saal aus Marmorsäulen und kaltem Stein, der einmal von einem zornigen Vater versiegelt wurde, um seinem Sohn eine Lektion zu erteilen.

Nun, vierzig Jahre später, ist derselbe Raum voller schwer arbeitender Männer in dunklen Schutzanzügen. Mit schweißüberströmter Stirn schuften sie unter den Bogenlampen. Ein Dutzend von ihnen steht zwischen den beiden hydraulischen Stützen und bearbeitet die Felsoberfläche mit Hammer und Bohrer, während andere hin und her huschen, den gelösten Stein wegbringen und ihn auf der anderen Seite des Raumes zu großen Haufen stapeln.

Neben der linken Stütze steht eine Gestalt und sieht zu – Atrus, Sohn des Gehn, einst Gefangener in diesem Raum. Nach einer Weile wirft er einen Blick in das aufgeschlagene Notizbuch, das er in der Hand hält, dann sieht er wieder auf und ruft den Männern, die ihm am nächsten stehen, etwas zu.

Jemand blickt auf und nickt, dann wendet er sich wieder ab. Die Nachricht wird die Menschenkette entlang weitergegeben.

Einen Augenblick stockt die Arbeit. Eine wohltuende Stille breitet sich aus.

Atrus geht hinüber, hockt sich zwischen zwei der Männer und beugt sich nach vorn. Er untersucht die Wand und steckt die Finger tief in den Riß, dann wendet er sich um und schüttelt den Kopf.

Er tritt zurück und läßt sie weiterarbeiten, sieht zu, wie sie auf den Stein einschlagen, als wollten sie Rache für etwas nehmen. Der Lärm ist jetzt ohrenbetäubend, als wüßten alle, daß nur noch ein Schlag fehlt, um das Werk zu vollenden.

Langsam füllt sich der Raum mit Staub und Schotter. Und dann zieht einer der Männer sich zurück, richtet sich auf und schaltet seinen Bohrer ab. Er wendet sich um, schiebt sein Schutzvisier hoch und grinst.

Um ihn herum treten die anderen zurück und sehen ihn an.

Atrus geht erneut zur Wand, kauert nieder, steckt die Hand tief in den Riß, schiebt sie hierhin und dorthin, tastet nach oben und unten. Zufrieden kriecht er rückwärts, zieht beim Aufstehen einen Markierstift aus der Tasche und zeichnet etwas auf den Fels. Den Umriß einer Tür.

Auf sein Zeichen hin tritt einer der Bohrleute vor und beginnt, an der Markierung entlangzuschneiden.

Es ist schnell getan. Ein Dutzend Hammerschläge, und der Stein springt weg.

Eilig wird der Schutt weggeräumt, und unter den Blicken der anderen tritt Atrus ein letztes Mal vor. Er führt einen Steinschneider mit einem massiven Bohrkopf, der so dick ist wie sein Arm. Er setzt den Zahnkranz auf das runde Schloß, dessen kreisförmiger Beschlag den breiten Türrahmen überlappt, und wappnet sich. Dann legt er sanft den Schalter um und läßt den Bohrkopf langsam in die Oberfläche eindringen. Erst als der Schneider endgültig in das Metall gegriffen hat, beginnt er zu drücken und legt sein ganzes Gewicht hinein.

Ein Knurren und Jaulen ist zu hören, und ein durchdringender, verbrannter Gestank liegt in der Luft, anders als der Geruch nach Stein, Staub und Schmiermittel von eben. Und dann, mit einemmal, ist es vorbei. Klappernd fällt das Schloß in den dahinterliegenden Korridor, und das Jaulen des Bohrers wird leiser und erstirbt dann stotternd.

Atrus legt den Bohrer zu Boden und hebt das Visier, dann nimmt er den Schutzhelm ab und läßt ihn fallen.

Atrus richtete sich auf und wandte sich, nach einem einzigen, bedeutungsvollen Blick auf die wartenden Männer, wieder der Tür zu. Darauf hatte er vierzig Jahre gewartet. Vierzig lange Jahre.

Er setzte seinen mit einem Stiefel bekleideten Fuß gegen

die Oberfläche, trat fest zu und spürte, wie das Metall sich zunächst widersetzte und dann nachgab.

Langsam, lautlos schwang die Tür auf.

Eine gute D'ni-Tür, dachte er, *mit ordentlichen Steinangeln, die niemals rosten. Eine Tür, die für die Ewigkeit gebaut ist.*

Und als die Tür aufschwang, sah er zum ersten Mal seit langem wieder den leeren Korridor und an seinem Ende die Wendeltreppe, die in das Haus hinaufführte, wo ihn vor langer Zeit Gehn, sein Vater, das Schreiben gelehrt, wo er die Wahrheit über D'ni erfahren hatte. Dies und noch andere Dinge.

Irras kam herbei und blieb neben ihm stehen. »Wollt Ihr nicht hindurchgehen, Meister Atrus?«

Atrus drehte sich um und sah dem jungen Mann in die Augen. »In solchen Augenblicken sollte man sich nicht hetzen, Irras. Ich habe vierzig Jahre gewartet. Da werden vierzig Sekunden nichts ausmachen.«

Beschämt schlug Irras die Augen nieder.

»Außerdem«, fuhr Atrus fort, »wissen wir noch nicht, ob D'ni nicht vielleicht bewohnt ist.«

»Meint Ihr, das wäre möglich?« Irras' entsetzte Miene wirkte beinahe komisch.

»Falls es so ist«, meinte Atrus, »dann wissen sie inzwischen, daß wir hier sind. Wir haben genug Krach geschlagen, um Tote aufzuwecken.«

»Dann sollten wir uns vielleicht bewaffnen.«

»Gegen andere D'ni?« Atrus lächelte. »Nein, Irras. Wenn hier jemand ist, dann sind es Freude und keine Feinde. Ebenso wie wir werden sie aus einem bestimmten Grund zurückgekehrt sein.«

Atrus wandte sich wieder ab und blickte zur Treppe. Dann wischte er sich den Staub von seinen ledernen Handschuhen und Stiefeln und trat hinaus in den spärlich beleuchteten Korridor.

Erster Teil

STRÖME AUS FEUER. SELBST DER FELS BRENNT.
EINE INSEL STEIGT AUS DEM MEER.
DUNKLE MAGIE IN EINEM FEHLGELEITETEN SATZ.
DIE MENSCHEN VERNEIGEN SICH
VOR DEM HERRN DES IRRTUMS.

–Aus dem Ejemah' Terak, siebtes Buch, Vers 328–31

Seevögel kreisten und schrien in der Luft über der Bucht, ein weißes Flackern vor dem blauen Hintergrund. Marrim schob sich das Haar aus dem Gesicht, raffte die zu Zöpfen geflochtenen Strähnen und steckte sie im Nacken zusammen. Wäre ihr Vater nicht gewesen, hätte sie es schon vor langer Zeit kurz geschnitten, wie es die Männer trugen. Schließlich tat sie die Arbeit eines Mannes, warum sollte sie dann nicht ihr Haar tragen wie ein Mann? Aber sie regte ihren Vater nicht gern auf. Ihm fiel es schwer genug, all die Veränderungen zu verstehen, die über Averone hereingebrochen waren, und erst recht begriff er den Entdeckungs- und Wissensdrang nicht, der dadurch bei seiner jüngsten Tochter erwacht war.

Dort auf dem Kap, wo sie stand, lag ihre ganze kleine Welt vor Marrims Blicken ausgebreitet. Während ihrer gesamten Kindheit hatte sie ihr genügt. Die sechs großen, rundgebauten Blockhäuser, der Fluß, die ausgedehnten Felder, wo sie ihre Feldfrüchte gezogen hatten, und dahinter die Wälder, in denen sie auf die Jagd gegangen waren und gespielt hatten. Diese Welt war ihr genug gewesen, bis Atrus und Katharina aufgetaucht waren.

Nun konnte sie sich kaum noch vorstellen, wie es gewesen war, bevor sie gekommen waren. Wie sie jemals ohne diesen Drang in ihrem Inneren, ohne diesen Wissensdurst hatte leben können.

Und nun sollte es zu Ende sein, beinahe so abrupt, wie es begonnen hatte. Erst heute morgen hatten sie die letzte der

Werkstätten abgebaut und den Platz, an dem sie gestanden hatte, geräumt. So hatte Atrus es den Dorfältesten versprochen, als er damals hergekommen war, doch Marrim konnte nicht verstehen, warum es sein mußte. Sie waren so schnell so weit gekommen. Warum mußte es zu Ende sein?

Sie zumindest konnte nicht einfach wieder die werden, die sie vorher gewesen war. Nein. Sie hatte sich verändert, und diese Welt war, obwohl sie ihr nach wie vor viel bedeutete, nicht mehr groß genug für sie. Sie wollte mehr. Atrus' Bücher hatten ihrem Geist die unendlichen Möglichkeiten eröffnet, die es gab, und sie wollte, wenn schon nicht alle, dann doch wenigstens einige dieser Möglichkeiten sehen.

Und doch würden sie morgen fort sein. Atrus und Katharina und alles, wofür sie standen.

Es mußte einen Weg geben, das zu verhindern. Und wenn nicht, dann eine Möglichkeit, mit ihnen zu gehen. Wenn Atrus nur darum bitten würde. Aber selbst dann waren da noch die Ältesten – zu denen ihr Vater gehörte –, und sie würden sich niemals einverstanden erklären. So sehr sie Atrus schätzten, so wenig gefielen ihnen doch die Veränderungen, die er nach Averone gebracht hatte. Sie sahen die Aufregung in den Augen der Kinder und empfanden sie als Bedrohung. Atrus hatte das verstanden. Deswegen hatte er sich bereit gefunden, alles, was er hier gebaut hatte, zu zerstören, sobald es seinen Zweck erfüllt hatte. Aber das, was in Marrims Kopf war, konnte er nicht vernichten, noch die Saat, die er in den Köpfen von anderen wie Irras und Carrad gelegt hatte. Marrim wußte, daß sie ihre Enttäuschung teilten. Auch sie fühlten sich jetzt eingeengt in ihrer kleinen Welt.

Sie ließ ihren Gedanken freien Lauf, während sie beobachtete, was tief unter ihr im Dorf vorging.

Jedes der großen Blockhäuser besaß vier breite Eingänge, nach Norden, Süden, Osten und Westen. Umrahmt wurden die weiten Tore durch polierte Jarras-Stämme – geschnitten aus den höchsten Bäumen des Waldes. Jetzt erschienen drei Menschen aus dem südlichen Tor der Blockhütte, in der Marrim mit ihrer Familie wohnte. Vor den riesenhaften, uralten Baumstämmen erschienen sie winzig, doch Marrim erkannte sie sofort.

Atrus stand zur Linken, seine unverkennbare Schutzbrille tief ins Gesicht gezogen. In der windstillen Luft hing sein Umhang lose herab. Neben ihm stand, in einem langen, fließenden grünen Gewand, Katharina, das Haar zurückgebunden. Vor ihnen stand Marrims Vater und sprach mit ihnen.

Sie stöhnte auf. Zweifellos bat ihr Vater Atrus eben, sich nicht einzumischen. Und als der Mann, der er war, würde Atrus die Wünsche ihres Vaters respektieren.

Niedergedrückt trat sie den Rückweg hinunter zum Dorf an. Sie ging in Richtung Fluß, fort von ihrer Hütte und den drei Menschen, die dort standen und über ihre Zukunft entschieden. Unterwegs erinnerte sie sich, wie sie Atrus und Katharina zum ersten Mal gesehen hatte, an dem Morgen, an dem sie, wie es schien, vom Himmel gefallen und in ihrer aller Leben getreten waren. Mit weit aufgerissenen Augen waren die Dorfleute aus ihren Blockhäusern gekommen, um die beiden Fremden anzustarren, während die Ältesten sich schnell zu einem Empfangskomitee versammelt hatten.

Sie wußte noch, wie schwierig die erste Begegnung gewesen war, da keine Seite die Sprache der anderen kannte. Doch selbst damals hatte Atrus einen Weg gefunden, mit ihnen zu kommunizieren. Mit den Händen hatte er Bilder in die Luft gezeichnet, und irgendwie hatten sie verstanden. Er brauchte ihre Hilfe. An diese Geste erinnerte Marrim sich deutlich: wie er die Arme mit nach oben gekehrten Handflächen nach den Ältesten ausgestreckt und sie dann langsam zurückgenommen hatte, als wolle er etwas an seine Brust ziehen.

In den folgenden Tagen hatte sie die Fremden kaum aus den Augen gelassen, war im Hintergrund einer Bande neugieriger Jugendlicher herumgelungert, die den beiden überallhin folgte. Nach und nach hatte sie ein oder zwei Wörter ihrer Sprache aufgeschnappt, und dann hatte sie, durch die zunehmende Vertrautheit kühn geworden, gewagt, die Frau anzusprechen. Sie erinnerte sich lebhaft, wie Katharina sich zu ihr umgewandt hatte und das Erstaunen in ihrem Blick langsam einem Lächeln gewichen war. Sie hatte die Worte, die Marrim gesagt hatte, wiederholt und sie dann sanft zu sich gewinkt.

So hatte es begonnen, im Sommer vor vier Jahren.

Marrim lächelte, als sie an die langen Stunden zurückdachte, in denen sie sich damit beschäftigt hatte, die Sprache der D'ni zu lernen, und wie sie später – in der Bibliothek auf Chroma'Agana – bis spät in die Nacht über ihren Büchern gesessen und die Schriftsprache gelernt hatte.

Selbst jetzt beherrschte sie sie noch nicht vollständig. Aber es kam nicht mehr darauf an. Denn heute nacht, nach dem Fest, würden sie fort sein, das Verbindungsbuch verbrannt. Diese ganze Welt an Erfahrung würde ihr verschlossen sein, falls die Ältesten ihren Willen bekamen.

Der Gedanke daran erfüllte Marrim mit Entsetzen. Es würde sein, als schlösse man sie in einen Raum ein und werfe den Schlüssel fort.

Nein, dachte sie. *Schlimmer noch. Viel schlimmer.*

Irras fand sie am Flußufer kauernd.

»Marrim?«

Sie blickte kurz auf und wandte den Blick dann wieder der Wasseroberfläche zu.

»Marrim! Was ist los?«

Sie antwortete, ohne ihn anzusehen. »Du weißt ganz genau, was los ist.«

»Schau mal, ich weiß, daß du enttäuscht bist, Marrim. Wir sind es alle, aber daran ist nichts zu ändern. Die Ältesten haben uns nur unter der Bedingung erlaubt, Atrus zu helfen, daß alles vorüber ist, sobald der Durchbruch gelungen ist.«

Marrim schwieg. Sie nahm eine Handvoll Kieselsteine und

begann sie einen nach dem anderen in den langsam fließenden Strom zu werfen.

Irras sah ihr einen Moment zu und fuhr sich durch das dunkle, feine Haar. Dann meinte er seufzend: »Komm schon, Marrim. Verdirb dir nicht alles. Du wußtest doch, daß dieser Tag kommen würde.«

»Ich weiß«, sagte sie. »Aber es ist schwer. Ich meine, es ist nicht so, als würde man auf die Jagd gehen oder zum Fischen. Dabei kommt man immer zurück, so weit man auch auszieht, und man ist derselbe geblieben, unverändert. Aber die Reise, die wir gemacht haben ...«

Lange Zeit schwieg Irras und dachte über das, was sie gesagt hatte, nach, dann zuckte er die Achseln. »Du kommst schon wieder in Ordnung. Du wirst wieder zur Ruhe kommen.«

»Vielleicht ...«

Irras starrte sie an, verblüfft über die Unsicherheit in ihrer Stimme.

Doch bevor er noch etwas sagen konnte, um sie zu beruhigen, kam Carrad zu ihnen gerannt. Seine breite Brust hob und senkte sich heftig vor Anstrengung, und auf seinem breiten, kahlgeschorenen Schädel standen Schweißtropfen.

»Irras! Marrim! Man verlangt nach euch! Atrus hat ein Treffen einberufen!«

Marrim schlug die Augen nieder. Zweifellos wollte er ihnen noch vor dem Fest danken und sich verabschieden, da später keine Zeit mehr sein würde, um einander persönlich Lebewohl zu sagen. Aber momentan hatte sie keine besondere Lust auf Verabschiedungen.

»Ich habe gesehen«, sagte sie, »wie er mit meinem Vater gesprochen hat.«

Carrad nickte. »Mit meinem hat er auch geredet.«

Sie blickte auf. Wenigstens er verstand, was sie empfand. Sie erkannte es an seinen Augen.

»Ich wünschte ...«, begann Carrad.

»Was?« fragte sie sanft, überwältigt von dem Leid, das sie bei ihm sah.

»Ich wünschte, wir hätten dies niemals angefangen.«

Ja. Aber jetzt war es zu spät. Am besten für sie alle wäre es gewesen, hätten sie nie von den D'ni, den Büchern und all dem anderen gehört, aber nun …

Irras' Worte unterbrachen ihre Gedanken. »Was ist jetzt? Wollt ihr Atrus warten lassen?«

Marrim blickte zu Carrad und dann wieder zurück zu Irras. Äußerlich waren die beiden jungen Männer so unterschiedlich wie Fels und Holz, breit und stabil der eine, wendig und schmal der andere; aber im Inneren waren sie einander sehr ähnlich.

»Nein«, sagte sie, denn sie wußte, wie immer sie empfand, Atrus trug keine Schuld daran. Er war schließlich wie ein Vater zu ihnen gewesen. »Du hast recht, Irras. Wir wollen Meister Atrus nicht warten lassen.«

Die Hütte war das letzte der neuen Gebäude, das noch stand; und auch sie würde in einer Stunde verschwunden sein, die dunkle Erde unter ihrem Boden glattgeharkt, als sei an diesem Platz nie etwas gewesen. Atrus blickte sich um und seufzte. Hier hatten sie glückliche Zeiten verlebt, hatten gearbeitet, gelacht und die jungen Leute gelehrt, ihren schnellen, agilen Verstand zu gebrauchen. Er würde es vermissen. Tatsächlich erkannte er erst jetzt, am Ende, wie sehr es ihm fehlen würde.

Atrus wandte sich um und sah Katharina an. Sie hockte auf dem Boden und packte ihre letzten Bücher in einen Rucksack. Er betrachtete sie einen Augenblick; ihre Gestalt, jede ihrer Bewegungen waren ihm so vertraut geworden. Ihr Hals wies jetzt Linien auf, und um die Augen herum breitete sich ein feines Netz von Fältchen aus, aber diese machten sie ihm nur noch kostbarer. Durch sein D'ni-Blut alterte er um ein weniges langsamer als sie, und er war sich stets bewußt, daß er eines

Tages allein und sie nicht mehr an seiner Seite sein würde. Aber dadurch kostete er jeden Moment nur noch mehr aus.

Sie sah auf, bemerkte, daß er sie anschaute, und lächelte. Dann bemerkte sie die Sorge in seinem Blick, stand auf und trat zu ihm. »Was ist los?«

Er zögerte und sagte dann: »Ich wünschte, es gäbe einen anderen Weg.«

»Möchtest du deshalb mit ihnen reden?«

Er nickte.

»Und was wirst du sagen?«

»Ich weiß es nicht. Aber ich habe das Gefühl, ich sollte etwas sagen. So wie die Dinge jetzt stehen, habe ich das Gefühl, als überließen wir sie einfach ihrem Schicksal.« Er hob abwehrend die Hand. »Ich weiß, daß wir all dem schon vor langer Zeit zugestimmt haben, aber damals ahnte ich nicht, was ich am Ende dabei empfinden würde.«

»Ich weiß …« Die Trauer auf ihrem Gesicht war ein Spiegelbild seiner eigenen Gefühle. »Aber wenigstens D'ni müssen sie einmal sehen.«

Marrim, Irras, Carrad … kommt herein.«

Es lag etwas seltsam Verlegenes in Atrus' Art. Beinahe war es, als seien die Jahre zwischen seiner Ankunft und seinem unmittelbar bevorstehenden Aufbruch zusammengeschnellt, und sie seien alle wieder Fremde. Auch die drei jungen Averonesen traten unbeholfen in das Halbdunkel der Hütte. Sie konnten ihrem Freund nicht in die Augen sehen, und mit jeder Bewegung leugneten sie, was gerade geschah. Dies war schwer für sie. Schwerer als alles, was sie je zuvor getan hatten.

Insbesondere Marrim schien wie verdüstert. Sie war gewöhnlich so strahlend, so voller Leben. Katharina, die hinter ihrem Mann stand und sie beobachtete, spürte, wie ihr Herz der jungen Frau zuflog. Es würde hart für sie werden, hierzubleiben. Sie dürstete so sehr nach neuen Dingen, und wann gab es auf Averone jemals etwas Neues?

»Freunde«, begann Atrus, als sie sich ihm gegenüber auf die lange Bank gesetzt hatten, »ich …« Er stieß ein leises, verzweifeltes Seufzen aus, lehnte sich zu ihnen hinüber und sagte mit flehend ausgestreckten Händen: »Ich wünschte, dies würde nicht geschehen. Ich wünschte …«

Sie sahen ihn jetzt aufmerksam an.

Als Atrus seine Stimme wiederfand, klang sie gedrückt, als sei ihm klar, daß es wohl nichts nützen würde, wenn er diese Worte aussprach. »Ich wünschte, ihr könntet mit uns kommen. Das wünsche ich mir mehr als alles andere.«

Katharina sah, wie sie alle leise erbebten. Die Worte hatten sie berührt. Es war das, was auch sie wollten, was sie sich mehr als alles andere ersehnten. Und eigenartigerweise half es ihnen irgendwie, zu wissen, daß es auch Atrus' Wunsch war.

Marrim blickte nach rechts und links, um ihre Freunde anzusehen, und sagte dann: »Wir verstehen.«

»Ja.« Das kurze Wort klang trostlos. Darauf lief alles hinaus. Atrus hatte sein Wort gegeben, und er konnte es nicht brechen. Hätte er das vermocht, wäre er in der Tat nicht der Mann gewesen, der er war. Zu sein, was man zu sein behauptete … das war für Atrus das Wesentliche. Und dies hatte er auch diesen jungen Leute eingeprägt. Was man sagte, was man schrieb – auf diese Dinge kam es an, ebensosehr wie auf Leben oder Tod.

»Ich möchte jedem von euch etwas schenken«, sagte Atrus sanft. »Als Erinnerung an uns.«

Atrus stand auf, ging zu dem Tisch, der an der Seite stand, und nahm drei kleine Päckchen auf. Katharina hatte sie schon vorher bemerkt und erriet, was darin war. Bücher. D'ni-Bücher.

Er kam zurück, beugte sich über den Tisch und legte jedem ein Päckchen hin. Dann setzte er sich wieder und wartete darauf, daß sie sie öffneten. Aber keiner von ihnen machte auch nur die geringsten Anstalten, die Geschenke auszupacken.

»Was ist?« fragte Atrus nach einer Weile in dem offensichtlichen Versuch, dahinterzukommen, was vor sich ging. »Habe ich das Falsche getan?«

Es war Marrim, die ihm antwortete. »Wir danken Euch für die Geschenke, Meister Atrus, aber wir können sie nicht annehmen. All das ist jetzt für uns vorüber, und wir müssen uns wieder hier, auf Averone, einfinden.«

Aber Katharina sah den schnell unterdrückten sehnsüchtigen Ausdruck in ihrem Blick, und ihr schwindelte beinahe bei dem Gedanken, was sie hier taten. Atrus und sie hatten nicht einmal annähernd geahnt, welche Wirkung ihre Anwesenheit auf diese jungen Leute ausüben würde.

Sie blickte fort, denn sie konnte es nicht länger ertragen. Doch da klopfte es an der Tür.

Atrus blickte auf, und die jungen Averonesen wandten sich auf ihrem Platz um.

Langsam öffnete sich die Tür.

»Gevah!« rief Atrus aus, erhob sich und verbeugte sich leicht.

Der alte Mann sah sich um und erfaßte die Situation mit einem Blick. Dann nickte er Atrus und Katharina zu, trat ein und schloß die Tür hinter sich.

»Verzeiht mein Eindringen«, begann er, »aber ich komme direkt von einer Versammlung der Ältesten.«

Katharina sah, wie die drei jungen Leute bei diesen Worten zusammensackten. Falls sie jemals den Schimmer einer Hoffnung gehabt hatten, dann starb sie in diesem Augenblick.

»Sie haben mich gebeten, sofort zu Euch zu gehen«, fuhr Gevah fort, »bevor jemand einen großen Fehler begeht.«

Atrus blinzelte verwirrt. »Ihr könnt den Ältesten mitteilen, daß ich mein Wort halten werden. Diese Geschenke sind nur eine kleine Geste. Ich ...«

»Ihr mißversteht mich, Meister Atrus«, unterbrach ihn Gevah. »Der Fehler, von dem ich spreche, liegt nicht auf Eurer, sondern auf unserer Seite. Ihr habt zu Eurem Wort gestanden. Nein, wir haben ausführlich über die Angelegenheit diskutiert, und wir sind uns einig. Die Verbindung muß offenbleiben.«

Atrus sah den Alten nur an. Auch die jungen Leute starrten ihn an, aber ihre Augen leuchteten jetzt, und auf ihren Gesichtern malte sich die erste Andeutung eines ungläubigen Lächelns.

»Averone muß Averone bleiben«, meinte Gevah, »daher ist es richtig, daß die Werkstätten abgerissen werden. Aber es sind noch mehr Veränderungen geschehen; Veränderungen, die man nicht einfach abreißen und wegharken kann.«

Gevah sah die drei jungen Leute an, die dort saßen, und lächelte.

»Oh, wir sind alt, aber wir sind nicht töricht. Wir haben Augen, ja, und auch Phantasie. Wir erkennen, wie ihr euch verändert habt, und wir sind ebenso stolz auf euch wie Meister Atrus.«

Katharina konnte sich nicht länger zurückhalten. »Dann dürfen sie mit uns kommen? Nach Chroma'Agana? Nach D'ni?«

Gevah wandte sich ihr zu. »Unter einer Bedingung, nämlich daß sie jeden zweiten Monat hierher zurückkehren, um als Lehrer für unsere Kinder zu dienen und die Kenntnisse, die sie erworben haben, weiterzugeben.«

Und nun sprangen die jungen Leute alle zugleich auf, stießen Jubelschreie aus, umarmten einander und weinten vor Freude. Selbst dem alten Gevah fielen sie um den Hals.

Als sie sich beruhigt hatten, wollte Atrus wissen: »Was hat Euch dazu gebracht, Eure Meinung zu ändern, Gevah?«

Der alte Mann lächelte. »Der Umstand, daß Ihr ohne Widerspruch getan habt, was zu tun Ihr versprochen hattet. Das hat uns zu denken gegeben. Es hat uns erkennen lassen, wieviel wir durch Euren Fortgang verlieren würden.«

Atrus stand auf, trat um den Tisch herum und umarmte den Alten. »Dann soll es so sein. Wir werden gut auf diese jungen Leute aufpassen. Und sie werden zurückkehren, um ihr Wissen weiterzugeben. Sie werden dafür sorgen, daß Ihr doppelt stolz auf sie seid, Gevah.«

»Ich weiß«, sagte der alte Mann, trat zurück und ließ den Blick lange auf den drei jungen Leuten ruhen. »Tatsächlich bin ich da ganz sicher.«

Es war sehr spät, als Atrus und Katharina in ihr Schlafabteil in dem großen Blockhaus zurückkehrten. Nun, da die Verbindung offenbleiben würde, war es ein fröhliches Fest geworden, und ihre jungen Gehilfen waren in einer solchen Hochstimmung gewesen, daß man kaum glauben konnte, daß sie sich eben freiwillig für weitere Jahre langwieriger, strapaziöser Arbeit zur Verfügung gestellt hatten.

Atrus legte sich neben Katharina, gähnte und lachte dann leise auf.

»Was ist denn jetzt?« flüsterte Katharina und schmiegte sich an ihn.

Er blickte zu dem breiten Dach des Blockhauses auf, dessen Sparren sich hoch über ihm befanden, und grinste.

»Marrims Miene, als sie endlich ihr Geschenk geöffnet hat«, wisperte er. »Man hätte meinen können, ich hätte die Sonne selbst eingepackt und ihr geschenkt!«

Darüber nickte Katharina nachdenklich. »Sie ist ein hungriges Mädchen – ausgehungert nach Wissen und seltsamen exotischen Orten. Oh, ich kenne diesen Hunger, Atrus.«

»Ja«, sagte er leise, denn er war sich bewußt, daß um ihn herum Hunderte von Averonesen schliefen. »Und nun wird sie eine Chance haben. Wir können sie unterrichten, Katharina, sie das Schreiben lehren …«

»Ja …«

Danach schwieg Atrus lange Zeit. Er lag auf dem Rücken, den Arm um Katharina geschlungen, doch er konnte nicht schlafen. Er starrte ins Dunkel und dachte an das, was vor ihnen lag.

Der Durchbruch nach D'ni war nur der erste Schritt. Die wirkliche Arbeit hatte noch nicht einmal begonnen – das Sammeln der Bücher, das Erforschen der Zeitalter. Es würde eine langwierige, mühsame Arbeit werden.

Katharina mußte geseufzt haben, obwohl sie es selbst nicht bemerkt hatte. Atrus stützte sich auf einen Ellbogen und blickte auf ihr Gesicht herab.

»Was ist los?« flüsterte er.

Sie sah ihm in die Augen. »Was ist, wenn niemand überlebt hat? Was ist, wenn wir allein sind?«

»Wir werden es nicht erfahren, solange wir es nicht versuchen. Aber ich weigere mich zu glauben, daß es nicht irgendwo noch ein paar D'ni gibt. Und du?«

Sie lächelte, beruhigt durch seine Gewißheit. »Nein.«

»Gut«, sagte er. »Über all das werden wir uns morgen früh Gedanken machen.«

»Marrim! Marrim! Sieh dir das an! Hast du so etwas schon einmal gesehen?«

Marrim quetschte sich an Irras vorbei und blieb dann wie angewurzelt stehen, verblüfft durch den Anblick, der sich ihren Augen bot.

»Bücher!«

Der lange, niedrige Raum war bis zum Bersten mit Büchern angefüllt: Sie lagen und standen auf Regalen an den Wänden, in Stapeln auf dem Boden und auf beiden Schreibtischen; sie waren sogar auf dem hochlehnigen Stuhl aufgehäuft, der hinter dem größeren der Tische stand. Es waren mehr Bücher, als sie sich jemals vorzustellen gewagt hatte. Also, in diesem Raum könnte sie Jahre verbringen und es nicht einmal fertigbringen, die Hälfte davon zu lesen! Aufgeregt drehte Marrim sich um und erblickte Atrus.

»Meister Atrus …«

Er trat an ihr vorbei und sah sich um.

»Dies ist das Zimmer meines Vaters gewesen«, sagte er. »Sein Arbeitszimmer.«

Atrus ging zum Schreibtisch und nahm etwas, das zwischen den Büchern gelegen hatte – eine kunstvoll gearbeitete Pfeife. Er hob sie an die Nase und schnupperte, dann legte er sie zurück. Auf seinem Gesicht lag ein seltsamer Ausdruck.

»Er muß ein kluger Mann gewesen sein«, meinte Irras.

Atrus wandte sich um. »Klug … ja.« Aber er sagte nichts weiter.

»Es sind Bücher hier«, sagte er nach einer kleinen Weile, die Augen zu schmalen Schlitzen verengt. »D'ni-Bücher. Einige von ihnen könnten funktionsfähige Zeitalter enthalten. Marrim, sieh die Regale und die Stapel auf dem Boden durch. Aber laß dich von ihnen nicht in Versuchung führen. Einige dieser Welten sind gefährlich. Deshalb benutzen wir den Schutzanzug, weißt du noch? Deine Aufgabe ist es, die Bücher zu finden und zu mir zu bringen. Später, wenn wir alle zusammen haben, können wir entscheiden, welche der Welten wir aufsuchen wollen.«

Die beiden jungen Leute nickten.

»Ach, übrigens«, meinte Atrus, »wo ist Carrad?«

»Er ist mit Katharina zusammen«, antwortete Irras. »Sie haben ein Boot gefunden und versuchen es zu reparieren.«

»Ah …« Atrus nickte, aber Marrim, die ihn beobachtete, bemerkte, wie abwesend er schien.

Atrus schwieg einen Augenblick, dann sagte er: »Mein Vater war ein Mann, der seine Geheimnisse hütete. Vielleicht hat er irgendwo im Raum Dinge versteckt. Durchsucht alles. Die Wände, die Böden, alles.« Er unterbrach sich. »Ihr wißt, wonach ihr sucht?«

»Wir wissen es«, sagte Marrim.

»Gut.« Atrus nickte und ging dann schnell hinaus.

Marrim drehte sich im Kreis. Nun, da Atrus fort war, kehrte ihre Aufregung zurück.

»All diese Bücher«, rief sie aus und sah Irras an. »Stell dir bloß vor …«

Als Atrus über die Steintreppe in die von Lampen erhellte Höhle trat, blickte Katharina auf.

»Marrim sagte, ihr hättet ein Boot gefunden«, meinte er. In dem geschlossenen Raum hallte seine Stimme ein wenig.

»Ja«, entgegnete sie und blickte zur Seite, wo Carrad eifrig damit beschäftigt war, den Rumpf eines alten Boots zu reparieren. Sein spiegelglatt geschorener Schädel hob und senkte sich über der Arbeit. »Es muß ein wenig instand gesetzt werden, aber Carrad kennt sich mit Booten aus.«

»Gut.« Atrus trat auf den Steg. Die Lampe, die an der Wand hinter ihm brannte, warf seinen Schatten auf die helle Wasseroberfläche. Er stand schweigend da, aber etwas an seiner Haltung verriet ihr, daß er reden wollte.

Sie streckte die Hand aus und berührte Carrad am Arm. »Ich werde nicht lange fort sein.« Dann richtete sie sich auf und trat zu Atrus. »Komm«, sagte sie, »laß uns nach draußen gehen.«

In der Haupthöhle war es dunkel und still.

Wie ein Grab, durchfuhr es sie; *wie ein einziges gigantisches Gebäude, das seit langer Zeit von seinen riesenhaften Bewohnern verlassen war.* Katharina setzte sich auf den Steinsims und blickte über das ruhige, unbewegte Wasser auf die alte Stadt. Zum ersten Mal verstand sie, warum es Atrus gedrängt hatte, zurückzukehren.

»Es muß schwer für dich sein, wieder herzukommen.«

»Ich war noch ein Kind«, erwiderte er und blickte an ihr vorbei auf den großen gewundenen Felsen am anderen Ende der

Höhle. »Damals hatte ich keine Ahnung, wie sehr er die Dinge in seinem Inneren verdreht hatte. Ich mußte so vieles, das er mich gelehrt hatte, wieder vergessen. Ich dachte, ich hätte ihn abgeschüttelt, aber sein Schatten ist überall hier. Als wir den Durchbruch machten, war ich mir dessen nicht so bewußt, aber heute, als ich in seinem Zimmer stand, konnte ich ihn beinahe *sehen* ...«

»Dann bist du vielleicht deshalb hier. Um seinen Schatten loszuwerden.«

Eine Weile schwieg Atrus, dann sagte er: »Wovor ich wirklich Angst habe, ist, daß er bereits alle Bücher zerstört hat.«

»Warum sollte er das tun?«

»Ich erinnere mich an etwas, das er einmal gesagt hat. Er pflegte mich davor zu warnen, die Bücher zu benutzen. Er sagte, sie seien instabil, und es sei gefährlich, in diese Zeitalter vorzudringen. Aber das war eine Lüge. Diese Bücher waren sämtlich richtige Bücher, von den Gilden genehmigt und regelmäßig von den Bewahrern überprüft. Sie müssen mit aller Sorgfalt geschrieben worden sein – sie waren dazu konstruiert, stabil zu bleiben. Und er wird das gewußt haben. Warum also hat er mich vor ihnen gewarnt, wenn nicht aus dem Grund, weil er nicht wollte, daß ich dorthin gehe und andere D'ni finde?«

»Ja, aber das heißt doch nicht, daß er sie vernichtet hat.«

»Vielleicht nicht. Aber ich weiß, wie er dachte. Er hatte keinen Respekt vor den Büchern. Und auf unseren Suchexpeditionen nach ihnen hat er, obwohl er immer nur leere Bücher zurückbrachte, stets notiert, wo sie lagen.«

»Das weißt du doch gar nicht.«

»Ich fürchte, daß wir suchen und suchen und nichts finden werden, weil es dort nichts gibt. Du kennst doch das Ausmaß seiner Bosheit, Katharina. Gerade du solltest wissen, daß er durchaus zu so etwas in der Lage war. Trotzdem ...«

Atrus drehte sich um, und der Satz blieb unvollendet. Katharina blickte auf und sah, daß Marrim in der Tür stand.

»Was ist?« fragte Atrus und ging zu ihr.

»Dies hier«, sagte Marrim und reichte Atrus ein Notizbuch. »Ich habe es ganz hinten in einer der Schubladen gefunden.«

Verblüfft starrte er es an. »Aber das …«

»… hat deinem Vater gehört«, schloß Katharina und trat neben ihn. Sie schlug es auf, blätterte es schnell durch und gab es ihm dann zurück. »Vielleicht steht es hier«, sagte sie.

Durch die jahrzehntelange Übereinstimmung zwischen ihnen beiden verstand er sie sofort. »In seinen Tagebüchern?«

»In einem seiner Tagebücher. Du sagst, er hat Aufzeichnungen über die Durchsicht der Bücher gemacht. Nun, vielleicht befinden sie sich hier. Wenn, dann wissen wir, wo wir zu suchen haben. Es könnte uns Wochen an Arbeit ersparen.«

»Ja.« Und doch verdüsterte sich Atrus' Miene, als er das Notizbuch wieder ansah.

»Schatten …«, sagte er.

»Ja«, antwortete Katharina. »Aber vielleicht werfen diese Schatten ein Licht.«

Katharina, die spürte, daß Atrus eine Weile für sich sein mußte, brachte die drei jungen Averonesen nach Chroma'Agana und kehrte dann allein zurück.

Sie fand ihn im Arbeitszimmer seines Vaters, wo er an Gehns Schreibtisch saß. Das Notizbuch lag aufgeschlagen vor ihm.

Als sie eintrat, blickte Atrus auf und seufzte.

»Es steht alles hier«, sagte er. »Aufzeichnungen, Beobachtungen, Notizen über Zeitalter, an denen er schrieb. Und andere Dinge.«

»Und die Karten?«

Er schüttelte den Kopf. »Katharina? … Hast du jemals etwas über den Großen König gelesen?«

»Nein … Außer, damit ist Kerath gemeint.«

»Ich glaube nicht. Die Aufzeichnungen meines Vaters sind unklar, aber es scheint, daß er in einer Zeit lange vor den späteren Königen lebte.«

»Was ist das?« fragte sie und griff nach dem Notizbuch.

»Die Notizen meines Vaters über die Mythen und Legenden der D'ni. Einiges davon ist recht detailliert, und andere Abschnitte, wie die Erwähnung des Großen Königs, sind vage gehalten. Nach den Anmerkungen am Ende des Buches zu urteilen, scheint es, daß Gehn alle möglichen Quellen durchforstet hat. Es ist ein regelrechter Mischmasch aus Tatsachen und Hörensagen, aber ein ganzer Teil davon liest sich wie Ammenmärchen. Du weißt schon … die Art von erfundenen Geschichten, die man am Kaminfeuer erzählt, damit den Kindern die Augen aus dem Kopf quellen.«

Katharina schlug die Seite um und las hier und dort eine Eintragung. »Warum interessierst du dich dann für den Großen König?«

»Weil ich vorher noch nie von ihm gehört habe, und weil er angeblich verschiedene Prophezeiungen gemacht hat.«

»Prophezeiungen?«

»Auch sie sind ziemlich vage. Aber es gibt ein paar Beispiele, die über das ganze Buch verstreut sind. Hier …« Er nahm das Buch zurück, suchte schnell etwas auf einer der ersten Seiten und gab es ihr gleich wieder. »Dieser Eintrag dort, in grüner Tinte.«

Katharina las ihn durch, dann blickte sie auf und sah Atrus an. »Das ist wirklich eigenartig.« Sie schlug das Buch zu und legte es weg. »Ich glaube nicht daran, daß jemand so klar in die Zukunft blicken kann.«

»Ich auch nicht.«

Sie machten das Boot am Fuß der Granitstufen fest und trugen ihre Ausrüstung hinauf. Hinter dem breiten Abschluß aus Marmorplatten, der den Hafen umgab, lag ein offenes Terrain, das einmal ein großer Platz gewesen war. Dort schlugen sie ihr Lager auf. Sie räumten den Schutt fort, dann errichteten sie einen Ring aus Lampen um sich herum. In diesem ewigen Zwielicht brannten die uralten Feuermurmeln hell.

Als Marrim am Fuß der Gebäude stand, die sich, eine Ebene über der anderen, zu einem riesigen geschwungenen Hügel erhoben und an den gewaltigen Wänden der Höhle hinaufkletterten, empfand sie eine Mischung aus ehrfürchtigem Staunen und Kummer: Staunen angesichts der Dimensionen, in denen die D'ni einst gebaut hatten; Kummer darüber, daß sie es nicht in seiner lebendigen Pracht hatte sehen können.

Die Stadt wirkte natürlich fremdartig auf sie, denn sie war es gewöhnt, daß die Schatten von oben nach unten fielen – die natürlichen Schatten einer von der Sonne beschienenen Welt –, während hier alles von unten beleuchtet wurde und das schwache Glühen unter Wasser der ganzen Szene eine unheimliche Stimmung verlieh.

Ruinen, wohin sie auch blickte. Größere Verheerungen, als sie jemals für möglich gehalten hätte. Zerborstene Wände und herabgestürztes Mauerwerk. Und hier und dort tiefe Gruben, groß genug, um ganze Häuser zu verschlucken. In den Rissen hatte seltsames Moos zu wachsen begonnen, und gelegentlich überzog eine einzelne Flechte einen Fels mit einem gedämpften Farbton.

Über allem lag eine eigenartige, trostlose Schönheit, und als Atrus kam und sich neben Marrim stellte, fragte sie ihn, was denn eine derartige Verwüstung angerichtet haben konnte.

Atrus hatte noch nie zu ihnen davon gesprochen, und als sie jetzt der Geschichte lauschte – die Atrus' Großmutter ihm, lange nachdem sie sich zugetragen hatte, erzählt hatte –, erwachte Marrims Phantasie zum Leben, so daß sie beinahe sehen konnte, wie die dunkle Wolke langsam die Höhle erfüllte, und wie Veovis und sein Kumpan A'Gaeris später durch die zerstörten Gassen von D'ni geschritten waren, ihren Todeskarren vor sich herschiebend.

Als Atrus am Ende anlangte, wandte Marrim sich zu ihm um. »Meister Atrus … warum sind sie nicht zurückgekommen?«

»Vielleicht sind sie es ja.«

Ja, dachte sie. *Sie haben das hier gesehen. Und sind eiligst wieder in die Zeitalter zurückgekehrt, wo sie einen sicheren Hort gefunden hatten, denn sie wußten, daß D'ni am Ende war.*

Katharina, die das Auslegen der Schlafsäcke beaufsichtigt hatte, trat jetzt zu ihnen. »Sollen wir uns einmal umsehen?« Sie wies auf die umliegenden Straßen.

»Marrim?« fragte Atrus, an diese gewandt. »Würdest du gern mit uns kommen?«

Marrim nickte, überrascht, daß er sie gefragt hatte. »Wollen wir mit der Suche beginnen?«

»Heute nicht. Vielleicht morgen, wenn alles besser organisiert ist. Ich dachte nur, du würdest dich gern ein wenig umschauen, bevor wir richtig anfangen.« Er bückte sich, nahm eine der Lampen und reichte sie ihr. »Hier, Marrim. Du kannst uns leuchten.«

Marrim nahm die Lampe, hielt sie in die Höhe und ging voran, über den von Schutt übersäten Platz auf einen zerfallenden steinernen Bogengang zu, der das Portal zu einem der niedrigstgelegenen D'ni-Distrikte darstellte.

»Dies ist Kerathen, benannt nach dem letzten König«, sagte Atrus und wies hinauf zu den Symbolen, die in den teilweise abgefallenen Sturz des Bogens graviert waren. »Hier haben einst die Bootsleute der D'ni gelebt und die Händler und Gastwirte.«

»Und A'Gaeris«, fügte Marrim hinzu und starrte mit weit aufgerissenen Augen durch den Torbogen, als liege vor ihr das Paradies selbst.

»Ja. Und A'Gaeris.«

Sie wanderten eine Stunde, dann hielten sie an und rasteten auf dem Balkon eines zweistöckigen Hauses, dessen Fenster auf einer Ebene mit der Spitze des großen Bogens lagen, der ein riesiges Tor zum Hafen bildete. Als er von hier aus hinabblickte, erinnerte sich Atrus daran, wie er zum ersten Mal mit seinem Vater an dieser Stelle gestanden hatte, in einer Zeit, die mehrere Leben zurückzuliegen schien.

Selbst Marrim wirkte jetzt bedrückt, was nicht verwunderlich war. Das pure Ausmaß der Zerstörung war überwältigend. Es hätte ausgereicht, um den größten Optimisten mutlos zu machen.

»Es ist zuviel«, meinte Katharina leise. »Das können wir niemals wieder aufbauen.«

Aber Atrus schüttelte den Kopf. »Das kommt dir nur so vor. Wir haben unser ganzes Leben Zeit, daran zu arbeiten. Und nicht nur das; wir werden andere finden, die uns bei dieser Aufgabe unterstützen.«

Marrim, die über den See geblickt hatte, wandte sich jetzt um und sah ihn an. »Wie viele Menschen haben hier in D'ni gelebt, Meister Atrus?«

»Eine Million, vielleicht auch mehr.«

Der Gedanke erstaunte sie sichtlich. »Und alle konnten schreiben?«

»Das kommt darauf an, was du damit meinst. Die D'ni waren hoch gebildet, aber nur wenige konnten Zeitalter schreiben. Das war etwas, das die Gilden gelehrt haben. Dazu mußte man ein Gildenmann sein.«

»Und die Frauen?«

Atrus sah Katharina an und lächelte. »Ich weiß nur von zwei Frauen, die je gelernt haben, D'ni-Bücher zu schreiben.«

Die nächsten paar Wochen wurden hektisch. In Ermangelung der Karten seines Vaters zeichnete Atrus detaillierte Pläne der Hafendistrikte und teilte dann seine jungen Gehilfen in Sechsergruppen ein. Zwei der Teams gingen unter der Führung von Marrim und Irras in die Straßen und Gassen der unteren Stadtteile von D'ni, um nach Büchern zu suchen; eine weitere Gruppe unter Carrad machte sich daran, die gesunkenen Boote vom Grund des Hafens zu heben und zu reparieren; und eine vierte Gruppe, die von Katharina geleitet wurde, pendelte zwischen dem Hafen und K'veer und holte Nahrung und andere Vorräte von Chroma'Agana und Averone. Das fünfte Team, das von Atrus selbst überwacht wurde, begann ein Lagerhaus auszuräumen, um dort alle Bücher, die sie finden würden, aufzubewahren, während er in jeder freien Minute an Karten von D'ni arbeitete.

Zunächst machten sie nur langsame Fortschritte. Auf den unteren Ebenen gab es wenige große Häuser und daher wenige private Buch-Räume, und sie entdeckten rasch, daß Gehn, wie Atrus es befürchtet hatte, die öffentlichen Buch-Räume bereits geplündert und den größten Teil der Gildenbücher zerstört hatte. Trotzdem besaßen sie gegen Ende der zweiten Woche insgesamt siebenunddreißig Bücher. Atrus machte sich daran, sie zu lesen und zu katalogisieren, nachdem er die Karten abgeschlossen hatte.

Marrim, die eben von einer langen und fruchtlosen Suche im Ne'weril-Distrikt zurückgekehrt war, ging zu Atrus hinein, der im Lagerhaus an seinem provisorischen Schreibtisch saß.

»Verzeiht mir, Meister Atrus«, begann sie, »aber warum warten wir noch?«

»Warten?«

»Mit der Erforschung der Zeitalter.«

Er lächelte nachsichtig. »Ich verstehe deine Begeisterung, Marrim, aber wir dürfen nichts überstürzen. Wir müssen eine Vorstellung von der Größe des Unternehmens haben, bevor wir es angehen. Bis dahin gibt es hier genug zu tun. Wir müssen einen Bestand an leeren Verbindungsbüchern aufbauen, und an Tinte und Schreibmaterial. Oder weißt du vielleicht einen Weg, ohne ein Verbindungsbuch aus einem Zeitalter zurückzukehren?«

Marrims Wangen röteten sich leicht. Sie neigte den Kopf.

»Laßt uns alle Bücher, die wir finden können, zusammentragen«, fuhr Atrus fort. »Erst dann können wir entscheiden, welche Welten wir aufsuchen sollten. Verstehst du, einige der Bücher sind beschädigt, Marrim. Es fehlen Seiten, die herausgerissen oder verbrannt wurden. Andere sind offensichtlich alt, und ich vermute, daß ihre Eigentümer sie kaum benutzt haben, obwohl sie das Inspektionssiegel der Bewahrer tragen. Was wir finden müssen, sind jüngere, gesündere Zeitalter, denn dort ist es am wahrscheinlichsten, daß wir unsere Überlebenden finden.«

»Und sind wir schon auf solche Zeitalter gestoßen?«

»Auf zwei. Aber es kann sich sehr wohl erweisen, daß die Bücher, die wir in diesen unteren Distrikten finden, sämtlich von Veovis und seinem Kumpan durchwühlt und verdorben wurden. Gut möglich, daß nur die aus entfernteren, höher gelegenen Distrikten unberührt geblieben sind. Deswegen lege ich großen Wert darauf, bei jedem Buch den Fundort und die Umstände der Entdeckung auf den Karten zu vermerken. Solche Einzelheiten könnten sich als entscheidend erweisen, wenn wir das nächste Stadium unserer Suche organisieren.«

»Sollten wir dann nicht zuerst die oberen Distrikte durchsuchen?«

Atrus lachte. »Würdest du das gern übernehmen, junge Marrim?«

Sie nickte.

»Dann sollst du es tun.« Er wandte sich ab und suchte zwischen den Papieren auf seinem Schreibtisch, bis er eine der Karten fand, die er erst gestern fertiggestellt hatte. »Hier«, sagte er und reichte sie ihr, »dort haben einmal mein Großvater und seine Familie gelebt. Jaren war ein Gildendistrikt. Wenn es irgendwo noch Bücher gibt, dann dort. Aber nehmt Proviant für mehrere Tage mit, Marrim, außer du hast Lust, jeden Abend wieder zum Hafen herunterzuklettern.«

»Und Ihr, Meister Atrus? Wollt Ihr nicht dieses eine Mal mit uns kommen?«

Erstaunt über ihre Bitte starrte er sie an, dann nickte er. »Vielleicht komme ich mit. Dieses eine Mal.«

Obwohl Atrus häufig mit seinem Vater auf Büchersuche unterwegs gewesen war, hatte er noch nie in diesen Mauern gestanden, war noch nie durch diese seltsam vertrauten Räume geschritten, und während er dies nun tat, fragte er sich, warum Gehn ihn wohl niemals hierher mitgenommen hatte.

Anna. Das ist der Grund. Dieser Ort hat Gehn zu sehr an Anna erinnert.

Er ging weiter und wurde sich zum ersten Mal in seinem Leben bewußt, wie stark seine Verbindung zu diesem uralten Haus war. Eine Blutsverbindung. Und obwohl Atrus nur zur einem Viertel ein D'ni war, wurden seine Gefühle dadurch nicht geschwächt.

Kein Wunder, daß Gehn davon besessen war.

»Atrus?«

Er drehte sich um und sah, daß Marrim ihn beobachtete.

»Dies war das Zimmer meines Großvaters«, sagte er leise und wies auf den Schreibtisch und die Bücher an den Wänden. »Und davor das seines Vaters.«

Sie nickte, dann sagte sie: »Wir haben den Buch-Raum entdeckt.«

»Ah ...« Er wappnete sich gegen schlechte Nachrichten. »Und?«

»Wir haben ein Buch gefunden.«

»Nur eines?«

Marrim nickte.

Einen Moment schwieg Atrus. Sein Großvater, der Atrus

geheißen hatte wie er, hatte zwei Zeitalter besessen. Das eine, Ko'ah, war über acht Generationen vererbt worden und der Urlaubs- und Rückzugsort der Familie gewesen. Das andere, Gemedet – benannt nach dem komplexen dreidimensionalen Spiel der D'ni –, hatte der ältere Atrus zusammen mit der Ahrotahntee oder »Außenweltlerin« geschrieben, mit Anna, die später die Großmutter des jüngeren werden sollte.

Der Buch-Raum lag im unteren Stockwerk. Die Tür des Raumes war vor langer Zeit eingeschlagen, die Regale an den Wänden waren geplündert worden. Hier breitete sich der leichte gelbbraune Belag, der in D'ni so allgegenwärtig war, daß Atrus ihn immer als selbstverständlich angesehen hatte, dick über allem aus.

Auf einem Podest in der Mitte des Raumes lag ein aufgeschlagenes Buch, und auf der verblaßten Bildtafel war die Andeutung eines Handabdrucks zu erkennen. Atrus ging hinüber und blieb dort stehen, und seine Hände umklammerten den Rand des Podiums, während er auf die Seite hinabstarrte.

Ko'ah. Dies war das Buch Ko'ah.

Natürlich. Jetzt erinnerte er sich wieder. Als sein Großvater Atrus nach dem Untergang von D'ni zurückgekehrt war, hatte er das andere Buch an sich genommen, damit Veovis nicht an Anna und das Kind herankommen konnte.

Atrus blickte auf, und ihm schwindelte. Die langen Jahre schienen an ihm vorbeizuziehen, als sei er in diesem Augenblick wirklich sein Großvater.

»Seid Ihr in Ordnung?« fragte Marrim besorgt.

»Ja.«

Aber das stimmte nicht ganz. Einen Augenblick lang hatte er seine Großmutter Anna gesehen, während ihrer tödlichen Krankheit. Katharina saß an ihrem Bett und hielt die blassen, altersfleckigen Hände der alten Dame in ihren jüngeren, kräftigeren Fingern, und er erinnerte sich an das, was sie ihm über jene letzten Tage erzählt hatte. Und während er an diesen Augenblick zurückdachte, spürte er einen starken, beinahe wilden Drang, Ko'ah zu sehen, dorthin zu springen und mit eigenen Augen die Welt zu sehen, wo sein Vater Gehn geboren war, wo Anna ihn während seiner ersten Krankheit, an der er beinahe gestorben war, gepflegt hatte.

Seine Hand schwebte über der Seite und warf einen Schatten über den geisterhaften Abdruck.

»Meister Atrus?«

Aus seinem Tagtraum gerissen, blickte Atrus auf. Hätte er seine Hand um Haaresbreite bewegt, hätte sie die Oberfläche der Seite berührt. Er schlug das Buch zu, dann drehte er sich um und sah Marrim an. »Paß gut darauf auf.«

Atrus trat zurück, als Marrim herüberkam, die Zange mit den langen Griffen vom Gürtel nahm und die Kette, durch die das Buch mit dem Podest verbunden war, durchtrennte. Er sah zu, wie sie das Buch vorsichtig hochnahm und es in ihren Rucksack steckte, mit derselben Ehrfurcht, die sie, wie er bemerkt hatte, bei allen Büchern an den Tag legte.

Marrim wandte sich wieder zu ihm um, lächelnd, allzeit begeistert. Ihr langes dichtes, zu einem Zopf geflochtenes Haar bildete einen schimmernden schwarzen Rahmen um ihr Gesicht. »Wohin jetzt?«

»Verschwinden wir von hier«, antwortete er und blickte sich ein letztes Mal um. »Laß uns die anderen suchen.«

In dem halbdunklen Flur blieb Irras stehen und runzelte die Stirn. Etwas war hier anderes. Und dann verstand er. Die Farben. Die Farben hier waren leuchtender, lebendiger.

Als ihm klar wurde, was das bedeutete, fuhr er erschrocken zusammen.

Er streckte die Hand aus und strich über die Wand; dann zog er die Finger zurück und roch daran. Sauber. Die Wand war sauber.

Irras wirbelte herum und hielt die Lampe hoch. »Gavas!

Merr! Kommt schnell! Ich glaube, wir haben etwas gefunden!«

Sie kamen herbeigeeilt und blickten dann verwirrt in die Runde.

»Was denn?« fragte Merr. »Was hast du gefunden?«

»Seht euch um«, antwortete Irras, der sich inzwischen amüsierte. »Fällt euch etwas auf, das anders ist als sonst?«

Gavas sah es als erster. »Die Wände … der Boden … sie sind sauber!«

Irras nickte. »Und wenn sie sauber sind, was heißt das?«

»Vielleicht, daß jemand sie saubergemacht hat?« meinte Merr zögernd. Und dann blieb ihm der Mund offenstehen.

»Genau!« sagte Irras, der jetzt über das ganze Gesicht strahlte. »Jemand ist vor uns hiergewesen. Jemand muß hergekommen sein und die Wände und die Böden gereinigt haben.« Er wandte sich halb um und hob noch einmal die Lampe. Wohin er auch blickte, alles war sauber.

»Geh zurück«, sagte er und winkte Gavas. »Such Meister Atrus und bring ihn sofort hierher. Das wird er mit eigenen Augen sehen wollen!«

An diesem Abend berief Atrus ein Sondertreffen ein. Als alle versammelt waren, trat er in ihre Mitte. Unter dem Arm trug er das Buch, das sie in dem großen Haus in Jaren gefunden hatten – das Buch Bilaris, so hieß es. Er blickte sich um und lächelte.

»Und?« fragte Katharina und kam ihm zuvor. »Werden wir dieses Zeitalter aufsuchen?«

Atrus lächelte. »Ja. Aber jetzt noch nicht. Zuerst muß ich das Buch eingehender untersuchen.«

»Aber was ist mit den Hinweisen?« wollte Katharina wissen. »Die Tatsache, daß das Haus sauber war, das Buch mit den

Kommentaren, das wir gefunden haben ... In diesem Zeitalter halten sich D'ni auf.«

»Das ist gut möglich«, gestand Atrus zu, »aber ich möchte lieber drei oder vier Tage investieren, um auch sicher zu sein. Denk daran, Vorsicht ist alles. Aus Mangel an Umsicht ist D'ni untergegangen. Wir dürfen nicht denselben Fehler begehen. Aller Wahrscheinlichkeit nach sind die Menschen in diesem Zeitalter – auf Bilaris – Überlebende der Katastrophe. Und nach der Sauberkeit des Hauses zu urteilen scheint es, daß sie dieselben Ziele haben wie wir: Auch sie möchten erleben daß D'ni in seinem alten Glanz wiederersteht. Aber ... ebenso wie D'ni untergegangen ist, könnten auch viele dieser Zeitalter vernichtet worden sein. Wir wissen es nicht. Siebzig Jahre sind eine lange Zeit, sogar für einen D'ni. In solch einem Zeitraum kann sich vieles ändern.«

Er hielt inne und blickte sich noch einmal um. »Dann soll es so sein. Ich werde ein Verbindungsbuch vorbereiten. In vier Tagen werden wir springen. Ich, Marrim, Irras und Merr. Katharina wird mit Carrad hierbleiben, für den Fall, daß etwas schiefgeht.«

»Und bis dahin, Meister Atrus?« fragte Carrad.

»Die Arbeit geht weiter«, antwortete ihm Atrus. »Wir müssen Bücher suchen, Boote reparieren und Quartiere bauen.«

»Und wir müssen essen«, meinte Carrad, um Atrus daran zu erinnern, daß sie das Abendessen noch nicht eingenommen hatten.

Atrus lachte und entspannte sich zum ersten Mal an diesem Tag. »Typisch für unseren jungen Carrad, daß er zu einer solchen Zeit an seinen Magen denkt!«

Carrad tat, als ziehe er eine beleidigte Miene, aber wie alle hier wußte er, daß sie einen großen Schritt nach vorn getan hatten; und als Atrus sich im Kreis umblickte, sah er, daß sich auf allen Gesichtern dieselbe Erkenntnis spiegelte.

Überlebende! Trotz seiner Vorbehalte glaubte auch Atrus, daß sie sie auf Bilaris finden würden. Es gab D'ni in den Zeitaltern. Nun mußten sie nur noch Geduld haben, und dann würden sie sie finden!

Noch am Abend beschlossen Katharina und Atrus, nach Chroma'Agana zurückzukehren. Katharina war inzwischen mehrere Male dort gewesen, aber für Atrus würde es das erste Mal sein, seit sie vor sechs Wochen ihr Lager in D'ni aufgeschlagen hatten.

Während er über den dunklen stillen See ruderte, sah er zu, wie die Stadt langsam zurückfiel und ihre Einzelheiten mit der hohen Felswand verschwammen, und er spürte, daß er sich entspannte.

K'veer lag schweigend und verlassen da. Sie zündeten eine Lampe an und begaben sich über die breite, uralte Wendeltreppe ins Arbeitszimmer seines Vaters, wo das Verbindungsbuch auf sie wartete. Dort angekommen, zögerte Atrus.

»Was ist?« fragte Katharina amüsiert. Sie kannte diesen Blick.

Zur Antwort trat er an das Regal neben dem Schreibtisch, nahm das Notizbuch seines Vaters herunter und steckte es in seinen Rucksack, in dem sich bereits das Buch Bilaris, der Kommentar dazu, zwei leere Verbindungsbücher, ein Topf spezieller D'ni-Tinte und eine Schreibfeder befanden.

»Du mußt dich ausruhen …«, begann Katharina.

»Und ich werde ausruhen«, erwiderte er, zog die Kordel zu und warf sich den Beutel dann wieder über die Schulter. »Aber ich habe auch zu arbeiten. Wir sind jetzt so nahe daran, Katharina.«

»Ich weiß. Aber du mußt dich entspannen, sonst wirst du krank.«

Atrus lachte. »Einen Augenblick lang hast du dich genau wie Anna angehört …«

Er verstummte, als ihm klar wurde, wie sehr das zutraf. Wenn er die Augen schloß, konnte er die beiden in seiner Erinnerung sehen, wie sie unter den Bäumen der Insel Myst zusammenstanden, eher wie Mutter und Tochter als wie zwei Fremde von verschiedenen Welten.

Diese Erinnerung lag lange zurück, denn Anna war seit fast dreißig Jahren tot.

Schatten, dachte er, erstaunt darüber, wie frisch ihr Verlust ihm immer noch schien. *Wie merkwürdig, daß die Vergangenheit so tiefe Schatten über die Zukunft wirft.*

Er schüttelte die nostalgische Stimmung ab und lächelte Anna kurz zu. Dann legte er die Handfläche auf die aufgeschlagene Seite.

Atrus zündete das Feuer an und richtete sich auf. Durch die offene Tür der Hütte konnte er die von oreadoranischen Eichen umstandene Wiese erkennen und zwischen den Bäumen hindurch das Meer, das sich in die Unendlichkeit erstreckte wie eine schimmernde Platte aus gehämmertem Metall.

Es war eine herrliche Nacht, eine dieser Nächte, in denen Atrus sich wieder jung fühlte, so wie damals, als er Katharina zum ersten Mal begegnet war. So war es immer, wenn er nach längerer Abwesenheit hierher zurückkehrte.

Katharina saß in der Bibliothek am anderen Ende der Insel. Sie war fast unmittelbar nach ihrer Ankunft dorthin gegangen, das Buch Bilaris unter dem Arm. Atrus, der ihr feierlich versprochen hatte, daß er ausruhen würde, hatte sich solange barfuß an den Strand gesetzt und in die Ferne geblickt, während die Sonne untergegangen und die Flut langsam verebbt war.

Er trat in die frische Nachtluft hinaus, dann drehte er sich um und blickte an dem felsigen Gebirgsgrat der Insel entlang. In seiner Phantasie ging er über den schmalen Pfad zu dem langgestreckten, niedrigen Bibliotheksgebäude und den Werkstätten und Labors, die dahinter lagen. Wie Treppenstufen kletterten die Nebengebäude an dem sanft ansteigenden Hügel empor, und der strukturierte Stein schimmerte im Mondlicht silbergrau.

Am liebsten hätte er Katharina gerufen und sie gebeten, mit ihm spazierenzugehen, aber er wußte, daß sie sich nicht gern stören ließ, wenn sie arbeitete. Darin war sie genau wie er. Dennoch machte er sich in Richtung Bibliothek auf, in der Hoffnung, sie würde vielleicht aufblicken und ihn sehen, ihre Arbeit beiseite legen und zu ihm ins Freie kommen.

Als er sich jetzt umsah, wurde ihm klar, wie sehr er diesen Ort liebte. Der Frieden hier rührte etwas tief in seinem Inneren an. Die Geräusche waren wie die Laute seines eigenen Körpers. Hier fühlte er sich als ganzer Mensch.

Ja, und es war merkwürdig, daß er hatte fortgehen müssen, um dies zu erkennen. Genau wie bei Katharina. All diese Monate der Trennung waren notwendig gewesen, das wußte er jetzt. Um zu erfahren, wieviel sie ihm bedeutete.

Atrus blickte zum Nachthimmel auf und fragte sich nicht zum ersten Mal, in welcher Zeit er sich befand. Durch sein Studium der Sternkarten im Observatorium hatte er herausgefunden, daß er sich in einem ganz anderen Teil der Galaxis aufhielt als der Planet, den er als Erde kannte – oder dessen Gegenstück, vorausgesetzt, in diesem Zeitalter gab es eines. Aber es war schwieriger zu bestimmen, wie weit er sich zeitlich von ihm entfernt hatte, denn wenn man durch ein Buch in eine andere Welt ging, existierten keine Grenzen. Die atemberaubende, unfaßbare Weite von Zeit und Raum waren irrelevant. Kongruität – die Übereinstimmung zwischen Wort und Ort – war alles, worauf es ankam.

Oder, wie es sein Großvater Atrus seiner Großmutter Anna erklärt hatte: »Diese Zeitalter sind Welten, die existieren, existiert haben oder existieren werden. Vorausgesetzt, die Beschreibung paßt, gibt es keine Grenzen in Raum und Zeit. Die Verbindung wird trotzdem hergestellt.«

Atrus blieb stehen, und ein Lächeln erhellte seine Züge, als er sich erinnerte, wie das Gesicht der jungen Marrim sich mit Staunen überzogen hatte, als er es ihr zum ersten Mal erklärt hatte. Und dennoch, wenn er darüber nachdachte – wirklich darüber nachdachte –, dann spürte er, wie ihn dasselbe Staunen erfüllte. Es war eine verblüffende Fähigkeit. Kein Wunder, daß sein Vater sich, befreit von den Beschränkungen der D'ni-Gesellschaft und ohne die aufrichtige Demut, die seinesgleichen unter den D'ni auszeichnete, für eine Art Gott gehalten hatte. Jetzt war ihm auch klar, warum Anna ihn auf diese Weise erzogen hatte – sie hatte den Fehler, den sie bei Gehn gemacht hatte, vermeiden wollen.

Auch Atrus wollte diesen Fehler nicht begehen, und seine erste Lektion an seine eigenen Schüler – Marrim, Irras, Carrad und all ihre Gefährten – war diese gewesen: Man schuf die Zeitalter nicht, in die man durch die Worte gelangte. Sie waren durch eine weit größere Macht als die D'ni geschaffen worden; und doch verfiel man leicht in diesen Irrglauben, denn das Universum war so riesig, so allumfassend, so unendlich in seiner Vielzahl von Welten, daß beinahe alles, was man schrieb, eine Entsprechung in der Wirklichkeit besaß.

Instabile Welten. Welten, die eine wahre Hölle waren. Oder die wunderbaren, »unmöglichen« Welten, die Katharina einst geschrieben hatte.

Atrus ging am »Brunnen mit dem Auge« vorbei, stieg schnell den grasbewachsenen Abhang hinauf und blieb dann, kaum zehn Meter vor der Tür zur Bibliothek, stehen. Die Tür war offen, und von seinem Standort im Dunkel aus konnte er Katharina sehen, die hinter dem großen Eichenschreibtisch saß, das aufgeschlagene Buch vor sich. Beim Lesen fuhr sie mit einem Finger an den Zeilen aus D'ni-Symbolen entlang.

Atrus lächelte und ging weiter. Er schlug den Weg ein, der nach rechts führte, an der Bibliothek vorbei und hinaus auf den Pfad zur Klippe. Vor ihm zeichnete sich der große Ankerfelsen als Schatten vor dem noch dunkleren Himmel ab. Dahinter lagen tausend Meilen Leere.

Er trat auf den blassen Stein hinaus. Fünfzig Fuß unter ihm lag das Meer und hinter ihm und zu seiner Linken der große gedrungene Umriß des Ankerfelsens. Wie er so dastand, dachte er an seinen Vater und das Notizbuch, das sie in dem Arbeitszimmer auf K'veer gefunden hatten. Es hatte ihm wenig verraten, das er nicht bereit gewußt oder geahnt hätte, und doch war er, als er jetzt Gehns Worte in der zeitlichen Distanz von den Geschehnissen las, wider alle Erwartung beeindruckt von der Geistesschärfe seines Vaters gewesen und hatte sich gefragt, was wohl aus Gehn geworden wäre, wäre D'ni nicht untergegangen.

Und dieser Gedanke hatte andere nach sich gezogen. War es wirklich Gehns eigene Schuld, daß er so geworden war? Die Zerstörung seiner Hoffnung in einem Alter, in dem man für Eindrücke so empfänglich ist, hatte den Jungen offensichtlich traumatisiert; aber konnte man alles darauf schieben? Was war mit der Grausamkeit, die in seinem Vater wohnte, diesem verdrehten Zug an Gehn? War dies ein Produkt der Ereignisse, oder war es etwas, das dem Kind angeboren und durch die Umstände eher gefördert als beherrscht worden war?

Es war unmöglich, das zu beurteilen. Alles, was Atrus wußte, war, daß er Glück gehabt hatte. Glück, während jener entscheidenden Jahre seiner Erziehung Anna gehabt zu haben – von einer so guten und weisen Lehrerin unterrichtet worden zu sein.

Und dann waren da seine eigenen Söhne ...

Er schob den Gedanken beiseite und drehte sich um, als er leise Schritte direkt hinter sich hörte.

»Katharina?«

»Laß uns gehen«, sagte sie. »Heute nacht.«

»Heute nacht?« Er lachte, dann wandte er sich um und sah sie an. »Aber ich habe das Verbindungsbuch noch nicht geschrieben.«

Auf ihrem vom Mondlicht silbrig überhauchten Gesicht erschien ein seltsames Lächeln. »Nein. Aber ich habe es getan.«

Und sie reichte ihm das schmale Buch und erfreute sich an seiner Überraschung.

Sie kamen auf einer großen, zu zwei Dritteln mit Wald bedeckten Insel heraus. Neben der Höhle befand sich eine Lichtung, und zwischen den Bäumen führte ein Pfad bergab, aber ansonsten gab es keine unmittelbaren Zeichen für eine menschliche Ansiedlung.

Nach dem Stand der Sonne am Himmel zu urteilen, war es Vormittag, und es war so warm, daß man annehmen mußte, im Verlauf des Tages würde es heiß werden.

Schnell erforschten sie die Höhle auf der Suche nach einem Verbindungsbuch, fanden aber nichts.

Nun schritten sie bergab, dem ausgetretenen Pfad folgend. Im Schatten des Blattwerks ging es sich kühl, trotzdem stand ihnen, als sie den Gipfel der Klippe erreichten, der Schweiß auf der Stirn. Dreißig Fuß unter ihnen lag ein perfekter weißer Sandstrand.

»Es ist schön«, sagte Katharina und blickte über die Inseln hinaus, die sich vom Azurblau der Bucht abhoben, als habe jemand Smaragde darüber verstreut. »Aber wo sind sie?«

Es gab keine Gebäude, keine Boote oder Landestege. Außer dem Pfad deutete nichts darauf hin, daß hier je ein Mensch gewesen war.

Hoch in den Bäumen rief ein Vogel. Atrus drehte sich um und blickte hinauf, wobei er eine Hand hob, um seine Augen vor dem Sonnenlicht zu schützen, das auf den Gläsern seiner Brille funkelte.

»Laß es uns am anderen Ende versuchen.«

Auf dem Rückweg ließen sie sich Zeit und entspannten sich im Sonnenschein. Wieder passierten sie die Lichtung und gingen dann weiter. Sie verließen den Pfad und bahnten sich einen verschlungenen Weg zwischen den riesigen geraden Baumstämmen, bis sie auf einem kahlen Felssims standen, von dem aus sie über den weiten Ozean blickten.

»Das kann nicht richtig sein.«

»Warum nicht?« fragte Katharina, wandte sich um und blickte zwischen den Bäumen zurück. »Es stimmt mit dem Buch überein.«

»Das meinte ich nicht. Ich meine, wo sind sie? Sie müssen hier irgendwo sein. Ansonsten ergibt alles keinen Sinn.«

»Dann laß uns die Insel absuchen.«

Aber auch eine ausgedehnte und gründliche Suche auf der Insel erbrachte nichts. Das Eiland war unbewohnt. Selbst der Pfad war bei genauerem Hinsehen teilweise zugewachsen.

»Vielleicht ist es das falsche Buch«, meinte Katharina und setzte sich müde auf einen Fels, von dem aus man über die inselübersäte Bucht blickte. Jetzt war es heiß, und sie fächelte sich langsam Luft zu, während sie zu Atrus aufblickte.

»Das wäre möglich«, antwortete er und trat auf den Felssims über ihr, »aber was ist dann mit dem Kommentar?«

»Eine falsche Spur vielleicht? Um uns glauben zu machen, sie wären hier?«

»Aber wieso?«

»Weil sie Angst hatten. Und weil sie ihren wirklichen Aufenthaltsort schützen wollten, vielleicht.«

»Ich schätze, das ist möglich.« Aber Atrus blickte hinaus zu den perfekten, unberührten Umrissen der Inseln, als könne er dort ein Geheimnis entziffern. Er wischte sich die Stirn mit dem Handrücken und wandte sich wieder Katharina zu.

»Laß uns zurückgehen«, sagte er. »Hier werden wir nichts finden.«

Man sagt, der Große König sei von Träumen heimgesucht worden, und diese Träume seien von fremdartigen, unerklärlichen Visionen erfüllt gewesen, die der Große König dann in einem dicken, in leuchtendgoldenes Leder gebundenen Notizbuch festgehalten habe. So jedenfalls hatte es Gehn, Atrus' Vater, geschrieben. Aber Marrim hütete sich wohlweislich, dem, was Gehn geschrieben hatte, zu trauen. Als Katharina ihr die Notizbücher lieh, hatte sie Atrus Warnung bekräftigt: »Gehn neigte dazu, die Fakten so zu verdrehen, daß sie in seine Weltsicht paßten.« Dennoch konnte Marrim es sich lebhaft vorstellen: den alten Mann, wie er mit schweißnasser Stirn erwacht war und mit zitternden Händen nach seinem Notizbuch gegriffen hatte, um niederzuschreiben, was er in der Finsternis seiner Träume gesehen hatte.

Selbst wenn es nicht so gewesen war. Selbst wenn es, wie vieles in Gehns Notizbüchern, im Lauf der Jahre aufgebläht worden war, so mußte doch ein wahrer Kern daran sein; eine Geschichte, ein tatsächliches Ereignis, das der Ursprung aller weiteren Erzählungen über den Großen König gewesen war, so wie ein Staubkorn in einer Auster, um das herum dann die Perle wächst.

Marrim schlug das Buch zu und blickte auf. Überall im Lager leuchteten helle Lampen. Auf der anderen Seite saßen Irras und Carrad einander gegenüber. Irras' dunkler Schopf und Carrads polierter Schädel drängten sich eng zusammen, und die beiden waren tief im Gespräch versunken, während eine Anzahl anderer Gehilfen zusah und aufmerksam lauschte. Marrim wußte genau, worüber sie sprachen, denn eigentlich gab es im Moment nur ein Gesprächsthema: den Besuch. Den bevorstehenden Ausflug nach Bilaris.

Sie lächelte. Wie sie alle erregte auch Marrim die Aussicht, in ein anderes Zeitalter vorzudringen. Sicher, D'ni war erstaunlich, aber zum Teil auch, weil es ein Tor zu so vielen anderen Welten, zu so vielen anderen Lebensweisen war. Sie warf einen Blick auf den großen Bestand an Büchern, die sich in Atrus' provisorischer Bibliothek stapelten, und sie spürte, wie ihr der Kopf schwirrte bei dem Gedanken daran, was sie darstellten.

Früher war sie blind gewesen für die Wirklichkeit des Universums, das sie umgab. Sie hatte ihre kleine Welt – diese Welt, die aus Blockhäusern und Fischerbooten, aus Hügel, Fluß und Insel bestand – für die gesamte Summe der Existenz gehalten. Aber nun wußte sie mehr. Was immer man sich vorstellen konnte, das konnte tatsächlich existieren.

Jedenfalls theoretisch.

Marrim stand auf und ging hinüber. Sie dachte an ihre Gespräche mit Katharina, erinnerte sich daran, was Katharina über die Bücher, die sie geschrieben hatte, erzählt hatte. Sie waren bestimmt etwas ganz Besonderes gewesen.

Als sie sich dem Kreis näherte, blickte Irras auf, lächelte ihr zu und bedeutete ihr, sich neben ihn zu setzen, aber Marrim war nicht nach danach. Sie fühlte sich ruhelos, begierig, weiterzukommen.

Sie legte ihm kurz die Hand auf die Schulter, dann ging sie weiter und überließ die jungen Männer ihrem Gespräch. Am Hafenufer blieb sie stehen und starrte auf das Dunkel des Sees hinaus.

Zuerst war sie nicht sicher. Dann drehte sie sich mit einem strahlenden, freudigen Lächeln zu den anderen um.

»Sie kommen!«

Irras eilte herbei, trat neben sie und blinzelte ins Dunkel hinaus, bis auch er den dunklen Umriß eines Bootes ausmachte. Mit jedem Augenblick wurde der Schemen größer und deutlicher. Katharina, die am Bug saß, drehte sich um, sah sie und rief ihnen über das Wasser hinweg einen Gruß zu.

Marrim antwortete, und ihre Stimme hallte von den breiten Steinterrassen wider, die hinter ihr die Höhlenwände hinaufkletterten.

Fast sofort bemerkte sie, daß etwas nicht in Ordnung war. Sie konnte es in Atrus' Miene lesen. Katharina war so munter wie immer, aber Atrus war in sich gekehrt.

Als Atrus auf den Kai kletterte, winkte er Irras, dann wandte er sich, ohne auf ihn zu warten, um, ging zu der provisorischen Bibliothek und verschwand in ihrem Inneren.

Irras war kaum zwei Minuten bei Atrus. Als er wieder herauskam, runzelte er die Stirn, als habe man ihm etwas mitgeteilt, das er nicht hören wollte. Er ging dicht an Marrim vorbei, als sei sie nicht da. Sie drehte sich um und wollte ihm folgen, aber Atrus rief nach ihr.

»Marrim! Auf ein Wort ...«

Sie ging hinein.

»Hier«, sagte er, blickte auf und hielt ihr ein zusammengefaltetes Stück Papier hin. »Du wirst Vorräte für eine Woche brauchen.«

Marrim faltete das Papier auseinander, dann sah sie wieder ihn an. Es war eine Karte eines der oberen Distrikte.

»Es ist immer noch viel zu tun«, sagte Atrus, »also machen wir uns besser an die Arbeit. Ich möchte, daß alle Bücher eingesammelt werden.«

Sie verstand. Sie gingen nicht. Der Ausflug nach Bilaris war gestrichen.

»Wir müssen die Suche abschließen«, sagte Atrus, schlug sein Notizbuch auf und griff nach einem Stift. »Erst dann kennen wir das volle Ausmaß unserer Aufgabe.«

»Wir werden noch heute abend aufbrechen«, sagte sie.

Er blickte auf und sah sie an. »Ist schon in Ordnung, Marrim. Morgen ist noch früh genug.«

Marrim nickte und zog sich zurück. Aber erst als sie draußen stand, das Papier locker in einer Hand, kam es ihr wirklich zu Bewußtsein.

Wir gehen nicht! Wir haben soviel geschafft, und trotzdem gehen wir nicht!

Einen Augenblick lang war sie enttäuscht, aber dann blickte Marrim wieder auf die Karte, und ihre Entschlossenheit erwachte von neuem. Sie würden alle Bücher finden, die überhaupt da waren. Und darunter würde es Bücher geben, die funktionierten – die sie in stabile Zeitalter führten. Und in diesen Zeitaltern würde es gewiß Überlebende geben.

Aber zuerst einmal lag es an ihr, die Bücher zu finden.

Marrim steckte die Karte in ihre Tasche. Morgen? Ach was, morgen. Sie würde ihre Gruppe zusammenrufen und noch heute nacht mit der Suche beginnen.

Zweiter Teil

EIN ERDBEWOHNENDER WURM BLINZELT
INS SONNENLICHT
UND ZIEHT SEINE AUGEN ÜBER DIE AUGEN HERAB.
DER SCHLUND DER ERDE RAUCHT.
STIMMEN BRUMMEN IN DER TIEFE.
DIE ZEIT ZIEHT EINE GEZACKTE LINIE ÜBER DEN SAND,
WO DIE FRAU WARTET.

Aus dem Korokh Jimah, Vers 21660–64

Die breiten ledernen Buchrücken waren alt, aber gepflegt. Blau und rot, schwarz und gelb und grün prangten die uralten Umschläge, in die verblaßt, aber noch lesbar D'ni-Symbole eingeprägt waren. In dichtgedrängten Reihen standen sie auf den Regalen des Lagerraums und quollen noch in einen weiteren großen Raum über. Insgesamt waren es siebenhundertsiebenundachtzig Bücher – alles, was von den Zehntausenden übrig war, die einst die großen Häuser und öffentlichen Bibliotheken von D'ni geziert hatten.

In einer Ecke des Raumes, den sie neu hinzugenommen hatten, waren zwei große Schreibtische zusammengeschoben worden, und auf diesen stapelte ein großer Berg Kortee'nea – leere Bücher –, die sie zu ihrem Erstaunen unter dem herabgestürzten Mauerwerk einer der öffentlichen Bibliotheken entdeckt hatten.

An einem dieser Schreibtische saß Atrus, den Kopf tief gebeugt, und arbeitete geduldig bis tief in die Nacht. Er bemerkte Katharinas Näherkommen nicht, bis er ihre Hände auf den Schultern spürte.

»Bist du noch nicht fertig, Liebster?«

»Noch zwei Zeilen«, sagte er und wies auf das Verbindungsbuch, an dem er gearbeitet hatte, »dann habe ich es geschafft.«

Neben ihm, hinter dem Tintenfaß und der sanft glühenden orangefarbenen Lampe, lag ein kleiner Stapel Verbindungsbücher – fünf insgesamt –, die er bereits vorbereitet hatte.

Vier Monate waren seit dem Ausflug nach Bilaris vergangen, und sie hatten alle schwer gearbeitet. Sämtliche Bücher waren eingesammelt – ja, und auch katalogisiert und gelesen. Atrus und Katharina hatten die sechs vielversprechendsten ausgewählt, und nach einer langen und manchmal hitzigen Diskussion waren sie jetzt beinahe – beinahe – zum Aufbruch bereit.

Vor einem Monat hatte Atrus mit einiger Verspätung sein den Ältesten von Averone gegebenes Versprechen eingelöst und seine jungen Gehilfen nach Hause geschickt, damit sie die nächste Generation unterrichteten. In ihrer Abwesenheit hatte er Zeit gehabt, seine letzten Vorbereitungen zu treffen.

Morgen kamen sie zurück, und dann würde eine neue Phase des Wiederaufbaus – eine sorgfältige Durchforschung der Zeitalter – beginnen.

»Hast du den Briefentwurf?« fragte Katharina und schob sich an ihm vorbei, um sich auf den Rand des Schreibtisches zu setzen.

Atrus streckte die Hand aus, blätterte in seinen Papieren und zog ein einzelnes Blatt hervor. Er reichte es ihr und sah zu, wie Katharina es schnell überflog.

Sie erwiderte seinen Blick. »Das sollte genügen.«

»Du findest also nicht, daß er zu offiziell ist?«

»Nein. Er hat genau den richtigen Ton, würde ich sagen. Würdevoll, ohne blasiert zu wirken.«

Darüber lachte er. Der Brief war eine Art Empfehlungsschreiben und legte zugleich ihre Absichten dar. Und wenn seine Gruppen in die Zeitalter gingen, würde jede ein Exemplar des Briefes mitnehmen, um ihn vorzulegen, wenn – falls – sie Kontakt mit Überlebenden aufnahmen.

»Dann werde ich einige Kopien anfertigen«, sagte er und nahm den Entwurf zurück, »und sie mit dem Ring meines Großvaters siegeln.«

Katharina sah ihn einen Moment aufmerksam an, dann wechselte sie das Thema und meinte: »Du hast sie vermißt, nicht wahr?«

Atrus nickte zögernd. Wie immer sprachen sie von Marrim.

»Es ist eigenartig, Katharina. Marrim war immer so flink, so begeistert, aber sie hat sich verändert, seit wir hergekommen sind. Sie ist erwachsen geworden.«

»Hungrige Kinder wachsen eben, wenn man ihnen Nahrung gibt«, sagte Katharina und legte ihre Hand auf die seine. »Du solltest anfangen, sie zu unterrichten. Dieses Exemplar des Rehevkor, das wir gefunden haben … Du solltest es ihr geben, Atrus.«

Das Rehevkor war das alte Lexikon der D'ni, das hauptsächliche Lehrmittel für D'ni-Kinder. Atrus selbst hatte daraus die Sprache der D'ni gelernt.

»Meinst du? Glaubst du, daß sie soweit ist?«

Katharina grinste. »Sie war schon vor Monaten bereit. Aber eins nach dem anderen. Schreib das Verbindungsbuch zu Ende, und dann komm und sieh zu, daß du etwas Schlaf bekommst. Morgen wird ein langer Tag werden.«

Marrim trat durch die offene Tür und blickte in das Halbdunkel des Schulzimmers. Durch die Fenster auf der gegenüberliegenden Seite konnte sie die Bucht erkennen, wo die Sonne auf dem Wasser unterging.

In einer Stunde würde sie fort sein. Sie würde nach Chroma'Agana gehen, und von dort aus nach D'ni.

Und dann?

Der Gedanke daran zu gehen – die Zeitalter zu besuchen –, faszinierte sie, aber zur gleichen Zeit empfand sie eine tiefe Trauer darüber, daß sie von hier fortmußte. Bis jetzt war es ihr leichtgefallen, denn hier hielt sie nichts – außer natürlich ihre Familie –, aber bei diesem letzten Mal war alles anders geworden. Nun hatte sie einen Grund zurückzukommen.

Marrim ging zu dem Pult an der Vorderseite des Raumes. Alles war grob und eilig auf Befehl der Ältesten zusammengezimmert worden, aber dennoch hatte es seinen Zweck gut erfüllt. Zum Schluß hatten sich hundert oder mehr Kinder in diesem Raum gedrängt, begierig, sie zu hören und von ihr zu lernen. Und sie ihrerseits war ebenso begierig gewesen, sie zu lehren.

Alles in allem waren es vier herrliche Wochen gewesen, aber nun, da sie vorüber waren, stellte Marrim fest, daß sie Atrus und Katharina vermißt hatte, mehr als sie sich einzugestehen wagte. Bei ihnen war *sie* die Schülerin.

Sie lächelte, als sie an die strahlenden, eifrigen Gesichter dachte, die sich in dem Raum vor ihr gedrängt hatten, das Meer begeisterter Hände, das großäugige Staunen, als sie ihnen Geschichten über die D'ni erzählt hatte.

Vielleicht war das falsch gewesen, denn die Ältesten hatten ihr aufgetragen, sie nützliche Fertigkeiten zu lehren – Lesen und Schreiben und den Umgang mit Zahlen –, aber dies wäre wahrhaftig eine zu trockene Kost gewesen, hätte sie es nicht mit Geschichten gewürzt.

Marrim strich über die Oberfläche des Pultes, dann kauerte sie nieder und begann ihre Sachen aus den Schubladen zu nehmen und in ihren Rucksack zu stecken.

Zuletzt nahm sie ihr Tagebuch aus dem untersten Schubfach. Sie hielt einen Moment inne, um es aufzuschlagen und die letzten paar Einträge zu lesen. Sie hatte bemerkt, daß Atrus alles niederschrieb und täglich Aufzeichnungen über alles Vorgefallene anlegte. Aber sie hatte nie daran gedacht, dasselbe zu tun, bis sie vor zwei Monaten auf ihrer Büchersuche in einem Haus auf einer der mittleren Ebenen ein unbenutztes Notizbuch gefunden hatte. Seitdem hatte sie sich jeden Abend Zeit genommen, um ihre Gedanken über die Aktivitäten des Tages festzuhalten, das, was sie getan hatte, zu reflektieren.

Und nun, da sie es tat, verstand sie den Sinn und Zweck. Wäre sie ein Boot auf dem Weg über das Wasser des Lebens, dann wäre das Tagebuch ihr Kompaß. Es zeigte ihr den Kurs. Denn wie sollte sie wissen, wohin sie fuhr, ohne einen Bezug dazu, wo sie gewesen war?

Was es nur um so erstaunlicher machte, daß Atrus' Vater, Gehn, dies nicht gesehen hatte. Beim Lesen seiner Tagebücher hatte sie es eigenartig gefunden, wie wenig Gehn über die Welt, die ihn umgab, nachgedacht hatte. So wie sie es verstand, hatte Gehn keinen wirklichen intellektuellen Wissensdrang besessen, sondern war nur daran interessiert, die Welt zu zwingen, sich seinem Bild von ihr zu fügen – einer Vorstellung, die durch die Erlebnisse seiner Jugend und die ungezügelte Macht der Schreibkunst verzerrt war.

Marrim schloß das Notizbuch, steckte es in den Sack und blickte sich dann noch einmal um. In den letzten Minuten waren die Schatten im Raum noch tiefer geworden. Noch einen Augenblick, dann versank die Sonne hinter dem Horizont, und es wurde Nacht. Und sie würde wieder einmal fort sein.

Sie hatte sich bereits verabschiedet. Ihre Mutter hatte sie tränenüberströmt umschlungen, ihr Vater hatte ihre Hände genommen und fest gedrückt – und darin hatte ebensoviel Zuneigung gelegen wie in allen Umarmungen ihrer Mutter. Nun erwarteten Irras und Carrad sie auf der Lichtung im Wald. Aber immer noch stand Marrim da, zögerte zu gehen, solange noch ein Funken Licht blieb.

In solchen Momenten gibt es keine Logik der Ereignisse; man muß sich seinen Gefühlen ergeben.

Durch die offene Tür zu ihrer Linken fiel das letzte Sonnenlicht wie ein roter Balken. In dieses Licht trat jetzt ein Kind. Ein kleines Mädchen.

Marrim blinzelte, als habe sie es sich nur eingebildet, aber das Kind war immer noch da und sah sie an. Das Licht der untergehenden Sonne spiegelte sich in seinen dunklen feuchten Augen.

»Allem?«

Langsam kam Allem zu ihr. Von nahem konnte Marrim erkennen, daß sie geweint hatte.

»Du kommst doch zurück, oder, Marrim?«

Marrim kniete nieder und nahm sie in den Arm. »Aber sicher.«

»Versprochen?«

»Ich verspreche es. Jetzt geh. Dein Vater wird ärgerlich werden, wenn er erfährt, daß du hier bist.«

Das Mädchen nickte, rührte sich aber nicht. »Ich mußte kommen. Du bedeutest uns soviel.«

Marrim schniefte. »Und ihr mir auch … Ich habe euch gern unterrichtet. Ihr wart gute Schüler. Ihr habt es mir leichtgemacht.«

Das Mädchen blickte auf. »Kann ich mit dir gehen?«

»Mitgehen?« Marrim schickte sich an, den Kopf zu schütteln, aber Allem sprach weiter.

»Ich meine nicht jetzt. Ich meine später. Wenn ich erwachsen bin.«

Wieder wollte Marrim den Kopf schütteln, aber dann gab sie nach und nickte. »Ja, Allem. Wenn du älter bist.«

Atrus und Katharina waren in der Bibliothek auf Chroma'Agana, um ihre Gehilfen zu begrüßen, als zuerst Irras, dann Carrad und schließlich Marrim durchkamen.

»Nun …«, sagte Atrus und trat zurück. »Es ist alles vorbereitet. Sobald die Gruppen da sind, können wir beginnen.«

Die anderen Gruppenmitglieder würden erst heute abend eintreffen; Atrus hatte gewünscht, daß seine Anführer eher zurückkamen, damit er ihnen Anweisungen erteilen konnte.

»Welche Zeitalter habt Ihr denn nun ausgewählt, Meister Atrus?« fragte Irras. Er hatte ihm beim Katalogisieren der Zeitalter geholfen.

»Insgesamt sechs«, antwortete Atrus. »Für den Anfang habe ich alte Welten ausgesucht. Familienzeitalter, die einigermaßen solide sein müßten.«

»Werden wir den Bewahrer-Anzug benutzen?« fragte Carrad.

»Dieses Mal nicht«, meinte Atrus, doch dabei warf er Katharina einen Blick zu, als sei dieser Punkt zwischen ihnen strittig gewesen.

Sie sprangen nach K'veer. Dort erwartete Gavas sie mit einem Boot. Marrim begrüßte ihn, dann setzte sie sich ans Heck und schaute an dem Felsüberhang vorbei in die dahinter liegende Höhle.

Als sie unter dem Vorsprung hinaus auf den See ruderten, warf sie Atrus einen Blick zu. Sie sah, daß er es bemerkte, blickte fort und lächelte in sich hinein. Es war so gut, ihn wiederzusehen. So schön, zurück zu sein. Sie hatte es genossen, die Kinder Lesen und Schreiben zu lehren, aber dies hier war ihre eigentliche Arbeit. Sie gehörte hierher.

Die Besprechung heute morgen war ausführlich und detailliert gewesen. Atrus überließ nichts dem Zufall. Für jeden der Gruppenleiter hatte er Informationen vorbereitet und sie mit Einzelheiten über das Terrain, den Namen der Familien, denen die Zeitalter gehört hatten, und, vorsichtshalber, grundlegenden Punkten der D'ni-Etikette versorgt. Zuletzt händigte er ihnen Exemplare des Empfehlungsbriefes aus, den er verfaßt hatte. Marrim starrte ihren einen Augenblick an und studierte das dunkelgrüne Siegel mit dem Abdruck eines D'ni-Buchstabens in der Mitte, dann steckte sie ihn in die Jackentasche.

Den Nachmittag verbrachten sie mit Vorbereitungen. Für jedes Gruppenmitglied packten sie Rucksäcke mit Allwetterkleidung und ausreichend Nahrung. Es war beschlossen worden, daß sie, wenn nötig, draußen in den Zeitaltern ein Lager aufschlagen würden, während ein Gruppenmitglied am Verbindungspunkt blieb und sich bereit hielt, augenblicklich eine Nachricht nach D'ni zu bringen.

»Ich rechne nicht mit Problemen«, meinte Atrus, als er die Entscheidung erläuterte, »aber wir sollten trotzdem dafür gerüstet sein.«

Dennoch ließ er nicht zu, daß sie Waffen mit in die Zeitalter nahmen. Ihre Absichten waren friedlich, und sollte es zum Schlimmsten kommen und sie gefangengenommen und durchsucht werden, dann wollte er nicht, daß ihre Bewacher etwas an ihnen fanden, das auf etwas anderes hinwies.

»Die Zeitalter selbst sind harmlos. Dafür haben die Bewahrer gesorgt. Und falls es Überlebende gibt, werden sie ohne Zweifel D'ni sein. Sie mögen euch zuerst nicht freundlich begegnen, aber sie werden euch gewiß kein Leid tun.«

In dieser Nacht schliefen sie in D'ni. Am Morgen standen sie früh auf, als der See noch dunkel war, und versammelten sich auf dem freien Platz vor der provisorischen Bibliothek.

Vor einem Monat hatte Atrus aus einer der öffentlichen Bibliotheken sechs der großen Steinpodeste hierhertragen lassen. Diese waren nun in Abständen an der Hafenfront aufgestellt. Auf jedem war eine Lampe installiert, um die schräg geneigten Lesepulte zu erhellen, auf denen mit sanft glühenden Bildfeldern die aufgeschlagenen Bücher lagen.

Auf ein Wort von Atrus hin stellten sich die sechs Viererteams jeweils vor ihrem Podest auf.

Atrus blickte in die Reihe angespannter, nervöser Mienen. Dann legte er ohne ein weiteres Wort die Hand auf das Feld und sprang.

In weniger als einer Minute war es geschehen. Einer nach dem anderen traten sie an die Lesepulte und verschwanden wie Geister, die sich in Luft auflösen. Als im See das erste Licht des Morgens zu glühen begann, war das Hafenufer verlassen.

Mit verdüstertem Blick stand Marrim im Zentrum des verlassenen Dorfes und blickte sich um. Sie waren jetzt sechs Stunden hier, und sie hatten kein Lebenszeichen gefunden. Es schien, daß die Seuche sie alle dahingerafft hatte.

Das erste Anzeichen hatten sie schon in der Höhle gefunden. Dort hatten auf dem Boden neben dem Verbindungsbuch zwei Skelette auf einem Haufen gelegen. Ihre Knochen waren ineinander verkeilt, und ihre in der feuchten Luft verrotteten Umhänge zerrissen unter Marrims Berührung wie Spinnweben.

Veovis, dachte sie und sah vor ihrem inneren Auge, wie Veovis und A'Gaeris, maskiert und mit Handschuhen, um sich vor Ansteckung zu schützen, die Handflächen toter Menschen auf das Buch drückten.

Es war entsetzlich, und doch war es nichts gewesen im Vergleich zu dem anderen, was sie gesehen hatte. Sie war in eine Hütte getreten, nur um festzustellen, daß dort eine ganze Familie – Mutter, Vater und ihre zwei kleinen Kinder – ausgelöscht worden war. Ihre Körper lagen ausgestreckt auf der verfaulenden Matratze, und ihre fleischlosen Finger waren im Tode verschränkt.

Diese kleine Geste zärtlicher Zuneigung inmitten dieses Grauens hatte Marrim für einen Augenblick völlig aus der Fassung gebracht. Bis dahin war sie in der Lage gewesen, sich dagegen zu verhärten, sich daran zu erinnern, daß Atrus sie gewarnt hatte, so etwas könne sie erwarten. Aber das hier …

Die Enttäuschung traf sie zutiefst. Sie hatte bisher nicht erkannt, wieviel für sie selbst von diesem Abenteuer abhing.

»Lerral! Allef!« rief sie und rüttelte sich auf.

Sie beobachtete, wie die beiden jungen Männer aus dem großen Versammlungshaus am anderen Ende des zentralen Platzes traten, und nahm sogleich deren niedergeschlagenen Blick wahr.

»Kommt«, sagte sie und ging zu ihnen. »Laßt uns aufbrechen. Hier gibt es für uns nichts zu tun.«

Sechs Welten und nicht ein einziger Überlebender.

Atrus hatte zurückkehren wollen – um frischen Proviant einzupacken und eine weitere, gründlichere Suche in den beiden Zeitaltern vorzunehmen, in denen sie gar nichts, nicht einmal Knochen gefunden hatten –, aber Katharina hatte ihn davon abgebracht.

»Es macht nichts«, schloß Atrus, als alles andere gesagt war. »Wir versuchen es weiter. Das nächste Mal werden wir bestimmt mehr Erfolg haben. Dann werde ich nur eine Welt überprüfen.«

»Ja. Wir brauchen etwas, um die jungen Leute aufzumuntern. Sie sind sehr niedergeschlagen.«

»Diese hier, glaube ich.« Atrus zeigte ihr den Einband. Es war das Buch Aurack. »Es sieht ebenso erfolgversprechend aus wie jedes andere. Das Buch für unsere Rückkehr werde ich heute nacht schreiben. Sag Marrim und Carrad, daß sie mit uns kommen dürfen. Ach, und auch Merr und Gavas. Dieses Mal werden wir zu sechst gehen. Es wird die Suche beschleunigen.«

Katharina beugte sich zu ihm hinüber und küßte ihn auf die bärtige Wange. »Gut. Diese Neuigkeit wird sie aufheitern.«

Alle fertig?« Atrus blickte in die Gesichter, sah ihnen fragend in die Augen. Dann lächelte er, zufrieden mit dem, was er dort gesehen hatte, und legte die Hand auf das leuchtende Feld.

Es war heiß auf Aurack. Als Marrim aus der Verbindungshöhle trat, hob sie instinktiv die Hand an die Stirn, um ihre Augen vor dem grellen Sonnenlicht zu schützen. Atrus war vor ihr und stand am Rand des Steilhangs. Er hatte sich seine D'ni-Spezialbrille mit den dunklen Gläsern über die Augen gezogen.

»Leer«, sagte er, als Katharina neben ihn trat.

»Es sieht nur leer aus«, antwortete sie ihm. »Dort drinnen könnte man hundert Dörfer verstecken.«

Er sah sie an, wobei ihm bewußt war, daß die anderen zuhörten. »Meinst du, sie haben vielleicht genau das getan?«

»Möglich ist es. Nach dem, was D'ni zugestoßen ist, wäre es vernünftig, Vorsichtsmaßnahmen zu treffen.«

»Vielleicht«, gab er zu, »aber wie sollen wir sie finden?«

Als Marrim auf den Felssims trat, sah sie sofort, was Atrus meinte. Was da unter ihnen lag und sich von Horizont zu Horizont über die Landschaft ausbreitete, das war kein Wald, wie sie ihn von Averone her kannte, sondern ein Urwald, tausend Quadratmeilen oder mehr dicht an dicht zusammenstehende Bäume; ein Ozean von Grün, in dem man sich auf ewige Zeit verstecken und niemals gefunden werden konnte.

»Warum zünden wir kein Feuer an?« fragte sie.

Atrus sah sie an. »Wenn alles andere nichts fruchtet, werden wir das tun. Aber falls es hier Menschen gibt, nehme ich an, daß sie sich nicht allzu weit von der Verbindungshöhle entfernt haben. Sie werden vermutlich wissen wollen, ob jemand in ihr Zeitalter gekommen ist.«

»Du willst wirklich dort suchen?« fragte Katharina und wies auf das riesige Waldgebiet.

»Nur in einem Teil davon. Sobald wir nach dem Verbindungsbuch gesucht haben, werden wir uns aufteilen. Jeder nimmt sich einen kleinen Teil vor.«

»Was ist, wenn jemand sich verläuft?«

Aber Atrus hatte daran gedacht. In jeden Rucksack hatte er spezielle Markierungsstifte gepackt. Diese sollten sie gebrauchen, um Zeichen an den Bäumen, die sie passierten, anzubringen.

»Um Verwirrung zu vermeiden, habe ich jedem von euch eine andere Farbe gegeben.« Er drehte sich um und sah die drei jungen Männer an. »Carrad und Merr, ihr nehmt an der ersten Suche teil. Gavas, du kannst uns hier auf dem Steilhang den Rücken decken. Falls etwas schiefgeht, schieß eine Leuchtkugel ab.«

Gavas nickte. Er verbarg seine Enttäuschung gut.

»Gut. Dann werden wir unsere Suche zuerst auf diese Seite konzentrieren. Dort unten liegt ein Fluß – ihr könnt ihn zwischen den Bäumen glänzen sehen –, das wird ein guter Platz für ein Lager sein. Wir können dort hinuntergehen und uns dann am Flußufer aufteilen.« Atrus blickte sich um. »Aber zuerst laßt uns ausschwärmen und dieses Gebiet durchsuchen. Falls es ein Verbindungsbuch gibt, müßte es irgendwo in der Nähe sein.«

Der Fluß war ein breites grünes Band, das hin und wieder zwischen den geraden dunklen Baumstämmen zur Linken zu erkennen war. Draußen auf dem Flußufer war es drückend heiß, und Schwärme exotischer Insekten fielen über alles und jeden her, der in ihre Nähe geriet, aber hier, unter den Zweigen, war es viel kühler und die Insekten weniger gefräßig.

Marrim blieb stehen, um einen Baumstamm mit Farbe zu besprühen, dann drehte sie sich um und nahm ihre Umgebung in Augenschein. Der Wald war erfüllt von Geräuschen – dem Summen von Insekten, den endlosen Vogelschreien und dem Rascheln unsichtbarer Wesen, die bei ihrem Näherkommen davonhuschten.

Obwohl es hier viel kühler war, war es immer noch schwül, und Marrim blieb häufig stehen, um sich die Stirn zu wischen. Ihre Kleidung klebte unangenehm an ihr. So heiß wurde es auf Averone nicht einmal in der Trockenzeit, und dies machte ihr, zusammen mit den fremdartigen Lebensformen, langsam zu schaffen. Eine Stunde war vergangen, seit sie sich am Fluß getrennt hatten, und bis jetzt hatte sie nichts gesehen, was auf die Existenz von intelligentem Leben in diesem Zeitalter hingewiesen hätte. Aber jedesmal, wenn ihr dieser Gedanke kam, erinnerte sie sich daran, wie es vom Steilhang aus ausgesehen hatte, wie riesig das Gebiet, das sie durchsuchten, war, und dann fühlte sie sich von neuem angespornt.

Sie hatte sich daran gewöhnt, daß der Boden unter ihr bei jedem Schritt nachgab; an das Laubwerk von tausend Jahren, das unter ihren Füßen einen dicken, trockenen Teppich aus Moder bildete. Sie hatte sich sogar an das merkwürdige Licht unter dem Blätterdach gewöhnt, sein leuchtendes Grün, das ihr zuerst den Eindruck vermittelt hatte, sie befinde sich am Grund eines tiefen Meeres.

Marrim kratzte sich am Arm. Die Insektenstiche waren dick angeschwollen und bildeten eine kleine Bergkette roter Quaddeln auf ihrem nackten Unterarm. Jetzt lächelte sie darüber, aber vorhin hatte sie geglaubt, die Tiere würden sie bei lebendigem Leibe auffressen!

Sie hatten gewußt, daß Aurack eine weite, primitive Welt war, aber es war merkwürdig, daß Atrus die Insekten nicht erwähnt hatte. Allerdings hatte in seinen Instruktionen auch nichts über die Hitze gestanden, so daß sie vielleicht zu einer ungewöhnlichen Zeit gekommen waren – am Höhepunkt einer heißen Jahreszeit oder inmitten einer Hitzewelle. Aber irgendwie überzeugte sie das nicht. Alles hier wirkte, als passe es zu dieser Hitze. Dies war ganz eindeutig eine tropische Umgebung.

Marrim zog weiter, wobei sie im Gehen ihren Weg markierte, als sie plötzlich stehenblieb und um hundertachtzig Grad herumfuhr. Da war ein Schrei gewesen: ein schrilles, unartikuliertes Kreischen.

Eilig ging sie, der Spur der markierten Bäume folgend, auf dem Weg zurück, den sie gekommen war.

Carrad und Katharina warteten am Treffpunkt am Fluß, als sie fast im Laufschritt zu ihnen stieß. Einen Augenblick später traf Atrus ein.

»Wer war das?« fragte er und blickte, nach einer Erklärung suchend, vom einen zum anderen.

»Ich dachte, du wärest es gewesen«, sagte Katharina, die jetzt verwirrt war.

Atrus wandte sich um und blickte zum Wald zurück. »Wo ist Merr?«

Sie hörten ein Krachen zwischen den Bäumen. Carrad lachte erleichtert. »Da kommt er ja!«

Aber das Krachen hörte so plötzlich, wie es begonnen hatte, wieder auf, und in der Stille, die darauf folgte, war nichts davon zu hören, daß sich jemand sich auf sie zubewegte.

»Laß uns gehen«, sagte Katharina und berührte Atrus' Hand. »Seine Spur ist die blaue. Es müßte ziemlich einfach sein, ihr zu folgen.«

Wieder drangen sie in den Wald ein, dieses Mal vorsichtiger. Atrus führte sie an; hinten ging Carrad und drehte den rasierten Schädel hierhin und dorthin, während er den ihn umgebenden Dschungel in Augenschein nahm.

Die Spur folgte einem Abhang bis in eine Senke. Dort endete sie abrupt in der Mitte einer Lichtung.

Insekten summten und surrten in der drückenden Hitze.

Atrus ging von Baum zu Baum, dann blieb er stehen und blickte sich verblüfft um.

Marrim bückte sich und hob etwas auf. Es war ein Stück zerrissener Stoff. Zuerst verstand sie nicht, doch dann ging es ihr auf. Sie hielt es an ihren eigenen Umhang. Die Übereinstimmung war vollkommen.

»Atrus ...«

Sie reichte ihm das Stoffstück und sah an seinem Blick, daß er erkannte, was es bedeutete.

»Er könnte irgendwo hängengeblieben sein«, meinte Atrus und hielt ihrem Blick stand. Aber er dachte etwas anderes.

»Hier!« rief Carrad von der anderen Seite der Lichtung aus. »Es sieht aus, als sei an dieser Stelle etwas durch die Büsche gezerrt worden.«

Sie gingen hinüber und starrten alle vier schweigend die zerknickten Büsche an. Tatsächlich, hier war etwas durch das Unterholz geschleift worden.

Als sie sich umsah, bemerkte Marrim einiges, das ihr beim ersten Mal entgangen war, zum Beispiel die Art, wie der Boden auf der einen Seite der Lichtung aufgewühlt schien. Sie ging dorthin, beugte sich nieder und stocherte mit dem Fingern herum.

Sie stieß auf etwas Klebrig-Feuchtes, dann hob sie die Hand und keuchte auf. Blut! Ihre Finger waren mit Blut bedeckt, das in die Blätter hineingesickert war.

Katharina stand neben ihr. Sie kniete nieder, nahm ihre Hand, drehte sie um und betrachtete sie eingehend.

»Merr?« rief Atrus, formte mit den Händen einen Trichter und rief in das dichte Unterholz jenseits der Lichtung hinein. »Merr! Wo bist du?«

Aber es kam keine Antwort. Nichts als das Flügelschlagen und der schrille klagende Schrei eines unsichtbaren Vogels.

Bewaffnet waren Atrus und Carrad wieder nach Aurack gesprungen und auf die Lichtung zurückgekehrt. Sie arbeiteten sich durchs Unterholz und folgten der Spur von geknickten Zweigen, bis sie neben einem Wasserfall herauskamen. Dort, im Schlamm am Ufer des Baches, der vom Wasser wegführte, waren Spuren.

Die Spuren von etwas Großem.

Mißtrauisch folgten sie der Fährte durch das enge Tal, bis sie auf das stießen, das zu finden sie befürchtet hatten: Teile von Merrs zerfetzter und blutiger Kleidung. Von Merr selbst war nichts zu sehen, aber die Spuren führten weiter, und es gab eindeutige Anzeichen dafür, daß das Untier sich hier niedergelassen hatten, um sein Mahl zu halten, bevor es weitergezogen war und seine Beute mitgeschleift hatte.

Als Carrad dies sah, krümmte er sich zusammen und stöhnte, vollständig niedergeschmettert. Aber Atrus stand nur da und starrte vor sich hin, und in seinen blassen Augen malte sich das ganze Ausmaß seines Kummers.

»Komm«, sagte er endlich. »Laß uns zurückgehen.«

Als sie wieder in D'ni waren, nahm Atrus noch einmal das Buch Aurack und las es durch. Schließlich schloß er es, blickte auf und schüttelte den Kopf.

»Ich verstehe das nicht«, sagte er. »Es trägt den Stempel der Gilde der Bewahrer. Solche Kreaturen dürfte es auf Aurack nicht geben.«

»Dann muß jemand das Tier anderswo eingefangen haben«, meinte Katharina.

»Aber warum sollte er sich diese Mühe machen? Warum nicht einfach geradewegs auf die Welt gehen, von der das Wesen kommt?«

»Vielleicht, weil es zu gefährlich war«, antwortete Katharina. »Ich habe darüber nachgedacht, Atrus. Dies waren D'ni, oder? Gelehrte und Gildenmänner, Baumeister und Steinmetze, Tintenmacher und Archivare, aber keine Jäger. Und in diesem Fall wäre Aurack perfekt für die zaghafteren unter ihnen gewesen. Die einzige Bedrohung dort wäre das Tier gewesen, das sie zu ihrer Unterhaltung losgelassen hatten. Oder die Tiere, wenn ich richtig vermute, denn diese Kreatur kann nicht siebzig Jahre überlebt haben ohne Artgenossen, um sich fortzupflanzen. Ich nehme an, sie haben sie losgelassen und innerhalb weniger Tage getötet. Wenn dann die Bewahrer kamen, um das Zeitalter zu inspizieren, gab es keine Spur mehr von ihnen.«

»Gut möglich«, gestand Atrus zu. »Aber wie immer die Wahrheit aussieht, eines ist sicher: Wir müssen uns in Zukunft besser vorsehen. Niemand darf allein in ein Zeitalter vordringen. Und wir müssen die Gruppen vergrößern. Vielleicht nur zwei Gruppen zu je zehn oder zwölf. Ja, und wir müssen sie bewaffnen.«

Atrus übernahm das Kommando für die nächste Expedition. Zwölf von ihnen, die ersten beiden bewaffnet, sollten die Verbindung herstellen. Falls sie auf Erkundung gingen, sollten sie in Dreiergruppen zusammenbleiben, und jeder Gruppenführer trug einen Flammenwerfer, um ihn beim ersten Anzeichen von Schwierigkeiten zu benutzen.

Eine lange Woche war seit Merrs viel zu frühem Tod verstrichen – eine Woche, in deren Verlauf Atrus und Katharina nach Averone zurückgekehrt waren, um Merrs Eltern die Nachricht zu bringen –, und als sie nun vor dem Podest standen, herrschte angesichts der vor ihnen liegenden Aufgabe eine ganz andere Stimmung als zuvor – eher nüchtern als aufgeregt.

»Nun gut«, sagte Atrus ruhig. »Es ist Zeit.«

Carrad und Gavas sprangen als erste. Einen Augenblick später folgte ihnen Atrus. Die Verbindungshöhle war lang gestreckt und niedrig, aber das Sonnenlicht, das durch einen Spalt hoch oben an einer Seite einsickerte, ließ sie weniger bedrückend erscheinen, als es sonst der Fall gewesen wäre. Die Luft war frisch, und es lag eine leichte Feuchtigkeit darin.

»Inseln«, meinte Marrim, die nach Atrus durchkam. »Ich rieche Inseln.«

Atrus nickte. Wenn das Buch korrekt war, gab es tatsächlich Inseln, aber das war es nicht, was Marrim meinte. Sie konnte das Meer riechen. Und andere Dinge. Es war wie Averone, die selbe Mischung von Gerüchen.

Sie kletterten auf ein Felssims. Unter ihnen fiel das Land ab, ein langer Abhang mit hüfthohem Gras, der in der silberblauen Linie eines sonnenbeschienenen Ufers endete. Und dort – von ihrem Standpunkt aus direkt einzusehen – lag ein Dorf, das sich um einen kleinen natürlichen Hafen schmiegte.

Als Atrus das sah, fühlte er, wie die schwere Last, die er während der letzten Monate getragen hatte, von ihm abfiel. Zum ersten Mal seit Wochen lächelte er.

»Kommt«, sagte er und blickte sich zwischen ihren eifrigen Mienen um. »Laßt uns hinuntergehen und unsere Vettern begrüßen.«

Ihre Fröhlichkeit währte nicht lange. Das Dorf war verlassen. Trotzdem gab es Zeichen dafür, daß es noch vor kurzem bewohnt gewesen sein mußte. Alles war instand gehalten, die Zäune in gutem Zustand, die Wege gefegt.

In den Hütten waren die Betten gemacht, und in den hölzernen Schränken lag die Kleidung gebügelt und gefaltet. Die Regale waren gut ausgestattet, die Küchengeräte sauber und poliert. Im Hafen lagen drei Fischerboote vor Anker, deren Segel und Netze ordentlich verstaut waren. Wohin man blickte, sah man die Erzeugnisse einer kleinen, aber fleißigen Gemeinschaft. Nur von Menschen gab es keine Spur.

»Sie haben uns bestimmt aus der Höhle kommen sehen«, meinte Gavas. »Sie haben uns gesehen und sind weggelaufen.«

»Nein«, sagte Marrim. »Dazu hätten sie keine Zeit gehabt. Außerdem, wohin hätten sie sich wenden können?«

Das stimmte. Das Dorf lag am Ende eines schmalen Kaps. Nur über das Meer hätten sie sich davonmachen können, ohne von Atrus und seiner Gruppe gesehen zu werden.

Atrus ging zum Ende des Hafens, beschattete seine D'ni-Brille mit der Hand und blickte auf das Meer hinaus.

»Wir werden warten«, sagte er mit einer seltsamen Zuversicht in der Stimme. »Wir werden unser Lager aufschlagen und warten.«

Das Boot kam langsam näher. Mit langen Staken wurde das grobschlächtige Fahrzeug durch das Wasser geschoben, bis es unmittelbar vor der Hafenmündung dümpelte. Es lag tief im Wasser; ein geräumiges Schiff mit breitem Kiel und mehr als einem Dutzend verschiedener Aufbauten auf dem langen flachen Deck, so daß es eher einem schwimmenden Dorf ähnelte als einem normalen Boot.

Die Menschen an Bord mißtrauten den Neuankömmlingen

sichtlich, und es fanden heiße Diskussionen statt, bevor einer von ihnen – ein alter Mann von gemessenem Auftreten, dessen blasse Augen von einer D'ni-Brille geschützt wurden –, an den Bug trat und sie anrief.

»Ho, Ihr da! Wer seid Ihr und was wollt Ihr?«

Atrus hob einen Arm und grüßte den Graubart. »Mein Name ist Atrus, Sohn des Gehn, Enkel von Atrus und Ti'ana, ehemals aus D'ni, und dies sind meine Gefährten.«

Aus dem Fahrzeug war erstauntes Gemurmel zu hören. Der Älteste jedoch schien nicht beeindruckt. »Ihr sagt, Ihr kommt aus dem alten D'ni. Doch D'ni ist zerstört. Was deinen Vater angeht, so habe ich nie von ihm gehört. Die Namen deiner Großeltern allerdings sind mir wohlbekannt, falls es denn wahr ist.«

»Es ist wahr. Und wir wollen Euch kein Leid zufügen. Wir möchten nur reden.«

»Das sagt Ihr«, erwiderte der Alte und wandte sich ab.

Lange Zeit vertiefte sich der alte Mann in eine lange, im Flüsterton geführte Diskussion mit seinen Kameraden – einem Dutzend oder mehr, die sich kauernd in der Mitte des Bootes drängten –, dann kam er schließlich zurück und rief Atrus von neuem an.

»Es ist entschieden. Ich werde mit dir reden, Atrus, Sohn des Gehn.«

Mit diesen Worten trat er zurück und erlaubte zweien der jungen Männer, an der Seite des Schiffes ein kleines Ruderboot zu Wasser zu lassen. Er kletterte hinein, ergriff mit einer Geste an die Männer an Bord die Riemen und begann, auf die Küste zuzurudern. Währenddessen lehnten die Männer auf dem größeren Boot sich schwer auf ihre Staken und schickten sich an, das Fahrzeug hinaus auf die Bucht zu bewegen.

Als das Ruderboot an die Hafenmauer stieß, eilte Carrad hinunter, um dem Alten beim Festmachen zu helfen, doch dieser winkte ihn mit einem mißtrauischen Blick fort.

Carrad trat zurück und ließ dem Ältesten auf der Treppe den Vortritt.

Eine Sekunde zögerte Atrus, dann trat er vor und verneigte sich respektvoll vor dem Fremden, der weniger als fünf Schritte von ihm entfernt stehengeblieben war. Von nahem schien er nicht so alt, wie es zuerst den Anschein gehabt hatte, und Atrus erkannte schockiert, daß er den Umhang eines D'ni-Gildenmannes trug. Einen alten, vielfach geflickten Umhang.

»So«, sagte der Alte, »Ihr seid also Atrus, eh? Mein Name ist Tamon, und ich bin hier der Verwalter. In D'ni war ich Gildenmann. Steinmetz. Aber das ist lange her. Nun sagt mir, Atrus, warum seid Ihr hier?«

»Ich bin hier, um Euch zu bitten, zurückzukommen«, antwortete Atrus. Er sah, daß der andere versuchte, etwas in seinen Augen zu lesen, und hielt seinem Blick unbeirrbar stand.

»Zurück?« fragte Tamon.

»Nach D'ni.«

Tamons Lachen war dunkel und von Kummer erfüllt. »Nach D'ni, ja? Aber D'ni liegt in Trümmern.«

»Jetzt ja«, stimmte Atrus ihm zu. »Doch das braucht nicht so zu bleiben. Wenn wir genug Menschen finden, können wir es wieder aufbauen.«

»Und das ist deine Aufgabe, Atrus? Genug Menschen zu finden, um D'ni wiedererstehen zu lassen?«

Atrus nickte.

»Dann sprich, denn es scheint, wir haben viel zu bereden.« Tamon wandte sich halb ab und blickte seinem Boot nach, das inzwischen weit in die Bucht hinausgeglitten war, dann drehte er sich wieder um und sah Atrus in die Augen. Sein eigener Blick war hinter den D'ni-Gläsern von Furcht und Mißtrauen erfüllt.

Sie unterhielten sich den größten Teil des Nachmittags, und Tamon befragte Atrus eingehend. Anschließend stand Atrus am Steg und sah zu, wie der alte Tamon davonruderte. Sein winziges Boot verschwand im letzten Abendlicht. Er rechnete damit, im Laufe dieser Nacht seine Antwort zu erhalten, aber es sollten ganze zwei Tage vergehen, ehe der Gildenmann zurückkehrte. In diesen beiden langen Nächten, während derer Atrus und sein Trupp sich in Geduld übten, waren ferne Lichter – Lagerfeuer – zu sehen, die auf einer winzigen Insel weit draußen in der Mitte des Sees glitzerten.

Am Vormittag des dritten Tages stieg Tamon erschöpft die Treppe zum Hafen hinauf.

»Nun?« fragte Atrus, seine Ungeduld verbergend.

»Wir haben entschieden, daß wir mit Euch sprechen werden«, antwortete Tamon. »Wenn die Sonne im Zenit steht, werden andere kommen. Sie werden sich anhören, was Ihr zu sagen habt.«

»Zweifelt Ihr immer noch?«

»Nicht ich«, meinte Tamon, »aber Ihr müßt uns verstehen, Atrus. Wir sind hier sehr isoliert gewesen, und einige der Jüngeren haben noch nie einen Fremden zu Gesicht bekommen. Aber kommt … laßt uns essen und reden und dann, vielleicht, beschließen, was zu tun ist.«

Tamon hatte zwar Atrus' Großvater nicht persönlich gekannt, aber er hatte Atrus viel über die Umstände zu berichten, die zum Untergang von D'ni geführt hatten; Dinge, die nicht einmal Anna ihm erzählt hatte.

»Es gab viele, die ihr die Schuld an allem gaben. In jenen letzten Stunden verfluchten sie ihren Namen, als hätten Veovis und dieser üble Philosoph keine Rolle dabei gespielt«, schloß Tamon und reichte Atrus über den Tisch hinweg seine Pfeife.

Atrus nahm die knorrige, mit Schnitzereien verzierte Pfeife und sog aus Höflichkeit einen kleinen Zug von dem beißenden Rauch ein. Tamon, der ihn beobachtete, lächelte und enthüllte dabei eine Reihe perlweißer, perfekt geformter Zähne.

»Stark«, meinte Atrus und versuchte nicht zu husten. Ihm tränten die Augen.

Katharina, die neben Atrus saß, nahm die Pfeife von ihm entgegen. Tamon betrachtete sie aus halb geschlossenen Augen. Es war klar, daß er nicht an Frauen von so freiem Auftreten gewöhnt war. Als sie ihm die Pfeife zurückreichte, runzelte er die Stirn, obwohl ihm dies nicht bewußt war, und blickte dann schnell fort, damit Katharina nicht bemerkte, was er dachte.

Doch Katharina beobachtete ihn und sah alles. Diese Menschen hatten während der vergangenen siebzig Jahre so offen gelebt, daß sie sämtliche gesellschaftlichen Masken, die sie vielleicht einmal besessen hatten, eingebüßt hatten. Alles, was sie waren, stand ihnen deutlich ins Gesicht geschrieben: ihre Hoffnungen, ihre Ängste, ja, und besonders ihr Mißtrauen, alles konnte man darin lesen wie in einem Buch.

Aber davon sagte sie nichts.

»Und Ihr, Meister Tamon?« fragte sie. »Habt Ihr Ti'ana die Schuld gegeben?«

»Ich nicht«, sagte der Alte, und Katharina erkannte, daß es ihm ernst war. »Oh, ich fand sie fremdartig, das streite ich nicht ab. Aber sie war ehrlich. Jeder, der Augen im Kopf hatte, konnte erkennen, wie aufrichtig sie war.«

»Dann kommt mit uns zurück, Meister Tamon«, sagte Atrus und beugte sich zu ihm hinüber. »Helft uns, D'ni wiederaufzubauen. Es wird einige Zeit dauern, ich weiß. Vielleicht eine lange, lange Zeit. Aber Zeit ist genau das, was wir D'ni im Überfluß besitzen.«

Tamon erwiderte seinen Blick, dann zuckte er die Achseln. »Ich muß noch einmal mit meinen Leuten sprechen. Weiter mit ihnen darüber diskutieren. Erst dann …«

»Ich verstehe«, sagte Atrus. »Aber denkt bei Euren Überlegungen an folgendes: Es wird andere Überlebende geben. Hoffentlich viele. Und dadurch wird die Aufgabe für uns alle leichter. Es kommt auf jedes zusätzliche Paar Hände an.«

»Das sehe ich ein«, sagte Tamon. Dann wechselte er das Thema, indem er sich umdrehte und in die Hände klatschte. Auf dieses Zeichen hin kamen zwei junge Burschen, kaum den Kinderschuhen entwachsen, herbei, verbeugten sich und stellten sich Atrus und Katharina vor.

»Meine Enkel«, sagte Tamon und lächelte ihnen stolz zu. »Arren, Heejaf … heißt diese guten Leute willkommen.«

Die beiden Jungen verneigten sich, dann begrüßten sie ihre Gäste in perfektem D'ni und wünschten ihnen Gesundheit. Atrus lächelte und klatschte laut in die Hände, und Katharina, die den Alten beobachtete und sah, wie stolz er in diesem Augenblick war, wußte, wie die Antwort lauten würde, noch bevor er mit den anderen Dorfbewohnern über die Angelegenheit diskutiert hatte.

Erst später erfuhren sie von der Tragödie des alten Mannes.

Neun Tage nach dem Sturz von D'ni hatte sich sein Sohn Huldref freiwillig gemeldet, um zurückzuspringen und festzustellen, was geschehen war und ob es sicher sei, zurückzukehren. Er hatte versprochen, innerhalb eines Tages zurück zu sein und Nachricht zu bringen, aber Huldref war niemals wiedergekehrt. Ohne Zweifel war er der Seuche erlegen, die so viele andere Opfer gefordert hatte. Und Tamon und seine Frau waren trauernd zurückgeblieben.

An diesem Abend jedoch waren Tamon und sein Volk in weit fröhlicherer Stimmung. Die Nachricht, daß D'ni wieder aufgebaut werden sollte, wühlte die Überlebenden auf, und sie hatten es eilig, zurückzukehren und zu helfen. Sie packten alles, was sie brauchen würden, und schickten sich an, zurück in ihr Heimatzeitalter zu springen – ein Zeitalter, das viele von ihnen, die weit jünger waren als der alte Tamon, noch nie mit eigenen Augen gesehen hatten.

»Wir werden nach D'ni zurückkehren«, sagte Atrus und nahm Tamons Hände, »und alles für Euer Volk vorbereiten. Wir haben provisorische Unterkünfte und Betten, genug für euch alle.«

»Dann wollen wir uns morgen wiedersehen, Atrus, Sohn des Gehn«, sagte Tamon und umfaßte mit seinen alten Händen fest die von Atrus. »Auf morgen, in D'ni.«

Aber noch eine weitere Überraschung wartete auf Atrus. Als die Desorientierung durch den Sprung nach D'ni nachließ und er sich am Hafenufer umsah, schüttelte er den Kopf, als traue er seinen Augen nicht. Auf der anderen Seite des Platzes war eine ganze Zeltstadt aus dem Boden gesprossen. Und Menschen waren da! Wohin Atrus blickte, waren Menschen. Sie saßen vor den Zelten auf ihren Bündeln oder standen in Gruppen beisammen und unterhielten sich. Als sie ihn sahen, verstummten sie und blickten ihm erwartungsvoll entgegen.

»Gavas?« rief Atrus mit einem Blick zu seinem jungen Helfer, während Katharina und Marrim eintrafen. »Was geht hier vor?«

»Atrus?« fragte eine Stimme hinter ihm. »Ihr seid Atrus, nehme ich an?«

Atrus drehte sich um und stellte fest, daß er zwei Männern in den Dreißigern gegenüberstand; einem kleinen, eher rundlichen mit zerzaustem Haar und einem größeren, dunkelhaarigen mit dichten schwarzen Augenbrauen und düsterem Gesicht. An ihren blassen Augen erkannte er sogleich, was sie waren.

Der erste von ihnen – er nahm an, der, der ihn angesprochen hatte – streckte ihm die Hände entgegen.

»Ich bin Omar von Bilaris«, sagte er, »Und dies ist mein Bruder Ezel.«

»Also«, begann Atrus, sobald sie alle in dem provisorischen Lagerhaus um die Schreibtische saßen, »wann seid Ihr hergekommen?«

»Vor sechs Stunden«, antwortete Ezel. »Kurz bevor Ihr zum letzten Mal gesprungen seid.«

Atrus zog die Augen zusammen. »Ihr habt es gesehen?«

»Wir haben alles mit angesehen«, schaltete sich Omar ein, bevor sein Bruder weitersprechen konnte, wobei er sich mit einer Hand nervös durch das strähnige, zerzauste Haar fuhr. »Von Anfang an. Wir haben Euch …«

»Wir haben Euch gesehen, auf K'veer«, sagte Ezel. Im Unterschied zu seinem Bruder saß er sehr ruhig da, wie eine Statue, das Gesicht zu einem scheinbar ewigen Stirnrunzeln verzogen.

Tatsächlich, dachte Katharina, die neben Atrus saß und die beiden ansah, hätte sie sich keine zwei Männer vorstellen können, die weniger wie Brüder wirkten.

»Ihr habt uns die ganze Zeit über beobachtet?« fragte Atrus.

»Beinahe ständig jedenfalls«, räumte Omar ein. »Wir waren uns nicht sicher.«

»Und was hat euch dazu bewogen, eure Meinung zu ändern und zu uns zu stoßen?« wollte Atrus wissen.

»Intuition«, meinte Ezel.

Atrus wartete, und nach kurzem Schweigen erklärte Omar: »Wir hatten ein gutes Gefühl dabei. Wir haben uns angesehen, was Ihr getan habt, und es schien harmlos zu sein.«

»Wir haben lange beraten«, setzte Ezel hinzu, »zu Hause auf Bilaris, und wir …«

»Ja, was ist damit?« unterbrach Atrus. »Wir haben Euer Zeitalter aufgesucht. Dort war nichts.«

»So scheint es«, sagte Omar mit leisem Lächeln. Wieder fuhr er sich durch das strähnige Haar. »Nachdem D'ni untergegangen war, meinte unser Vater, wir sollten Vorsichtsmaßnahmen treffen. Er beschloß, wir sollten von der Hauptinsel wegziehen. Wir haben Unterkünfte auf den kleineren Inseln gebaut.«

»Auf der abgewandten Seite«, ergänzte Ezel, »wo sie von der Hauptinsel aus nicht eingesehen werden konnten.«

»So ist das also!« rief Atrus, lehnte sich zurück und rieb sich die Hände, zufrieden, daß das Rätsel gelöst war. »Und euer Vater ...«

»Starb vor zwölf Jahren.« Omar schlug die Augen nieder.

»Das tut mir leid«, sagte Atrus.

»Er war Gildenmann«, sagte Ezel einen Moment später. »Ein Meister der Gilde der Archivare. Er hat uns unterrichtet.«

»Und es war eure Idee, zurückzukommen?« fragte Katharina, womit sie sich zum ersten Mal zu Wort meldete.

»Unser Vater wollte es nicht«, meinte Omar. »Oh, er selbst ist mehrere Male zurückgekehrt, aber der bloße Anblick dessen, was hier geschehen war, hat ihn stets tief bedrückt. Schließlich hat er aufgehört zu springen.«

»Aber ihr seid zurückgekehrt«, bohrte Katharina weiter, »nach seinem Tod.«

»Ja«, antwortete Ezel. »Unser Volk hat sich auf uns verlassen, versteht Ihr? Auf Bilaris ... nun, auf Bilaris hatten wir keine Zukunft.«

»Und ihr meint, hier gibt es eine?« fragte Atrus.

»Ja«, antworteten die beiden Männer wie aus einem Munde, und dann grinsten sie – dasselbe Lächeln auf zwei so verschiedenen Gesichtern. Und plötzlich konnte Katharina erkennen, daß sie in der Tat Brüder waren.

»Wir wollen euch helfen«, sagte Ezel.

»Unter uns sind viele Handwerker«, setzte Omar hinzu, »Steinmetze und Techniker.«

»Das ist gut«, meinte Atrus. »Aber wie viele seid ihr?«

»Die Zahl wird kein Problem sein«, sagte Ezel und rückte auf seinem Stuhl leicht nach vorn. »Wir können unter Zeltplanen leben, bis festere Quartiere zur Verfügung stehen. Und Nahrung können wir von Bilaris mitbringen. Obst und Fisch. Und frisches Wasser.«

»Ausgezeichnet«, meinte Atrus. Er wollte noch etwas sagen, aber Katharina meldete sich noch einmal zu Wort.

»Verzeiht mir, Omar und Ezel, aber was genau ist euer Beruf?«

Omar warf seinem Bruder einen Blick zu. »Wir sind … Historiker.«

»Irgendwie jedenfalls«, sagte Ezel schnell mit seltsam tadelndem Blick.

»Irgendwie?« fragte Katharina, wobei sie ihn genau beobachtete.

»Wir sind sozusagen Autodidakten«, sagte Ezel und sah sie direkt an. Da war wieder diese Offenheit in ihm, die sie zuvor an Tamon bemerkt hatte. Der Verlust der Masken. Als hätten sie alle dadurch, daß sie gezwungen waren, fern von D'ni und seinem intensiven gesellschaftlichen Druck zu leben, etliche Hautschichten abgeworfen.

»Dann seid ihr unter euresgleichen«, sagte Atrus, »denn seit D'ni untergegangen ist, sind wir alle auf uns selbst angewiesen gewesen. Es ist keine Schande, sich selbst unterwiesen zu haben. Eine Schande wäre es nur, nicht einmal nach Wissen gesucht zu haben.«

»Gut gesprochen«, meinte Omar und grinste wieder. Aber Ezel, der neben ihm saß, starrte Katharina nur an, ohne sich dessen bewußt zu sein.

Als Tamon und seine Gruppe am nächsten Morgen endlich eintrafen, machten sie sich daran, die Aufgaben während des bevorstehenden Wiederaufbaus zu verteilen. Es bestand Einigkeit darüber, daß die Gesamtplanung weiterhin in Atrus' Händen liegen würde. Aber Tamon als einstigem Mitglied der Gilde der Steinmetze sollte die praktische Durchführung der Maurerarbeiten unterstehen. Es bestand natürlich die Notwendigkeit, ausreichenden Lebensraum für die, die aus den Zeitaltern zurückkehrten, zu schaffen, denn der Lagerplatz am Hafen war ihnen bereits zu klein geworden – aber sie spürten ebenfalls, daß irgendeine Geste nötig war: etwas, das die Auferstehung von D'ni symbolisierte. Tamons Aufgabe war es, sich eine geeignete Aktion einfallen zu lassen, etwas, das ihnen neuen Mut schenkte, aber nicht allzuviel Zeit und Energie von den praktischeren Maßnahmen abziehen würde.

Am späten Nachmittag kehrte er zurück, und seine Augen blitzten. »Das alte Gildenhaus der Tintenmacher«, sagte er zur Antwort auf Atrus' unausgesprochene Frage. »Ich komme eben von dort her, und es scheint unbeschädigt. Jedenfalls nichts Wesentliches. Natürlich hat es ein paar Risse, und einige der Innenwände sind eingestürzt, aber ansonsten scheint es stabil.«

»Dann werden wir dort beginnen«, sagte Atrus und sah sich unter den um ihn versammelten Helfern um, inzwischen mehr als einhundert an der Zahl. »Aber die Suche muß weitergehen, bis alle D'ni zu Hause sind.«

Von allen Seiten erhob sich lautes, zustimmendes Stimmengewirr. Lächelnd drehte Atrus sich wieder zu Tamon um. Aber Tamon hatte sich abgewandt und blickte wieder den riesigen Berg steinerner Ruinen hinauf, die sich ohne Ende bis in die Dunkelheit der Höhlendecke erstreckten, und Atrus sah, wie der Blick des Alten sich mit Unsicherheit füllte, und wußte, daß er den Menschen in den kommenden Tagen eine Stütze sein und ihnen Kraft geben mußte.

Um ihnen beizustehen. Um dafür zu sorgen, daß sie nicht umkehren.

»Ihr müßt mir sagen, welche Werkzeuge Ihr braucht, Meister Tamon«, meinte Atrus, als habe er nichts bemerkt. »Und Leute. Wie viele werdet Ihr brauchen? Ein Dutzend?«

Tamon drehte sich wieder um und richtete seine Aufmerksamkeit von neuem auf praktische Probleme. »Ach nein, nicht so viele. Acht sollten genügen. Schließlich dürfen wir unsere anderen Pflichten nicht vernachlässigen.«

»Nein«, stimmte Atrus ihm zu, hielt Tamons Blick einen Moment fest und ließ seine eigene Sicherheit auf den Alten überfließen. »Einen Schritt nach dem anderen, was?« sagte er, trat näher und berührte kurz die Schulter des alten Mannes. »Immer einen Schritt nach dem anderen.«

Dritter Teil

INNEN UND AUSSEN TREFFEN SICH IN EINEM ANTLITZ
AUF EINER BUCHSEITE.
TIEFE LINIEN UND URALTE AUGEN,
WIE IN EINEM SPIEGEL.
DIE TÜR STEHT OFFEN, DER FREMDE KOMMT.
SCHWARZ WEHT DIE WOLKE HINTER DEM
NEUANKÖMMLING.

– Auszug aus Gehns Notizbuch, angeblich aus dem Gerad'Jenah (undatiert)

Marrim schob das Visier des Schutzhelms hoch und blickte auf die Stelle, die Atrus, dessen Gesicht auf ähnliche Weise geschützt war, betrachtete.

»Nun?« fragte sie. »Ist es in Ordnung?«

Atrus tat einen Schritt vorwärts, ging in die Hocke und untersuchte die Steinplatte.

Der Raum, in dem sie sich befanden, war klein und abgeschlossen – seine dicke Steindecke unterschied ihn von allen anderen Räumen an der Hafenfront –, und es war heiß darin. Sehr heiß. Das durchdringende, orangefarbene Glühen, das von dem Schmelzofen in der Ecke ausging, schien sich mit der Luft zu verbinden und ließ die Umrisse der Gegenstände verschwimmen. Unter der dicken Lederkleidung, die sie trug, fühlte Marrim sich äußerst unwohl. Ihr Hals und ihr Rücken waren schweißnaß, aber sie klagte nicht. Schließlich hatte sie sich freiwillig für diese Aufgabe gemeldet.

»Sieht gut aus«, antwortete Atrus und richtete sich auf. »Ein hübscher, gerader Schnitt. Den Rest können wir ausschlagen.«

Sie lächelte. Wenn Atrus sagte, daß es gut war, dann war es gut. Wenn es um solche Dinge ging, nahm Atrus kein Blatt vor den Mund. Man tat etwas entweder ganz oder gar nicht – dies war seine Philosophie.

Marrim ging hinüber, schob die Tür des Brennofens zu, griff dann nach oben und nahm einen der mittelgroßen Hämmer aus der Wandhalterung. Sie würde es jetzt selbst aushauen, bevor Meister Tamon zurückkehrte.

»Halt ein«, meinte Atrus. »Jetzt nichts überstürzen.«

»Aber …«

»Wir haben es nicht eilig«, fuhr Atrus fort. »Es wird nicht schaden, wenn du wartest, bis Meister Tamon zurückkommt. Außerdem wird er dies selbst überprüfen wollen.«

Das stimmte allerdings. Meister Tamon ließ nie etwas durchgehen, ohne es nachzuprüfen. Und manchmal – nur manchmal – konnte einem das auf die Nerven gehen. Aber Marrim erhob keine Einwände. Sie hängte den Hammer zurück, dann ging sie zur Tür, schob den Riegel zurück und trat nach draußen, wo die Luft kühler war.

Sie nahm den Helm ab, dann wandte sie sich um. Atrus beobachtete sie von der Tür aus.

»Was hat dein Vater gesagt?«

»Mein Vater?«

»Zu deinem Haar.«

Vor fünf Wochen, bevor sie nach Averone zurückgekehrt war, hatte sie sich das Haar kurz geschnitten. Unbewußt hob Marrim die Hand und strich mit den Fingern an ihrem Haarsaum entlang, dort, wo er an ihrem Hals endete. »Er … er hat gar nichts gesagt.«

»Nicht?« In Atrus' Stimme lag ein verblüffter Unterton, aber er vertiefte das Thema nicht weiter.

Marrim sah ihn kurz an und wandte dann den Blick ab. »Ich habe geübt, wißt Ihr? Das Steinschneiden, meine ich. Als ich zurückgegangen bin, habe ich einen Hammer und ein paar Meißel mitgenommen … und eine Maske.«

»Und Handschuhe, hoffe ich.«

Sie lächelte. »Und Handschuhe. Ich habe mich immer auf die Felsen gesetzt, auf der anderen Seite der Insel, und vor mich hin gehackt. Ich habe Umrisse in den Stein gehauen.«

Nun betrachtete Atrus sie ernst. »Du hast es dir so sehr gewünscht, nicht?«

Marrim hielt seinem Blick stand. »Steinmetz zu werden? Ja. Mir schien es die Essenz dessen, was ihr D'ni seid. Ihr lebt im Fels. Ihr versteht ihn besser als alles andere.«

»Sogar besser als das Schreiben?«

Sie nickte. »Noch besser. Ich meine, das Schreiben ist wunderbar – sogar verblüffend –, und doch scheint es mir zweitrangig hinter dem, was die D'ni wirklich sind. Oder waren. Wenn ich Meister Tamon bei der Arbeit zusehe, scheint es mir, als erhaschte ich einen Blick darauf, wie es einmal gewesen sein muß.«

»Ja«, sagte Atrus, sichtlich erfreut über ihr Verständnis. »Ich habe lange Zeit gebraucht, um es zu begreifen. Und doch haben die beiden Dinge viel gemeinsam, Marrim. Beide verlangen lange und geduldige Planung. Bevor man einen einzigen Schnitt anbringt, ein einziges Wort schreibt, muß man wissen, warum. Man darf nicht nur diesen Teil vor Augen haben, sondern das Ganze, die Gesamtheit dessen, was man erreichen will.«

»Das, was Eure Großmutter das größere Bild genannt hat?«

Atrus lachte. »Wer hat dir das erzählt? Katharina?«

Marrim nickte. Jetzt lächelte sie.

»Und wie geht es mit dem Schreiben voran?«

»Langsam«, antwortete Marrim, und ihr Blick verfinsterte sich ein wenig. »Ich fürchte, ich bin nicht sehr geduldig.«

»Bleib trotzdem dabei. Die Geduld wird sich schon einstellen, wie alle Dinge.«

Als Atrus ihre bekümmerte Miene sah, lächelte er. »Du glaubst, daß Geduld eine angeborene Eigenschaft ist, Marrim. Nun, vielleicht ist sie das bei einigen. Aber die meisten von uns müssen sie erlernen. Es ist ein Können fürs Leben, das man sich aneignen muß, wenn man Erfolg haben will.«

»Glaubt Ihr?«

»Oh, ich weiß es. Schau dich einmal um. Was siehst du?«

Marrim drehte sich und schaute. Der Platz neben dem Hafen, der, als sie damals gekommen waren, so ausgedehnt und weiträumig erschienen war, war voll provisorischer Unterkünfte, die eine Art Dorf unter den steil ansteigenden Ebenen der Stadt bildeten, während an einer Seite, um die Bibliothek herum, in der Atrus arbeitete, eine Ansammlung von Werkstätten und Lagerhäusern stand.

Sechs Monate waren vergangen, seit sie die ersten Überlebenden gefunden hatten, und vieles hatte sich zum Besseren gewandelt. Es half auch, daß sie jetzt mehr als zwölfhundert waren, obwohl Marrim nicht damit rechnete, daß diese Zahl sich noch bedeutend erhöhen würde. In einer Woche – vielleicht eher – würde das letzte Zeitalter durchsucht sein, und sie würden endgültig wissen, wie viele überlebt hatten.

Nicht genug, dachte Marrim, niedergedrückt trotz des geschäftigen Treibens um sie herum. Sie wußte nicht, wie viele Atrus erwartet hatte, aber sie war sicher, er hatte mit mehr gerechnet.

Wenn sie über die belebte Hafenfront hinaus aufblickte, wurde ihr sofort die Größenordnung ihres Problems bewußt. Verglichen mit dem Zerfall, der sie umgab, war ihr kleiner bienenfleißiger Haufen nichts. So viele leere Straßen, so viele verfallene und verlassene Häuser.

Geduld … kein Wunder, daß Atrus zur Geduld riet.

Aber vielleicht hatte er ja recht. Vielleicht konnte man Geduld lernen. Vielleicht ging die Aufgabe doch nicht über ihre Kräfte.

»Nun?« drängte Atrus sie sanft, als eine Minute vergangen war und sie ihm immer noch nicht geantwortet hatte. »Was siehst du?«

»Stein«, sagte sie und sah ihm in die Augen. »Stein und Fels und Staub.«

An diesem Abend hielten sie in der Bibliothek eine Versammlung ab. Katharina war mit Atrus gekommen, und ebenso Meister Tamon, Omar, Ezel, Carrad und Irras. Marrim traf als letzte ein.

Atrus kam direkt zur Sache, zog ein dickes, in Leder gebundenes Buch auf sich zu und öffnete es. Das Bildfeld glühte.

»Zwölf Bücher sind noch übrig«, begann Atrus. »Dies, das Buch Sedona, ist wahrscheinlich das am wenigsten gefährliche davon. Trotzdem werden wir uns, wenn wir diese Welt erforschen, der Bewahrer-Schutzanzüge bedienen müssen.« Atrus machte eine Pause. »Sedona ist ein sehr altes Zeitalter. Tausende von Jahren alt, vielleicht noch mehr. Die Sprache, die hier gebraucht wird, ist altertümlicher und formeller, als wir es gewöhnt sind. Omar und Ezel haben einen großen Teil ihrer wertvollen Zeit aufgewendet, um mir zu helfen, das Buch zu … übersetzen. Wir glauben zu wissen, was der Großteil bedeutet und auf welche Art von Zeitalter wir wahrscheinlich treffen werden, aber sicher können wir nicht sein, daher werden wir als Vorsichtsmaßnahme die Schutzanzüge tragen.«

»Und die übrigen elf?« fragte Tamon.

»Bei diesen sind die Siegel der Bewahrergilde entweder beschädigt oder fehlen ganz, und es ist schwer festzustellen, ob diese Zeitalter zu der Zeit, als D'ni unterging, überhaupt in Gebrauch waren. Der einzige Weg, uns zu vergewissern, sind strenge Überprüfungen.«

»Indem wir die Anzüge benutzen«, schloß Tamon.

»Genau«, sagte Atrus. »Aber zuerst Sedona. Wir werden am Morgen springen. Ihr kennt die Prozedur. Wir haben sie in den vergangenen Monaten oft genug trainiert. Morgen wird es ernst. Marrim, Carrad, Irras, ihr werdet euch hier zur sechsten Stunde melden, zusammen mit Omar und Ezel. Ich werde hier sein, um euch zu begrüßen.«

»Werdet Ihr denn auch mitkommen?« fragte Marrim erstaunt.

»Wenn es sicher ist, ja«, sagte Atrus. »Ich war am Anfang dabei. Ich finde, es ist nur richtig, wenn ich am Ende auch da bin.«

Die Zelle bestand aus einem großen quadratischen Raum von zwölf Schritten Seitenlänge. Ihre pechschwarzen Wände waren mit einer Schicht eines undurchdringlichen Materials überzogen – zum Teil aus Stein, zum Teil aus Chemikalien bestehend –, die sie hermetisch versiegelte. Eine schmale Tür, die tief in die Wand an der Kopfseite eingelassen war, stellte den einzigen Ausgang aus der Zelle dar, und dieser führte unmittelbar in eine Luftschleuse, hinter der ein zweiter versiegelter Raum lag, der mit dem ersten beinahe identisch war – ein narrensicheres System, das nach einem besonders schaurigen Unfall erdacht worden war.

Die Räume unterschieden sich nur in zweierlei Hinsicht. Die erste war, daß diese Zelle – die einfach als der ›Verbindungsraum‹ bekannt war – noch weiter unterteilt war durch eine Doppelreihe von Gitterstäben, die vom Boden bis zur Decke reichten und eine eigene Zelle innerhalb des Raums bildeten; dicke Stränge aus dem besonderen, Nara genannten D'ni-Stein, die nur eine Handbreit auseinanderstanden, und der Abstand zwischen den beiden Gittern betrug weniger als eine Armeslänge. In die Mitte dieser doppelten Absperrung, beide Teile verbindend, war ein kleiner, drehbarer Käfig eingesetzt, der den einzigen Zugang zu der kleineren Zelle darstellte.

Die Grundfläche der inneren Zelle betrug nur zwei Schritt im Quadrat und war mit Nara ausgeschlagen. Zehn Fuß darüber hing eine halbkugelförmige Maschine aus Stein und Messing, die die Zelle abschloß wie ein Dach und aus deren dunklem Innerem zusammengerollte Armaturen und andere eigenartige Vorrichtungen herabhingen. Dies war die Dekontaminationsanlage.

Das zweite, was anders war, waren die Nischen – insgesamt acht, je vier zur Linken und zur Rechten –, die in die Wände neben der Tür eingelassen waren. Sie waren tief und lagen in dunklen Schatten, und sie beherbergten die acht Schutzanzüge, die wie riesige mechanische Wächter dastanden, die schimmernden Oberflächen makellos trotz ihres Alters.

So war es. So hatte die Gilde der Bewahrer, deren Pläne auf langen Jahrhunderten von Erfahrung und mancher fehlgeschlagenen Mission beruhten, es vor viertausend Jahren ersonnen.

Theoretisch konnte nichts schiefgehen. Ganz gleich, was aus den Zeitaltern eingeschleppt wurde, es konnte nicht aus diesen Zellen entweichen. Die Gitterstäbe hinderten alles Lebende, gleich ob verzweifelte Eingeborene oder ein aggressives Untier, daran, nach D'ni durchzubrechen, während die Versiegelung und die Luftschleuse die immer gegenwärtige Gefahr der Ausbreitung von Seuchen bannten.

Siebzig Jahre hatte die Zelle in vollkommener Dunkelheit gelegen. Jetzt aber war sie in das Licht der starken Deckenlampen getaucht; ein sauberes, beinahe keimfreies Licht. In ihrem durchdringenden, grellen Schein arbeiteten Atrus und seine Gefährten. Sie waren in spezielle leichte Anzüge gekleidet, deren undurchdringlicher Stoff von einem tiefen Grün war. Jeder trug das Symbol eines unverwandt blickenden Auges über einem aufgeschlagenen Buch deutlich sichtbar auf der Brust. Sie unterschieden sich beträchtlich von den Schutzanzügen in den Nischen, von denen sie jetzt einen aus seinem Winkel holten. Zu viert zerrten sie den unglaublich schweren Anzug über die in den Boden eingelassenen Laufschienen.

Als sie fertig waren, traten sie zurück und bewunderten ihn.

Der Schutzanzug wirkte massig, beinahe roboterhaft. Er stand in der Mitte des Labors, leer, wie der Panzer eines Rieseninsekts. Auf Brust und Armen saßen seltsame Auswüchse. Die pechschwarzen, einander überlappenden Platten, aus denen der Anzug hergestellt war, wirkten wie poliertes Metall, und doch war bei der Fertigung kein Metall verwendet worden. Der Anzug bestand aus Stein – einem speziellen, leichten Stein namens Deretheni, nicht so hart wie das legendäre Nara, aber stabil genug für die Aufgabe, für die er vorgesehen war.

Eine spezielle Hydraulik – dünne Stränge desselben molekular veränderten Steins – verlieh dem Anzug einen gewissen Grad an Flexibilität, allerdings nicht so weit, daß der Träger sich schnell hätte umwenden oder rennen können. Aber darauf kam es auch nicht an. Der Mensch darin brauchte sich weder umzudrehen noch zu laufen, sondern nur durch das polarisierte Helmglas zu blicken und in dem kurzen Augenblick, den er sich dort aufhielt, zu erfassen, wie das Zeitalter aussah.

Gavas legte jetzt den Innenanzug an. Omar half ihm, die verschiedenen Riemen und Schnallen anzuziehen, während die beiden leise miteinander sprachen und zum dutzendsten Mal an diesem Morgen die Prozedur durchgingen.

Der Anzug war uralt – nach den Aufzeichnungen war er vor mehr als tausend Jahren von der Bewahrergilde hergestellt worden –, doch er wirkte brandneu. Wie alles, was in D'ni gefertigt wurde, war der Umweltüberprüfungsanzug für die Ewigkeit gemacht.

Alles war bereit, oder doch beinahe. Atrus brauchte nur noch das letzte der Probenentnahmegeräte anzuschließen, das Verbindungsbuch in den Handschuh zu stecken und die Zeituhr zu stellen.

Sobald das geschehen war, konnte Gavas in den Anzug steigen und eingesiegelt werden.

Atrus beriet sich kurz mit Katharina, dann wandte er sich um und blickte hinüber.

»Bist du bereit, Gavas?«

Gavas lächelte. »Bereiter geht es nicht.«

»Gut.« Atrus nahm die zwei speziellen Bücher – winzige ›steingebundene‹ Bände, die weniger als ein Sechstel so groß waren wie ein normales Verbindungsbuch – und steckte sie in die dafür vorgesehenen Fächer in den Handschuhen.

Das erste würde Gavas nach Sedona bringen, das zweite ihn zurückholen. Beide funktionierten nach demselben Prinzip. Eine dünne, starre Membran lag über den Seiten und machte es Gavas unmöglich, die Verbindung herzustellen – bis er auf einen Knopf auf der Rückseite des rechten Handschuhs drückte. Dadurch wurde eine Ampulle eines harmlosen Gases zerbrochen, das anschließend die Membran auflöste und seine Handfläche in Kontakt mit der Seite brachte.

In diesem Augenblick würde er springen. Und im selben Moment wurde die Zeituhr aktiviert.

Während der ersten zwei Sekunden auf der anderen Seite würde eine ebensolche Membran die Seite des Verbindungsbuchs in seinem linken Handschuh abschließen und ihn daran hindern, zurückzuspringen. Aber dann würde die Zeituhr ihr Werk tun, die winzige Ampulle zerbrach, und Gavas' Hand würde wieder auf die Seite drücken.

Nach zwei Sekunden würde Gavas zurückkehren, ob er bei Bewußtsein war oder nicht; lebend oder tot.

Zwei Sekunden. Das war alles, was sie beim ersten Kontakt riskieren durften. Trotzdem reichte die Zeit aus, um alles, was sie über die Welt auf der anderen Buchseite wissen mußten, in Erfahrung zu bringen. Die Probenentnahmegeräte des Anzugs würden sie darüber informieren, wie die Atmosphäre beschaffen war, wie heiß es war und ob es Anzeichen für Leben gab. Und falls es nicht so hell war, daß das Schutzglas vollständig geschwärzt wurde – wozu es entworfen war, um Gavas davor zu schützen, daß seine Augen in ihren Höhlen verkochten –, müßte er eigentlich einen ordentlichen Blick auf das Zeitalter tun können.

Die Deretheni-Platten des Anzugs würden ihn gegen die stärkste Hitze isolieren, während seine hermetische Versiegelung dafür sorgen würde, daß keine schädlichen Substanzen eindrangen und ihn vergifteten.

Carrad und Omar halfen Gavas, in den Außenanzug zu steigen; dann begannen sie ihn einzusiegeln. Jeder der Riegel schnappte mit einem hallenden Geräusch ein. Als sie den massiven Helm holen gingen, blickte Gavas sich ein letztes Mal um und lächelte nervös. Sie hatten jetzt so oft dafür trainiert, aber es war das erste Mal, daß jemand von ihnen es wirklich durchführte.

Nur Atrus schien von der Spannung des Augenblicks unberührt, und als er zu Gavas ging, um ihm letzte Anweisungen zu erteilen, übertrug sich seine Ruhe auf alle.

»Denk daran, Gavas, deine Aufgabe ist es, dich umzusehen.

Denk nicht, schau nur hin. Das Denken erledige ich für dich, wenn du zurück bist.«

Atrus sagte dies nicht zum ersten Mal, aber Gavas nickte, als sei es so.

Atrus trat zurück und ließ Carrad und Omar den Helm mit seinem hitzebeständigen Visier über Gavas' Kopf stülpen und an der Schiene um seinen Hals befestigen. Zufrieden zogen sie die sechs schraubenähnlichen Bolzen fest, die ihn hielten. Als das erledigt war, begannen sie sich an dem Anzug hinunterzuarbeiten und prüften vom Hals bis zu den Zehen jede einzelne der speziellen Druckversiegelungen. Zufrieden traten sie zurück.

Als letztes kamen die Handschuhe. Nun brauchten sie ihn nur noch zum Käfig hinüberzuschaffen. Er hätte selbst laufen können, doch es ging schneller, ihn über die in den Boden eingelassenen Schienen zu schieben und die Gittertür hinter ihm zu schließen.

Ein lautes Zischen der Hydraulik, und dann drehte der winzige Käfig sich um genau hundertachtzig Grad. Klirrend glitt er an seinen Platz, und Bolzen erschienen aus dem Boden, um ihn zu sichern. Erst dann öffnete die Gittertür sich wieder und erlaubte Gavas, langsam und unbeholfen in die innere Zelle zu treten.

Da er in dem Anzug steckte, hatte Gavas wenig Bewegungsfreiheit. Langsam, ganz langsam drehte er sich, bis er Atrus wieder gegenüberstand.

Alles war bereit. Es gab keinen Grund, länger zu zögern. Atrus sah Gavas an, legte die Linke über seinen rechten Handrücken und gab so Gavas das Signal, dasselbe zu tun. Gavas nickte, dann ahmte er die Geste nach, wobei der Anzug seine Bewegung akzentuierte.

Der Anzug schien in der Luft zu schimmern, dann war er fort.

Im Inneren der Zelle wurden nervöse Blicke gewechselt. Nur Atrus starrte geradeaus auf den jetzt leeren Käfig.

Ein Herzschlag, zwei, und er war zurück.

Die Hitze explodierte in den Raum, als habe jemand die Tür eines Schmelzofens geöffnet. Laut knisternd, wie von einem Krampf ergriffen, sank der Anzug zusammen, während die Temperatur rapide anstieg und die Luft um ihn herum ins Kochen geriet und die automatische Löschanlage die Kammer mit einem ohrenbetäubenden Zischen flutete.

Von allen Seiten erklang ein lautes Aufstöhnen. Augenblicklich eilten Carrad und Irras zu der Kammer. Sie wollten helfen, denn die dicke Isolierschicht auf der Oberfläche des Anzugs brannte. Sie schickten sich an, durch den Käfig zu treten, um Gavas zu Hilfe zu eilen, aber Atrus rief sie zurück.

»Nein!«

Entsetzt standen sie da und sahen zu, in dem Wissen, daß sie nichts tun konnten als zu warten, während der Stein sich langsam abkühlte und wieder hart wurde. Der feuchte Schaum überzog die dunkler werdende Oberfläche. Aber nun war der Anzug verbogen und verdreht. Die Glieder zerflossen wie Wachs, der Rumpf des Anzugs war teilweise in sich zusammengedrückt, und der Helm hatte seine Form verloren.

Katharina wollte etwas sagen, als das Schweigen unerträglich geworden war, aber sie gebot sich Einhalt, als aus dem Inneren des Anzugs ein leises Stöhnen erklang.

Schnell öffnete Carrad die Abflüsse im Boden, durch die die Löschflüssigkeit abgesaugt wurde. Irras riß die Tür der Kammer auf und machte sich selbstlos daran, Gavas zu befreien. Minuten vergingen, während die anderen gespannt warteten – ihr gründliches Training und die bereitstehenden medizinischen Einrichtungen würden ausreichen, um sein Leben zu retten, dieses Mal.

Sie trugen Gavas davon. Seine Wunden würden sorgfältig behandelt werden, und dann würde man ihn zur Genesung nach Averone schicken.

»Eine Nova«, meinte Atrus ruhig. Das mußte es sein. Nichts anderes hätte die Temperatur oder den Druck erzeugen können, die in der Lage gewesen wären, einen Schutzanzug zu schmelzen.

Gavas war geradewegs ins Herz einer explodierenden Sonne gesprungen.

Aridanu war als nächstes an der Reihe, ein jüngeres Zeitalter, dem aber ein Stempel der Bewahrergilde fehlte. Sie hatten das Buch, teilweise beschädigt, in einem der Häuser im oberen Distrikt gefunden. Es schien in Ordnung, aber das Fehlen eines Siegels beunruhigte Atrus.

Als Carrad und Irras Ezel halfen, in den Schutzanzug zu steigen, öffnete sich zischend die Tür am anderen Ende des Labors, und Marrim eilte herein.

»Tut mir leid, daß ich zu spät komme, Meister Atrus«, sagte sie, offensichtlich erleichtert darüber, daß Ezel noch nicht gesprungen war.

Atrus blickte von seiner Arbeit auf und nickte.

Marrim hastete hinüber und trat zwischen Carrad und Omar, um Ezel etwas um den Hals zu hängen.

»Was ist das?« fragte Ezel ruhig. Er hatte bereits die Arme in die voluminösen Ärmel des Anzugs gesteckt und konnte daher den zarten Anhänger nicht erreichen.

»Ein Talisman«, sagte Marrim. »Er soll Euch Glück bringen.«

Ezel warf Atrus einen Blick zu, aber dieser war beschäftigt damit, eine letzte Überprüfung des Apparats vorzunehmen, der die Proben analysieren würde.

»Danke«, sagte Ezel leise, offensichtlich gerührt über ihre Geste.

Marrim trat zurück und sah zu, wie Carrad und Irras ihre Arbeit taten. Zufrieden zogen sie sich zurück und überließen das weitere Atrus.

»Geht's Euch gut da drinnen, Ezel?«

Seine Antwort klang gedämpft, kaum hörbar. Der rechte

Handschuh bog sich zusammen und wieder auseinander – das Zeichen, daß alles in Ordnung war.

»Gut«, meinte Atrus. Er wandte sich um und warf den anderen einen Blick zu. Sogleich begannen sie, den sperrigen Anzug auf den Käfig zuzubewegen.

Als Ezel heraustrat und sich umdrehte, um sie anzusehen, wurde es still in der Zelle. Im Raum herrschte eine Spannung, die zuvor nicht dagewesen war.

Alles war bereit. Wieder sah Atrus Ezel an und legte die Linke auf den rechten Handrücken, zum Zeichen, daß er dasselbe tun sollte. Ezel nickte und ahmte dann nervös die Bewegung nach.

Der Anzug schimmerte in der Luft, dann war er fort.

Ein Herzschlag, zwei, und er war zurück.

Keine Flammen, kein Rauch …

Dank sei dem Schöpfer, dachte Marrim, als sie durch das klare Glas des Visiers sah, daß Ezel den Kopf bewegte.

Sogleich drängten sie sich um ihn, Hände in Schutzhandschuhen griffen durch die Gitterstäbe, um Dinge von ihm herunterzupflücken und den Anzug seiner diversen Probenentnahmegeräte zu entledigen, während sich von oben langsam die große Maschine herabsenkte und ein feiner Sprühnebel sich über den Anzug ergoß und ihn reinigte.

Nur Atrus ergriff das Wort, um Ezel zu fragen, was er gesehen habe. »Wie sieht es aus?«

»Wunderschön!« Das Wort war deutlich zu hören, trotz der dämpfenden Wirkung des Helms. Doch was er als nächstes sagte, war weniger leicht zu verstehen.

»Wie meint Ihr?« fragte Atrus und bemühte sich, ihn zu hören.

»Menschen«, antwortete Ezel, und wieder war das einzelne Wort ziemlich deutlich. Seine Augen leuchteten, und ein breites Grinsen lag auf seinem Gesicht. »Dort sind Menschen!«

Sie sprangen eine Stunde später, nachdem die Analyse der Proben Ezels Eindruck bestätigt hatte.

Aridanu war ein üppiges und schönes Zeitalter; eine Welt voll hoher Bäume und friedlicher Seen. Sie kamen auf einer Lichtung heraus, die hoch über einem dieser Seen lag. Ein altes, aus Holz und Stein erbautes Dorf schmiegte sich in die Falten der Hügel unter ihnen. Aus einem Dutzend Kaminen stieg Rauch auf. Als Atrus und seine Gruppe hinuntergingen, traten Menschen aus den Hütten, um sie zu begrüßen, mit ausgestreckten Händen und lächelnd.

Bald hatten sich etliche Dutzend versammelt. Kinder wimmelten zwischen ihren Beinen herum. Sie machten sich bekannt. Ihr Sprecher, ein Mann namens Gadren, nahm Atrus' Hände fest in die seinen, ein breites Lächeln auf dem Gesicht. »Wir wußten, daß ihr zurückkommen würdet. Als wir den Anzug sahen ...« Er lachte. »Also, er hat die Kinder fast zu Tode erschreckt!«

»Das tut mir leid«, begann Atrus, aber Gadren tat seine Entschuldigung mit einer Handbewegung ab. »Nein, nein ... Wir wußten ja gleich, was es war, und es war gut, daß ihr Vorsichtsmaßnahmen getroffen habt. Dies ist eine alte Welt.«

»Und schön«, meinte Atrus.

»Ja ...« Gadren blickte sich nachdenklich um, dann fuhr er fort. »Ihr kommt aus D'ni, nehme ich an?«

»So ist es.«

»Und wie stehen die Dinge dort?«

»Wir bauen es wieder auf.«

»Und gibt es noch andere ... Überlebende?«

»Über tausend.«

Gadrens Gesicht hellte sich auf, als er dies vernahm. »Eintausend.« Dann fragte er ernster: »Und ihr wollt, daß wir zurückkommen, ja? Um euch beim Wiederaufbau zu unterstützen?«

»Ihr seid willkommen. Doch die Entscheidung liegt bei euch.«

»Und hat schon jemand nein gesagt?«

Atrus zögerte. So richtig nein gesagt hatte niemand. Aber in drei Fällen hatte es ein Versprechen gegeben, ›später zu kommen‹ – Zusagen, die bisher nicht eingelöst worden waren.

»Ihr müßt tun, was ihr für richtig haltet«, erwiderte er schließlich. »Wenn ihr hier glücklich seid …«

»Oh, wir sind glücklich, Atrus. Wir sind niemals glücklicher gewesen. Aber Glück ist nicht alles, oder? Es gibt auch Pflichten und Verantwortlichkeiten. Ich liebe diesen Ort, wahrhaftig, aber ich war einst ein Gildenmann, und ich habe Eide geschworen, bis zum Ende zu D'ni zu stehen. Als D'ni unterging, hatte ich das Gefühl, die Verpflichtung sei erloschen, aber wenn es wieder aufgebaut werden soll …«

»Braucht ihr Zeit, um euch zu beraten?« fragte Atrus. Er sah sich unter den Dorfbewohnern um und bemerkte, wie wenige von ihnen älter waren als er selbst.

Gadren lächelte. »Das wird nicht nötig sein. Die Angelegenheit ist schon vor langer Zeit entschieden worden. Wenn D'ni uns ruft, werden wir kommen.« Von neuem umfaßte er Atrus' Hände. »Wir werden Euch alle Hilfe geben, die wir können.«

Später, als sie alle in Gadrens Hütte saßen und sich unterhielten, erwähnte jemand den alten Mann, der allein auf einer Insel im See lebte.

»Ein alter Mann?« fragte Atrus interessiert.

»Sein Name ist Tergahn«, warf Ferras, Gadrens Frau, ein, bevor ihr Gatte etwas sagen konnte, »und er ist mit seiner Verbitterung verheiratet.«

»Er führt das Leben eines Einsiedlers«, sagte Gadren und warf seiner Frau einen finsteren Blick zu.

»Ein Einsiedler ist er wahrhaftig«, meinte Ferras und zog

ihrem Mann ihrerseits eine Grimasse. »Wenn wir den alten Knaben einmal im Jahr sehen, so ist das schon viel.«

»Ist er ein D'ni?«

»Oh, das schon«, sagte Gadren. »Er muß ein feiner alter Herr gewesen sein. Ich vermute, er war ein Meister, obwohl ich nicht weiß, in welcher Gilde.«

»Ihr kanntet ihn also früher nicht?«

»Überhaupt nicht. Versteht Ihr, er ging eben an unserem Haus vorüber, als alles geschah. Die große Höhle füllte sich mit diesem tödlichen Gas, und er hatte keine Zeit, zurück in seinen Distrikt zu gelangen. Mein Vater, möge seine Seele in Frieden ruhen, sah ihn und bat ihn herein. Er ist mit uns hierhergesprungen.«

»Und nachher? Hat er nicht versucht, zurückzukehren?«

Gadren schlug die Augen nieder. »Wir haben es nicht zugelassen. Er wollte schon, aber mein Vater erlaubte niemandem, das Verbindungsbuch zu benutzen. Ein Jahr lang nicht. Dann ging er selbst. Danach ist niemand mehr zurückgekehrt.«

»Und das Verbindungsbuch?«

»Mein Vater hat es vernichtet.«

Atrus dachte einen Augenblick nach, dann stand er auf. »Ich würde diesen Tergahn gern kennenlernen und mit ihm sprechen. Ich will versuchen, ihn zu überreden, daß er mit uns kommt.«

»Probieren könnt Ihr es ja«, meinte Ferras und ignorierte das Stirnrunzeln ihres Mannes, »aber ich bezweifle, daß Ihr auch nur ein Wort aus ihm herausbekommen werdet. Er wird davonflitzen wie ein Eichhörnchen und sich in den Wäldern hinter seiner Hütte verstecken, bis Ihr fort seid.«

»So ungesellig ist er?«

»O ja«, sagte Gadren und lachte auf. »Aber wenn Ihr so sehr darauf brennt, Euch mit ihm zu treffen, werde ich Euch selbst hinrudern, Atrus. Und unterwegs könnt Ihr mir berichten, was es in D'ni Neues gibt.«

Ihr Ziel lag am anderen Ende des Sees, mehr als eine Meile vom Dorf entfernt. Hier beschrieb der See eine scharfe Biegung und endete vor einem massiven Wall aus schwarzem Granit. Die Insel lag hinter dieser respektgebietenden Barriere. Ihre bewaldeten Hänge spiegelten sich in den dunklen Wassern des Sees.

Als sie darauf zuruderten, schimmerte dieser Spiegel und verzerrte sich.

Ein schmaler Anlegesteg aus Stein ragte in den See hinaus. Von dort aus führte ein Pfad hinauf, zwischen die Bäume. Tergahns Hütte lag fast auf dem Gipfel der Insel, eingeschlossen von der Düsternis der Wälder. Es war still auf diesen Hängen, still und dunkel.

Gadren stand unmittelbar unterhalb der Hütte und blickte zu ihrem schattigen Vorbau hinauf. Er hielt die Hände an den Mund und rief den alten Mann an.

»Tergahn? Tergahn! Ihr habt Besuch.«

»Ich weiß.«

Die Worte verblüfften sie. Sie drehten sich um und fanden den Alten hinter sich stehen, keine zehn Schritte entfernt.

Tergahn war nicht einfach alt, er wirkte uralt. Sein Gesicht war von tiefen Furchen durchzogen, die Augen lagen eingesunken in ihren Höhlen. Auf seinem von Altersflecken bedeckten Schädel wuchs kein Haar, und doch hielt er sich gerade, und es lag etwas in seinem Gebaren, eine Schärfe in seinen Augen hinter den Schutzgläsern, das darauf hindeutete, daß er keineswegs senil war.

Atrus holte tief Luft, dann streckte er ihm die Hände entgegen. »Meister Tergahn, es ist mir eine Ehre, Euch kennenzulernen. Mein Name ist Atrus.«

Der Alte starrte ihn an und schüttelte des Kopf. »Nein, nein … Ihr seid viel zu jung.«

»Atrus«, wiederholte dieser, »von der Gilde der Schreiber, Sohn des Gehn, Enkel von Meister Atrus.«

Bei dem letzten Namen blinzelte der alte Mann. »Und Ti'ana?«

»Ti'ana war meine Großmutter.«

Tergahn schwieg. Lange Zeit blickte er zu Boden, wie in Gedanken verloren, dann endlich sah er wieder auf.

»Ahh«, sagte er. »Ahh.«

»Geht es Euch gut, Meister Tergahn?« fragte Gadren besorgt, aber Tergahn winkte ungeduldig ab.

»Laß mich allein«, sagte er ein wenig unwirsch. »Ich muß mit dem Jungen reden.«

Atrus blickte sich um, dann wurde ihm klar, daß Tergahn ihn meinte.

»Nun?« meinte Tergahn und starrte Gadren demonstrativ an. »Hast du nicht ein Boot zu versorgen?« Dann wandte er sich ab, wickelte sich fester in seinen Umhang und stapfte an Atrus vorbei den Hang hinauf. »Kommt«, sagte er und trat in die Schatten des Vorbaus. »Kommt, Atrus, Sohn des Gehn. Wir müssen miteinander reden.«

Das Innere der Hütte war beengt und dunkel. Neben der offenen Tür stand ein prallgefüllter Rucksack mit festgezurrter Kordel. In der Mitte des Raums befanden sich ein Tisch und ein einziger Stuhl. An den Wänden hingen Bücherregale und Drucke. Tergahn stand auf der anderen Seite des Tisches, streckte den Arm aus und bedeutete Atrus, sich zu setzen.

Atrus lehnte den angebotenen Stuhl ab, stand da und sah Tergahn über den Tisch hinweg an.

»Vergebt mir, Meister Tergahn, aber als ich eben den Namen meines Großvaters erwähnte, hatte ich das Gefühl, ihr hättet ihn gekannt.«

»Ich habe von ihm gehört. Er war ein guter Mensch und ein hervorragender Gildenmann.« Tergahn blickte Atrus einen Augenblick aufmerksam an. »Tatsächlich, wenn man genau hinsieht, seid Ihr ihm sehr ähnlich.«

Atrus holte tief Luft. »Wir sind hergekommen …«

»Um uns zu bitten, zurückzukehren?« Tergahn nickte. »Ja, ja, das verstehe ich alles. Und ich bin bereit.«

»Bereit?« Dieses Mal konnte Atrus die Verblüffung in seiner Stimme nicht verbergen. »Aber gewiß werdet Ihr Zeit zum Packen brauchen?«

»Ich habe bereits gepackt«, erwiderte Tergahn und wies auf den Beutel neben der Tür. »Als ich das Boot kommen hörte und Euch darauf sah, wußte ich Bescheid.«

»Ihr habt es gewußt?«

»O ja. Ich habe schon lange darauf gewartet. Siebzig Jahre an diesem verfluchten Ort. Aber ich wußte, daß Ihr irgendwann kommen würdet, oder jedenfalls jemand wie Ihr.«

»Und all dies?« Atrus wies auf die Bücher und die zahlreichen Gegenstände, die über die Regalbretter im Raum verteilt waren.

»Vergeßt es«, antwortete Tergahn. »Es hat mir nie gehört. Nun kommt, Atrus. Ich werde keine Stunde länger an diesem Ort warten.«

Die letzten Suchaktionen zogen sich viel länger hin als die ersten. Wie Atrus es vorhergesehen hatte, stellte sich der Großteil dieser Zeitalter als gefährlich und instabil heraus, und der Schutzanzug bewies seinen Nutzen noch häufiger. Aber es gab auch Erfolge. Insbesondere ein Buch – ein alter, ziemlich heruntergekommener Band, in den Atrus sehr wenig Hoffnung gesetzt hatte – förderte eine Kolonie von dreihundert Männern, Frauen und Kindern zutage. Dies und eine weitere, viel kleinere Gruppe – aus einem Buch, das bei der Katastrophe teilweise beschädigt worden war – ließ die Bevölkerung von Neu-D'ni auf über achtzehnhundert Seelen ansteigen. Am Abend nach dieser letzten Suchaktion, acht

Wochen, nachdem sie nach Sedona gesprungen waren, gab Atrus ein Fest.

Dieser Abend war einer der Höhepunkte ihres Unternehmens, und es wurde viel von der Wiedergeburt D'nis gesprochen – und darauf angestoßen. Doch in der nüchternen Atmosphäre des nächsten Morgens wurde ihnen allen das Ausmaß der vor ihnen liegenden Aufgabe klar.

Wenn ein großes Reich untergeht, ist es nicht leicht, den leblosen Kadaver wieder auf die Beine zu stellen. Selbst wenn es weit mehr Überlebende gegeben hätte, wäre es schwierig gewesen; aber so waren sie nicht einmal genug, um einen einzigen Distrikt zu bevölkern, und schon gar keine große Stadt wie D'ni. Bei der letzten Zählung waren sie auf sechshundertachtzehn männliche Erwachsene gekommen, und von diesen waren nur siebzehn einmal Gildenmänner gewesen.

Als Atrus seine endgültige Bestandsaufnahme anstellte, bevor er sich der nächsten Phase des Wiederaufbaus zuwandte, wußte er, daß eines, und nichts als das, sie retten konnte: harte Arbeit.

Jeden Abend fiel er wie ausgepumpt ins Bett. Tag für Tag arbeitete er blindlings weiter, wie eine Maschine, die nicht stillstehen kann, ehe sie nicht ganz abgeschaltet ist. Jede Nacht fiel er in einen totenähnlichen Schlaf, und jeden Morgen erhob er sich, um seine Last von neuem auf sich zu nehmen. Und langsam, ganz langsam erreichten sie einiges.

Aber nie genug. Nicht einmal ein Zehntel dessen, was Atrus sich vorgenommen hatte.

Eines Morgens ging Atrus hinaus, um zu sehen, wie es Meister Tamon erging. Tamon hatte den größten Teil des herabgestürzten Mauerwerks von der Baustelle wegräumen lassen, so daß das Innere des alten Gildenhauses freilag, und nun schickte er sich an, die schwierigste Phase der ganzen Operation anzugehen, nämlich eine Innenwand aufzurichten, die dort, wo einmal der Bankettsaal gelegen hatte, eingestürzt war. An einigen Stellen hatten die Mauertrümmer den Mosaikboden durchschlagen, so daß die Heizungsrohre darunter freigelegt wurden. Meister Tamon stand nun vor dem Problem, die dicken Steinbrocken fortzuräumen, ohne daß der beschädigte Boden während der Arbeiten unter seinen Leuten zusammenbrach.

Nach langem Nachdenken hatte er entschieden, daß dies eine Arbeit für die Bergleute war – eine einfache Übung im Abstützen und Ausschlagen –, und hatte daher den ›jungen Jenniran‹ hinzugezogen, einen rüstigen Neunzigjährigen, der beim Untergang von D'ni Kadett in der Gilde der Bergleute gewesen war. Als Atrus kam, standen die beiden Männer da und steckten die Köpfe zusammen. Sie hielten ein Blatt mit handgezeichneten Diagrammen in den Händen, während sie über die Angelegenheit debattierten.

»Ah, Atrus!« rief Tamon aus. »Vielleicht könnt Ihr uns helfen, ein Problem zu lösen.«

»Gibt es neue Schwierigkeiten?«

»Es ist nicht eigentlich ein Problem«, meinte Jenniran, »sondern eine kleine Meinungsverschiedenheit.«

»Nur zu«, sagte Atrus geduldig.

»Nun ... Meister Tamon möchte die Mauer abbrechen und den Boden retten. Und ich verstehe auch, warum. Es ist eine herrliche Mosaikarbeit. Aber dazu müßten wir unter den Boden vordringen und ihn anheben, und dies wird Tage, vielleicht auch Wochen harter Arbeit kosten und bringt beträchtliche Gefahren für die mit sich, die die Aufgabe unternehmen.«

Atrus nickte. »Und Eure Alternative?«

Jenniran warf Tamon einen Blick zu und fuhr dann fort: »Ich meine, wir sollten den Boden aufgeben. Laßt uns Gewichte darauf werfen, das ganze Teil zerschmettern und anschließend die Trümmer wegräumen. Dadurch sparen wir nicht nur kostbare Arbeitstage, sondern schalten auch jedes Verletzungsrisiko aus.«

»Aber der Boden, Atrus! Seht ihn Euch an!«

Atrus betrachtete ihn. Er konnte nur die Ränder erkennen, und diese waren von einer feinen Staubschicht bedeckt, aber er hatte die Rißzeichnungen des Gildenhauses gesehen und erinnerte sich gut an dieses Mosaik. Es wäre ein Jammer, es zu verlieren. Andererseits sprach der Aspekt der Sicherheit für Jenniran, und der Boden war ohnehin schwer beschädigt.

Und sie hatten noch so vieles andere zu tun. Soviel aufzuräumen. So viel zu reparieren und in Ordnung zu bringen. Mit diesem Gedanken traf Atrus seine Entscheidung.

»Könnte ich unter vier Augen mit Euch sprechen, Meister Tamon?« sagte er, legte einen Arm um die Schultern des Älteren und nahm ihn beiseite.

Mit lautem Knarren und Knirschen gab der Boden nach. Dann war ein ohrenbetäubendes Krachen zu hören, das in der ganzen Höhle widerhallte.

Eine dicke, erstickende Staubwolke stieg auf.

Einen Augenblick lang verspürte Atrus, der die Szene durch sein Schutzvisier betrachtete, Bedauern. Als der Staub sich zu legen begann, stieg von den wartenden Helfern ein erstauntes Stimmengewirr auf. Etwas stimmte nicht. Das Loch war viel tiefer, als sie es vorhergesehen hatten … und länger. Atrus blinzelte, dann hob er sein Visier und blickte in die Grube hinab, wo anscheinend etwas wie eine von zwei Reihen dicker Säulen flankierte Halle unter dem alten Gildenhaus lag.

Er wandte sich ab und sah Tamon an. »Meister Tamon … steht davon etwas in den Plänen?«

Tamon wirkte verwirrt. »Nichts. Jedenfalls nicht so etwas.«

»Die Heizanlage …«

Aber Atrus konnte erkennen, daß das uralte Heizsystem, das unter dem alten Gildenhaus verlief, zusammengebrochen war. Was immer das hier war, es lag darunter.

»Nun«, sagte er nach kurzem Überlegen. »Ich schätze, das beste ist, Lampen zu holen und es zu untersuchen.«

»Wir sollen dort hinuntergehen?« fragte Meister Tamon.

»Sicher«, antwortete Atrus, fasziniert von dem, was er im

Dunkel erahnen konnte. »Diese Säulen scheinen mir stabil genug.«

»Wir sollten sie zunächst überprüfen.«

»Natürlich …« Atrus sah sich um, rief dem einen zu, dieses zu bringen, und dem anderen, das zu tun – er organisierte sie und war der ruhende Punkt, die Achse, um die sich alle drehten. Aber noch während er alles koordinierte, war er in Gedanken schon dort unten, stocherte in den Schatten herum und versuchte das Rätsel zu lösen.

Marrim! Marrim! Komm schnell! Sie haben etwas unter dem alten Gildenhaus gefunden!«

Als Marrim ihren Namen vernahm, hatte sie sich umgedreht. Nun legte sie das Buch, in dem sie gelesen hatte, beiseite und stand auf.

»Darunter?«

»Ja«, rief Irras und trat, außer Atem vom Rennen, zu ihr. »Wir … haben den Boden des alten Bankettsaals durchbrochen, und darunter lag eine Halle. – Nun?« fragte er nach kurzem Schweigen. »Willst du nicht mitkommen und es dir ansehen?«

»Ich habe zu arbeiten«, sagte sie erst, und das stimmte. Sie lehrte einige der kleineren Kinder die Grundlagen der D'ni-Sprache, und sie hatte die morgigen Unterrichtsstunden vorzubereiten, aber dies war wirklich wichtig. »Nun gut«, meinte sie schließlich. »Aber nur, um einen Blick darauf zu werfen. Dann muß ich zurück.«

»Also komm!« Und mit diesen Worten packte Irras ihre Hand, zerrte sie praktisch über den Platz und unter dem Bogen hindurch und schlug den Weg zum Gildenhaus ein.

Bis sie dort eintrafen, waren bereits eine Anzahl von Leitern in das Loch hinuntergelassen und an einer Seite Lampen aufgestellt worden. Atrus, Tamon und Jenniran standen etwa zehn Fuß vom Rand entfernt dicht zusammen. Jenniran hielt eine Lampe in die Höhe, und sie blickten in die Halle, wo einige von Tamons Gehilfen die Säulen auf Anzeichen von Rissen untersuchten.

Als Marrim sah, was unter ihnen lag, fühlte sie Erregung in sich aufsteigen. Es war überwältigend, wie die Eingangshalle eines riesigen Palastes. Die Wände und Säulen schienen aus herrlich gefärbtem Marmor, und weiter innen wirkte der Boden wie ein polierter Spiegel.

Sie betrachtete es immer noch, als Ezel und Omar heraneilten. Einen Moment schwiegen sie verblüfft, während sie den Anblick auf sich wirken ließen, dann ergriff Omar das Wort.

»Das muß es sein.«

»Warum?« fragte Ezel.

»Was sollte es sonst sein?«

»Aber das sind nur Geschichten. Das hast du selbst gesagt.«

»Vielleicht ja. Aber selbst Mythen haben eine reale Grundlage. Und vielleicht ist das hier dieses Etwas.«

»Wovon redet ihr?« rief Atrus von unten.

»Es stand in einem der Bücher meines Großvaters, Bücher mit D'ni-Legenden«, sagte Omar, trat an den Rand und sprach Atrus direkt an. »Dort wurden etliche Male ein Großer König und sein Tempel erwähnt, und eine Halle aus herrlich gefärbtem Marmor.«

»Und Ihr meint, dies könnte sie sein?«

»Das waren doch nur Geschichten«, sagte Ezel beschwichtigend. Aber Omar schüttelte den Kopf.

»Genau so ist sie dort beschrieben. Die zwei Reihen massiver Säulen. Und am Ende der Halle befindet sich ein großes Tor, umgeben von einem Kreis aus Sternen.«

»So steht es im Buch«, setzte Ezel schnell hinzu.

Atrus nickte gedankenvoll. »In Ordnung. Kommt herunter, alle. Wollen sehen, ob Omar recht hat.«

Atrus ging voraus, unter dem Felsrand entlang und in die große Kammer hinein. Er hielt die Lampe hoch, und die brennende Feuermurmel verbreitete ein grelles weißes Licht, das die reinen Farben des Steins noch betonte.

Endlos, so schien es, setzten sich die Säulenreihen auf beiden Seiten der Halle fort, und jede Säule war so hoch, daß es Marrim, die zwischen ihnen ging, schien, als schritten sie durch die Räume von Riesen aus uralter Zeit.

Es ging tief, tief in den Fels hinein. Und dann, plötzlich, war es da, das andere Ende der Halle, und dort – genau wo Omar es vorausgesagt hatte – lag inmitten eines breiten Steinkranzes ein riesiges Tor. Ein Dutzend breiter Stufen führten nach oben.

Sie traten heran, blieben am Fuß der Treppe stehen und blickten zu dem gewaltigen Tor hinauf.

»Sterne ...«, sagte Atrus.

»Dann ist er es«, pflichtete ihm Tamon, der neben ihm stand, bei. »Der Tempel des Großen Königs.«

»Vielleicht ist er da drin«, meinte Omar aufgeregt. »Vielleicht ist das sein Grab. Wenn ja ...«

Atrus warf ihm einen Blick zu. »Stand in den Geschichten noch etwas, das wir wissen sollten, Omar?«

Omar zögerte, dann schüttelte er den Kopf. »Nicht, daß ich wüßte. Nur diese Anspielungen auf die Prophezeiungen.«

»Ja«, sagte Marrim, »aber sie standen in Gehns Notizbuch. Angesichts dessen, wieviel von dem, was er schrieb, zweifelhaft ist, können wir nicht sicher sein, daß sie alle richtig waren.«

»Ganz meiner Meinung«, sagte Atrus. Dann wandte er sich wieder an Irras und setzte hinzu: »Geh hinauf und sieh sie dir an.«

Irras stieg die Treppe hinauf. Eine Zeitlang schwieg er und untersuchte peinlich genau die Ränder der großen Tür, dann sah er wieder Atrus an.

»Es sieht aus, als sei hier tatsächlich irgendwann einmal eine richtige Tür gewesen, aber sie ist versiegelt worden. Und das allem Anschein nach sehr gründlich.«

Atrus warf Tamon einen Blick zu. »Wir könnten die Tür

sondieren. Wenn dahinter tatsächlich ein Raum liegt, dann wird er auf einer Schallaufnahme zu sehen sein.«

Mit einemmal begeistert, nickte Tamon. »Im Gildenhaus der Bergleute gab es einmal solche Maschinen. Wenn sie noch da sind, könnten wir sie benutzen.«

Atrus lächelte. »Ausgezeichnet. Dann leitet das in die Wege, Meister Tamon. Inzwischen werden wir hier Lampen aufstellen. Und Omar …«

»Ja, Meister Atrus?«

»Bringt mir das Buch, von dem Ihr gesprochen habt. Das Buch Eures Großvaters. Ich würde die entsprechenden Abschnitte gern selbst lesen.«

Atrus blickte von der Buchseite auf und runzelte die Stirn. Nichts war eindeutig. Alles nur Berichte aus zweiter Hand und Gerüchte. Daten, Namen und Fakten fehlten. Trotzdem übten diese beiden Zeilen, in denen die Halle beschrieben wurde, eine starke Wirkung auf ihn aus. Sie schienen dem Rest ein gewisses Maß an Glaubwürdigkeit zu verleihen, denn wenn sie stimmten …

Er spürte, wie sich vertraute Hände sanft auf seine Schultern legten.

»Atrus?«

»Ja, meine Liebste?«

»Kommst du schlafen?«

»Einen Augenblick noch …« Er zögerte und warf ihr einen Blick über die Schulter zu. »Diese Passagen im Notizbuch meines Vaters … war darin nicht die Rede von einer großen Bibliothek?«

»Ja. Aber nicht in Verbindung mit dem Großen König.«

Sie hatten die Kapsel zu acht Männern über die provisorischen Schienen hinaufschieben und auf der Plattform, parallel zur Tür, in Position bringen müssen. Nun saß Meister Tamon an den Kontrollen des großen kristallartigen Geräts, während Jenniran aus dem Gildenhandbuch vorlas.

»Verzeiht mir, Meister Tamon«, sagte jemand und drängte sich durch die am Fuß der Treppe versammelten Zuschauer, »aber könnte ich kurz mit Euch sprechen?«

Tamon drehte sich um und wollte schon eine übellaunige Bemerkung machen, als er sah, wer es war.

»Also, Meister Tergahn, ich ...« Dann nahm er sich zusammen. »Natürlich. Kommt nach oben. Wenn Ihr irgend etwas wißt, das uns weiterhelfen könnte ...«

Langsam stieg der Alte die Treppe hinauf, bis er am hinteren Ende der Sondierungskapsel stand. Er blickte sich um und nickte dann nachdenklich. Tamon stand auf und bedeutete Tergahn, seinen Platz einzunehmen. Dies tat der Alte, wobei er sich noch einmal umschaute und mit den Kontrollen vertraut machte. Behutsam tastete er jeden Knopf, jeden Schalter ab und rief sich ihre Funktion ins Gedächtnis zurück. Dann streckte er die Hand aus, nahm die Kopfhörer und setzte sie auf.

»Wißt Ihr, wie man dieses Gerät bedient, Meister Tergahn?« fragte Atrus und trat heran.

»Wir werden sehen«, antwortete der Alte, ohne sich umzudrehen, und legte vorsichtig, respektvoll eine Hand auf den langen metallenen Schaft des Peilgeräts.

Tergahn schloß die Augen und bewegte dann, indem er den Griff aus Perlmutt drückte, den Schaft sanft nach links unten. Sogleich erklang eine einzige, reine Note. Doch noch während sie mit ihrem klaren und sauberen Ton ihre perfekte Gestalt annahm, drehte Tergahn das Ende des Schaftes. Sofort verstummte der Ton.

Und kehrte aus dem Fels zurück, verändert.

Langsam öffneten sich Tergahns Augen. Er warf Tamon einen Blick zu, schob dann den Schaft ein wenig nach rechts, schloß von neuem die Augen und drückte.

Ein zweiter Ton schwoll an, ein wenig kräftiger und höher als der erste. Und wieder schaltete Tergahn ihn ab, noch während er aufstieg.

Wieder kam ein Echo aus dem Fels, dieses Mal anders. Viel tiefer als der Laut, der eben zurückgekommen war.

Atrus sah zu, schloß jedesmal, wenn ein Ton erklang, die Augen und versuchte, einen merkbaren Unterschied wahrzunehmen, wenn er reflektiert wurde. Und tatsächlich, das, was er hörte, schien eine Art Muster aufzuweisen.

Zwanzig, dreißig Male schickte Tergahn ein Signal in den Fels. Dann endlich lehnte er sich zurück und nickte gedankenvoll.

»Ich werde noch mehr Sondierungen vornehmen müssen … noch sehr viel mehr, aber …« Tergahn schwang auf dem Sitz herum. »Hinter der Wand befindet sich eindeutig eine Höhlung. Irgendein leerer Raum. Aber es ist weit schwieriger, etwas über die Größe auszusagen. Mein Ohr ist nie geübt darin gewesen, diese Art von Unterscheidungen zu treffen.«

Atrus nickte. »Wir wollten darüber diskutieren und alle Seiten hören, ehe wir uns für eine Vorgehensweise entscheiden. Wenn der Raum versiegelt ist, dann könnte es einen guten Grund dafür geben.«

»Weise Worte«, meinte Tergahn. »Wenn die D'ni beschlossen haben, diese Kammer zu versiegeln und jede Erinnerung daran aus ihrer Geschichte zu tilgen, dann hatten sie vielleicht ein Motiv dafür.«

»Das denke ich auch«, sagte Atrus. »Wir sollten herausfinden, ob noch etwas über den Großen König und die Ereignisse um die Versiegelung seines Tempels bekannt ist. Vielleicht hat der eine oder andere in unserer Gemeinde auf den Knien seiner Mutter eine Geschichte gehört, die unser Wissen erweitern könnte, mager wie es ist. Bis dahin sollten wir nichts Übereiltes tun.

Ich werde eine Versammlung einberufen«, fuhr Atrus fort. »Heute abend. Meister Tergahn, würdet Ihr inzwischen bitte Eure Messungen fortsetzen?«

Tergahn nickte. Sein zerfurchtes Gesicht war vollkommen ausdruckslos. »Ich werde so gut raten, wie ich kann.«

»Dann seht zu, daß Ihr richtig ratet. Und falls Ihr etwas braucht, erteilt dem jungen Irras hier Anweisung. Er kann Euch mit seinen jungen Beinen behilflich sein.«

Tergahn nickte knapp, dann wandte er sich wieder seiner Arbeit zu.

Atrus sah ihm einen Moment zu, dann drehte er sich um.

»Komm«, sagte er zu Katharina, während er sich anschickte, die Treppe hinunterzusteigen. »Wir müssen die Versammlung vorbereiten.«

Also«, begann Atrus, an die kleine Gruppe gerichtet, die an diesem Abend nach der Versammlung in seinem Zimmer zusammengekommen war, »läuft alles auf pures Hörensagen hinaus.«

»Und das, was im Notizbuch deines Vaters geschrieben steht«, ergänzte Katharina.

»Ja«, sagte Atrus. »Und das ist wenig genug.« Er hielt inne, dann fuhr er fort: »Trotzdem meine ich, wir sollten es uns ansehen und feststellen, was auf der anderen Seite liegt. Aber unser oberstes Motto dabei muß Vorsicht sein. Sobald Meister Tergahn seine Schallmessungen abgeschlossen hat, werden wir eine Probebohrung durchführen, ein Periskop hindurchschieben und sehen, was es zu sehen gibt.«

»Und dann?« wollte Carrad wissen.

Atrus lächelte. »Wenn dann alles in Ordnung ist, werden wir das Siegel aufbrechen und hineingehen.«

Meister Tergahn hatte inzwischen seine Sondierungen an der Tür beendet. Als Atrus zurückkehrte, saß er auf der obersten Treppenstufe. Um ihn herum lagen Papiere verstreut, und er beugte sich tief über eine Karte und schrieb.

Atrus blieb einige Schritte von ihm entfernt stehen. »Meister Tergahn?«

Der Alte blickte auf und winkte dann Atrus, sich zu ihm zu setzen.

»Seht«, sagte er und wies auf das Diagramm, an dem er gearbeitet hatte. »Es scheint ein ganzes Stück weiter hineinzureichen, aber es ist nicht sehr breit; wie es scheint, nicht breiter als der Kreis selbst.«

Atrus betrachtete das Diagramm einen Augenblick aufmerksam, dann blickte er zu dem steinernen Kreis auf, der die Tür umgab. »Meint Ihr, es ist ein Tunnel?«

»Das wäre möglich.«

Atrus drehte sich um. »Irras … hilf Meister Tamon, einen Bohrer aus dem Gildenhaus zu holen. Eine der kleinen Bohrmaschinen mit versiegeltem Ende; die Art, mit der wir eine Luftprobe nehmen können. Und ein Sichtgerät. Es ist Zeit, uns anzusehen, was dahinter liegt.«

Sie brauchten mehr als eine Stunde, um den Bohrer aufzubauen. Der schwere Rahmen, in dem er ruhte, wurde unten vor die Mitte der Tür gesetzt. Dann begannen sie, unter Meister Tamons Aufsicht und mit Atrus als Zuschauer. Der Bohrkopf, eingeschlossen in die transparente Hülle, die ihn versiegelte, stieß gegen die Steinoberfläche, dann grub er sich tief hinein. Das Jaulen des Bohrers erfüllte den hell erleuchteten Raum unter der alten Gildenhalle.

Langsam, langsam fraß er sich in den gehärteten Stein. Dann änderte sich der Ton deutlich, wurde zu einem tieferen Heulen – und er war durch.

Tamon gab das Signal, die Stromzufuhr abzuschalten, dann trat er heran, um ihr Werk zu überprüfen. Einen Augenblick beugte er sich darüber, dann wandte er sich zu Atrus um und nickte.

Langsam und sehr vorsichtig entfernten sie den Bohrkopf, und ein luftdichtes Siegel in der Ummantelung klickte hinter ihm zu. Katharina, die Spezialhandschuhe trug, nahm das Maschinenteil und eilte die Treppe hinunter, zu dem provisorischen Labor, das dort aufgebaut worden war. Sofort traten Carrad und drei andere heran, hoben den schweren Rahmen, der den Bohrer hielt, an und trugen ihn zum Fuß der Treppe hinunter. Zwanzig Minuten warteten sie, während Katharina die Luftprobe aus der winzigen Kapsel im Bohrkopf analysierte. Zufrieden nickte sie schließlich Atrus zu. »Es ist nur Luft. Abgestandene Luft.«

»In Ordnung«, sagte Atrus und wandte sich an Irras, der in der Nähe stand, das Sichtgerät – ein langer, seltsam ›pelziger‹ Schaft mit einer Linse an jedem Ende und einem kleinen kugelförmigen Auswuchs an der Spitze – an die Brust gedrückt. »Mal sehen, was wir da haben.«

Irras trat heran und setzte ganz behutsam den Stab in das Ende der Hülse ein. Das spezielle Siegel im Inneren der Umhüllung öffnete sich vor der Spitze des Sichtgeräts, wobei die hintereinandersitzenden Kreise feiner Haare auf der Oberfläche des Periskops, die ihm das ›pelzige‹ Äußere verliehen, das Siegel luftdicht hielten, obwohl der Stab gleichzeitig in seine Position glitt.

Als das Ende des Sichtgeräts einklickte – der Schaft ragte eine Fingerlänge aus der Oberfläche der Umhüllung heraus –,wandte Irras sich an Atrus. »Atrus? Wollt Ihr als erster hindurchsehen?«

Atrus nickte, dann kam er herüber, bückte sich und hielt das Auge an die Linse. Auf der Seite des Schafts, aus dem sie hervorragte, befand sich ein kleiner Riegel. Darauf legte Atrus nun den Daumen und zog ihn zurück.

Ein gedämpftes *Plopp* war zu hören, und die Oberfläche der Linse, die bis dahin dunkel gewesen war, erstrahlte jetzt hell; das Licht spiegelte sich in Atrus' Pupille.

Die Muskeln um Atrus' Auge zogen sich zusammen. Er rückte um ein winziges Stück zurück. Und dann nickte er.

»Es ist kein Tunnel, es ist eine weitere Halle. Kleiner. Auch schmaler, mit Säulen, die in die Seitenwände eingelassen sind.«

»Kannst du das andere Ende sehen?« fragte Katharina und trat neben ihn.

»So eben«, sagte er. »Es liegt fast im Dunklen. Dort könnten Stufen sein – es ist schwer zu erkennen …«

»Und eine Tür? Liegt dort eine weitere Tür?«

Atrus zuckte die Achseln, dann zog er sich zurück und richtete sich wieder auf. »Ich weiß es nicht. Wie ich schon sagte, konnte ich es nicht erkennen. Komm, Marrim … deine Augen sind besser als meine, sieh du einmal hindurch!«

Marrim eilte herbei, bückte sich und legte das Auge an die Linse. Eine Zeitlang blieb sie reglos und schwieg, dann trat sie zurück.

»Ich glaube ja«, sagte sie, und dann: »Aber es muß doch eine dasein, oder? Ich meine … warum sollte man all dies bauen, wenn auf der anderen Seite nichts ist?«

Omar wollte etwas bemerken, doch Atrus schaltete sich schnell ein. »Wir wollen keinen weiteren Atem mehr auf Spekulationen verschwenden. Meister Tamon, bringt die Steinschneide-Ausrüstung. Laßt uns das Siegel aufbrechen. Ich möchte sehen, was sich am anderen Ende dieser Kammer befindet.«

Es kostete einen langen Arbeitstag, bis der riesige Steinschneide-Rahmen in seine Position vor der Tür manövriert war. Vier dicke Bolzen sicherten ihn in den Wänden zur Rechten und zur Linken. Dann wurde mit äußerster Vorsicht die Versiegelung aufgebrochen. Mit kleineren Steinschneidern, Handgeräten, lösten sechs der D'ni die uralte Tür aus dem Stein, in den sie eingelassen war. Dann, und erst dann, wurde sie herausgezogen. Der Stein seufzte, als er nachgab, und eine riesige Welle abgestandener Luft schwappte hinaus in den Raum unter dem Fels.

Die massive Steinplatte wurde mit vier großen Flaschenzügen angehoben und dann – die dicken Trossen spannten sich zum Zerreißen – auf den Boden der Halle heruntergelassen. Erst als sie sicher unten war, wandte Atrus sich um und betrachtete die innere Halle.

Die Feuermurmel, die sie in den Raum geschossen hatten, glühte noch, aber am Rand des Blickfelds versank alles in Schatten. Das andere Ende des Saals war dunkel und die Tür – falls sich dort eine befand – nicht zu erkennen.

Ein Dutzend oder mehr Säulen verliefen entlang der Seiten dieser schmalen Kammer. Ihre marmorne Oberfläche war mit seltsamen Markierungen bedeckt. Atrus trat zwischen sie, hob die Lampe und ging dann zu einer der Säulen hinüber. Einen Moment stand er da und blickte an ihr hinauf, dann wandte er sich um.

»Omar … kommt her.«

Omar eilte herbei.

»Was haltet Ihr davon?«

Omar stand eine Weile da und betrachtete die Reliefs. Sie wirkten wie die Zeichen und Symbole einer uralten Sprache.

»Ich … ich weiß es nicht.«

»Ezel?«

Ezel schüttelte den Kopf. »Ich habe noch nie etwas Ähnliches gesehen.«

»Nein«, pflichtete Katharina ihm bei, »und doch sehen sie vertraut aus.«

»Vertraut?« Atrus wandte sich zu ihr um. »Du glaubst, du hast solche Zeichen schon einmal gesehen?«

»Ja … aber ich kann mich nicht darauf besinnen, wo.«

Atrus drehte sich wieder um, trat heran, streckte die Hand nach oben aus und legte die Finger in die Furche eines der komplexeren Zeichen. Die Einschnitte waren tief und glatt, jede Kante und jede Oberfläche sorgfältig poliert. Was das Symbol selbst anging, so hatte es die deutliche, festumrissene

Gestalt eines Buchstabens in einem Alphabet, erinnerte aber gleichzeitig an ein Bild.

Atrus trat zurück, hob die Laterne und versuchte zu erkennen, ob sich weiter oben auf der Säule noch weitere Markierungen befanden, aber was die Lampe enthüllte, das waren keine weiteren Zeichen, sondern Bücher. Tausende und Abertausende von Büchern, in Regalen, die hoch oben, hinter den Säulen, in die Wände eingelassen waren.

Kein Wunder, daß sie sie zuerst nicht gesehen hatten.

Omar stieß einen Schrei purer Freude aus, während Ezel sich umdrehte und Carrad ansah. Sein langes, finsteres Gesicht war plötzlich von Eifer erfüllt. »Carrad ... Irras ... holt Leitern. Schnell jetzt!«

Sie waren innerhalb einer Minute zurück. Irras kletterte auf das Sims hinauf, dann stieg er eilig wieder hinunter. An die Brust drückte er eines der uralten, in Leder gebundenen Bücher.

Alle sammelten sich um Omar, der es vorsichtig aufschlug.

»Seht doch!« meinte Ezel. »Es ist dieselbe Schrift wie auf den Säulen.«

»Sie wirkt sehr ähnlich«, pflichtete Omar ihm bei. »Und das Bildfeld ...«

»Berührt es nicht«, sagte Atrus ruhig. »Es trägt kein Siegel der Bewahrergilde. Und wer weiß, wie alt diese Zeitalter sind, oder ob sie stabil sind.«

Atrus betrachtete die Seite. Er konnte diese uralte Schrift nicht entziffern, und doch hatte sie etwas, das ihm bekannt vorkam. Er blickte auf, hob noch einmal die Laterne und staunte über den Anblick, der sich ihm bot. Wenn es alles Bücher wie dieses waren ...

Langsam ging er weiter, die Lampe vor sich in die Höhe haltend, und die Dunkelheit wich vor ihm zurück. Eine Bücherwand nach der anderen erschien vor ihm, bis er sich vollkommen überwältigt fühlte. Dann senkte er den Blick, wandte sich ab ... und blieb wie angewurzelt stehen.

Unmittelbar vor ihm, jenseits eines niedrigen, von Säulen flankierten Bogens, lag ein Vorraum. Er trat hindurch, in eine kleine Kammer, von der vier kleine Nischen abzweigten. Der Boden bestand aus Marmor, und die niedrige Decke stellte ein gewölbtes Rund aus Mosaiken dar. Seine Lampe erhellte den kleinen Raum mit gleißendem Licht, und als Atrus sich umsah, bemerkte er, daß sich das Schriftzeichen, das auf der allerersten Säule erschienen war, in jeder Nische wiederholte.

Und auch exakt in der Mitte der Tür erschien das Zeichen von der ersten Säule von neuem.

Atrus betrachtete das Ganze einen Moment, dann wandte er sich um und blickte zu den anderen zurück, die sich immer noch um das uralte Buch scharten.

»Irras! Hol Meister Tergahn! Schnell! Sag ihm, daß wir seiner Dienste noch einmal bedürfen!«

Atrus nahm das Auge von der Linse des Sichtgeräts und richtete sich auf. Er nickte vor sich hin, als habe er etwas, das er vermutet hatte, bestätigt gefunden; dann wandte er sich um und bedeutete Katharina, die Probenkapsel aus dem Schaft zu nehmen.

Während Katharina die Luftprobe aus dem zweiten Raum testete, untersuchte Marrim die Oberfläche der Säule, die ihr am nächsten stand. Wie alle anderen war sie vollständig mit den eigenartigen, uralten Zeichen bedeckt. Ezel und Omar hatten bereits damit begonnen, die Symbole zu kopieren, und obwohl sie bisher kaum über die beiden ersten Säulen hinausgekommen waren, hatte dies sie nicht davon abgehalten, über ihre mögliche Bedeutung zu spekulieren.

Omar war der Meinung, daß sie eine frühe Form der D'ni-Sprache darstellten, wenn auch nur aufgrund ihres Alters und der Fundstelle, aber Ezel war sich nicht so sicher. Marrim, die die Zeichen noch einmal betrachtete, war beeindruckt von deren Schönheit.

Katharina trat zu Atrus und zeigte ihm die Probe. »Es ist sicher.«

»Gut.« Atrus drehte sich um und blickte zur anderen Seite des Raums. »Irras, hol mir einen Steinschneider.«

Das Buch war riesig, weit größer als ein normales D'ni-Buch, und das Leder seines Einbands war dick und hart wie Schiefer. Aber das Seltsamste von allem war die Schrift, denn ebenso wie die Reliefs an den Säulen war sie in Zeichen gehalten, die keiner erkannte, obwohl einzelne Aspekte vertraut schienen.

Tausende von Jahren hatte das Buch dort gelegen, eingesiegelt in den Alkoven am fernen Ende der uralten, verborgenen Halle. Nun, als sie es erblickten, glühte das Bildfeld auf der rechten Seite sanft im Halbdunkel. Marrim spürte etwas zwischen Ehrfurcht und purer abergläubischer Angst.

Vorsichtig wie immer verbat Atrus ihnen, es zu berühren. Er war entschlossen, soviel wie möglich darüber herauszufinden, ehe sie es benutzten.

Das hieß, falls sie es jemals benutzten.

»Verbrennt es«, meinte der alte Tergahn, als er jene seltsame, fremdartige Schrift erblickte. »Das sage ich. Wenn unsere Vorfahren es für richtig gehalten haben, diese Hallen zu begraben und die Türen zu versiegeln, dann kann nichts Gutes dabei herauskommen. Verbrennt es, Atrus! Verbrennt es, und versiegelt dann diese Räume von neuem.«

»Ganz meiner Meinung«, sagte Atrus. »Das Buch ist viel zu gefährlich.«

Aber Ezel und Omar erhoben Einwände.

»Wir sollten es kopieren«, meinte Omar, »und feststellen, ob wir einen Sinn hineinbringen können. Höchstwahrscheinlich steht es in Verbindung zu den Zeichen auf den Säulen. Wenn wir den Schlüssel finden und es lesen könnten ...«

Atrus zögerte.

»In Ordnung«, sagte er nach einer kleinen Weile. »Aber Ihr werdet es mit allergrößter Vorsicht kopieren.«

»Ich sage immer noch, verbrennt es«, sagte Meister Tergahn mit einem säuerlichen Ausdruck auf dem tiefzerfurchten Gesicht.

»Es mag durchaus soweit kommen«, sagte Atrus und warf dem Alten einen Blick zu, »aber es wird nicht schaden, einen Blick darauf zu werfen. Das heißt, falls Omar und Ezel die Bedeutung dieser Schrift herausbringen können.«

»Verbrennt es«, wiederholte Tergahn bestimmter denn je. »Verbrennt es jetzt, bevor es Schaden anrichten kann.«

Aber Marrim, die Atrus' Miene beobachtete, sah, daß er nicht bereit war, der abergläubischen Furcht des alten Mannes vor dem Buch nachzugeben.

»Ich höre Euch, Meister Tergahn, und ich nehme Eure Meinung zur Kenntnis. Aber ich werde kein Buch ohne guten Grund verbrennen.«

»Dann seid Ihr ein Tor, junger Atrus«, sagte Tergahn und marschierte ohne ein weiteres Wort davon. Seine Schritte verklangen, als er in der Dunkelheit am anderen Ende der Kammer verschwand.

Atrus blickte ihm eine Zeitlang nach, dann wandte er sich um und sah wieder Omar und Ezel an.

»Fangt sofort an«, sagte er. »Je eher wir wissen, was dies bedeutet, desto wohler werde ich mich fühlen.«

Omar saß an seinem provisorischen Schreibpult in der inneren Zelle, gekleidet in einen der dunkelgrünen Dekontaminationsanzüge und komplett mit Handschuhen und Visier ausgerüstet. Das alte Buch lag zu seiner Linken. Die oberen beiden Seiten wurden durch ein dünnes transparentes Blatt geschützt.

Von der anderen Seite der Gitter aus sah Ezel ihm zu. Auch er trug Schutzkleidung.

»Und? Ist es dasselbe?« fragte er und wartete darauf, daß Omar seine Notizen überprüfte.

Omar blätterte die Seiten durch, dann hielt er inne. Offensichtlich hatte er gefunden, was er suchte, und überflog die frühere Passage. Er wandte sich halb um und zuckte die Achseln. »Ich weiß nicht. Es ist beinahe dasselbe …«

»Beinahe?« Ezel zog die Brauen hoch.

Seit ungefähr einer Stunde waren die beiden Brüder damit beschäftigt, eine Passage mitten im Text zu diskutieren, die anscheinend nichts mit der normalerweise zu erwartenden Struktur solcher Beschreibungsbücher zu tun hatte. Darin schienen viele der früheren, bereits übersetzten Abschnitte wiederholt zu werden, allerdings mit kleineren Abwandlungen in der Wortwahl und der Schwerpunktsetzung. »Die Änderungen sind so unbedeutend … Es ist beinahe, als versuche der Schreiber die früheren Formulierungen zu verstärken.«

»Hmmm …« Ezel runzelte heftig die Stirn. »Verstärkung, aha. Aber zu welchem Zweck?«

»Vielleicht, um es stabiler zu machen?« fragte Atrus, der einen der massiven Schutzanzüge überprüft hatte und nun zu ihnen trat.

»Wieso dann keine genaue Wiederholung?«

»Weil das redundant gewesen wäre. Der Verfasser könnte, indem er in den wiederholten Formulierungen solche subtilen Veränderungen anbrachte, versucht haben, das Zeitalter, das er schrieb, spezifischer zu machen.«

Omar hatte sich umgewandt, um Atrus anzusehen. »Aber warum hat er diese Spezifizierungen nicht einfach schon beim ersten Mal aufgenommen?«

»Wie ich schon sagte, um alles stabiler zu machen. Ich weiß aus Erfahrung, daß Zeitalter dazu neigen, um so instabiler zu werden, je subtiler, je spezifischer man sich auszudrücken versucht. Das war der große Makel der Welten, die mein Vater schrieb.«

»Warum hat man diese Praxis dann aufgegeben?«

»Wer weiß? Die Zeiten ändern sich. Vielleicht hatte man das Gefühl, es sei tatsächlich redundant, und ist davon abgekommen.«

»Vielleicht«, meinte Omar. »Aber mir gefällt es ganz gut. Das heißt, falls es sich um das handelt, was Ihr vermutet, Meister Atrus.«

»Mir auch«, sagte Atrus lächelnd. Dann wechselte er das Thema und fragte: »Habt ihr immer noch Probleme mit der Diktion?«

Omar grinste und warf seinem Bruder einen Blick zu. »Wir hatten welche, aber ich glaube, jetzt haben wir sie überwunden. Bei den meisten Eigentümlichkeiten handelt es sich um einfache Umstellungen der Satzstrukturen. Wahrscheinlich entsprachen sie den normalen Sprachgewohnheiten jener Zeit.«

Atrus nickte. Sie wußten inzwischen mit Sicherheit, daß die Grundlage der alten Schrift tatsächlich die D'ni-Sprache war, denn die urtümlichen Formen entsprachen den modernen praktisch eins zu eins.

»Und wie lange, glaubt ihr, werdet ihr brauchen, um eure Arbeit abzuschließen?«

Omar sah seinen Bruder an. »Zwei Tage? Höchstens drei.«

»Dann macht euch wieder ans Werk. Und, Omar ...«

»Ja, Meister Atrus?«

»Ihr könntest Marrim und Irras bitten, sich die Schriftzeichen, die ihr noch nicht habt übersetzen können, einmal anzusehen. Sie sehen die Sprache mit unvoreingenommenem Blick, und wer weiß, ob sie nicht etwas erkennen, das Augen, die vertrauter damit sind, übersehen würden.«

»Ich werde eine Seite für sie vorbereiten.«

»Gut. Dann überlasse ich euch eurer Arbeit.«

Atrus beschloß, daß es an der Zeit war, eine Entscheidung zu treffen.

Den größten Teil des Tages hatte er allein an seinem Schreibtisch gesessen und das übersetzte Exemplar des Buches durchgesehen.

»Nun?« fragte Katharina endlich und nahm ihm gegenüber Platz.

Atrus überlegte einen Augenblick, bevor er ihr antwortete. »Es ist so eigenartig formuliert. Ganz anders als die D'ni-Bücher, an die wir gewöhnt sind. Es weist eine gewisse ... Mehrdeutigkeit auf. Und doch scheint es, oberflächlich gesehen, eine sichere und stabile Welt zu sein. Anscheinend sorgen diese verstärkenden Formulierungen dafür. Aber was ist, wenn wir etwas übersehen haben? Irgendein kleines, aber entscheidendes Detail?« Er schüttelte den Kopf. »Ich kann nicht riskieren, daß einer unserer Leute dort in eine Falle läuft.«

»Dann tu, wozu Meister Tergahn geraten hat. Verbrenn das Buch. Wenigstens schaffst du so die Versuchung aus der Welt.«

Atrus lachte. »Du meinst also, daß es eine Versuchung darstellt?«

»Natürlich! Die jungen Leute denken an nichts anderes ... reden von nichts anderem. Was glaubst du? Sie sind so neugierig auf das, was auf der anderen Seite dieser Buchseite liegt, daß sie sofort springen würden, wenn du die Erlaubnis gäbest, ohne auch nur einen Augenblick an ihre Sicherheit zu denken.«

Atrus starrte sie an. »Das war mir nicht klar.«

»Andererseits ...«

»Was?«

Katharina schlug die Augen nieder. Auf ihren Lippen lag ein seltsames Lächeln. »Einer von uns beiden könnte es tun.«

»Und das Risiko eingehen?«

»Oder das Buch vernichten.«

Sie sahen einander noch einen Augenblick an, dann zuckte Atrus leicht die Achseln, griff über den Tisch und nahm eines der letzten leeren Verbindungsbücher aus ihrem kleinen Vorrat, der an der Seite lag.

»In Ordnung«, sagte er und blickte zur ihr auf. »Ich schreibe ein Verbindungsbuch. Aber *ich* gehe, ist das klar? Niemand anderes.«

»Ja, mein Liebster«, antwortete sie und sah zu, wie er das schmale Buch aufschlug und nach der Schreibfeder griff. »Du allein.«

Als das Buch fertig war, versammelte Atrus die kleine Gruppe, die an dem Projekt gearbeitet hatte, und teilte ihnen die Neuigkeit mit. Sie lachten und jubelten, und dann verfielen sie merkwürdigerweise in Schweigen, als ihnen die ganze Tragweite dessen, was Atrus gesagt hatte, klar wurde.

»Aber das könnt Ihr nicht tun!« rief Irras. »Das Risiko ist viel zu groß!«

»Nicht größer als für jeden von euch«, antwortete Atrus, entschlossen, sich von keinem Argument, das sie vorbringen würden, erschüttern zu lassen. »Ich habe mich entschieden, und daran wird sich nichts ändern. Ich springe morgen früh, sobald alles bereit ist. Carrad, Irras, ihr seid verantwortlich für den Anzug, einverstanden? Katharina hat das Labor unter sich. Marrim … du wirst ihr assistieren. Meister Tamon …«

»Atrus … Irras hat recht. Ihr könnt nicht gehen. Ihr seid viel zu wichtig. Wenn irgend etwas passiert …«

»Genau das. Wenn etwas passieren würde, dann wäre ich dafür verantwortlich, und das kann ich nicht zulassen.«

Tamon zuckte die Achseln und beugte dann das Haupt.

»Gut«, sagte Atrus. »Ihr, Meister Tamon, habt eine besondere Aufgabe. Falls es … Komplikationen gibt, werdet Ihr das Buch nehmen und es verbrennen. Versteht Ihr mich?«

»Atrus …«

»Keine Widerrede«, sagte Atrus mit einer Bestimmtheit, die

den betagten Meister verstummen ließ. Aber als er sich in dem Kreis seiner Freunde umblickte, war Atrus klar, daß keiner von ihnen glücklich mit dieser Regelung war.

»Dann bis morgen früh.«

Lange nach Mitternacht kehrten sie zurück. Irras ging voran und hielt eine mit einem Tuch verhängte Lampe vor sich in die Höhe. Sie gingen den Korridor entlang, der zu der Gildenzelle führte.

Dicht hinter Irras folgten Marrim und Carrad.

»Das gefällt mir absolut nicht«, wisperte Marrim wohl zum dutzendsten Mal.

»Willst du, daß Atrus sich in Gefahr begibt?« zischte Irras zurück, indem er versuchte, zugleich zornig zu klingen und leise zu sprechen. »Eine andere Möglichkeit gibt es nicht, das weißt du genau. Wir müssen das Zeitalter überprüfen, bevor Atrus hinübergeht.«

»Aber Irras ...«

»Irras hat recht«, flüsterte Carrad und sah sie über die Schulter an. »Wir verdanken Atrus alles. Wenn wir ihn verlieren, dann sind wir selbst verloren.«

Betreten schlug Marrim die Augen nieder. Aber sie war noch nicht fertig. »Es ist nicht recht, so hinter seinem Rücken zu handeln.«

»Vielleicht nicht«, gestand Irras ihr zu, »aber sonst würde er es uns nie erlauben. Du hast doch gehört, was er vorhin gesagt hat. Er war nicht umzustimmen.«

Marrim seufzte. »In Ordnung. Dann werde ich gehen.«

»Das kannst du nicht!« riefen Carrad und Irras zugleich.

»Warum nicht? Man würde mich weniger vermissen als euch beide.«

»Unsinn«, sagte Irras. »Mir würdest du schrecklich fehlen.«

»Und mir auch«, meinte Carrad. »Aber das steht nicht zur Frage. Irras wird gehen.«

Irras fuhr herum und sah ihn mit weit aufgerissenen Augen an. »Wie?«

»Du hast mich verstanden«, sagte Carrad. »Oder hast du verlernt, den Anzug in Betrieb zu setzen, seit wir ihn zuletzt benutzt haben?«

»Nein, ich …«

»Dann ist es beschlossene Sache. Außer, du möchtest nicht gehen.«

»Ich habe keine Angst, falls du das meinst.«

»Dann ist es entschieden«, sagte Carrad, wandte sich ab, eilte schnell den Korridor entlang und überließ es den beiden anderen, ihn so gut sie konnten einzuholen.

Sind alle Probenkapseln festgemacht, Katharina?«

»Sie sind alle an ihrem Platz. Und in dem Zylinder auf deinem Rücken ist Reserve-Sauerstoff, für alle Fälle.«

Atrus' Blicke folgten Katharina, als sie sich an der Werkbank im Labor zu schaffen machte. Sie spürte, daß er sie beobachtete, und blickte auf. »Was ist?«

»Nichts«, antwortete er. »Bist du soweit?«

Sie nickte. Ihre Miene verriet keine Emotion, als sei dies eine reine Routineangelegenheit.

Carrad sah Katharina an, als wolle er etwas sagen, aber Irras warf ihm einen finsteren Blick zu. »Komm schon, Carrad. Hilf mir jetzt mit dem Helm.«

Und dann war alles bereit. Langsam, wie eine riesenhafte Maschine, trat Atrus in den Käfig, mit dem Rücken zur inneren Zelle. Mit einem dumpfen Klirren schloß sich die Tür hinter ihm, und die Siegel senkten sich herab. Langsam drehte sich der Käfig.

»Viel Glück!« rief Katharina.

Mit einem hallenden Geräusch glitten die Bolzen wieder zurück, und Atrus trat in die innere Zelle.

Langsam drehte er sich um, bis er ihnen wieder gegenüberstand, dann hob er seinen linken Handschuh und legte ihn über den rechten Handrücken.

Der Anzug schimmerte und verschwand.

Marrim schaute zu Katharina hinüber, sah ihre Nervosität, sah die Furcht in ihren Augen aufblitzen, und blickte zu Boden.

Zwei Sekunden später war der Anzug zurück.

Sogleich schwärmten sie um ihn herum und griffen durch die Gitterstäbe, um die Probenkapseln aus ihren Halterungen zu lösen, während die Dekontaminierungseinheit sich über den Anzug senkte und Atrus mit einem feinen Nebel aus Chemikalien besprühte.

»Nun?« fragte Meister Tamon. »Was habt Ihr gesehen?«

Atrus lachte. »Fels … ich war von Fels umgeben.«

Marrim warf Irras einen Blick zu und lächelte verstohlen.

»Fels?« wollte Meister Tamon wissen, überrascht darüber, Atrus so aufgeregt über bloßen Fels zu sehen.

»Ja, und da ist noch eine Tür«, fuhr Atrus erregt fort, »so wie diese, aber sie ist ebenfalls versiegelt. Und da ist ein Buch … beinahe identisch mit dem, das wir gefunden haben! In derselben alten Schrift!«

»Ein Buch!« Meister Tamon blickte sich um und sah die plötzliche Aufregung in aller Augen.

»Ja«, sagte Atrus. »Und wenn ich richtig vermute, stellt es die Verbindung zurück nach D'ni her. Aber kommt, laßt uns weitermachen. Irras, stell die Zeituhr auf fünf Minuten. Dieses Mal möchte ich mich viel genauer umsehen.«

In dem Alkoven war kaum genug Platz, um sich umzudrehen, und erst recht nicht, um das tragbare Bohrgerät aufzustellen, aber irgendwie mußte es gehen. Irras, der sich in seinem Anzug nur schwerfällig bewegen konnte, nahm, allein in diesem fernen Zeitalter, die erste Testbohrung vor. Sensoren an dem Spezialanzug würden aktiviert und ihn zurückbringen, sollte es zu einer plötzlichen Veränderung des atmosphärischen Drucks oder der Temperatur kommen.

Langsam fraß der Bohrer sich durch den Fels; dann war er mit einemmal durch, und der Bohrkopf traf auf keinen Widerstand mehr.

Irras trat zurück; dann versiegelte er das Loch und aktivierte die Probenentnahmekapsel. Als die winzige Glaskugel durch die Mitte des Bohrschafts glitt, fühlte er den Drang, das Sichtgerät zu nehmen, das er bei sich in dem Raum hatte, und damit in den Raum hinter der Tür zu spähen. Aber er hatte seine Befehle. Zuerst würden sie die Probe testen. Dann und nicht eher würden sie einen Blick auf die andere Seite werfen.

Irras steckte die Probekapsel in die Halterung an seiner Brusttasche, drückte dann mit der einen Hand gegen die Ausbuchtung in der Fläche der anderen und sprang zurück.

Sogleich trat Katharina heran, löste die Kapsel, wandte sich ab und brachte sie über die Treppe hinunter zu ihrem Experimentiertisch.

Irras blickte sich um. Ausnahmsweise einmal sprach niemand.

Dies war das schlimmste – im Anzug warten zu müssen, während die Tests durchgeführt wurden. Nicht, daß es so unbequem gewesen wäre – man hatte höchstens das Gefühl, von weichen Polstern eingeengt zu sein –, aber bei solchen Gelegenheiten stellte Irras fest, daß er Atrus' Herangehensweise in kleinen Schritten in Frage stellte, und er wünschte, er wäre dort auf der Stelle ein Risiko eingegangen.

Nun kam Atrus herüber und lächelte ihm zu. »Ist der Bohrkopf sehr weit vorgedrungen, Irras?«

»Eine Handbreit«, antwortete er.

»Gut.« Atrus wandte sich um und warf einen Blick zu Katharina hinüber, die unten an der Zentrifuge arbeitete. »Na ja … jetzt werden wir es sehr bald wissen.«

»Atrus?«

»Ja?«

»Habt Ihr noch einmal darüber nachgedacht, warum man die Tür wohl versiegelt hat?«

Atrus zögerte, dann schüttelte er den Kopf.

»Und Meister Tergahns Ansicht?«

Jetzt hörten alle zu. Gestern abend hatte Meister Tergahn noch einmal seine Meinung vertreten, sie sollten die Sache auf sich beruhen lassen, das Verbindungsbuch verbrennen und die Räume wieder versiegeln.

Atrus zuckte die Achseln. »Ich wünschte nur, wir wüßten mehr über den Großen König. Ich erinnere mich vage, daß meine Großmutter Anna einmal etwas über ihn erwähnt hat, aber was, darauf kann ich mich nicht besinnen.«

Einen Augenblick starrte er wie gedankenverloren in die Schatten am anderen Ende der Kammer, dann war er wieder bei der Sache und schritt lächelnd die Stufen hinab, um sich am Experimentiertisch zu Katharina zu gesellen.

»Und?« fragte er.

Sie warf ihm einen Blick zu und setzte dann ihre Arbeit fort. »Ich werde noch mehr Tests durchführen müssen.«

»Abgestandene Luft?«

»Ganz im Gegenteil«, antwortete sie. »Wenn meine Ergebnisse stimmen, ist die Luft dort drinnen frisch. Sie enthält lebende Organismen. Auch Blütenstaub.«

»Blütenstaub?«

Katharina nickte. »Ja. Nun laß mich weitermachen, Atrus. Sobald ich mehr weiß …«

»… wirst du es mir mitteilen. Aber es ist eindeutig Luft? Frischluft?«

»Ja!« sagte sie. »Jetzt laß mich allein, damit ich weiterkomme.«

Atrus wandte sich um und eilte die Treppe hinauf, wobei er im Laufen Irras zuwinkte. »In Ordnung. Wir bringen dich wieder nach drüben. Wollen mal sehen, was hinter dieser Wand liegt.«

Sie brauchten Tage, um ein ausreichend großes Loch in die Wand zu schlagen. Die Arbeit wurde noch mehr erschwert durch die Tatsache, daß sie in dem Alkoven die tragbaren elektrischen Geräte nicht gebrauchen konnte, und daß die beiden Männer, die nebeneinander standen, kaum Bewegungsfreiheit hatten. Sie hatten fast eine Stunde lang unter dem Licht einer einzigen Lampe geschuftet und aufgepaßt, daß sie einander nicht anstießen, während sie mit Hammer und Meißel die Rinnen in den Fels schlugen. Aber nun war die Arbeit getan. Sie hatten drei Haken aus Metall in den teilweise ausgehauenen Abschnitt der Wand geschraubt und eine Kette hindurchgezogen. Irras hatte das Ende der Kette in Händen, und mit seinen Spezialhandschuhen mit der starken Hydraulik, die er trug, hielt er sie fest im Griff, während Atrus den großen Hammer schwang.

Der Teil der Wand gab mit lautem Knirschen nach und neigte sich durch das Gewicht des Steins, aber die Kette hielt sie fest und hinderte sie daran, zu fallen.

»Alles in Ordnung?« fragte Atrus.

»Mir geht es gut«, sagte Irras und gab sich alle Mühe, damit ihm die Platte nicht entglitt.

»Gut. Dann laß sie langsam herunter. Ich leuchte dir mit der Lampe.«

Atrus griff nach oben, machte die Lampe los und streckte sie durch die Lücke.

Eine unheimliche Stille breitete sich aus. Das einzige Geräusch war das ihres eigenen Atems. Dies und das Knirschen des Steins und das Klicken der Kettenglieder gegen den Rand der Wand, als Irras die Platte auf den Boden ließ.

»Gut«, sagte Atrus, als das große Felsstück auf den Boden zu liegen kam. »Ich gehe hindurch und sichere es.«

Irras für seinen Teil hätte die Steinplatte einfach eingeschlagen, aber Atrus war darauf bedacht, so wenig Schaden wie möglich anzurichten. *Wir sind Forscher,* hatte er gesagt, *keine Vandalen.*

Aber trotzdem …

Er hörte Atrus aufkeuchen und hörte mehr als er sah, daß er sich umdrehte und die Lampe in die Höhe hob.

»Atrus?«

Die Lampe schwang zurück. In der plötzlichen Helligkeit konnte er eine riesige Halle erkennen, der in D'ni nicht unähnlich, mit tiefen Steinregalen, die oberhalb der Säulen die Wände emporkletterten.

Noch eine Bibliothek.

Nur daß all diese Regale leer waren.

Irras trat in die Halle hinaus, stellte sich neben Atrus und betrachtete, was vor ihm lag. Irgendwie wirkte der Raum durch diese leeren Regale noch trostloser, als es sonst vielleicht der Fall gewesen wäre. Und überall lag Staub – hohe Staubverwehungen, wie Sand, die den Marmorboden bis auf eine oder zwei Stellen überall bedeckten.

Alles wies auf ein hohes Alter hin, auf lange Jahrhunderte der Vernachlässigung.

Atrus wies auf das andere Ende des Saals. »Mal schauen, wie es dort hinten aussieht.«

Sie gingen hinüber. Ihre Schritte klangen gedämpft, und kleine Staubwolken wirbelten auf und trieben in der Luft wie Rauch.

Atrus blieb stehen. Vor ihnen lag eine riesige Tür. Wie die in D'ni war sie von einem breiten Steinkranz umgeben, dessen helle Oberfläche mit einem Ring von Sternen geschmückt war, aber im Unterschied zu den Türen in D'ni schien diese einen Spalt offenzustehen.

Atrus ging darauf zu und stieg dann die Treppe hinauf.

Sie war tatsächlich angelehnt.

Er stellte die Lampe ab, trat näher heran und spähte durch den Spalt, denn er wollte nicht, daß Licht durch den schmalen Zwischenraum fiel, solange er nicht wußte, was sich auf der anderen Seite befand.

Es war dunkel, aber nicht so finster wie in der Halle, in der er stand, und nach einer Weile gewöhnten seine Augen sich an das Zwielicht.

Da war ein weiterer Saal, größer, prächtiger als die Bibliothek, aber er lag in Trümmern. Ein Teil seiner mächtigen Säulen war eingestürzt, und seine hohe, gewölbte Decke wies an einigen Stellen Risse auf, durch die ein wolkiger Nachthimmel mit leuchtenden Sternen zu sehen war.

Und nun kam Irras, trat neben ihn und blinzelte in die Dunkelheit.

»Ruinen«, sagte er leise. Er konnte die Enttäuschung in seiner Stimme nicht verhehlen.

Aber Atrus sagte nichts dazu, sondern meinte nur: »Komm, laß uns die anderen holen. Es ist Zeit, diese Welt zu erforschen.«

Vierter Teil

ZERRISSENE SEITEN KRÄUSELN UND SCHWÄRZEN SICH.
DIE FLAMMEN SPRINGEN
IN DEM FLACKERNDEN LICHT AUF WIE EIN SCHREI.
WER WIRD DIE GESTÜRZTEN STEINE AUFHEBEN?
WER WIRD DIE ZERBROCHENE KETTE
ZUSAMMENFÜGEN?

–Aus dem Korokh Jimah, Vers 11383-86

Atrus wandte sich um und sah zu, wie einer nach dem anderen aus seiner Gruppe in dem Alkoven erschien und dann in den Saal hinaustrat.

Sie hatten Lampen und Vorräte mitgebracht, und als Omar als letzter durchkam, war der uralte Raum gleißend erhellt durch das strahlende Licht der Feuermurmeln.

Aus Sorge, sie könnten sich feindlichen Blicken verraten, ließ Atrus sie die Lampen bis auf eine einzige auslöschen. Dann, und erst dann, führte er sie zu der Tür am anderen Ende des Raumes.

Obwohl das Portal einen Spalt offenstand, hatten Äonen des Verfalls es an seinem Platz festgeschmiedet; und zwar derartig, daß sie es, selbst als sie sich zu viert gegen seine behauene Steinoberfläche stemmten, nicht um Haaresbreite bewegen konnte. Schließlich war es Marrim, die sich durch die Lücke quetschte und einen Teil des Schutts darunter wegräumte.

Als das geschafft war, versuchten sie es wieder, und dieses Mal brachten sie es fertig, die Tür um ein oder zwei Zoll zu bewegen, so daß die übrigen sich hindurchdrängen konnten.

Dieser zweite Saal, den Atrus den ›Tempel‹ genannt hatte, bot einen verlassenen Anblick. Es würde jetzt nicht mehr lange dauern bis zum Morgengrauen, und in dieser letzten Stunde der Nacht schien es undenkbar, daß sie etwas finden würden, das die Zeit, die sie mit der Erforschung dieses Rätsels verbracht hatten, rechtfertigte.

Dies war eine tote Welt. Oder eine Welt, die schon so lange verlassen war, daß es kaum einen Unterschied machte.

Marrim stand in der Mitte dieses Ruinen-Saals, drehte sich einmal um ihre Achse und ließ die Verwüstung auf sich wirken, dann blickte sie durch einen der breiten Risse in der beschädigten Decke zu dem Himmel kurz vor der Morgendämmerung auf.

Es kam ihr vor, als sei eine vorzeitliche Tragödie über diesen Ort hereingebrochen. Eine Geschichte, die so weit zurücklag, daß selbst die D'ni, das älteste der Völker, keine Aufzeichnungen darüber besaßen.

Sie wandte sich wieder der Gruppe zu und sah Atrus an, der inmitten der anderen stand und leise sprach. Dann fragte sie: »Atrus? Was ist hier geschehen?«

Sie rechnete nicht wirklich mit einer Antwort; es war nur so, daß die Frage ihr keine Ruhe ließ. Warum gab es keine Aufzeichnungen über diesen Ort? Und warum hatte man diese Bücher so viele Tausende von Jahren unter Verschluß gehalten?

»Ich weiß es nicht«, erwiderte Atrus und trat zu ihr. »Vielleicht werden wir es ja erfahren.« Er wandte sich ab und sprach wieder alle an. »Wir werden uns in Gruppen aufteilen und das Gelände erforschen. Eine Stunde lang. Und wenn jemand etwas findet, soll er auf der Stelle hierher zurückkommen.«

Alle wußten, was sie zu tun hatten. Sie hatten es inzwischen so oft durchgeführt, daß es ihnen in Fleisch und Blut übergegangen war. Trotzdem hatten sie dieses Mal ein anderes Gefühl dabei, und als sie durch den hohen Torbogen am anderen Ende des Tempels hinaustraten, brachen sie in Ausrufe des Staunens aus.

Der Tempel lag inmitten einer Ansammlung anderer Gebäude und erhob sich auf einem riesigen Steinsockel über dem Rest, während an den Rändern dieser uralten Stadt dichter Wald wuchs. Die dicken Bäume ragten bedrohlich über diesem Bild des Zerfalls auf.

Kein einziges Gebäude war unbeschädigt. Im zunehmenden Licht der Morgendämmerung konnten sie erkennen, daß seit langen Jahrhunderten niemand mehr hierher vorgedrungen war. Die herabgefallenen Steine waren dicht von Gräsern überwachsen.

Es war, als habe die Tragödie, die über D'ni gekommen war, auch diesen Ort heimgesucht. Auch hier hatte einmal eine große Kultur geblüht, nur um dann zu Staub zu zerfallen.

»Nun«, sagte Atrus, als sich einige Minuten lang niemand rührte, »sollen wir uns ansehen, was es zu sehen gibt.«

»Meister Atrus!« rief Marrim atemlos. »Wir haben etwas gefunden!«

Atrus drehte sich zu ihr um. »Was ist es denn, Marrim?«

Sie grinste. »Ihr müßt es Euch ansehen!«

In den Außenbezirken der Ruinenstadt gab es einen Weg, der sich zwischen den dicken Bäumen hindurchwand und dem Verlauf einer uralten steinernen Abwasserröhre folgte, die im Lauf der langen Jahre der Witterung ausgesetzt gewesen war und jetzt aus dem Boden ragte wie der gerundete Rücken einer riesigen Schlange.

Diesen alten Weg stiegen sie hinauf, bis sie zu einem massiven ockerfarbenen Felsbrocken kamen, der vor ihnen aufragte.

»Hier?« fragte Atrus, denn der Weg schien zu Ende, aber Marrim ging weiter, kletterte den Fels hinauf wie eine Gemse und schien Halt zu finden, wo es augenscheinlich keinen gab.

Atrus zuckte die Achseln, folgte ihr und stellte fest, daß es leichter ging, als er gedacht hatte. Der Fels war porös und leicht zu fassen; trotzdem fühlte er sich atemlos, als er oben ankam.

Als Katharina sich dem oberen Rand näherte, streckte er die Hand aus und half ihr hoch. Dann drehte er sich um und sah sich um. Jetzt erst wurde ihm bewußt, in welcher Höhe sie sich befanden.

Und noch während er diese Tatsache registrierte, schienen sich seine Gedanken zu überschlagen, und ihm klappte vor purer Verblüffung der Unterkiefer herunter, als ihm klar wurde, was er da sah.

Sie standen am Rand einer weiten Hochebene, die unmittelbar vor ihnen vielleicht eine halbe Meile tief steil abfiel, während sich unter ihnen von Horizont zu Horizont das herrlichste Land erstreckte, das Atrus je gesehen hatte: üppiges grünes Ackerland, ausgedehnte Felder, getrennt durch verschlungene Wasserläufe, die im frühmorgendlichen Sonnenlicht glitzerten. Hier und dort in der weiten Landschaft lagen Gebäude verstreut – riesige, herrliche Bauwerke aus schimmerndem weißen Stein. Jedes stand auf einem grasbewachsenen Hügel, und alle waren vollständig anders als alles, was Atrus je gesehen hatte, und von einer Pracht und Eleganz, die atemberaubend waren. Sie wirkten so überirdisch, daß Atrus sich fragte, was für Menschen wohl dieses Land bewohnten.

All dies erfaßte Atrus auf einen Schlag, doch als er weiter in die Ferne blickte, hielt er den Atem an, denn dort, weit entfernt, erkannte er die im Dunst verschwimmenden Konturen eines weiteren riesigen Plateaus, viel größer als das, auf dem sie standen. An seinen hochaufragenden Wänden kletterte eine große Stadt aus demselben schimmernden Stein empor, und der ganze riesige Komplex war gekrönt von einem einzigen massiven Bauwerk mit hohen Türmen und vergoldeten Kuppeln.

Selbst auf diese Entfernung verstand Atrus sofort. Hier gab es etwas, das weit größer war als D'ni; eine so riesige und geordnete Zivilisation, daß es seine Pläne zum Wiederaufbau seiner alten Heimat sinnlos erscheinen ließ. Kein Wunder, daß sie die Ruinen, die hinter ihm lagen, vernachlässigt hatten. Wozu wären sie ihnen auch nütze gewesen, da sie alltäglich in solcher Pracht lebten? Als Atrus auf diese herrliche Landschaft hinausblickte, spürte er eine Sehnsucht, die er nie für möglich gehalten hätte, eine Sehnsucht, in dieses Land zu gehören, das er erst vor einem Augenblick zum ersten Mal gesehen hatte. Und als er Katharina, die neben ihm stand, anschaute, sah er es auch in ihren Augen.

»Es ist wunderschön«, flüsterte sie.

»Ja«, antwortete er und nahm ihre Hand.

Eine Weile standen sie schweigend da, in Staunen versunken. Dann rief jemand sie von unten, vom Fuß des Felsens aus, an.

»Atrus? Atrus? Was geht da oben vor?«

Aber Atrus hatte sich wieder umgedreht und blickte von neuem mit offenem Mund hinaus. Staunen stand in seinen Augen, während sein Blick in diesem riesigen schönen Land von einem Wunder zum anderen glitt.

Atrus baumelte in dem Geschirr und stützte sich mit der linken Hand an der rauhen Oberfläche der Klippe ab, während er sich hinauslehnte und den Baumstamm markierte. Unter ihm lagen tausend Fuß Bäume und Stein, ein fast senkrechter Felssturz, in dem hier und da ein gähnender Abgrund bis tief ins dunkle Innere des Plateaus einschnitt.

Etwa fünfzig Fuß über ihm, aber immer noch ein ganzes Stück vom oberen Rand entfernt, hingen auch Carrad und Irras. Irras befestigte die beiden breiten Riemen um den Stamm des markierten Baumes, während Carrad sich daranmachte, diesen am unteren Ende durchzusägen.

Über ihnen zog sich ein Pfad aus ordentlich abgesägten Baumstümpfen bis nach oben, wo Meister Tamon damit beschäftigt war, den Bau der Plattform zu organisieren, wobei er sich der Stämme bediente, die sie zuvor gefällt hatten. Sie waren jetzt seit zwei Stunden bei der Arbeit, und schon jetzt ragte ein skelettartiges Gerüst über den Rand. Es wurde durch ein Geflecht aus Seilen gesichert, bis sie eine dauerhaftere Befestigung anbringen konnten.

Der junge Jenniran war damit betraut, die Winde herzustellen und einzupassen, während Katharina und Marrim eifrig dabei waren, Nahrung und Vorräte für die Expedition zusammenzustellen. Im hinteren Teil der Lichtung lagen ordentlich aufgereiht ein Dutzend Rucksäcke.

Atrus wandte sich ab, drehte sich geübt am Seil und stoppte dann die Bewegung, indem er die Stiefelspitze gegen den Fels stellte. Er blickte auf, betrachtete die Schneise, die sie zwischen den Bäumen geschlagen hatten, und nickte. Er hatte diesen Weg wegen des leichten Überhangs gewählt und sich so ein natürliches Hindernis zunutze gemacht. Es wäre beinahe unmöglich gewesen, von dem Plateau hinabzuklettern, und ganz bestimmt wäre der Versuch, in einem Notfall auf dieselbe Weise zurückzukehren, ziemlich aussichtslos gewesen. Aber wenn der Sessellift in Betrieb war, konnten sie innerhalb von Minuten die Klippe hinauf- und hinuntergelangen und sämtliche Ausrüstung, die sie benötigten, transportieren – gar nicht zu reden von seinem Nutzen im Notfall.

Aber Atrus würde Irras und Carrad bald ablösen lassen müssen. Selbst auf ebenem Boden wäre die Arbeit schwer gewesen, und obwohl sie immer noch begeistert bei der Sache waren, sah er, daß sie müde wurden – der schmal gebaute Irras noch mehr als sein kräftigerer Vetter.

Er rief zu ihnen hoch, laut genug, um gehört zu werden, aber nicht so laut, daß man seine Stimme von unten hätte vernehmen können.

»Noch zwei, aber dann laßt ihr euch ablösen!«

Sie widersprachen nicht, sondern nickten nur, aber er spürte ihre Enttäuschung. Nichts liebten sie mehr als Herausforderungen, und dies hier – die Bezwingung dieser riesenhaften Klippe – war eine solche. Als er jetzt nach unten blickte, fühlte Atrus, wie sein Staunen zurückkehrte, wie jedesmal, wenn er in diese Richtung sah. Unter ihm standen die dicken Bäume wie die riesigen Säulen in einem verrückt gewordenen Bergsaal, alptraumhaft in die Vertikale geneigt.

Am Fuß des Plateaus war durch das dichte Laubwerk gerade eben ein riesiger Fels zu erkennen, ein großer Ausläufer von dunklem Ocker mit kahler Oberfläche.

Atrus zog die Augen zusammen und betrachtete ihn durch seine Schutzgläser, dann schüttelte er den Kopf. Es war nicht zu ändern. Sie mußten den Sessellift irgendwo oberhalb anhalten, bevor die Deckung der Bäume dem nackten Fels wich, und Strickleitern herunterlassen, denn wenn jemand sie beobachtete …

Er zog an dem Seil, einmal, zweimal und ein drittes Mal. Langsam ließen sie es von oben aus und langsam glitt er abwärts und stieß sich dabei mit den Füßen von der Felswand ab. Dieser Baum … ja, und der dort.

Aber was ist, wenn sie uns gesehen haben? dachte er. *Was ist, wenn sie uns beobachten, seit wir hergekommen sind – und nur darauf warten, daß wir herunterkommen? Oder wenn sie uns in diesem Augenblick einen Hinterhalt legen?*

Er wollte den anderen nichts von seinen Befürchtungen sagen, aber er mußte ihnen ins Auge sehen. Wer immer sie waren, die Eingeborenen dieses Zeitalters hießen Eindringlinge vielleicht nicht gerade mit offenen Armen willkommen, auch wenn sie so friedlich waren wie sie selbst.

Atrus warf einen Blick auf sein Chronometer. Nach seiner Schätzung hatten sie noch sechs, vielleicht sieben Stunden Tageslicht – Zeit genug, um den Sessellift fertigzustellen und den Abstieg zu bewältigen. Aber ihm war nicht wohl bei der Vorstellung, hinunterzugehen, wenn gerade die Nacht hereinbrach. Nein. Sie würden den Sessellift fertigbauen und ihn testen. Dann würden sie ihn am Rand der Klippe festmachen und die Nacht dort oben verbringen.

Es war wohl besser so, aber sogar er empfand bei dem Gedanken Ungeduld. Er brannte darauf, diese Welt zu erkunden, mehr als jede andere, die er bisher besucht hatte, und er wußte, daß es den übrigen nicht anders erging. Er hatte selbst gesehen, wie ihre Blicke sich immer wieder auf diese herrliche Landschaft richteten, wie sie ehrfürchtig staunend, ja beinahe erschüttert vor ihrer Schönheit standen.

Sie würden morgen in aller Frühe hinabsteigen; unbewaffnet, aber darauf eingerichtet, sich wenn nötig den Rückweg zur Klippe und zurück nach D'ni freizukämpfen.

Und das Verbindungsbuch?

Er würde Meister Tamon bitten, sich etwas einfallen zu las-

sen, um das Buch im Notfall beiseite zu schaffen. Das war schließlich leicht zu bewerkstelligen.

Von oben hörte er, wie gesägt wurde, dann einen Ruf. Als Atrus aufblickte, sah er, wie ein weiterer dicker Baumstamm hochgehievt wurde und langsam, schwankend an der Klippe entlang zur Plattform hinaufschwebte.

Morgen also, dachte er, drehte sich wieder nach außen und betrachtete das üppige grüne Land, das dort hinter dem Laubwerk lag und sich unter ihm in alle Richtungen erstreckte. *Morgen …*

An diesem Abend schlugen sie ihr Lager auf der Lichtung auf. Der Tag war lang und hart gewesen, aber niemand mochte sich schlafen legen, und nach dem Abendessen versammelten sie sich auf der Plattform, um dort bis spät in die Nacht zu sitzen. Schweigend blickten sie in die pechschwarze Dunkelheit hinaus, die mit tausend winzigen glühenden Perlmuttpunkten übersät war – Sterne im dunklen Meer der Nacht.

»Woran denkst du?« fragte Irras schließlich.

»Ich denke, daß ich in alle Ewigkeit hier sitzen könnte«, antwortete Marrim ihm, worauf gedämpftes Lachen erklang.

»Das mag ja sein«, meinte Atrus, stand auf und reckte sich. »Aber trotzdem sollten wir jetzt zusehen, daß wir schlafen.«

»Fünf Minuten«, bat Marrim, und dann deutete sie in die Nacht und setzte hinzu: »Seht, der Mond geht auf.«

Und wirklich, ein einziger, kleiner blauweißer Mond war über dem fernen Horizont gerade eben zu erkennen; der kleinste der drei Monde, die dieses Zeitalter zu besitzen schien.

Atrus drehte sich um und betrachtete durch die weite, perlenübersäte Dunkelheit dieses daumennagelgroße, schimmernde Licht. Dann nickte er, bezaubert von dem Anblick. »Nun gut. Noch fünf Minuten.«

Im Morgengrauen standen sie in den dunklen Schatten am Fuß des Plateaus auf dem großen ockerfarbenen Felsausläufer.

Vor ihnen erstreckte sich ein einladend wirkender Wald, an dessen anderem Ende sich ein Wasserlauf befand. Aber Atrus wollte noch nicht dorthin. Zuerst würde er Kundschafter ausschicken, um zu sehen, was sie über das Land und seine Bewohner in Erfahrung bringen konnten. Für diese Aufgabe wählte er Irras und Jenniran aus. Er ließ sie ihre Zeituhren stellen und nahm ihnen das Versprechen ab, in einer halben Stunde wieder dazusein.

Schweißüberströmt kehrten sie knapp zwei Minuten vor Ablauf dieser Zeit zurück. Das Land war, so schien es, wohlhabend, und es gab Anzeichen von menschlichen Aktivitäten in letzter Zeit, aber sie hatten keine einzige Person gesehen.

Vorsichtig wie immer, schickte Atrus Carrad und Ezel aus, um sich einen weiteren Eindruck von dem Land zu verschaffen, aber als sie eine halbe Stunde später zurückkehrten, bestätigten sie nur, was Irras und Jenniran berichtet hatten. Das Land war schön, aber menschenleer.

Atrus nahm Katharina beiseite und diskutierte die Angelegenheit kurz mit ihr, dann sprach er wieder den Rest von ihnen an.

»Wenn meine Schätzung stimmt, liegt die nächste der Ansiedlungen, die wir vom Plateau aus gesehen haben, zwei Stunden Fußmarsch von hier entfernt. Dorthin werden wir uns wenden und unterwegs ständig Kundschafter vorausschicken. Wasser und Nahrung haben wir reichlich, so daß unser einziges Problem darin besteht, uns verborgen zu halten. Wenn ihr reden müßt, flüstert einander ins Ohr, ansonsten schweigt. Und haltet euch zwischen den Bäumen. Aber bleibt nicht zu dicht beieinander. Geht ihm Gänsemarsch hinter mir her.« Er hielt inne und setzte dann hinzu: »Jenniran, für dich habe ich eine besondere Aufgabe. Du wirst unser Verbindungsmann hier am Fuß des Plateaus sein. Von Zeit zu Zeit werde ich einen Boten zurückschicken, um zu berichten, was wir vorgefunden haben. Ich brauche dich, um diese Nachrichten über

Meister Tamon nach D'ni weiterzugeben.« Atrus wandte sich wieder ab. »Jetzt laßt uns aufbrechen. Aber denkt daran, daß wir, obwohl das Land friedlich wirkt, weder den Charakter noch die Gepflogenheiten dieser Menschen kennen. Also seid immer vorsichtig.«

Mit diesen Worten drehte Atrus sich um, sprang als erster von dem Felsen und schritt in die Ebene hinaus.

Nach einstündigem Marsch erreichten sie die Mitte eines Obstgartens aus niedrigen Bäumen mit dunkelroten Stämmen, deren grüne Zweige fremdartige purpurne Früchte trugen. Dort machten sie Rast. Sie saßen in dem üppigen grünen Gras, das sich wie ein Teppich zwischen den glatten Baumstämmen ausbreitete.

Der Tag war heiß, aber unter den Baumkronen war es angenehm kühl. Wenn Atrus recht hatte, lag das große Haus, das sie vom Plateau aus entdeckt hatten, direkt vor ihnen, aber bis jetzt hatten sie es noch nicht zu Gesicht bekommen. Nun saß Atrus da, seine Meßinstrumente im Gras neben sich aufgeklappt, und schrieb in seinem Notizbuch.

Marrim schloß die Augen, stützte sich auf die Ellbogen und streckte die Beine aus. Eine Zeitlang ließ sie sich dahintreiben, ohne etwas zu denken. Das Summen der hiesigen Insekten erfüllte ihr Bewußtsein. Vorhin hatte sie eines gefangen und untersucht – ein großes, bienenähnliches Insekt mit leuchtendrotem ›Pelz‹ und einem schwarzen Streifen, der sich spiralförmig um den Hinterleib wand – und festgestellt, daß es keinen Stachel besaß. Und so schien es sich mit dem ganzen Land zu verhalten. Seine Schönheit, zusammen mit der Wärme des Tages, überspülte sie wie die Wogen eines warmen Ozeans an einem Sommertag.

Omar, der kurz weggegangen war, kehrte auf die Lichtung

zurück und blickte sich zerstreut um. In den Händen hielt er eine der dunklen, perfekt kugelförmigen Früchte. Als er Atrus sah, warf er ihm einen Blick zu und lächelte.

»Omar!« brüllte Atrus. »Was im Namen des Schöpfers tut Ihr da?«

Omar blinzelte, dann starrte er auf die halbgegessene Frucht in seiner Hand. Entsetzt ließ er sie fallen wie eine glühende Kohle. »Es tut mir leid, ich ...« Er schluckte. »Ich hatte es vergessen, Meister Atrus.«

»Vergessen!« Atrus neigte sich ihm zu. »Wenn Ihr krank werdet, habt Ihr die Folgen selbst zu tragen, ist das klar?«

»Aber, Meister Atrus ...«

Atrus wandte ihm den Rücken zu.

»In Ordnung«, sagte er, »wir sollten zusehen, daß wir weiterkommen. Irras ... du gehst als Kundschafter voraus.«

Während Irras davoneilte, erhoben sie sich leise, setzten ihre Rucksäcke auf und gingen langsam hinter Atrus her. Wie Schatten verteilten sie sich zwischen den Bäumen.

Sie waren noch nicht weit gekommen, als Irras zurückkehrte.

»Da ist ein Weg«, sagte er. »Er verläuft ganz gerade.«

»Auf das Haus zu?« fragte Atrus.

Irras schüttelte den Kopf. »Er kreuzt unseren Weg.«

»In Ordnung. Laßt uns einen Blick darauf werfen.«

Es war ein breiter, gutgepflegter Weg aus grobem weißen Schotter, der an den Seiten nur wenig über den Boden aufragte. Kleine unterirdische Tunnel, durch die die schmalen Bewässerungskanäle verliefen, die in diesem Land allgegenwärtig waren, unterquerten ihn in regelmäßigen Abständen, während auf der anderen Seite des Wegs ein großes Feld voll hoher, exotisch wirkender Pflanzen mit feuerroten Blüten lag, und dahinter eine bewaldete Hügelkuppe. Das Laubwerk war dicht und dunkel. Das Haus allerdings lag, wenn Atrus' Berechnungen korrekt waren, direkt vor ihnen.

»Vielleicht macht er eine Biegung«, meinte Ezel.

»Er sieht nicht aus, als ob er eine Kurve beschreiben würde«, antwortete Irras ihm.

»Nein«, stimmte Atrus zu. »Aber vielleicht sollten wir ihm eine Zeitlang folgen. Möglicherweise mündet er später in einen anderen Weg.«

Carrad machte Anstalten, den Pfad zu betreten, aber Atrus rief ihn zurück. »Nein, Carrad. Wir halten uns zwischen den Bäumen.«

Ernüchtert tat Carrad, wie ihm geheißen.

Sie wandten sich nach rechts und nahmen den Marsch wieder auf. Zuerst schwiegen sie, aber nach einer Weile, beruhigt durch die friedliche Stimmung des Tags und die Schönheit des Landes, durch das sie sich bewegten, begann Atrus zu sprechen.

»Es gibt einem zu denken«, sagte er und blieb stehen, um sich umzublicken.

Katharina trat neben ihn. »Was denn?«

»Was für Menschen es wohl sind, die dieses Land bebauen.«

»Ein großzügiges Volk«, meinte sie, ohne zu zögern.

Atrus warf ihr einen Blick zu. Der Rest der Gruppe war stehengeblieben, sah sich in den umgebenden Feldern um und fächelte sich in der Nachmittagshitze Luft zu. »Glaubst du?«

»Ja. Sieh dir doch nur an, wie reich dieses Land ist. Hier gibt es so vieles. Sie können es sich leisten, großzügig zu sein.«

Atrus lächelte, aber Katharina fuhr fort: »Wenn es nicht für alle reicht, muß jeder Mann – und jede Frau – um seinen oder ihren Teil kämpfen. Aber wenn es soviel gibt …«

»Das ist nicht immer so«, sagte Atrus. »Als ich mit meiner Großmutter zusammenlebte, hatten wir wenig oder gar nichts, und trotzdem würde ich nicht sagen, wir wären kleinlich gewesen.«

Katharina lachte. »Das ist etwas anderes. Was wäre geschehen, wenn in der Kluft drei oder vier Familien gelebt hätten, und jede hätte dem wenigen, das es dort gab, ihren Lebensunterhalt abringen müssen? Was dann?«

»Vielleicht«, sagte er ohne wirkliche Überzeugung. »Aber ich habe das Gefühl, du hast recht.«

Sie gingen weiter, versunken in die Schönheit des Tages. Jeder hing seinen eigenen Gedanken über die Wunder, die sie allenthalben umgaben, nach. Eine halbe Meile weiter stieg der Weg sanft an und überquerte eine kleine, elegant geschwungene Brücke. Unter dem Brückenbogen floß ein Gewässer hindurch; ein breiter blauer Kanal, der sich in sanften Kurven durch die Felder zu ihrer Rechten schlängelte und schließlich weit zur Linken zwischen den Bäumen verschwand.

Tatsächlich waren sie so überwältigt von ihrer Umgebung, daß es einen oder zwei Augenblicke dauerte, ehe einer von ihnen das Boot wahrnahm, das auf der anderen Seite der Brücke festgemacht war.

»Atrus!« zischte Omar. »Seht doch!«

Das Boot war lang und breit, sein Bug elegant geschwungen, und ein großes Sonnensegel aus gelber Seide hing über dem Deck, auf dem eine Reihe elegant wirkender Diwane verteilt waren. Unter diesem Baldachin stand, eine Hand lässig an den Stützpfosten gelegt, ein hochgewachsener junger Mann, gekleidet in eine lavendelfarbene, schwarz abgesetzte Robe. Sein Haar war nachtschwarz und auf eine fremdartige, aber elegante Weise geschnitten, und seine Augen waren von einem tiefen Meergrün. Aber das Eigenartigste an ihm war, daß er sie, obwohl er sie direkt ansah, gar nicht wahrzunehmen schien.

»Sehe ich euch?«

Atrus blieb wie angewurzelt stehen. Die Worte, gesprochen in deutlichem, wenn auch stark akzentuiertem D'ni, waren von dem Fremden gekommen, aber trotzdem schien der Mann sie absolut nicht zu sehen.

Ob er wohl blind ist? fragte sich Marrim, als sie sah, daß seine Augen sich nicht bewegten. Oder waren diese grünen Augen in Wahrheit eine Art Schutzgläser?

Atrus tat noch einen Schritt auf ihn zu. »Wo sind wir?«

Der junge Mann schien ihn nicht zu hören.

»Sehe ich euch?« wiederholte er.

Atrus wandte sich nach hinten und blickte die anderen an, verwirrt durch das Verhalten des jungen Mannes. Dann drehte er sich wieder um, trat näher und blieb nur vier oder fünf Schritte vor dem jungen Mann in dem Boot stehen.

»Wir sind aus D'ni«, sagte Atrus langsam und deutlich. »Wir sind von D'ni gekommen.«

Etwas regte sich etwas im Blick des jungen Mannes – nicht eigentlich eine Bewegung, sondern eher ein Abwägen. Langsam trat ein Ausdruck des Verstehens in diese Augen, die bis vor einem Moment scheinbar blicklos gewesen waren.

»Aus Ro'D'ni?«

Atrus zögerte und nickte dann.

»Dann kommt«, sagte er. Die D'ni-Worte waren trotz seines seltsamen Akzents gut zu verstehen. »Nach eurer langen Reise müßt ihr hungrig sein.«

Der junge Mann blickte sich um und nahm jeden von ihnen aufmerksam in Augenschein. Auf Marrim ruhte sein Blick ein wenig länger, und seine Augen zogen sich zusammen, als er ihren jungenhaften Haarschnitt bemerkte.

Darauf streckte er Atrus beide Hände entgegen und stellte sich vor.

»Verzeiht mir. Mein Name ist Hadre Ro'Jethhe, Sohn des Jethhe Ro'Jethhe. Willkommen … willkommen in Terahnee.«

Das Boot bewegte sich langsam, lautlos den Fluß hinab. Sanft glitt es dahin, anscheinend ohne die Hilfe von Rudern oder Motoren, so daß die D'ni, die an Bord des seltsamen Fahrzeugs saßen, sich verwundert umblickten.

Wohin sie auch sahen, fanden ihre Augen köstliche Dinge, als sei dieses ganze Land wie ein Kunstwerk geschaffen, jede Pflanze und jeder Busch genau so arrangiert worden, um das Auge zu erfreuen. Die Gestalt des Landes, seine Struktur und Farben – alle Elemente harmonierten vollständig miteinander. Hier und dort war ein Kontrast gesetzt, eine leuchtendbunte Blume oder ein besonders geformter Fels, der sie vor purer Freude lächeln ließ.

Was ihren Gastgeber anging, so war er zwar durchaus leutselig, aber nicht besonders mitteilsam. Jedesmal, wenn Atrus eine direkte Frage stellte, gab Hadre eine vage Antwort, wechselte das Thema oder tat sogar so, als habe Atrus gar nichts gesagt; und dies verwirrte Atrus ebenso wie sein Verhalten in den ersten Minuten nach ihrer Begegnung. Und doch schien er keinerlei böse Absichten zu hegen. Wie Hadre sagte, sollten sie heute abend in dem großen Haus übernachten. Mehr noch, der junge Mann brachte deutlich zum Ausdruck, daß sie höchst willkommen seien, und wenn es etwas gebe, das sie sich wünschten – ganz gleich was –, so brauchten sie nur darum zu bitten, und er würde dafür sorgen, daß sie es bekamen.

Sie entspannten sich und lehnten sich, bezaubert von ihrer Umgebung, an die breiten, reichverzierten Bordwände des Fahrzeugs. Als das Boot um eine Kurve im Fluß bog, unter einem dekorativen Bogen hindurchfuhr und in ein sonnenbeschienenes Tal glitt – ein kleiner Kessel zwischen den umgebenden Hügeln –, stellte Atrus verblüfft fest, daß man einen Imbiß für sie vorbereitet hatte. Staunend kletterten sie aus dem Boot. Ein Dutzend Diwane waren in dieser angenehmen Umgebung aufgestellt, und in der Mitte des Ganzen türmte sich Essen auf einem großen Tisch – alle Arten von Obst und anderen Leckerbissen, die sich, als sie sie schließlich kosteten, als unglaublich schmackhaft erwiesen.

Omar, dem seine vorherige Gedankenlosigkeit nicht geschadet hatte, wandte sich jetzt lächelnd an ihren Gastgeber. »Dies ist ganz ausgezeichnet.«

Hadre lächelte. »Es freut mich, daß es Euch schmeckt, Meister Omar«, sagte er, womit er sie alle beeindruckte, denn Omars Name war während ihrer Fahrt nur einmal, und dies beiläufig, gefallen.

Aber dies war nicht der einzige solche Fall. Hadre brauchte etwas nur einmal zu hören, um sich daran zu erinnern.

Als sie sich gesättigt hatten, komplimentierte Hadre sie wieder auf das Boot, und sie setzten ihre Reise fort.

Von neuem tat sich das Land vor ihnen auf, und sie glitten

lautlos durch ein endloses Panorama von Wundern. Als sie um eine Kurve bogen, sahen sie sich plötzlich einem breiten Wasserfall aus winzigen blauen Blüten gegenüber, unter denen sie hindurchfuhren, um sich einen Augenblick später in einem höhlenartigen Raum wiederzufinden, dessen Dach von den Wurzeln eines einzigen, riesenhaften Baumes gebildet wurde. Und weiter ging es, vorüber an künstlerisch gestalteten Ufern aus herrlich duftenden Blüten und hinaus in ein Tal, wo sich, unmittelbar vor ihnen, das große Haus erhob wie ein Gletscher auf seinem Berg.

»Im Namen des Schöpfers!« rief Atrus halblaut aus, nicht nur, weil das Gebäude weit größer war, als er aus der Entfernung angenommen hatte, sondern weil er jetzt erkannte, was sie alle mit einemmal sahen: Was sie für einfaches Weiß gehalten hatten, war eigentlich überhaupt nicht weiß, sondern ein ganzes Spektrum von Farben im Inneren des Steins, als sei das ganze Bauwerk ein riesiges Prisma. Und doch war der Stein nicht transparent; die verschiedenen Farben in ihm schienen sich jeden Augenblick zu verändern, als führten sie ein Eigenleben.

Näher und immer näher kamen sie, und dann beschrieb der Kanal in einer seltsamen kleinen Stromschnelle eine Biegung, trug sie durch einen langen, niedrigen Bogengang, unter den Mauern des Bauwerks hindurch und in einen riesigen schattigen Hof aus einem Marmor von verblüffendem Blau. Umgeben war der Hof von zahlreichen Balkonen auf vielen Ebenen, von denen große Büschel herrlich duftender Blüten herabhingen – von leuchtendem Gold und intensivem Purpurrot, Pechschwarz und Smaragdgrün. Sechs breite Steinrampen führten vom Hof nach oben, und über jede erreichte man das Haus durch ein mit herrlichen Schnitzereien geschmücktes Tor, hinter dem hohe, mit Perlmutt eingelegte Doppeltüren lagen.

»Wir sind zu Hause«, sagte Hadre einfach. Dann stieg er aus dem Boot, wandte sich um und verneigte sich elegant. »Seid willkommen, Atrus und Katharina. Seid alle willkommen. Willkommen in Ro'Jethhes Haus.«

Atrus trat durch den hohen Torbogen des Eingangs in eine Halle aus kühlem Marmor, in deren Mitte ein runder Teich lag. Er war von einem Kreis schlanker Säulen umgeben, von denen jede eine andere Farbe aufwies. Der Stein war so geformt, daß er Blumenstielen ähnelte, und jede Säule trug dort, wo sie die Decke berührte, eine Blüte. Die riesigen Blütenblätter entfalteten sich nach außen, so daß die Decke wirkte wie ein großes Blumenbeet, dessen Farbenspiel das Auge erfreute.

Atrus blickte einen Moment nach oben, dann sah er seinen jungen Gastgeber an. »Gehört Euch dieses ganze große Bauwerk, Hadre Ro'Jethhe?«

Hadre drehte sich um und lächelte freundlich. »Es ist das Haus meines Vaters. Und alle Ländereien, die es umgeben, gehören ihm ebenfalls.«

Sie gingen weiter, bis sie neben dem Teich standen und in seine kristallklaren Tiefen hinabblickten. Die Säulen neben ihnen ragten zur Decke hoch, fünfzig, vielleicht sechzig Fuß über ihnen, so daß sie sich daneben winzig vorkamen. Aus der Nähe wirkte der Stein, der von der Tür aus zerbrechlich ausgesehen hatte, nun von Grund auf fest und unbeweglich.

Bis jetzt war Hadre der einzige Mensch gewesen, den sie in ganz Terahnee gesehen hatten, aber jetzt traten zwei andere Männer – kleiner und kräftiger gebaut und sich deutlich von Hadre unterscheidend, und das nicht nur ihrer körperlichen Eigenschaften wegen – durch eine schmale Tür zur Linken in die Halle, eilten herbei und verneigten sich tief vor Hadre. Sie trugen lange fließende Umhänge aus einem weichen, weinroten Stoff, aber das Auffälligste an ihnen war ihr silberfarbenes Haar – nicht weiß, sondern silbern wie feiner Draht –, das aus der Stirn gekämmt und im Nacken zu einem Knoten gebunden war.

»Herr?« fragte der Ältere der beiden. Als er sich umdrehte, bemerkte Atrus, daß er unter dem rechten Ohr zwei waagerechte, purpurfarbene Streifen trug.

»Kaaru, Jaad«, sagte Hadre, »dies sind meine Gäste. Ihr werdet gut für sie sorgen und euch um all ihre Bedürfnisse kümmern.«

»Herr!« antworteten die beiden Männer wie aus einem Munde; dann traten sie zurück, und es schien beinahe, als lösten sie sich in Luft auf, als sie in die Schatten neben den Säulen davonglitten.

Hadre wandte sich wieder seinen Gästen zu und lächelte. »Und nun werdet Ihr mich entschuldigen, Atrus, aber ich muß meinem Vater die Neuigkeiten berichten. Er wird Euch persönlich begrüßen wollen.«

Nachdem Hadre gegangen war, führten die beiden Diener Atrus und seine Gruppe weiter in eine zweite, kleinere Halle, wo wieder eine Mahlzeit für sie gerichtet war.

Wie auf der Waldlichtung, so waren auch hier eine Anzahl Diwane im Kreis um die Mitte des Raumes gruppiert, so daß jeder die zahllosen Köstlichkeiten, die den Tisch im Zentrum zierten, leicht erreichen konnte.

Nachdem sie sich davon überzeugt hatten, daß die Gäste es sich bequem gemacht hatten, traten Kaaru und Jaad zurück und schienen wieder mit den Schatten der Wände zu verschmelzen.

Diese zweite Halle war zugleich bescheidener in ihren Ausmaßen als auch prächtiger in ihren Details als die erste. Marrim blickte sich um und konnte nur die Sorgfalt bewundern, die diese Menschen auf alles verwendeten. Jede Schale, jeder Löffel, jede winzige Gabel waren ein Kunstwerk, gar nicht zu sprechen von den Lehnen der Diwane oder den geschnitzten Paneelen, mit denen die Wände zwischen den gedrehten Marmorsäulen bedeckt waren.

Nicht eine Oberfläche war übersehen worden. Selbst der einfachste Gegenstand war verziert. Und doch war der Gesamteindruck nicht überladen. Dahinter stand eine Einfachheit, die in vollkommenem Kontrast zu den komplizierten

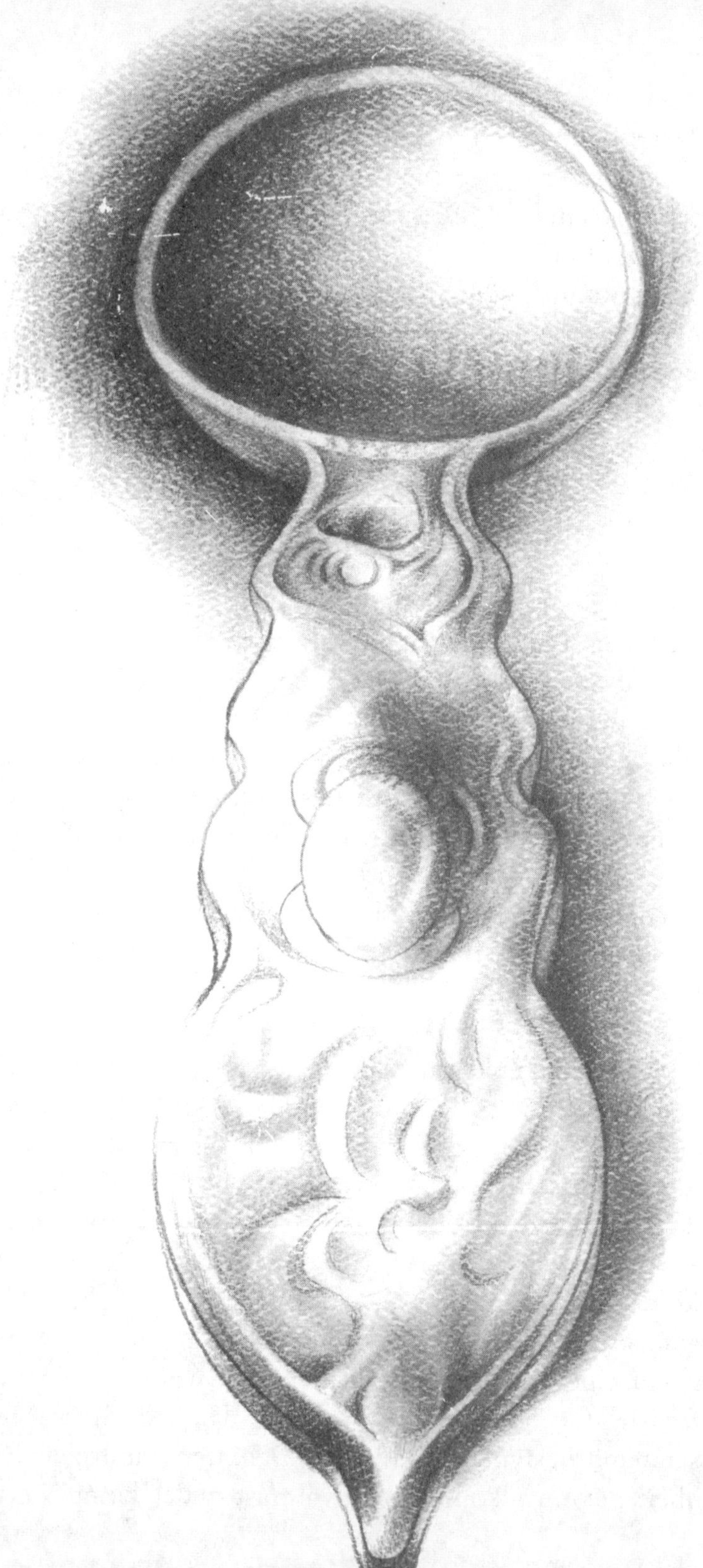

Mustern stand. Nichts war hier fehl am Platze, nichts überfeinert.

Marrim sah, wie Atrus die unzähligen Dinge, die ihn umgaben, betrachtete und mit demselben ehrfürchtigen Ausdruck von einem zum anderen blickte, und sie wußte sogleich, daß er auch sah, was sie gesehen hatte. Aber als er aufblickte, lag ein seltsames, beinahe wehmütiges Lächeln auf seinem Gesicht. Als sie das bemerkte, fragte Katharina, die ihn ebenfalls beobachtet hatte: »Atrus? Was ist mit dir?«

Atrus nahm einen der zarten Löffel, zog mit dem Daumen das in die Höhlung eingegossene Muster nach und lachte; ein merkwürdiges, kurzes, gequältes Lachen.

»All das«, sagte er schließlich, »erinnert mich an etwas.«

»An Anna?«

Atrus nickte. »Sie konnte niemals eine Fläche in Ruhe lassen. Es war, als sei das ganze Universum eine leere Seite, die zu beschreiben sie sich gedrängt fühlte.« Er hielt inne. »Ich spüre, daß es bei diesen Menschen genauso ist. Ich blicke mich um und sehe dieselbe Mischung aus Einfachheit und Ausschmückung.«

»Sie müssen große Träumer sein«, meinte Katharina.

»Ja, und auch wunderbare Handwerker«, setzte Ezel hinzu und blickte von der herrlich glasierten Schale auf, die er in den Händen hielt.

Marrim nickte, dann streckte sie die Hand aus, um das kühle Getränk zu nehmen, das in ihrer Reichweite stand, und nippte behutsam daran. Ebenso wie der Trank, den sie auf der Lichtung genossen hatte, war es erfrischend und berauschend zugleich, obwohl nicht auf die Weise, wie Wein einen Rausch auslöst. Es hatte einen solchen Duft, einen so überwältigenden Geschmack, daß ihr war, als seien ihre Sinne taub gewesen bis zu dem Augenblick, in dem sie davon gekostet hatte.

»Dieser Hadre und sein Vater«, sagte Irras. »Sie müssen sehr reiche Männer sein, daß sie all dies besitzen. Gewiß können nicht alle hier so leben.«

»Im Gegenteil«, ertönte eine donnernde Stimme von der

anderen Seite der Halle her. »Wir nennen nur ein sehr bescheidenes Anwesen unser eigen.«

Sofort sprangen sie alle auf und sahen dem Neuankömmling entgegen – einem gutaussehenden, ältlich wirkenden Mann mit gepflegtem schwarzen Haar und einer strengen, patrizischen Haltung. Doch noch während sie diese Strenge registrierten, lächelte der Alte, streckte ihnen die Hände entgegen, trat auf sie zu und umarmte Atrus herzlich.

»Atrus! Freunde und Gefährten des Atrus! Ich bin Jethhe Ro'Jethhe, und ihr seid willkommen in meinem Heim. Bleibt, so lange ihr möchtet. Mein Haus ist euer Haus.«

Und nachdem er diese kleine Rede gehalten hatte, ging er zwischen ihnen umher, drückte ihnen die Hände oder umarmte sie, bis er zuletzt zu Marrim kam.

»Junge Dame«, sagte er mit einem leichten Neigen des Kopfes, als spreche er zu jemandem, der im Rang hoch über ihm stand. »Ich bin wirklich hoch erfreut, Eure Bekanntschaft zu machen.«

Erfreut und verlegen zugleich über die plötzliche Aufmerksamkeit, senkte Marrim den Kopf und spürte, daß ihr eine leichte Röte am Hals emporkroch.

Und dann war es an Atrus, Hadres Vater für seine Gastfreundschaft zu danken.

»Nicht der Rede wert«, meinte Ro'Jethhe mit einer lässigen, wegwerfenden Geste. »Ich bin sicher, ihr würdet es ebenso halten, wären wir die Besucher und ihr die Gastgeber.«

Atrus lächelte. »Das würden wir in der Tat.«

Das Lächeln des Alten schloß sie alle ein. »Seht ihr? So ist es.« Dann wandte er sich an Irras. »Aber vergebt mir meine Unhöflichkeit, Meister Irras. Ihr habt eine Frage gestellt, und ich habe Euch nur eine unvollständige Antwort gegeben. Also kommt, laßt uns alle wieder Platz nehmen, und ich werde all eure Fragen beantworten.«

Es war später Nachmittag, als Jethhe Ro'Jethhe schließlich in die Hände klatschte und aufstand.

»Kaaru! Begleite meine Gäste in ihre Räume!«

Sofort stand sein Diener hinter ihm und wartete darauf, seine Anweisung auszuführen. Ro'Jethhe wandte sich zu Atrus um und lächelte. »Ihr habt eine weite Reise hinter euch, meine Freunde. Ich bin sicher, ihr möchtet vor der heutigen Abendunterhaltung baden und eure Kleidung wechseln.«

»Ein Fest?« Atrus rückte auf seinem Platz nach vorn. Es war das erste Mal, daß Ro'Jethhe davon sprach.

»Ach, nichts Besonderes. Eine kleine Zusammenkunft. Ein paar Freunde – Landbesitzer aus der Gegend – werden eingeladen sein. Und natürlich meine Söhne. Es wird eine Gelegenheit für euch sein, alle kennenzulernen.«

Atrus lächelte. »Wir danken Euch, Ro'Jethhe, für Eure Freundlichkeit.«

»Keine Ursache«, meinte der Alte, blickte sich um und lächelte. »Ich freue mich, daß Ihr hier seid, Atrus. Ihr und Eure ganze Gruppe. Und denkt daran, was immer Ihr möchtet, Ihr braucht nur danach zu fragen.«

Die beiden Männer verbeugten sich voreinander, dann drehte Ro'Jethhe sich um und rauschte aus dem Raum. Sein Sohn beeilte sich, ihn einzuholen.

Das Schlafzimmer war, wie alles andere, gigantisch. Ein riesiges Bett – es schien groß genug, um die Bewohner eines kleinen Dorfes zu beherbergen – stand in der Mitte eines weitläufigen Raums mit hoher Decke. Hier waren die Säulen dick und achteckig, aus nachtschwarzem Basalt. Acht davon bildeten ein Oktagon um die Mitte dieses langgestreckten, luftigen Saales. Sie ragten aus einem Holzboden empor, dessen breite Dielen mit einem feinen dunkelroten Lack überzogen waren. Darin waren alle Arten komplizierter Muster eingearbeitet. Die Türen, die den Raum aufteilten, waren riesenhaft und holzgetäfelt und saßen in Wänden, die so dick waren, daß sie Atrus an eine Festung erinnerten, die er einmal in einem uralten D'ni-Zeitalter besucht hatte. Am beeindruckendsten war jedoch der breite Balkon, in den man vom Zimmer aus gelangte und der eine perfekte Aussicht auf die umgebende Landschaft gewährte.

Ein Vorhang aus feiner, blaßgelber und blauer Seide schimmerte im Licht des späten Nachmittags, als Katharina unter ihm hindurch auf die Steinplatten des Balkons trat.

»Atrus ...«

Er kam nach draußen und gesellte sich an der Balustrade zu ihr. Einen Moment schwiegen die beiden, während sie über die sanft gewellten Wiesen auf ein Wäldchen blickten; kein Baum glich dem anderen, und die Kombination von Farbschattierungen und Strukturen war eine Freude für das Auge. Ein fremdartiger Vogel stieß einen hohen, wohlklingenden Ruf aus.

Katharina nahm Atrus' Arm und blickte lächelnd zu ihm auf. »Hast du dir einen solchen Ort jemals träumen lassen?«

»Nein«, sagte er. »Mir dreht sich der Kopf, Katharina. Zu denken, daß alles so ist wie dies hier.«

Denn Jethhe Ro'Jethhe hatte ihnen erklärt, er sei alles andere als ein reicher Mann, sondern nur ein einfacher Bürger, und daß es viele gebe – darunter den Gouverneur des Distrikts –, die weit prächtiger lebten, obwohl Atrus sich nicht vorstellen konnte, wie das möglich sein sollte, denn dies war ein Luxus, der alles überstieg, was er bisher gekannt hatte. Zudem hatte Ro'Jethhe sich als intelligenter und geistreicher Mensch erwiesen. Er war außerordentlich gebildet, von schneller Auffassungsgabe und stets tolerant in seinen Bemerkungen. Atrus hatte ihn sofort sympathisch gefunden.

Trotzdem war es schwierig, vieles von dem, was Ro'Jethhe sagte, zu akzeptieren, und hätte Atrus nicht bereits vom Plateau aus einen flüchtigen Blick auf das Land erhascht, hätte er es vielleicht als Prahlerei abgetan. War dieses Gemeinwesen wirklich so groß, wie Ro'Jethhe behauptete? Zweihundert Millionen Einwohner! Es war schwer vorstellbar, obwohl er gesehen hatte, wie das Land sich von einem Horizont zum anderen erstreckte. Wenn sie alle so lebten, dann mußte der Reichtum dieses Landes wahrhaftig phänomenal sein. Verglichen damit war D'ni selbst auf der Höhe seiner Macht ein Nichts gewesen.

Während sie badeten und sich umkleideten, sprachen Katharina und Atrus weiter über das, was sie von Jethhe Ro'Jethhe erfahren hatten.

Terahnee wurde von einem König regiert. Dieser wurde von einem Rat unterstützt, dem wiederum die Distriktgouverneure unterstanden. Und dennoch existierte erstaunlicherweise trotz der Größe des Königreichs kein Gegenstück zur Gilde der Bewahrer. Es gab keine Ordnungsmacht in Terahnee, weil sie nicht notwendig war. Mehr als alles andere, das sie gesehen oder gehört hatten, war es dies, was Atrus beeindruckte, denn es verriet ihm, welch hohen moralischen Standard diese Kultur erreicht hatte.

Dies war ein Land, in dem es weder Kriege noch Diebstahl oder Betrug gab.

»All das«, sagte Atrus und wies auf die Mosaiken, die Statuen und all die anderen unzähligen schönen Dinge, die sie umgaben, »ist sämtlich recht bemerkenswert, aber ohne eine moralische Tiefe ist es nichts. Der wirkliche, entscheidende Maßstab einer Zivilisation ist, wie ihre Menschen miteinander umgehen.«

»Sie haben Diener ...«, begann Katharina.

»Schon, aber sie behandeln sie gut, wie du bestimmt bemerkt hast. Kaaru und Jaad beugen vielleicht das Haupt vor ihren Herren, aber sie haben nichts Unterwürfiges an sich. Statt dessen spüre ich bei ihnen eine Ausstrahlung von tiefem Stolz.«

»Findest du das nicht merkwürdig, Atrus?«

»In einem Land wie diesem? Nein. Einige müssen arbeiten, während andere die Arbeit planen und organisieren. So ist es in jeder Gesellschaft. Bis zu einem gewissen Grad war es sogar in D'ni so.«

»Bis zu einem gewissen Grad.« Aber Katharina ließ es dabei bewenden. Außerdem war sie nicht wirklich anderer Meinung als Atrus. Eine Welt von solcher Schönheit zu erhalten mußte ein großes Maß an Organisation erfordern. Und Atrus hatte recht. Solchen Dienern war sie noch nie zuvor begegnet.

Sie wechselte das Thema und stellte eine weitere Frage, die ihr durch den Kopf gegangen war: »Atrus? Glaubst du, sie sind verwandt mit dir?«

»Mit D'ni, meinst du?«

»Ja. Schließlich habt ihr eine gemeinsame Sprache …«

»Die haben sie vielleicht in ferner Vergangenheit übernommen, oder sie war ihre gemeinsame Sprache. Es ist möglich, daß dies ein Zeitalter war, das die Verbindung mit D'ni verloren hat und seinen eigenen Weg gegangen ist.«

»Meinst du?«

»Ich würde sagen, daß es höchst wahrscheinlich ist. Zum einen haben sie nicht dieselbe Sehschwäche wie die D'ni. Soweit ich festgestellt habe, tragen sie keine Schutzbrillen. Und der Stil, in dem sie bauen … er könnte sich nicht mehr von dem der D'ni unterscheiden. Nimm zum Beispiel den häufigen Gebrauch von Holz.«

»Stimmt«, sagte Katharina, »aber das ist leicht zu erklären. In D'ni hatten sie keine Bäume. Hier gibt es Millionen davon – Milliarden. Außerdem schlagen Gesellschaften im Lauf von Jahrtausenden verschiedene Wege ein. Mit solchen Unterschieden müssen wir rechnen.«

»Kann sein«, meinte Atrus und zog eine seidene Jacke an, die man ihm auf das Bett gelegt hatte, »aber ehe ich nicht mit Sicherheit weiß, daß es eine Verbindung gibt, werde ich nicht davon ausgehen. Die Tatsache, daß sie eine Version unserer Sprache sprechen, beweist nichts.«

Katharina wollte das Thema weiter vertiefen, doch da klopfte es an der Tür.

»Herein!« rief Atrus und wandte sich der Tür zu.

Aber es waren nur Marrim, Irras und Carrad. Strahlend und aufgeregt stürzten sie in den Raum.

»Meister Atrus!« rief Irras. »Da ist eine Bibliothek!«

»Sie ist riesig!« setzte Irras hinzu, während sie den Raum verließen und einen langen, breiten Korridor entlangeilten, dessen Decke so hoch war, daß sie sich wie am Grund eines Brunnenschachts fühlten.

»Und die Bücher!« fuhr Marrim fort. »So etwas habt Ihr noch nicht gesehen!«

Über letzteres lächelte Atrus, aber als er durch den breiten Türrahmen trat, blieb er verblüfft und wie angewurzelt stehen.

Die Bibliothek bestand nicht aus einem einzigen Raum, wie er erwartet hatte. Sie war eine große Halle, und dahinter lagen eine zweite und sogar noch eine dritte, deren Wände vom Boden bis zu der hohen Decke mit Büchern vollgestellt waren – endlose Reihen ledergebundener Bücher. Genug, so schien es, um ganz D'ni damit zu füllen!

»Und dies sind einfache Gutsbesitzer?« fragte Katharina, womit sie Atrus' Gedanken laut aussprach.

»Atrus?«

Überrascht drehte Atrus sich um und stellte fest, daß Hadre hinter ihm in der Tür stand. »Verzeiht uns, Hadre. Wir wollten nicht neugierig sein.«

»Da gibt es nichts zu vergeben«, sagte Hadre und bedeutete ihnen, weiter in die Bibliothek zu gehen. »Was immer ihr zu sehen wünscht. Wie mein Vater schon sagte, solange ihr bei uns seid, gehört unser Haus euch.«

»Ihr seid beide äußerst großzügig.«

»Ganz und gar nicht«, sagte Hadre. »Mein Volk liebt es, geistige Dinge mit anderen zu teilen. Wir sind große Buchliebhaber. Und ich spüre, daß ihr es ebenfalls seid.«

Er klatschte in die Hände, und sogleich erschien ein Diener in der Tür zu ihrer Rechten. Dieses Mal waren es nicht Kaaru oder Jaad, sondern ein weit älterer Mann. Trotzdem trug er ein Gewand aus dem gleichen weinroten Stoff und hatte das gleiche silberne Haar, die gleichen Streifen unter dem rechten Ohr.

»Herr?«

»Du wirst nicht gebraucht, Duura. Ich werde mich selbst um meine Gäste kümmern.«

»Wie Ihr wünscht, Herr.« Und Duura verschwand mit einer Verbeugung.

»Nun?« fragte Hadre, warf Atrus einen Blick zu und lächelte noch einmal. »Wo würdet Ihr gern beginnen?«

Die Bibliothek war nicht das einzige Wunder im Haus. Katharinas Lieblingsraum war eine große Halle mit gläsernen Trennwänden, die mit den erstaunlichsten Pflanzen gefüllt war – eigentlich ein riesiges Treibhaus, dessen Ebenen und einzelne Räume jeweils zu verschiedenen Tageszeiten durch eine große Glaskuppel, die in die Decke des Saales eingelassen war, erhellt wurden. Im Inneren der labyrinthischen Halle konnte man in Räume steigen, deren Böden und Wände aus massivem Glas bestanden, so daß man den Eindruck gewinnen konnte, durch einen üppigen exotischen Dschungel zu wandern, in dem die Luft berauschend süß und das Licht wie das eines Urwaldes auf einer unberührten Welt waren.

Dahinter lag, in vollständigem Kontrast dazu, eine lange Galerie, in die das Licht wie durch lange Jahrhunderte gefiltert einfiel. Dort hingen, an beiden Seiten und in drei langen Reihen, die sich endlos fortzusetzen schienen, lebensgroße Porträts. Es schienen mehr als tausend zu sein.

»Dies«, sagte Hadre stolz, »sind alles Ro'Jethhe gewesen.«

Als Atrus sie betrachtete, diese endlosen Variationen desselben Gesichts, da wurde ihm endlich klar, wie alt dieser Ort wirklich war, denn jeder dieser Männer war zu seiner Zeit hier der Hausherr gewesen. Die lange, ununterbrochene Kette von Vätern und Söhnen sprach beredter als alles andere von der Dauerhaftigkeit dieser Gesellschaft.

»Ihr sagt, sie alle seien Ro'Jethhe gewesen«, meinte Atrus. »War das ihr Name oder ihr Titel?«

Hadre wandte sich ihm zu und lächelte. »Als sie jünger waren, hatten sie andere Namen – Namen, die ihre Mütter ihnen gegeben hatten. So, wie mein Bruder Eedrah und ich Namen haben. Aber als ihre Zeit gekommen war, hat jeder von ihnen seinen Namen verloren. Versteht ihr?«

Katharina nickte. »Also werdet auch Ihr, wenn es soweit ist …«

»… Ro'Jethhe sein.« Er lächelte. »Aber bis dahin dauert es noch viele Jahre. Mein Vater steht in der Blüte seines Lebens.«

»Euer Volk ist also sehr langlebig?« fragte Atrus.

»Ziemlich«, antwortete Hadre.

»Wie alt werdet ihr? Hundert Jahre?« fragte Katharina, die, da sie ihn zuvor gefragt hatte, wußte, daß das Jahr auf Terahnee sich nicht allzu sehr von dem der D'ni unterschied.

Darüber lachte Hadre. »Nein. Mein Vater ist fast zweihundert Jahre alt.«

»Ah …« Katharina sah Atrus in die Augen, und in ihrem Blick flackerte die Andeutung eines Lächelns, so als sei ein Argument bewiesen worden.

Ein tiefer, hallender Glockenschlag erklang, der aus den Fundamenten des großes Bauwerks zu dringen schien. Als er ihn vernahm, wandte Hadre sich zu ihnen um, verneigte sich tief und entschuldigte sich.

»Vergebt mir«, sagte er, »aber ich muß euch jetzt verlassen. Bis heute Abend …« Hadre schickte sich zum Gehen an, drehte sich aber noch einmal um: »Oh … und es wird euch freuen zu erfahren, daß wir bei unserer heutigen Abendunterhaltung einen Ehrengast haben werden. Der Distriktgouverneur wird anwesend sein. Er hat großes Interesse zum Ausdruck gebracht, euch kennenzulernen.«

Und mit diesen Worten wandte er sich um und eilte aus dem Raum.

»Also …«, sagte Katharina und verstummte dann, als sie

den Diener bemerkte, der neben ihnen stand. Sie war sicher, daß er einen Moment zuvor noch nicht dagewesen war.

»Wenn Ihr mir folgen würdet«, sagte der Mann und neigte das Haupt, »ich werde Euch zu Euren Räumen führen.«

Atrus warf Katharina einen Blick zu, in dem sich ihre eigene Verblüffung spiegelte, dann zuckte er die Achseln.

»Nun gut«, sagte er und warf einen letzten Blick auf die lange Reihe der Vorfahren Ro'Jethhes, die die Wände auf beiden Seiten einnahmen. »Geht voraus.«

Schnell und lautlos schwebte das Boot unter dem perlmuttfarbenen Mond, der das Land in geheimnisvolles, silbriges Licht hüllte, dahin. Atrus, der am Bug saß, wandte sich um und blickte an Katharina und Hadre vorbei, die hinter ihm saßen, zu dem immer kleiner werdenden weißen Haus zurück.

Er hatte angenommen, die abendlichen Festlichkeiten würden in Ro'Jethhe stattfinden, aber als sie zur vereinbarten Zeit nach unten gekommen waren, erwartete Hadre sie mit der Nachricht, sie würden sich alle im Amphitheater treffen, das nördlich des Hauses lag.

Und so waren sie hier und glitten durch eine Landschaft, die schöner war als alles, das sie je zuvor gesehen hatten. Der Wasserlauf, der sich zu einem Fluß erweitert hatte, schlängelte sich sanft durch die geschwungenen Hügel.

Im Bug des Bootes saß Marrim zwischen den jungen Männern – Carrad, Irras, Omar und Ezel –, und auf jedem Gesicht lag dasselbe Staunen. Sie waren es gewöhnt, sich zu unterhalten, wenn sie auf Reisen waren, alles endlos zu diskutieren, aber die Schönheit dieses Abends hatte sie alle der Sprache beraubt.

Atrus schlug die Augen nieder und lächelte, denn er wußte, daß er nicht anders empfand. Er war seit weniger als einem halben Tag hier, aber schon war er halbwegs in dieses seltsame, wunderbare Land verliebt. Von allen Zeitaltern, die er bereist hatte, war keines mit diesem zu vergleichen, und nicht zum ersten Mal fragte er sich, wer eine solche Welt geschrieben haben mochte; wer wohl die Umweltbedingungen ersonnen hatte, die die Entwicklung eines solchen Gemeinwesens erlaubt hatten – denn wenn er eines über das Schreiben wußte, dann, daß letztlich die Geographie die gesellschaftlichen Strukturen eines Zeitalters prägte. Er würde das Buch noch genauer studieren – gewiß war es von einem Meister aller Meister geschrieben.

Was war also hier geschehen, um so idyllische Zustände zu schaffen? Waren es nur das milde Klima, der fruchtbare Boden, die einheitliche Gestalt der Landschaft, die einer solchen Gesellschaft gestattet hatten, sich zu entwickeln? Oder waren die Entscheidungen von Menschen – Menschen wie ihm selbst – für diese vollkommene Ordnung, die erstaunliche Blüte einer Kultur verantwortlich?

Er wußte es nicht – und um die Wahrheit zu sagen, er wollte es eigentlich nicht wissen. Dies an sich war schon eigenartig, denn niemals zuvor hatte er erlebt, daß seine brennende intellektuelle Neugierde auf diese Weise erlahmte. Er wußte, auch Katharina war es zufrieden, die Dinge zu nehmen, wie sie waren, und sich vom Fluß des Geschehens davontragen zu lassen.

So wie jetzt, dachte er in dem Bewußtsein der lautlosen Bewegung des Bootes unter ihm. Als das Boot um eine Flußbiegung bog, erblickte er unmittelbar vor ihnen den terrassenförmig angelegten Hügel. Die Terrassenebenen waren an einigen Stellen ausgehöhlt und mit Wasser gefüllt, so daß der ganze Hügel ein Muster aus tiefem Schatten und strahlendem silbrigen Licht bildete, das den Umriß eines Gesichts darstellte – des Gesichts einer schönen jungen Frau.

Aus dem Heck des Bootes erklang anerkennendes Gemurmel und dann ein leiser, verblüffter Aufschrei, denn in dem Maße, wie das Boot sich weiterbewegte und die Richtung etwas änderte, wandelte sich auch das Muster aus Hell und Dunkel. Und nun erschien die Silhouette eines jungen Mannes, der ihre Blicke zu erwidern schien, wie es auch die junge Dame getan hatte, die so kurz erschienen und dann wieder verschwunden war.

»Genial«, meinte Atrus. »Ziemlich raffiniert.«

»Es ist eine alte Konstruktion«, entgegnete Hadre, Atrus' Lob herunterspielend, »aber beliebt.«

»Gibt es viele solcher Konstruktionen?« fragte Omar.

Hadre drehte sich um und lächelte dem jungen Mann zu. »Sehr viele. Tatsächlich seid ihr heute an einigen vorbeigefahren, aber im hellen Tageslicht sind sie nicht so leicht zu erkennen.«

»Und das Wasser … wie bekommt Ihr das Wasser dort hinauf?« fragte Ezel mit tiefem Stirnrunzeln.

Aber Hadre hatte sich schon wieder zu Atrus umgewandt.

»Jetzt ist es nicht mehr weit, Ro'Atrus«, sagte er. »Das Amphitheater stellt die Grenze zwischen unserem Land und dem unseres Nachbarn Ro'Hedrath dar. Ihr werdet ihn und seinen Sohn Juurtyri kennenlernen. Juurtyri, Eedrah und ich hatten einen gemeinsamen Hauslehrer, als wir jünger waren.«

Katharina, die die ganze Zeit über schweigend dagesessen hatte, meinte jetzt: »Ihr habt Euren Bruder schon früher erwähnt. Wird er heute abend dort sein?«

Hadre wandte sich zur Seite und sah ihr in die Augen. »Er war fort, aber heute abend wird er zurückkehren.« Hadre machte eine Pause. »Er ist nicht gesund gewesen …« Dann fuhr er lächelnd fort: »Aber kommt, wir sind fast da.«

Als die Musiker endeten, hob Marrim den Kopf und seufzte. So etwas hatte sie noch nie gehört. Zuerst hatte sie die seltsam dissonanten Klänge, mit denen die Komposition begonnen hatte, weder verstanden, noch hatten sie ihr gefallen, und ebensowenig die merkwürdigen mathematischen Muster, in denen das Stück arrangiert war, doch in dem Maße, wie es sich entwickelte und diese wunderbaren Harmonien begonnen hatten, das Grundmuster zu überlagern, war sie nicht nur bewegt, sondern fasziniert von der leidenschaftlichen Komplexität der Musik gewesen.

Geschickt gemacht, dachte sie, dann verbesserte sie sich. *Nein, nicht geschickt, sondern außerordentlich.*

So außerordentlich, daß sie, solange die Musik angedauert hatte, vollständig vergessen hatte, wo sie war. Und das war wirklich erstaunlich.

Als das Boot unter einer Reihe niedriger Bogen hindurch in das Amphitheater geglitten war, hatte sie gelächelt, erfreut darüber, wie das erhöht angelegte Becken in der Mitte des Amphitheaters einer riesigen Blüte glich. Doch noch während das Boot langsamer geworden und einer Spiralwindung um das Zentrum gefolgt war, schienen die Mauern, die das Amphitheater umgaben, zu schimmern und sich in eine Art Nebel aufzulösen. Verständnislos hatte Marrim darauf gestarrt, dann hatte sie vor Freude in die Hände geklatscht, denn in diesem Augenblick hatten sich die Wände in einen stetigen Wasserfall verwandelt, der das Theater vollständig umgab. Das kristallklare Wasser stürzte in den tiefen Graben, der die schneckenhausähnliche Struktur umgab.

Als sie zuvor mit Omar und Ezel, Carrad und Irras diskutiert hatte, waren sie sich einig gewesen, daß die Wunder, die sie auf ihren Reisen gesehen hatten, im Laufe vieler, vieler Jahre entwickelt worden sein mußten. Sie hatten sich einen Prozeß vorgestellt, in dem jemand – ein kluger, kreativer Kopf – eine ursprüngliche Idee gehabt hatte, die dann von anderen im ganzen Land kopiert und weiterentwickelt und über lange Jahrhunderte hinweg verfeinert worden war, bis sie ihren gegenwärtigen Stand erreicht hatte. Trotzdem war das Ganze ziemlich unglaublich. Das lag nicht nur daran, daß diese Menschen so viele Gedanken auf alles, was sie taten, verwendeten, sondern es war das Ausmaß, in dem sie arbeiteten. Es schien, daß ihnen kein Aufwand zu groß war.

Als Marrim nun entspannt zwischen mehreren Dutzend Gästen – benachbarte Gutsbesitzer und deren Frauen und Söhne – saß, beherrschte die Vorstellung, daß irgendein Zauber hinter all dem stecken mußte, ihre Gedanken.

»Meister Atrus?«

Atrus wandte sich auf seinem Diwan um und sah sie an. »Ja, Marrim?«

»Hat es in D'ni Musik gegeben?«

»Ja, aber die Wahrheit ist, daß ich sie nie gehört habe. Außerdem würde sie keinen Vergleich mit dem, was wir eben gehört haben, aushalten.«

»Unsere Musik hat Euch gefallen, Atrus?«

Der Sprecher, der unmittelbar neben Atrus auf dem Diwan saß, war Ro'Jethhes zweitältester Sohn Eedrah. Er war schmaler gebaut als sein Bruder und besaß eine blassere Hautfarbe, aber dennoch war die Ähnlichkeit verblüffend.

Atrus drehte sich um, neigte das Haupt und sprach den jungen Mann an. »Um ehrlich zu sein, ich habe noch nie etwas Ähnliches gehört.«

»Ja, ja«, beharrte Eedrah, »aber hat sie Euch gefallen?«

Zu Marrims Erstaunen zögerte Atrus und schüttelte dann den Kopf. »Sie war erstaunlich. So komplex und elegant, aber um ganz ehrlich zu sein, ich fand sie … beunruhigend.«

Als Marrim dies hörte, konnte sie sich nicht zurückhalten.»Aber sie war wundervoll, Meister Atrus! Diese Harmonien! Die tiefliegenden Muster der Musik! Es war … herrlich!«

Nachdem sie dies gesagt hatte, blickte sie sich um und stellte fest, daß mit einemmal jedermann sie beobachtete; wie alle Gutsbesitzer, alle Ehefrauen und Kinder der Gutsbesitzer sie plötzlich anstarrten und auf jedem Gesicht dasselbe konzentrierte Stirnrunzeln lag. Eedrah insbesondere schien sie aufmerksam zu betrachten. Als sie dies bemerkte, wurde sie rot.

»Ganz meiner Meinung«, schaltete sich Katharina ein. »Einen Augenblick lang hatte ich vollkommen vergessen, wo ich war.«

Eedrah lächelte. »Wie denn, Ihr seid in Terahnee!«

Es wurde gelacht. Der junge Mann beugte das Haupt und strahlte Marrim an, die noch tiefer errötete. Aber der Moment war vorüber, und die Gespräche, die während des Konzerts unterbrochen worden waren, begannen wieder zu fließen.

Schnell wurde offensichtlich, daß die Menschen dieses Zeitalters es liebten, zu reden – und nicht nur zu reden, sondern jedes Thema lang und breit zu debattieren, wobei ihr angeborener Witz dafür sorgte, daß die Unterhaltung leicht und rege blieb, selbst wenn das Thema tiefgründig war.

Marrim beobachtete Atrus und sah, wie er in dieser neuen Umgebung plötzlich aufblühte. Sie bewunderte ihn zwar, aber dennoch hatte sie ihn immer für etwas sauertöpfisch gehalten, für einen tiefsinnigen und schweigsamen Menschen. Aber mit einemmal war er wie verwandelt und stand seinen Gastgebern in der Hitze des Gesprächs um nichts nach.

Und dann wandte sich das Interesse mit einemmal D'ni zu.

»Vergebt mir, Atrus«, sagte Ro'Jethhe, »aber mein Sohn hat etwas über Eure Heimat erwähnt. Über einen Ort namens Ro'D'ni. Ich muß gestehen, daß ich persönlich noch nie davon gehört habe.«

Atrus blickte sich um. »Wir kommen in der Tat aus D'ni. Jedenfalls von einem Ort, der unter diesem Namen bekannt ist.«

»Ich verstehe«, warf der Nachbar, Ro'Hedrath, ein, »aber wie seid ihr hierhergelangt? Mit einem Boot?«

Wieder wurde gelacht, aber nun schien es, als rücke jedermann heran, in Erwartung von Atrus' Antwort.

»Die Ruinen …«, begann Atrus.

»Ruinen?« Ro'Hedrath sah sich um. »Ich weiß von keinen Ruinen in Terahnee!«

»Aber Ihr müßt davon gehört haben«, meinte Atrus. »Sie liegen nur einen halben Tagesmarsch von hier entfernt.«

Bei diesen Worten sah Ro'Jethhe seinen zweitältesten Sohn an. »Eedrah, hast du etwas über solche Ruinen gelesen?«

Der junge Mann hatte zu Boden gesehen. Bei der Frage seines Vaters blickte er erschrocken auf. »Nein, Vater.«

»Doch, da sind Ruinen«, fuhr Atrus fort. »Oben auf dem Plateau. Sie liegen hinter Bäumen verborgen – riesigen, uralten Bäumen –, aber sie sind da. Hoch oben. Dort sind wir durchgekommen.«

»Durchgekommen?« Ro'Jethhe wirkte verwirrt.

Eedrah stand plötzlich auf. »Verzeih mir, Vater, aber mir ist … nicht wohl.«

»Natürlich«, sagte Ro'Jethhe und entließ seinen Sohn mit einer Handbewegung. Dann wandte er sich um und bedeutete einem der Diener, dem jungen Mann behilflich zu sein.

Er drehte sich wieder um und lächelte. »Ihr müßt ihm vergeben, Atrus, aber er ist schon immer ein wenig … anfällig gewesen.«

Atrus öffnete den Mund und schickte sich an zu antworten – zu erklären, wie und warum genau sie hergekommen waren –, aber gerade in diesem Augenblick erschien ein Boot unter dem großen Torbogen auf der anderen Seite des Amphitheaters und durchbrach den Wasservorhang. Tropfen sprühten auf und bildeten einen Dunstbogen, und das Boot fuhr in den spiralförmigen Kanal ein und kam am Rand der Zentralfläche zum Halten.

Vier Männer saßen im Rumpf des Bootes. Einer davon – ein großer, grauhaariger, in pechschwarze Pelze gehüllter Mann – stand nun auf, stieg aus dem Boot und rief Ro'Jethhe, der wie alle anderen aufgesprungen war, sobald das Boot erschienen war, einen Gruß zu.

»Gouverneur!« rief Ro'Jethhe und strahlte vor Stolz, als er auf ihn zutrat, um ihn zu begrüßen. »Willkommen bei unserer bescheidenen Festlichkeit.«

Der Gouverneur gab in der Tat eine imposante Gestalt ab. Er ragte um mehr als eine Haupteslänge über Ro'Jethhe auf, der selbst alles andere als klein war. Er schenkte Ro'Jethhe ein kurzes Begrüßungslächeln, trat an ihm vorbei und ging auf Atrus' Diwan zu.

Atrus hatte sich erhoben und beugte, nun, da er sich ihm gegenübersah, das Haupt.

»Gouverneur«, sagte er.

»Also Ihr seid Atrus aus Ro'D'ni.«

Einen Moment lang herrschte eine eigenartige Stimmung – jene Art angespannten Schweigens, währenddessen scheinbar alles geschehen konnte –, und dann streckte der Gouverneur die Arme aus und umfaßte Atrus' Hände fest. »Willkommen in Terahnee, Atrus aus D'ni.«

Der Gouverneur gab Atrus' Hände wieder frei und trat zurück. »Es ist wahrhaftig selten, daß wir in diesem unseren Land Besuch bekommen, daher seid ihr wirklich willkommen. Ich bin Horen Ro'Jadre, Gouverneur von Ni'Ediren, und ich bringe eine Botschaft vom König.«

Während er diese Worte sprach, zog der Gouverneur eine versiegelte Schriftrolle aus seinem Umhang und reichte sie Atrus. Sie bestand aus einem langen, beeindruckenden, mit Blattgold überzogenen Zylinder, von dem ein dickes Amtssiegel – eine abgerundete Raute aus leuchtendblauem Wachs – herabhing.

Atrus nahm sie und beugte dann das Haupt. »Ich danke Euch für Eure Freundlichkeit, Horen Ro'Jadre.«

»Nicht der Rede wert«, erwiderte der Gouverneur; dann wandte er sich um, um sie alle anzusprechen, und erklärte: »Der König hat Atrus und seine Begleiter eingeladen, ihn in der Hauptstadt zu besuchen. Sie sollen morgen aufbrechen.« Er blickte sich um. »Wo ist Eedrah?«

Ro'Jethhe lächelte höflich. »Ich fürchte, er fühlt sich unwohl.«

»Schon wieder? Hmmm … Ich hätte es gern gesehen, wenn er unsere Gäste auf ihrer Reise in die Hauptstadt begleitet hätte.«

»Das wird er auch«, sagte Ro'Jethhe schnell. »Es war nur eine kleine Unpäßlichkeit. Es wird Eedrah eine Ehre sein, sie zu begleiten.«

Horen Ro'Jadre lächelte. »Gut.« Er sah sich kurz um, dann ging er zu dem leeren Diwan, der exakt in der Mitte des Amphitheaters stand, und nahm darauf Platz. Währenddessen kehrten alle zu ihren Plätzen zurück.

Ein kurzes Glockengeläut erklang. Als es verhallte, veränderte sich das Licht im Amphitheater, als hinter den umgebenden Wasserfällen Lampen eingeschaltet wurden und dem kristallklaren Wasservorhang einen zauberischen Schimmer verliehen. Gleichzeitig glitt ein großer Teil des Bodens des Amphitheaters zur Seite, und von unten stieg eine Plattform auf.

Sechs junge Männer, nackt bis zur Taille und von perfektem Körperbau, standen auf der Plattform. Sie verneigten sich und führten dann eine artistische Nummer vor, die Marrim durch ihr Geschick vollkommen faszinierte.

Alles verlief gut, bis mit einemmal einer der jungen Männer sich anscheinend am Knöchel eines anderen verhakte, sich überschlug und schwer stürzte. Er gab keinen Laut von sich – tatsächlich war die ganze Aufführung lautlos vor sich gegangen; eine Stille, die nur vom dumpfen Aufkommen von Füßen oder Händen auf die Plattform oder das Zischen ausgestoßenen Atems durchbrochen worden war –, und selbst jetzt, als er mit offensichtlich schmerzverzerrtem Gesicht dalag, war von ihm nichts zu hören.

Auf seinem Diwan rechts von Marrim klatschte Ro'Jethhe in die Hände. Sofort war die Vorstellung beendet, und die Plattform versank wieder im Boden.

Beinahe augenblicklich setzte die Unterhaltung wieder ein, wobei Ro'Jethhe die Führung übernahm und auf ein Thema zurückkam, das sie zuvor schon diskutiert hatten. Niemand erwähnte den Fehler der Artisten oder D'ni.

Sie aßen und tranken, und später, in einer kurzen Gesprächspause, wandte der Gouverneur sich noch einmal direkt an Atrus.

»Mein Freund Ro'Jethhe berichtet mir, daß einige von euch bei Tageslicht besondere Augengläser tragen. Darf ich fragen, wozu sie dienen?«

»Selbstverständlich«, antwortete Atrus. »Es ist eine Eigenschaft, die bei unserem Volk erblich ist. Unsere Augen sind überempfindlich. Das Tageslicht schmerzt sie. Daher tragen wir diese Schutzbrillen.« Und mit diesen Worten nahm Atrus seine Brille aus der Jackentasche, ging zum Diwan des Gouverneurs und reichte sie Horen Ro'Jadre.

Der Gouverneur betrachtete sie eine Zeitlang und fingerte an den silbernen Scharnieren neben den Gläsern herum; dann sah er hindurch, anscheinend fasziniert von den Details ihrer Herstellung. Schließlich reichte er sie mit einem freundlichen Lächeln zurück.

»Ich hoffe, Ihr werdet mich in meinem Haus besuchen, Atrus. Wenn Ihr Euch in die Hauptstadt begebt. Es liegt auf Eurem Weg, und ich würde mich über die Gelegenheit freuen, mich weiter mit Euch zu unterhalten …«

»Das ist …«

»… sehr freundlich, ich weiß.« Ro'Jadre lachte. »Oh, Freundlichkeit hat nichts damit zu tun, mein Freund. Ich bin neugierig darauf, mehr über Euch und Eure Gefährten zu erfahren.«

»Dann kommen wir gern. Ach, und … Gouverneur?«

»Ja, Atrus?«

»Dürfte ich einen Boten zu meinem Volk schicken, um meine Leute wissen zu lassen, was geschehen ist?«

»Euer Volk …« Der Gouverneur blinzelte. »Natürlich … ja, selbstverständlich. Das müßt Ihr sofort tun. Damit sie wissen, daß Ihr Euch wohl befindet.«

Atrus verbeugte sich. »Das ist …«

»… sehr freundlich.«

Dieses Mal lachten beide Männer; und alle, Gäste und Hiesige, fielen ein.

»Nun«, sagte Ro'Jadre und blickte sich mit froher Miene um, »laßt uns mit unseren Zerstreuungen fortfahren. Jethhe Ro'Jethhe, wollt Ihr beginnen?«

Ihr Gastgeber neigte leicht das Haupt zum Dank für die Aufforderung; dann sprach er nach kurzem Nachdenken leise, aber deutlich in die plötzliche erwartungsvolle Stille hinein:

»Alt, aber neu entdeckt. Verborgen und doch vollständig sichtbar. Ein frisch ausgeschlüpftes Ei mit einer alten, rissigen Schale …«

Und Marrim blickte sich um und war einmal mehr verwundert. *Rätsel,* dachte sie. *Sie spielen Ratespiele!*

Vergnügt machten sie sich auf die Rückfahrt. Sie hatten viel zuviel getrunken – selbst der normalerweise nüchterne Atrus – und sich viel besser unterhalten, als irgend jemand von ihnen erwartet hätte.

»Das war vielleicht verzwickt«, meinte Omar und lehnte sich schwer gegen seinen Bruder Ezel. »Das mit dem Vogel und dem Schloß mit dem silbernen Schlüssel. Ich kann mir nicht vorstellen, wie sie auf solche Ideen kommen!«

Er grinste und blickte sich um, dann sah er Hadre am Bug sitzen und schlug die Hand vor den Mund, erschrocken über seinen Fauxpas, aber der junge Mann schien sich nichts daraus zu machen. »Wir spielen von frühester Kindheit an Rätselspiele«, sagte Hadre. »Wie ich schon sagte, lieben wir geistige Dinge. Intelligenzspiele und Gedächtnistests – an solchen Herausforderungen haben wir unsere Freude. Sie halten einen scharfsinnig und aufmerksam.«

»Dann sollte man euch dafür loben«, meinte Omar und tat, als stoße er in der Luft darauf an. »Ich für meinen Teil würde gewiß am Müßiggang zugrunde gehen, wenn ich leben sollte wie ihr.«

»Ich bin sicher, das ist nicht so«, sagte Hadre, der nüchterner klang als sie alle. »Ich habe Euch in der Bibliothek gesehen, Omar. Ich habe gesehen, wie Ihr all diese Bücher mit den Augen verschlungen habt. Wenn Ihr wollt, könnt Ihr ein oder zwei davon mitnehmen, um sie auf der Fahrt in die Hauptstadt zu lesen.«

Omar war überwältigt von dem Angebot. Er stand auf und verneigte sich tief, worüber die anderen in Kichern ausbrachen, aber Hadre erwiderte die Verbeugung nur.

»Bitte, es ist ...«

»... gern geschehen!« antworteten die fünf jungen Leute wie aus einem Munde und lachten, ein Lachen, in das Hadre nach kurzem Zögern einfiel. Ihr Gelächter erfüllte die warme Nacht, während das Boot langsam, lautlos unter dem verblassenden Mond dahinglitt, auf die fernen, schimmernden weißen Mauern von Ro'Jethhe zu.

Am nächsten Morgen trafen sie sich wieder, in dem großen, mit Büchern vollgestopften Arbeitszimmer, das Ro'Jethhe gehörte. Der Gouverneur mußte in einer Stunde aufbrechen und hatte darum gebeten, Atrus noch einmal zu sehen, bevor er abreiste.

»Verzeiht, daß ich Euch so früh gerufen haben«, sagte Horen Ro'Jadre und kam auf Atrus zu, um dessen Hände zu nehmen, als er den Raum betrat, »aber ich wollte vor dem heutigen Abend noch einmal inoffiziell mit Euch reden.«

Atrus lächelte. »Dann sprecht. Ich höre Euch zu.«

Ro'Jadre nickte, dann sagte er, indem er Atrus' Hände freigab: »Ich habe Eure Gesellschaft gestern abend außerordentlich genossen, Atrus, und ich weiß, daß Ihr bei Hof einen tiefen Eindruck machen werdet, aber ich hatte das Gefühl, ich müßte Euch vor einer Sache warnen.«

»Mich warnen? Wovor?«

»Davor, zuviel darüber zu erzählen, wer und was Ihr seid. Über D'ni und dergleichen.«

Atrus zog die Augen zusammen. »Warum denn das?«

»Weil es uns nicht zusteht, Euch nach solchen Dingen zu fragen. Versteht Ihr?«

»Ich fürchte nein. Ihr seid doch hier der Gouverneur, oder?«

»Gouverneur, ja, aber nicht König.«

»Und es steht allein dem König zu, solche Fragen zu stellen?«

Horen Ro'Jadre strahlte. »Na bitte. Ich habe Ro'Jethhe gesagt, Ihr würdet es verstehen.«

»Aber ...« Atrus verstummte, dann fragte er: »So ist es bei Euch Brauch, nehme ich an?«

»Genau. In dem Augenblick, in dem der König zustimmte, Euch zu sehen, war es entschieden. Es wäre nicht recht, wenn einer von uns mehr wüßte als er.«

»Ich verstehe.«

»Dann sehen wir uns heute abend wieder. Bis dann ...« Er trat vor, umarmte Atrus kurz und war dann fort.

Atrus blickte ihm einen Augenblick nach, dann wandte er sich um und sah Ro'Jethhe an, als warte er auf eine Erklärung, aber der Ältere meinte nur: »Der König hat eingewilligt, Euch zu sehen, Atrus. Das ist eine außerordentlich große Ehre.«

»Ja«, sagte Atrus. Dann lächelte er, denn er wußte, Ro'Jethhe wünschte ihm nur Gutes. »Ich werde Eure Freundlichkeit nicht vergessen, Jethhe Ro'Jethhe.«

Der Alte lächelte strahlend. »Gebt auf meinen Sohn acht, Atrus. Und kehrt hierher zurück, wenn Ihr könnt. Denkt daran, meine Tür steht Euch immer offen, solange Ihr in Terahnee seid.«

Interessant«, meinte Katharina später, als er ihr von dem Zusammentreffen mit dem Gouverneur erzählte.

»Alle Völker haben ihre Bräuche«, sagte Atrus und schnallte seinen Rucksack zu. »Hmm ... wo ist denn der junge Irras?«

»Ich bin hier, Meister Atrus«, sagte Irras und trat in den Raum.

»Du weißt, was du Meister Tamon zu berichten hast?«

Irras nickte. »Ich weiß es auswendig.«

»Dann brich sofort auf. Und komm hierher zurück, sobald du die Botschaft überbracht hast. Jethhe Ro'Jethhe wird nichts dagegen haben, wenn du bleibst, bis wir aus der Hauptstadt zurück sind.«

Irras beugte den Kopf, dann sagte er kurz angebunden: »Paßt auf Euch auf«, drehte sich auf dem Absatz um und verschwand.

Atrus warf Katharina einen fragenden Blick zu.

»Ich denke, er ist wohl enttäuscht darüber, daß er nicht mit uns in die Hauptstadt fährt«, sagte sie.

»Aber diese Entscheidung lag nicht bei mir.«

»Das macht es ihm nicht leichter, Atrus. Irras war aufgeregt über den Gedanken, die große Stadt zu sehen, und nun muß er sich damit zufriedengeben, ein Botenläufer zwischen hier und dem Plateau zu sein. Bestimmt war es ein schwerer Schlag für ihn.«

»Und trotzdem sagt er nichts dazu.«

Katharina lächelte. »So hast du es sie gelehrt, Atrus.«

Atrus runzelte die Stirn. »Ja, aber wir sollten es wiedergutmachen. Ich könnte den König fragen, ob Irras nicht nachkommen darf.«

»Du willst den König darum bitten?«

»Natürlich«, sagte Atrus und bemerkte das Lächeln nicht, das auf Katharinas Lippen getreten war. Aber sie vertiefte das Thema nicht weiter.

»Bist du soweit?« fragte Atrus. Er blickte sich ein letztes Mal um, um sich zu vergewissern, daß er alles hatte, was er mitnehmen wollte.

»Fertig«, sagte sie.

»Gut. Dann wollen wir hinuntergehen und uns mit Eedrah treffen. Es ist Zeit, uns auf den Weg zu machen.«

Die jungen Leute hatten schon gepackt, und während Atrus und Katharina gingen, um Ro'Jethhe und den Gouverneur zu treffen, beschlossen sie, die Gegend zu erkunden.

Eine schmale, elegante Fußgängerbrücke überquerte den Wasserlauf, über den sie ins Haus gelangt waren, und führte auf einen Pfad aus farbigem Stein, der sich durch eine ordentlich gemähte Wiese schlängelte, um zwischen den Felsen einer Grotte zu verschwinden. Sie folgten dem Weg und gelangten auf der anderen Seite auf ein Sims, von dem aus eine Reihe langgestreckter, scheunenähnlicher Gebäude mit flachen roten Ziegeldächern zu sehen waren.

Einige der in Umhänge gekleideten Diener standen dort unten und unterhielten sich, aber als sie die jungen Leute auf dem Felssims bemerkten, verstummten sie und zerstreuten sich, und einer von ihnen kam direkt auf sie zu.

Am Fuß der Treppe, die von dem Sims herunterführte, blieb er stehen. »Kann ich euch helfen, Herren?«

»Vielen Dank, nein«, sagte Carrad. »Wir werden bald abreisen, und wir wollten uns vor unserem Aufbruch nur ein wenig umsehen.«

Der Mann verbeugte sich. »Dann laßt mich euer Führer sein. Ich bin Tyluu.«

»Und was ist Eure Aufgabe, Tyluu?« fragte Ezel und schickte sich an, die Treppe hinabzusteigen.

Der Mann hielt seinen Kopf ganz leicht gebeugt, während er antwortete. »Ich beaufsichtige die Ernte.« Er machte eine Pause. »Würdet ihr gern die Kornkammern sehen?«

Sie stiegen hinab und wanderten mit Tyluu als Führer durch die großen Lagerhäuser. Sie waren beeindruckt von dem, was sie sahen – besonders die beiden jungen Averonesen, die selbst von einer Welt kamen, die von der Landwirtschaft lebte, und zu schätzen wußten, wieviel Arbeit hier drinnen stecken mußte.

Sogar die Größe der Scheunen täuschte, denn sie reichten noch um einiges unter die Erde. Sie erhaschten einen Blick auf breite Steintreppen, die sich in die Tiefen hinabschlängelten, und Tyluu erklärte, in den unteren Ebenen würde außer Getreide noch vieles andere gelagert.

Weiter gingen sie, hinaus in große Pferche, wo Herden seltsam zahmer Tiere ruhig umherzogen. Ihre feuchten dunklen Augen folgten den vier jungen Gästen, als sie vorübergingen.

Alles war sauber und ordentlich. Nicht ein Zaun war beschädigt, kein Gerät lag herum. Omar machte eine Bemerkung darüber, und Tyluu verneigte sich, als habe man ihm ein großes Kompliment gemacht, und antwortete: »So ist es bei uns Brauch.«

Hier und dort bemerkte Marrim etwas, das aussah wie Brunnenschächte, tiefe quadratische Löcher im Boden mit einem Rand aus poliertem Stein. Im Gehen blickte sie in eines hinein und meinte, sie hätte ein kleines Tier darunter hindurchhuschen sehen.

Und dann war es Zeit, zurückzukehren. Omar dankte Tyluu, aber dieser verneigte sich nur, zog sich zurück und verschmolz mit den Schatten.

Carrad runzelte die Stirn.

»Das ist so Brauch bei ihnen«, sagte Marrim und grinste ihm zu. Dann meinte sie: »Kommt, laßt uns zurückgehen.«

Während sie in den Norden von Ro'Jethhe reisten, begann das Gelände anzusteigen, und der Kanal wand sich durch kleine, hügelige Gebirgsausläufer. Wieder war die Landschaft herrlich, und rechts und links vom Boot waren endlose Wunder zu bestaunen. Dann, nach einer Stunde, gelangten sie zu der ersten von etlichen Schleusen – riesigen, aufwendig dekorierten Marmorhallen. Das Boot glitt hinein, und die Tore schlossen sich hinter ihnen.

Lampen an der Decke warfen ein blendendhelles Licht über sie, und unter dem flachen Rumpf des Bootes stieg plötzlich das Wasser empor und hob sie auf eine höhere Ebene des ›Hügels‹, in die sie ruhig einfuhren, wieder ins Tageslicht hinein.

Als sie ins Freie kamen, erwartete sie eine veränderte Landschaft – die Hügel, die sie auf allen Seiten umgaben, waren mit tausend verschiedenen Arten von Blumen bedeckt, während unmittelbar vor ihnen ein seltsames smaragdfarbenes Gebilde lag, das beinahe aus der Erde zu springen schien.

Zuerst glaubten sie, dies sei das Haus, das ihr Ziel war, aber Eedrah klärte ihren Irrtum schnell auf.

»Das ist eine Antilogie.«

»Eine Antilogie?« fragte Atrus. »Ein Widerspruch in sich?«

»Genau das«, sagte Eedrah.

Jeden Augenblick segelte das Boot näher als das eigenartige Bauwerk heran. Ihr Weg führte sie langsam um das Gebilde herum und enthüllte jeden Moment neue Gesichtspunkte.

Eedrah lächelte. »Was ist dynamischer als der Augenblick, in dem ein Regentropfen auf die Oberfläche eines Sees trifft, und was ist faszinierender, als diesen Moment einzufrieren und ihn für immer festzuhalten – etwas, das kurz und vorübergehend war, in eine ewige Aussage zu verwandeln?«

»Und das stellt es dar?« fragte Ezel. »Einen Regentropfen, der auf die Oberfläche eines Sees trifft?«

»Erkennt Ihr es denn nicht?« fragte Eedrah.

Und tatsächlich, nun, da sie wußten, wonach sie Ausschau halten mußten, sahen sie es. Sie konnten den gerundeten Umriß erkennen, die Vertiefung im Zentrum, die Art, wie die Ränder des Wassertropfens nach außen explodierten, beinahe wie Flammen, den ewigen Gesetzen der Physik gehorchend.

Eedrahs Lächeln wurde breiter. »Jeder Distrikt ist stolz darauf, drei oder vier davon zu besitzen. Und es heißt, daß der König einen großen Park hat, in dem einige der schönsten des Landes stehen.«

Ezel, der das Gebilde mit weit aufgerissenen Augen angestarrt hatte, sah jetzt wieder Eedrah an. »Vielleicht haben wir ja das Glück, sie zu sehen.«

»Mag sein ... aber schaut einmal durch diese Lücke zwischen den Hügeln. Dort liegt unser Ziel. Das ist Ro'Jadre.«

Vor ihnen erhob sich ein gewaltiger Hügel aus Marmor. Eine Terrasse nach der anderen kletterte die Hügel hinauf, wie eine von Riesen erbaute Treppe. Und in die unterste dieser Stufen war ein großer Ring aus blutrotem Stein eingelassen, der zu flackern schien, als würden in seiner kühlen Außenhülle Flammen brennen.

Dieser Ring umschloß einen Tunnel. Sie fuhren jetzt direkt darauf zu, über ein langgestrecktes, hohes Viadukt, das in zarten, eleganten Bögen einen gähnenden Abgrund überspannte.

Im Inneren des Tunnels schloß sich dröhnend das Tor hinter ihnen, und einmal mehr schwoll das Wasser gewaltig an und hob sie höher und immer höher, bis sie auf dem Gipfel dieses großen Marmorhügels herauskamen, in einem weitläufigen quadratischen Becken, das auf allen Seiten von hochaufragenden, terrassierten Wänden umgeben war, deren eine Seite im Sonnenlicht schimmerte.

Und dort, auf einem großen Balkon in der Sonne, stand Horen Ro'Jadre selbst, angetan mit einem blaßcremefarbenen fließenden Gewand. Er war eine auffällige, hochgewachsene stolze Gestalt, das dunkle Haar streng aus der Stirn gekämmt. Er hob grüßend den Arm und lächelte zu ihnen herunter.

»Atrus! Katharina! Willkommen in Ro'Jadre!«

Ro'Jethhes Haus war beeindruckend gewesen, aber das Anwesen von Ro'Jadre war einfach erstaunlich. Allein die Eingangshalle mit ihren geschwungenen Treppen und herrlichen Fenstern war atemberaubend, und als Ro'Jadre herunterkam, um sie zu begrüßen, stand die Gruppe aus D'ni da und staunte ehrfürchtig ihre Umgebung an.

Marrim beobachtete, wie Horen Ro'Jadre Atrus umarmte, und war sich bewußt, daß er sich seit gestern abend verändert hatte. Da war der Gouverneur sogar, wenn er lächelte oder lachte, streng und distanziert erschienen, aber heute, in seinem eigenen Heim, wirkte er ungezwungener, viel entspannter.

Falls jemand einen solchen Palast ein ›Heim‹ nennen konnte.

»Ich freue mich so, euch alle wiederzusehen«, sagte Ro'Jadre und blickte sich um. Sein Begrüßungslächeln galt ihnen allen. In der Nähe standen wartend zwei Diener. Ihr unverwechselbares Äußeres – weinrote Umhänge und drahtfeines Silberhaar – war ihnen inzwischen vertraut.

»Ihr müßt hungrig sein«, fuhr Ro'Jadre fort. »In der unteren Galerie sind einige kleine Erfrischungen angerichtet. Wenn ihr mit mir kommen würdet …«

Sie folgten ihm in einen langen, niedrigen Raum, in dem das Licht sich vollkommen von dem draußen unterschied – ein schwaches rosiges Glühen, als sei jener erste, verheißungsvolle Augenblick der Morgendämmerung hier für immer festgehalten worden. Marrim blickte sich um und versuchte herauszubekommen, wie dies bewerkstelligt wurde – ob durch Lampen oder Filter an den Fenstern –, aber so sehr sie sich auch bemühte, sie konnte die Quelle nicht entdecken.

Ein Wunder, dachte sie und nahm auf einem Diwan Platz. *Terahnee ist wahrhaftig ein Land der Wunder.*

Die Reise war nicht lang gewesen, aber die Luft hier schien Appetit zu machen, so daß Marrim, die überrascht feststellte, daß sie hungrig war, ordentlich zulangte. Ro'Jadres ›kleine Erfrischung‹ hätte auf jedem anderen Planeten ein Festmahl dargestellt, aber ebenso wie die anderen begann Marrim sich langsam an dieses Niveau selbstverständlichen Überflusses zu gewöhnen.

Was Horen Ro'Jadre anging, so beobachtete er sie schweigend, kostete ein wenig von diesem und jenem und ließ seine Gäste essen und trinken, soviel sie mochten. Erst als er sah, daß die meisten gesättigt waren, warf er Atrus einen Blick zu und meinte lächelnd: »Man berichtet mir, daß Ihr Bücher liebt, Atrus.«

»Sehr. Sie sind der Lebensnerv jeder Kultur.«

»Wahrhaftig«, meinte Ro'Jadre und nickte ernst. »Ich habe ebenfalls gehört, daß Ihr wünscht, mehr über dieses unser Land zu erfahren.«

Atrus sah Eedrah an, der die Augen niederschlug. »So ist es. Ich hatte gehofft, etwas über seine Geschichte und Entwicklung zu erfahren.«

»Seine Geschichte ...« Ein merkwürdiger Ausdruck huschte über Ro'Jadres Miene. »Ihr meint, Ihr möchtet die Namen seiner Könige wissen?«

»Ich ...« Atrus unterbrach sich und fuhr dann fort: »Gewiß sind doch die Dinge nicht immer so gewesen wie heute?«

Ro'Jadre lächelte leutselig. »Ich bin sicher, daß es sich so verhält.«

»Dann wird es doch vielleicht Bücher geben, die davon sprechen, wie es einmal gewesen ist.«

»Vielleicht«, antwortete Ro'Jadre mit einer für ihn untypischen Unbestimmtheit. Er drehte sich um und schnalzte mit den Fingern. Sofort wandte sich einer der Diener ab und verschwand durch die Tür.

Atrus spürte, daß dieses Thema Ro'Jadre irgendwie in Verlegenheit brachte, und ließ es fallen.

»Sagt mir, Gouverneur«, fragte er, »wie lange werden wir brauchen, um die Hauptstadt zu erreichen?«

»Drei Tage«, antwortete Ro'Jadre, streckte die Hand aus und nahm eine kleine schwarze, ovale Frucht aus einer der Schalen. »Aber heute abend werdet ihr hierbleiben, als meine Gäste. Vorher jedoch erlaubt, daß ich euch mein Haus zeige.«

Er stand auf. »Ihr habt mich nach unserer Geschichte gefragt, Atrus. Nun, dieses Haus steht hier, im großen und ganzen unverändert, seit fast viertausend Jahren. Und vorher war da ein anderes Haus, und davor …« Ro'Jadre zuckte die Achseln.

Viertausend Jahre … Katharina blickte sich in dem mit lässiger Eleganz ausgestatteten Raum um. Anders als D'ni, das das Gefühl vermittelte, alt zu sein, wo selbst der Stein, auf dem man ging, ausgetreten war, wirkte dieser Ort wie neu gebaut. Kein Stäubchen war zu sehen, kein einziges Zeichen des Verfalls.

In der Zeit erstarrt, dachte sie, während sie sich herumdrehte und die Füße auf den Boden setzte. Doch wenn man diese Menschen ansah, so schienen sie davon nicht berührt. Sie hatten nichts Verbrauchtes an sich; nichts, das darauf hinwies, daß ihr Leben gleichförmig verlief. Wie Atrus selbst einmal bemerkt hatte, waren sie geistig ebenso beweglich wie der gebildetste Gildenmann.

»Kommt«, sagte Ro'Jadre und führte sie durch die dunkelblauen Säulen in ein Atrium mit hoher Decke hinaus, »ich will euch zeigen, wo ich arbeite.«

Ezel und Omar standen zusammen in der Mitte des großen Arbeitsraums und schüttelten voller Verwunderung langsam die Köpfe. Einen Raum wie diesen hatten sie noch nie gesehen – hätten nie geglaubt, daß ein solcher Raum existieren könnte, aber hier war er. Ro'Jadre nannte ihn sein ›Labor‹, aber mit seinen zahlreichen Balkonen und Ebenen, seinen Nischen und Podesten, die über schmale Treppen zugänglich waren, wirkte er mehr wie ein ganzes Gildenhaus. Regale mit Chemikalien nahmen eine ganze Wand ein, während an einer anderen endlos lange Schränke mit Laborgeräten standen. Und Bücher waren da, unzählige Bücher, wohin man auch blickte, nicht zu reden von den Experimentiertischen und den wissenschaftlichen Apparaten, von denen die beiden D'ni den Großteil nicht erkannten.

Und alles glänzte wie frisch poliert. Selbst die Luft schien rein.

»Erstaunlich«, meinte Ezel ruhig, während Omar, der neben ihm stand, einfach starrte.

»Ihr könnt das Labor gern benutzen, wann immer ihr es wünscht«, sagte Ro'Jadre mit derselben offenen Gastfreundschaft, von der sie inzwischen den Eindruck hatten, daß sie in Terahnee allgemein gebräuchlich war. »Alles, was mein ist, gehört auch euch.«

Atrus verneigte sich leicht. Dann fragte er neugierig: »Wofür interessiert Ihr Euch, Gouverneur Ro'Jadre?«

»Interessieren?«

»Auf wissenschaftlichem Gebiet ...«

»Ah ...« Ro'Jadre ging zu einer der Werkbänke und griff darüber hinweg. Er nahm eine massiv wirkende Kladde herunter, schlug sie auf und drehte sie so, daß Atrus, der ihm gefolgt war, hineinsehen konnte.

»Ich fürchte ...«, begann Atrus, aber Ro'Jadre verstand sofort.

»Die Schrift ... natürlich. Soviel ich weiß, unterscheidet sich die Eure von der unseren. Nun, was Ihr hier seht, sind die Notizen über meine Versuche.« Er schlug ein paar Seiten zurück und wies auf einige Diagramme, neben denen sich Zahlenkolonnen befanden, und drei wunderbare Schaubilder auf der Seite gegenüber. »Ich habe mit Tinten experimentiert, bin einer Idee, die ich hatte, nachgegangen.«

Sichtlich fasziniert betrachtete Atrus die Seite, trotz seiner Probleme beim Entziffern der Schrift von Terahnee. Wenn man sich konzentrierte, war es eigentlich nicht so schwierig.

»Aber genug davon«, meinte Ro'Jadre und ließ das Buch liegen, wo es war. »Kommt, ich will euch die lange Galerie zeigen. Dort sind Dinge aus den Zeitaltern ausgestellt – bizarre und schöne Gegenstände – die ihr gewiß noch nie gesehen habt.«

Omar und Ezel zögerten einen Augenblick. In ihren Augen stand ein Ausdruck, der beinahe ein Sehnen war. Dann blickten sie sich im Gehen noch einmal um und folgten Ro'Jadre durch den marmornen Türrahmen.

Eine Stunde später brachte einer der Diener sie in ihre Suite, die hoch oben auf der Ostseite des großen Hauses lag. Als Atrus in die weiträumige Wohnung trat, erblickte er sofort die vier herrlichen alten Bücher. Ihre Einbände waren von einem tiefen, bräunlichen Gelb, mit Schwarz abgesetzt, und sie lagen auf dem gewaltigen Schreibtisch, der eine Ecke des Hauptraums vollständig ausfüllte.

Atrus ging hinüber und schlug den ersten der Bände auf. Noch konnte er diese fremdartige Schriftvariante nicht lesen, aber er wußte, ohne fragen zu müssen, daß dies die Bücher über die Geschichte von Terahnee waren, die Ro'Jadre ihm versprochen hatte.

Der Abend war wundervoll gewesen. Es hatte Musik und Tanz und Spiele gegeben – assoziative und Reimspiele – und alle möglichen anderen gewitzten Dinge; Dinge, die er sich nie hätte träumen lassen. Ihm drehte sich der Kopf, wenn er an alles dachte, was sie erlebt, was sie gehört, geschmeckt und gesehen hatten …

»Meinst du immer noch, daß diese Menschen keine D'ni sind?« fragte Katharina und trat zu ihm. »Nach allem, was du gesehen hast? Sie sprechen einen Dialekt, der der D'ni-Sprache sehr ähnlich ist. Und sie schreiben Zeitalter, genau wie die D'ni.«

Atrus lächelte. »Ich gebe zu, die Wahrscheinlichkeit, daß sie mit den D'ni verwandt sind, ist groß. Aber ich bin sicher, daß die Wahrheit hier, auf diesen Seiten, zu finden ist. Ich lasse Omar und Ezel sofort mit der Arbeit daran beginnen.«

Katharina schwieg einen Moment, dann fragte sie: »Gibt dir das nicht zu denken, Atrus?«

»Zu denken?«

»Ach, es ist nur ... ich muß immer wieder darüber nachgrübeln, was Meister Tergahn gesagt hat. Darüber, warum dieses Zeitalter vielleicht mit D'ni verbunden war. Daß all dies existiert und die D'ni nicht davon wußten ... das scheint ...«

»Unglaublich?«

»Ja. Und trotzdem sind die Bücher dort zurückgelassen worden, um die Verbindung zwischen den Zeitaltern zu schaffen. Warum nur?«

»Verschiedene Wege«, überlegte Atrus.

»Ja, aber wieso?«

Atrus lächelte und tippte sanft auf die aufgeschlagene Seite. »Die Antwort ist hier zu finden, darauf wette ich.« Dann schloß er das Buch, ging zur Tür und riß sie auf. »Omar! Ezel! Ich habe eine Aufgabe für euch!«

Eedrah holte sie zu den Festlichkeiten an diesem Abend ab.

»Die anderen können wir auf dem Weg mitnehmen«, begann er, während er in den Raum trat, dann blieb er wie angewurzelt stehen, als er Omar und Ezel an dem großen Schreibtisch in der Ecke sitzen sah. Marrim und Irras unterhielten sich angeregt mit ihnen.

»Die Geschichtsbücher«, erklärte Atrus. »Wir haben uns damit beschäftigt, etwas über Eure Welt zu lernen.«

»Etwas und nichts«, meinte Eedrah und fuhr lächelnd fort: »Wie es in den Prophezeiungen heißt: ›Wie winzig sind doch die Risse, durch die die Vergangenheit in die Gegenwart scheint.‹«

Katharina starrte Eedrah verblüfft an. »Dann habt ihr hier in Terahnee tatsächlich von den Prophezeiungen gehört?«

»Größtenteils Gerüchte und Ammenmärchen. Aber in der Stadt gibt es Menschen, die ihr Leben dem Studium solcher Dinge gewidmet haben; große Gelehrte, die ihre Zeit damit verbringen, die alten Bücher zu erforschen, um ein Bruchstück hier und eines dort zu finden.«

Katharina sah Atrus an, doch dieser schien nicht interessiert. Er war wieder zum Schreibtisch gegangen, wo Omar leise, aber nachdrücklich eine Textzeile, die er übersetzt hatte, erläuterte. Einen Augenblick zögerte sie, dann fragte sie: »Wäre es möglich, ein Treffen mit einem dieser … Gelehrten zu arrangieren?«

Eedrah zuckte die Achseln. »Ich denke schon. Es kann nicht schaden, danach zu fragen. Und man sagt, daß diese Gelehrten es lieben, über das, was sie wissen, zu reden.«

Katharina lächelte. »Ihr scheint mir überhaupt ein Volk von Gelehrten, Eedrah.«

»Und das sind wir auch. Aber kommt … der Gouverneur erwartet uns. Soviel ich weiß, hat er euch zu Ehren eine ganz besondere Zerstreuung vorbereiten lassen.«

Als Atrus dies hörte, drehte er sich um. »Dann werden wir die Bücher für den Augenblick in Ruhe lassen. Kommt, Omar, Ezel. Auf unserer Reise werden wir Zeit genug dafür haben. Unser Gastgeber erwartet uns.«

Der Gouverneur stand vor der Tür, ein leicht amüsiertes Lächeln auf den Lippen. Selbst nach normalen Begriffen war es eine kleine Tür, kaum groß genug, um ein kleines Kind durchzulassen.

»Wer will der erste sein?« fragte Ro'Jadre und blickte von einem seiner Gäste zum anderen. »Ihr, Atrus? Oder vielleicht Ihr, junge Marrim?«

Marrim sah Atrus an, dann nickte sie. »Ihr sagt, sobald ich

drinnen bin, muß ich mich innerhalb von dreißig Sekunden entscheiden, sonst schließen sich alle Türen?«

»Das ist richtig«, antwortete Ro'Jadre. »Manchmal gibt es zwei Wahlmöglichkeiten, manchmal drei. Manchmal werdet Ihr klettern müssen, manchmal geht es abwärts, aber immer … immer habt Ihr nur dreißig Sekunden Zeit dazu.«

»Und am Ende?« fragte Katharina.

»Ihr werdet es sehen. So, Marrim, seid Ihr bereit?«

»Das bin ich.«

»Dann geht hindurch. Auf ein Wiedersehen … früher oder später.«

Letzteres gefiel Marrim gar nicht, aber nun hatte sie ihr Wort gegeben. Sie legte die Hand auf die Tür, drückte und trat dann nach drinnen, in einen Raum, der nicht größer war als eine Zelle. Als der Eingang sich hinter ihr schloß, bemerkte sie die Türen rechts und links von ihr, aber sie hatte sich bereits entschlossen. Sie würde geradeaus gehen, soweit sie kam. Mit zwei Schritten war sie an der zweiten Tür. Sie schob sie auf und trat hindurch.

Dieser Raum war länger und schmaler, die Decke höher. An der Decke befand sich eine Tür, aber zu ihrer Rechten war keine. Doch gerade als sie einen Schritt auf die Tür, die ihr gegenüberlag, zutat, schien sich der Boden unter ihren Füßen zu bewegen – zu drehen, obwohl sie sich nicht erklären konnte, wie das möglich war. In den Wänden waren leise Geräusche zu hören. Leicht schwindlig ging sie zu der Tür gegenüber. Oder war es jetzt die Tür links von ihr? Sie überprüfte es noch einmal, während etwas in ihrem Kopf weiterzählte und sie warnte, daß bereits fünfzehn Sekunden vergangen waren.

Geradeaus, sagte sie sich, und schob die Tür auf. Aber was war, wenn der Raum sich wirklich gedreht hatte? Bewegte sie sich immer noch in einer geraden Linie?

Dieser Raum – der dritte – war rund. Nicht zwei, sondern fünf verschiedene Türen führten aus ihm heraus. Und dort, in der Mitte des Bodens, befand sich eine Öffnung. Eine Art Rutsche? Sie ging hin und starrte hinab. Wagte sie es, dort hinunterzugehen?

Eine Zerstreuung, sagte sie sich und rief sich ins Gedächtnis zurück, was Horen Ro'Jadre gesagt hatte. *Es ist nur ein Spiel.*

Marrim schob sich über den Rand und glitt nach unten, hinab ins Dunkel, und spürte, wie die Rutsche eine Kurve beschrieb und dann gerade verlief.

Wie weit war sie abwärts gerutscht? Zwanzig Fuß? Mehr? Sie stand auf und ging vorwärts, die Hand vor sich ausgestreckt.

Ihre Handfläche traf auf die flache, glatte Oberfläche einer Tür. Sie drückte dagegen.

Und trat ins Tageslicht hinaus.

Nein, dachte sie, *unmöglich.* Denn nun schien sie sich in der obersten Etage des Gebäudes zu befinden. Durch ein Dach aus klarem Glas fiel das Sonnenlicht ein.

Zwei Türen, und dreißig Sekunden, um sich zu entscheiden. Nach links oder rechts? Denn in diesem Raum gab es keine Tür, die ihr gegenüberlag.

Außerdem hatte sie diesen Plan inzwischen aufgegeben. Was also jetzt? Welche andere Strategie konnte sie einsetzen, um sich durch dieses Labyrinth von Räumen zu schlagen?

Raten …

Sie ging nach links, in einen Raum, der anscheinend einen Korridor darstellte. Am Ende lag eine einzige Tür; ein weiterer Ausgang – ein quadratisches Loch ohne Abdeckung – befand sich in der Mitte der Decke. Doch noch während sie auf die Tür am anderen Ende zuschritt, schien der Raum sich wieder einmal unter ihr zu drehen.

Und dieses Mal wußte sie, daß es keine Einbildung war. Die Räume waren in ständiger Bewegung begriffen. Oder vielleicht nicht die ganze Zeit über, sondern manchmal – vielleicht, wenn sie eine bestimmte Wahl traf.

Aber sie hatte keine Zeit zum Überlegen mehr. Marrim griff mit beiden Händen nach oben und hievte sich hinauf ins Dunkel.

Jedenfalls war es beinahe dunkel, denn sie hatte Licht – eine große, quadratische Lichtquelle – in einiger Entfernung vor und eine weitere unmittelbar hinter sich.

Eine weitere Entscheidung.

Sie drehte sich um hundertachtzig Grad, und währenddessen begann sie ihre Schritte zu rekonstruieren, denn in diesem Augenblick hatte sie verstanden. Es kam nicht unbedingt auf die Wahl an, die man traf, sondern darauf, sich zu erinnern. Ihre erste Eingebung war richtig gewesen – dessen war sie jetzt sicher. Der schnellste Weg war, sich geradeaus zu bewegen.

Eine Zeitlang sah sie nichts als Räume – fünfzig, vielleicht auch achtzig Räume auf wer weiß wie vielen Ebenen –, und dann trat Marrim durch eine Tür und gelangte in eine riesige, von Sonnenlicht erfüllte Kuppel, unter deren transparentem Dach ein ausgedehnter Wassergarten lag. Da waren Wasserläufe und Inseln und Brücken, und, genau in der Mitte des Ganzen, ein großes pagodenähnliches Gebilde, unter dessen schrägem Dach ein Kreis von Stühlen stand, von denen der Großteil durch Gäste besetzt war.

Als Ro'Jadre sie sah, stand er auf, trat ans Geländer und blickte in ihre Richtung.

»Gut gemacht, junge Marrim!« rief er. »Das war wirklich schnell. Ich habe schon erlebt, daß Gäste tagelang darin umhergeirrt sind.«

Marrim blinzelte und fragte sich, ob er sich wohl über sie lustig machte. Dann fragte sie: »Und was ist aus ihnen geworden?«

»Oh, wir haben schon jemanden geschickt, um sie herauszuholen. Irgendwann. Aber keine Angst, Marrim, wir hätten Euch nicht allzu lange darin schmachten lassen. Keinen Eurer Gruppe.« Er lächelte und bedeutete ihr, über die Brücke zu ihm zu kommen. »Aber sagt mir, wie habt Ihr es fertiggebracht, die Lösung zu finden?«

Atrus, der das Labyrinth als letzter betreten hatte, erschien als zweiter, weniger als fünf Minuten nach Marrim.

Als er in den ersten Raum trat, hatte er sich nicht allzuviel von dem Erlebnis versprochen. Es war schließlich nur ein Labyrinth und nichts weiter. Doch als die Räume sich zu drehen begonnen hatten und er tiefer eindrang, hatte er langsam Spaß daran bekommen, bis es ihm am Ende echte Freude bereitet hatte, das Rätsel zu lösen.

Es war ein wenig wie das Graben von Tunneln durch den Fels gewesen, und binnen kurzem waren wie in einer Flutwelle alle möglichen Erinnerungen zurückgekehrt, und zum ersten Mal seit vielen Jahren hatte er deutlich das Gesicht seines Vaters vor sich gesehen.

Ein Labyrinth aus sich bewegenden Räumen. Genial …

Er hatte das Wort laut ausgesprochen, ohne sich dessen bewußt zu sein.

»Ich freue mich, daß Ihr so denkt«, meinte Ro'Jadre und trat über die Brücke auf ihn zu. »Wie ich schon zu Marrim sagte, ist es nie zweimal gleich. Das Labyrinth ist für jeden Spieler immer wieder vollkommen neu.«

Atrus runzelte die Stirn. »Wie wird es aber nun bewerkstelligt?«

»Oh, die Regeln der Manipulation sind seit Jahrhunderten festgelegt. Wir vervollkommnen nur eine uralte Kunst. Aber die traurige Wahrheit ist, daß die Tage der großen Labyrinth-Bauer lange entschwunden sind. Seit vielen Jahren ist kein originales, neues Labyrinth mehr errichtet worden. Jedenfalls nicht, daß ich wüßte.«

»Und diese Regeln … sie legen fest, welche Räume sich bewegen und welche nicht?«

»So ist es. Obwohl sich nicht alle Räume überhaupt bewegen können. Wie jedes Bauwerk muß das Labyrinth eine gewisse strukturelle Integrität besitzen. Aber innerhalb dieses festgelegten Rahmens gibt es ein großes Maß an Flexibilität. Mehr, als Ihr Euch auch nur vorstellen könnt. Wäre es anders, würde das Labyrinth bald seine Faszination einbüßen.«

»Spielt Ihr das Labyrinth-Spiel auch selbst, Ro'Jadre?«

Ro'Jadre lächelte. »Heutzutage eher selten. Ich bin nicht mehr so beweglich, wie ich es einmal war. Aber die jungen Leute sind sehr davon angetan, insbesondere, wenn die Zeit, sich zu entscheiden, verkürzt wird.«

»Verkürzt?«

»Auf zehn, gelegentlich sogar auf fünf Sekunden.«

Atrus nickte und stellte es sich vor. Das Labyrinth unter solchen Umständen zu bewältigen – zu rennen, zu klettern und zu rutschen wie ein gehetztes Tier – das wäre ein Spiel, das beträchtliches Geschick erforderte, vor allem, wenn man gleichzeitig versuchen mußte, ständig den sich unaufhörlich verändernden Plan des Labyrinths im Gedächtnis zu behalten.

Es dauerte zehn Minuten, bis Katharina erschien. Weitere fünfzehn, und Ezel taumelte, erregt wirkend, aus der Tür. Seine dunklen Brauen waren finster zusammengezogen. Als letzter, fast zwei Stunden nach Marrim, kam mit benommener und erschrockener Miene Omar heraus.

»Es war alles in Ordnung, bis die Räume anfingen, sich zu bewegen«, sagte er, während er auf den letzten freien Stuhl fiel. »Aber dann …« Er schüttelte den Kopf.

»Aber trotzdem ist keiner von euch eingeschlossen worden, und keiner hat mehr als zweieinhalb Stunden gebraucht«, sagte Ro'Jadre. »Das ist wirklich beeindruckend, vor allem, wenn man bedenkt, daß niemand von euch je an diesem Spiel teilgenommen hat.«

Marrim beugte sich zu Atrus hinüber und flüsterte ihm etwas zu. Dieser überlegte einen Augenblick und nickte dann.

»Ro'Jadre«, sagte er, »meine junge Gefährtin würde das Labyrinth gern noch einmal durchlaufen.«

»Noch einmal?«

»Ja, aber dieses Mal mit einer Entscheidungsspanne von zehn Sekunden.«

Ro'Jadre lachte. »Sicher, selbstverständlich. Aber warum verleihen wir dem Spiel nicht einen zusätzlichen Kitzel? Wie wäre es, wenn wir dieses Mal einen Wettkampf daraus machen?

Die junge Marrim gegen einen von unseren jungen Leuten.« Der Gouverneur drehte sich um und sah in die Runde. Sein Blick fiel auf Eedrah, der entspannt angelehnt saß. »Eedrah Ro'Jethhe … wollt Ihr die Herausforderung nicht annehmen?«

Eedrah, der bis zu diesem Augenblick zerstreut in einer Schale mit Früchten gestochert hatte, blickte jetzt auf, verblüfft über Ro'Jadres Worte. Er sah sich um, als suche er nach einem Ausweg, um dieser Einladung zu entrinnen, und nickte dann etwas zögerlich.

»Gut«, sagte Ro'Jadre, und ein zufriedenes Lächeln erhellte seine Züge. »Wenn die beiden jungen Leute sich dann vorbereiten würden …«

Als Eedrah und Marrim aufstanden, sah Eedrah zu ihr herüber – ein seltsam verlegener Blick.

»Gouverneur Ro'Jadre«, sagte er, »können wir nicht auf fünfzehn Sekunden gehen? Ich fürchte, unser Gast könnte es ansonsten … zu anstrengend finden.«

Ro'Jadre sah Marrim an und zog eine Augenbraue hoch, doch Marrim sagte nichts.

»Zwölf Sekunden«, erklärte Ro'Jadre bestimmt. Er klatschte in die Hände, und sofort erschienen zwei Diener an seiner Seite. »Tuure«, sprach er einen von ihnen an, »begleite die jungen Leute zum Labyrinth.«

Dann wandte er sich zurück, sah Atrus an und lächelte. »Und danach werde ich Euch vom König erzählen, und davon, was Euch erwarten mag, wenn Ihr die Hauptstadt erreicht.«

Zweimal trat sie in einen Raum und stellte fest, daß Eedrah bereits dort war. Zweimal erwiderte er verblüfft ihren Blick und eilte dann weiter.

Unermüdlich bewegte Marrim sich von einem Raum zum anderen, während die Böden sich drehten und das große Labyrinth neue Gestalten annahm. Und die ganze Zeit über zählte sie im Geiste, zählte die Sekunden, rechnete nach, um wie viele sie sich vorwärts oder rückwärts, nach oben oder unten bewegt hatte. Denn das Geheimnis, das verstand sie jetzt, war mathematischer Art – lag in Plus und Minus. Es brachte nichts ein, in Richtungsbegriffen zu denken. Man mußte es abstreifen und in puren Zahlen denken, sonst war man verloren.

Worauf sie allerdings nicht eingerichtet gewesen war, waren die rein körperlichen Anforderungen des Zwölfsekundenlimits. Man hatte kaum genug Zeit, sich in einem Raum umzublicken und seine Wahl zu treffen, und erst recht nicht, nach oben zu klettern – falls man sich dafür entschied. Aber plötzlich, fast eher, als sie es erwartet hatte, war sie wieder draußen und stand dort in der großen Kuppel, von den Wassergärten umgeben.

»Gut gemacht …«

Sie drehte sich um und stellte fest, daß Eedrah hinter ihr stand.

»Oh«, sagte sie. »Ich hatte Euch nicht gesehen.«

»Ich war auch nicht da. Bis gerade eben.«

»Dann habe ich gewonnen?«

Eedrah nickte, aber auf seinem Gesicht lag ein seltsam trauriger Ausdruck, den sie sich nicht erklären konnte.

»Gut gemacht!« rief Ro'Jadre, der neben Atrus am Geländer stand, mit dröhnender Stimme. »Ihr habt wirklich ein Talent dafür, Marrim!«

Marrim beugte den Kopf und nahm das Lob des Gouverneurs an, aber sie machte sich mehr Gedanken um Eedrah.

»Eedrah?« fragte sie leise. Aber Eedrah ging einfach davon und eilte über die Brücke.

»So, Atrus«, sagte Ro'Jadre und reichte Atrus das Brustbild. »Das ist Ro'Eh Ro'Dan, König von Terahnee.«

Atrus studierte das Gemälde, wobei er sich bewußt war, daß Katharina ihm über die Schulter sah, und nickte dann.

Ro'Eh Ro'Dan war ein junger, außerordentlich gut aussehender Mann mit feingeschnittenen Zügen und freundlichem, intelligentem Blick. Als er in dieses Gesicht sah, in diese klaren, vertraueneinflößenden Augen blickte, war Atrus überzeugt, daß er das Schicksal seiner Leute mit dem dieses Volkes verbinden sollte.

Er blickte auf und ließ seine luxuriöse Umgebung auf sich wirken. Daneben war D'ni nichts. All seine Pläne, D'ni wiederaufzubauen, schienen nun, da er Terahnee gesehen hatte, müßig.

Doch als er jetzt das Porträt zurückgab, behielt Atrus seine Gedanken für sich. »Er wirkt wie ein ausgezeichneter Mann.«

»Und jung«, sagte Ro'Jadre und betrachtete seinerseits das Gemälde. »Er ist noch keine hundert Jahre alt, aber stark, und ein guter Schriftsteller, wie es heißt.«

»Ein Schriftsteller?« Aber diese Tatsache überraschte Atrus nicht. Er warf Katharina einen Blick zu und sah sofort, daß sie ihn mit einem verständnisvollen Ausdruck in den Augen beobachtete. »Dann werden wir über vieles zu reden haben.«

Ro'Jadre lächelte und legte das Porträt weg. »Oh, daran habe ich keinen Zweifel. Absolut keinen Zweifel.«

Fünfter Teil

ZEIT DER ZWIETRACHT.
DER KLEINSTE DER FEINDE LÄSST ALLE VERZAGEN.
VERBORGEN IM INNEREN DES VERBORGENEN.
EIN ATEMZUG, UND DANN DUNKELHEIT.

– Aus dem Korokh Jimah, Vers 4302-3

Atrus saß am Bug von des Gouverneurs Boot und blickte auf ein Land unendlichen Überflusses hinaus, auf Lichtungen und sich dahinschlängelnde Flüsse, zauberhafte, verspielte Details und herrliche Wasserfälle von der Farbe leuchtender Blumen. Und das Grün! Wohin man auch blickte, war die Vegetation üppig, grün und vollkommen.

Das seidene Sonnensegel über ihm raschelte leise in der Brise, und für einen Augenblick fiel er in der warmen Luft des Spätnachmittags fast in einen Halbschlaf. Über den Wiesen rief ein Vogel, ein hoher Pfeifton, und das Boot glitt dahin wie in einem Traum.

Es war das Ende ihres dritten Tages in Terahnee, und nun beherrschte die Stadt den Horizont vor ihnen. Langsam ging die Sonne hinter ihren hochaufragenden Mauern unter. In einer Stunde oder weniger würden sie für die Nacht im Haus eines weiteren Gutsbesitzers einkehren – dieses Mal einem Freund von Ro'Jethhe mit Namen Tanaren Ro'Tanaren.

Ausnahmsweise würde es heute kein großes Mahl, keine Festlichkeiten geben, und zumindest Atrus war froh darüber. Früher am Tage hatten sie auf einer Lichtung angehalten, um zu essen und zu trinken – einen guten Wein, den selbst Atrus gekostet hatte. Deswegen fühlte er sich jetzt auch so entspannt.

Und glücklich.

Bei dem Gedanken fuhr er hoch und war wieder ganz wach. Er sah sich unter der kleinen Gruppe in dem Boot um und erkannte, daß jeder von ihnen lächelte, genau wie er, jeder seinem eigenen kleinen Tagtraum nachhing und sich von der langen Anspannung erholte.

Und mit diesem Gedanken kam ein anderer. Sie hatten so hart, so lange gearbeitet, daß sie diese kleine Erholung von ihren Mühen verdienten, diese schwebende, mühelose Reise mit ihren unendlichen Freuden. Das Leben in D'ni war hart gewesen, daran war nichts zu beschönigen. Aber dies hier …

Er hatte nicht einmal zu träumen gewagt, daß es so etwas geben könnte.

Katharina spürte, daß er wach war, wandte ihm den Kopf zu und sagte leise: »Atrus?«

Aber es gab nichts, das er erwidern wollte. Nicht jetzt. Letzte Nacht hatte er geschlafen wie ein Kind – jener tiefe, ruhige Schlummer, den man selten erlebt, wenn man erwachsen ist. Und als er heute morgen aufgewacht war, hatte er sich geistig erfrischt und in dem Entschluß bestätigt gefühlt, den er am vorigen Abend gefaßt hatte – er würde dem König von Terahnee seine Bitte vorlegen und sein Volk herbringen, um sich hier an diesem wunderbaren Ort anzusiedeln.

Diesem Ort ewigen Sommers.

Katharina streckte den Arm aus, nahm seine Hand und hielt sie leicht in der ihren, während sie über das herrliche Land, das sie umgab, hinausblickte.

Nein, er brauchte sie nicht einmal zu fragen. Er konnte es an ihrem Gesicht ablesen. Auf ihrer aller Gesichter. Was wollten sie mit D'ni, wenn sie dies hier haben konnten? Und gewiß mußte doch in dieser endlosen, wogenden Landschaft genug Platz für sie sein.

Er seufzte, zufrieden damit, den Gedanken davongleiten zu lassen wie ein Blatt auf einem Strom.

Es war genug, einfach hierzusein. Und Atrus gähnte und reckte sich. Er konnte sich nicht erinnern, wann er sich körperlich zuletzt so entspannt gefühlt hatte.

Tanaren Ro'Tanaren erwies sich als leutseliger, angenehmer Mensch. Als sie aus dem Boot stiegen, begrüßte er sie herzlich und umarmte jeden von ihnen, bevor er sie nach drinnen führte.

Ro'Tanarens Haus war zwar imposant, doch es herrschte eine vollkommen andere Stimmung als in den Häusern, die sie zuvor besucht hatten. Irgendwie war es heller, luftiger, so daß, selbst als der Abend sich herabsenkte, das sanfte Licht im Haus den Eindruck vermittelte, das Tageslicht verweile dort um ein weniges länger.

Auch Ro'Tanaren war ein mustergültiger Gastgeber, und nach einem kurzen Gespräch über ihre Reise wurden sie zu ihren Räumen geführt, um zu ruhen.

»Reden können wir später«, meinte Ro'Tanaren lächelnd. »Nun ruht euch aus. Ihr seid heute weit gereist.«

Als sie in ihren Räumen allein waren, überlegte Atrus, ob er Katharina gegenüber das Thema der Ansiedlung der Überlebenden aus D'ni anschneiden sollte, aber sie ergriff als erste das Wort. Sie stand am offenen Fenster und blickte über die terrassenförmig angelegten Wiesen hinaus.

»Ist dir aufgefallen«, fragte sie, »daß wir die ganze Zeit über, seit wir hier sind, nie eine Küche gesehen, nicht ein einziges Mal erlebt haben, wie ein Teller gebracht oder weggeräumt wurde? Es ist, als würden die Aufseher die leere Luft überwachen.«

Atrus lachte leise. »Um ganz ehrlich zu sein, Katharina, ich hatte wirklich nicht darüber nachgedacht. Aber du hast recht. Ich schätze, es ist ihre Art.«

»Eine Form von Etikette, meinst du?«

Er nickte und trat dann zu ihr. »Ich möchte dich etwas fragen.«

Sie drehte sich um, sah ihm in die Augen und lächelte. »Du willst die D'ni herbringen, richtig?«

»Und die Leute von Averone.«

Letzteres überraschte sie. Sie dachte einen Augenblick nach und nickte leicht. »Ich verstehe. Du möchtest die Verbindung abbrechen.«

»Genau.«

Katharina holte tief und langsam Luft. »Einverstanden.«

»Wir dürfen nicht zulassen, daß das, was in D'ni geschehen ist, auch hier passiert«, fuhr er fort. »Du hast diese Welt gesehen. Schon der Gedanke, sie könnte vom selben Schicksal ereilt werden … Nein. Wir müssen unser Schicksal mit dem dieser Menschen verbinden. Ich werde Ro'Eh Ro'Dan mein Anliegen unterbreiten, wenn ich mit ihm zusammentreffe.«

»Und wenn die Averonesen nicht mitkommen wollen?«

»Dann können sie bleiben. Aber das Buch muß zerstört, der Tempel versiegelt werden.«

Weiter reisten sie ins Herz von Terahnee, und mit jedem Tag wurde die Stadt größer. Das pure Ausmaß dieses riesenhaften Bauwerks nahm Atrus' Phantasie schließlich völlig gefangen und machte ihm klar, daß das, was er vom Plateau aus gesehen hatte, ganz und gar nicht die Hauptstadt gewesen war, sondern bloß einer ihrer Außenbezirke. Denn hinter diesem großen Wall von Gebäuden schien ein weiterer, noch höherer bis in den Himmel zu klettern, so gewaltig, daß ganz D'ni in ein kleines Loch an seiner Flanke gepaßt hätte. Es war wie ein Berg, nur daß dieser Berg Stein für Stein von Menschenhand erbaut worden war, wie Eedrah sagte. Und die Geschichtsbücher, die nicht allzu aufschlußreich waren, bestätigten wenigstens das. Tausend Jahre hatte es gedauert, dieses herrliche Bauwerk zu errichten.

Je näher sie kamen, desto größer schien die Pracht zu werden. Die Schleusen, die sie hochhoben oder herabsenkten, waren größer, der Kanal selbst viel breiter. Die Felder waren Parks gewichen. Rechts und links von ihnen lagen jetzt große Häuser, einige davon so eindrucksvoll, daß sie Königspaläste schienen, doch sie gehörten gewöhnlichen Bürgern. Überall lagen nun Boote am Kanal vertäut, und manchmal winkten ihnen feiernde Gruppen von Menschen und riefen ihnen Grüße zu.

Schließlich gelangten sie, inmitten dieser ausgedehnten Landschaft aus herrlichen Gebäuden, an einen Zusammenfluß mehrerer Wasserläufe und fuhren in einen breiten, geschwungenen Kanal ein, der ›Graben des Königs‹ genannt wurde, wie man ihnen erklärte, und der sich als tiefblaue Furche durch breite Boulevards herrlicher Villen grub. Die Straßen waren von den außerordentlichsten Bäumen bestanden, die sie in ganz Terahnee gesehen hatten. Ihre nachtschwarzen, duftenden Blätter schwebten im Vorbeifahren auf sie herab, während vor ihnen die Stadt in den Himmel ragte.

Atrus starrte sie mit weitaufgerissenen Augen an, den Kopf in den Nacken gelegt, und trotzdem schien es, daß er den Gipfel nicht erkennen konnte. Er drehte sich um, sah Eedrah an und fragte: »Wie kommen wir dort hinauf? Fahren wir überhaupt dorthin?«

»In der Tat, dort liegt unser Ziel«, sagte Eedrah, »und das Boot wird uns hinbringen.« Er grinste. »Habt Geduld, Atrus, und Ihr werdet es sehen.«

Die Mauern auf beiden Seiten des Kanals wurden langsam immer höher. Hier und dort war ein massives Holztor tief in den glattgeschlagenen Stein eingelassen.

Als sie um die nächste Kurve bogen, bemerkte Atrus, daß sich vor ihnen das Wasser leicht kräuselte. Eine scharf abgegrenzte Linie aufgewühlten Wassers zog schnurgerade über den ruhigen Wasserlauf, wie ein Wehr. Als sie darüber hinwegfuhren, drehte sich Atrus um und sah gerade noch, wie eine Wand aus dem Wasser hinter ihnen hochstieg und den Kanal schloß.

Sogleich wurden sie auf einer großen Woge hochgehoben. Die Geschwindigkeit des Bootes nahm durch das einströmende Wasser zu, dann wurde es wieder langsamer, während die Wände an den Seiten von neuem höher wurden.

Immer wieder geschah dies. Immer wieder wurden sie

hochgehoben, und das Boot tat einen Satz nach vorn. Und dann, mit einemmal, versanken die Wände, und sie befanden sich im Freien, hoch oben auf einem riesigen Aquädukt. Unter ihnen breiteten sich die Alleen der Hauptstadt aus wie auf einer Landkarte, während vor ihnen, jenseits eines künstlichen Abgrunds, der mindestens eine Meile breit war, der Palast des Königs lag. Seine hochaufragenden Wälle schienen sich in den blauen Himmel zu bohren.

Als er dies sah, empfand Atrus eine ehrfürchtige Scheu vor der Macht, die diesen Ort erbaut hatte; Ehrfurcht vor den Menschen, die einen so gewaltigen Plan ersonnen und ausgeführt hatten. Und es war nicht nur das ungeheure Ausmaß des Bauwerks, das ihm den Atem raubte, sondern die feine Bearbeitung des Steins, die sorgfältige Ausgewogenheit zwischen Größe und Eleganz. Das Ganze vermittelte einen natürlichen, fließenden Eindruck, und doch hätte nichts in der Natur ein so herrliches Gebilde erschaffen können.

Atrus warf Eedrah einen Blick zu und sah, daß auch er von Staunen ergriffen war – erkannte an seinen geöffneten Lippen, seinen erstaunten Augen, daß dieser Sohn Terahnees bis zu diesem Augenblick nicht geahnt hatte, welche Pracht im Zentrum des Ganzen lag.

Langsam trieben sie auf dieses riesige steinerne Bauwerk zu, dann glitten sie in seinen Schatten hinein, und der hohe Torbogen verschluckte ihr winziges Fahrzeug.

Sie fuhren nach drinnen, in eine höhlenartige Halle. Ihr Boden war ein einziges saphirblaues Wasser, die Decke wölbte sich hoch über ihnen. Keine einzige Säule stützte diese riesigen Steinmassen. Aber Atrus hatte kaum Zeit, über dieses Wunder nachzudenken, denn als sie in die Mitte der Halle kamen, wurde das Boot auf einer Wassersäule hochgehoben und auf die Decke zugetragen.

Einen Augenblick, während sie darauf zusausten, waren sie schockiert und empfanden Angst, aber dann teilte sich der Stein lautlos, und sie waren durch. Weiter ging es durch einen großen vertikalen Schacht, dessen Wände mit Lampen besetzt waren, während die große Wassersäule ins Dunkel unter ihnen versank.

Höher und höher hinauf ging es, und dann, als sie sich langsam an dieses Wunder gewöhnt hatten, schossen sie in einen Saal hinaus, der noch größer war als der, aus dem sie gekommen waren. Zu allen Seiten stiegen Stufen mit Bänken empor. Diese Bänke waren besetzt von Tausenden prächtig gekleideter Männer und Frauen. Und dort, ihnen gegenüber, saß auf einem aus massivem Smaragd geschnittenen Thron, zu dem eine Treppe aus fünfzig goldenen Stufen hinaufführte, der junge König, Ro'Eh Ro'Dan.

Er stand auf und trat mit einem strahlenden Lächeln auf die oberste Stufe. Seine tiefe, volltönende Stimme erfüllte den Saal.

»Willkommen, Atrus aus D'ni. Ich hoffe, Ihr hattet eine angenehme Reise.«

Vom Fuß der Treppe aus sah Katharina zu, wie Atrus hinaufstieg, um dem König entgegenzugehen. Er begrüßte Ro'Eh Ro'Dan, der die goldene Treppe exakt zur Hälfte herabgeschritten war. Die beiden Männer reichten sich herzlich die Hände.

Das Porträt hatte nicht getrogen. Ro'Eh Ro'Dan war ein gutaussehender Mann mit leuchtenden blauen Augen und einer Ausstrahlung unermeßlicher Autorität. Dennoch schien er ehrlich erfreut, Atrus zu begegnen, und begrüßte ihn so, wie man vielleicht einen lange verlorenen Bruder oder den Sohn eines Lieblingsonkels empfängt. In dieser Begrüßung lag keine Kälte, keine Distanz, und dies beruhigte sie mehr als alles andere.

»Nun, Atrus«, sagte der König, trat ein wenig zurück und erhob die Stimme so, daß jeder in der großen Halle es hören konnte, »gefällt Euch unser Land Terahnee?«

»Es ist ein Land der Wunder«, antwortete Atrus und lächelte dem anderen zu. »Und Euer Volk ist äußerst freundlich gewesen. Wir hätten uns keinen besseren Empfang wünschen können.«

Ro'Eh Ro'Dan grinste breit. »Das ist gut. Aber wir müssen euch das ganze Ausmaß der Gastfreundschaft von Terahnee erweisen. Heute abend werdet ihr unsere Ehrengäste bei einem großen Festmahl sein, und dann werdet ihr mir von D'ni erzählen.«

»Ihr habt also von D'ni gehört, König Ro'Eh Ro'Dan?«

»Bis vor vier Tagen hatte ich es nicht. Aber jetzt habe ich das Gefühl, es gut zu kennen. Jedenfalls so gut wie jeder Gelehrte meines Landes.«

»Dann ist es Euch aus Euren Büchern bekannt?«

Ro'Eh Ro'Dan lachte. »Euer Land wird selten erwähnt, Atrus. Es scheint, daß es eine ganze Zeit her ist, seit unsere Länder zuletzt zusammengekommen sind. Aber ich habe meine Gelehrten die großen Bibliotheken der Hauptstadt durchkämmen lassen, und sie haben etliche Bezugnahmen auf D'ni entdeckt.«

»Dann existiert tatsächlich eine Verbindung?«

»Ihr meint, ob wir Vettern sind?« Ro'Eh Ro'Dan strahlte wieder. »Es hat auf jeden Fall den Anschein. Die Sprache, der Umstand, daß wir beide Bücher schreiben. Beide Tatsachen sprechen deutlich für eine lange zurückliegende Spaltung zwischen Eurem Volk und meinem, Atrus. Wer weiß, was der Anlaß gewesen ist – aus den alten Büchern können wir es nicht ergründen –, aber nun ist dieser Bruch geheilt. Die, die getrennt waren, sind nun zusammengekommen. Und ich bin froh darüber. Wirklich sehr froh.«

Es war spät, als sie sich endlich zurückzogen. Von allen Festessen, an denen sie bisher in Terahnee teilgenommen hatten, war dies das aufwendigste gewesen. Jeder Gang war ein Festmahl für sich gewesen, so daß sie nach einiger Zeit von den Speisen weniger gegessen als nur gekostet hatten, bevor sie ihrem Gastgeber Komplimente darüber machten. Nicht, daß sich Ro'Eh Ro'Dan viel daraus gemacht hätte. Er war weit mehr an dem interessiert gewesen, was Atrus von den D'ni-Gilden, den öffentlichen Buchräumen und all den vielen anderen Dingen zu erzählen wußte, die anscheinend dem Leben in Terahnee so ganz fremd waren. Insbesondere war er von der Erwähnung der Bewahrer fasziniert gewesen und hatte Atrus ganze eineinhalb Stunden über ihre Gepflogenheiten befragt.

»Erstaunlich!« hatte er endlich ausgerufen.

»Warum das?« hatte Atrus gefragt. »Wenn überhaupt, dann ist das Fehlen einer solchen Körperschaft etwas, das ich an Eurem Land höchst unglaublich finde, Ro'Eh Ro'Dan.«

»Meint Ihr? Und ich würde es wahrhaftig eigenartig finden, wenn in einem Land, wo jedermann alles besitzt, das er sich nur wünschen kann, jemand den Besitz eines anderen heftig genug begehren würde, um ihn an sich zu reißen. Und was Streitfälle angeht, die gibt es schon, aber wenn eine Gesellschaft zivilisiert genug ist und die Menschen weit genug voneinander entfernt leben, um sich davon nicht stören zu lassen, dann kann die Gewalt keinen Nährboden finden. Trotzdem nehme ich an, daß alles eine Frage dessen ist, woran man gewöhnt ist.«

»So ist es«, hatte Atrus ihm beigepflichtet. »Dennoch ist es recht erstaunlich, daß in einem Obstgarten, der so weitläufig und vielfältig ist wie Terahnee, nicht ein einziger fauler Apfel zu finden sein soll.«

Bei diesen Worten neigte Ro'Eh Ro'Dan das Haupt. »Es hat alles mit gutem Gartenbau zu tun, Atrus. Die richtige Zucht bringt die besten Ergebnisse, meint Ihr nicht?«

Aber an diesem Punkt war die Unterhaltung zu Ende gewesen, denn der große Gong erklang, und der Künstler – ein Gelehrter, bewandert in den alten Prophezeiungen – war vorgetreten, um mit seinem Vortrag zu beginnen.

Nun, drei Stunden später, setzte Atrus sich auf den Rand des riesigen Betts und begann seine Stiefel auszuziehen.

»Ich glaube, er wird meiner Idee nicht abgeneigt sein, Katharina.«

Katharina stand vor dem Spiegel. Sie sah auf und begegnete Atrus' Blick im Glas.

»Er kommt mir vor wie ein freundlicher und gebildeter Mann.«

»Wirklich. Ein Mann nach unserem Herzen. Doch nachdem ich mit ihm gesprochen habe, gibt es noch eines, das mich beunruhigt.«

»Und was ist das?«

»Was er über sein Volk gesagt hat. Über seine Erziehung. Es hat mich über unser eigenes Volk nachdenken lassen.«

»Es sind gute Leute, Atrus.«

»Oh, das weiß ich. Aber können wir für jeden von ihnen die Hand ins Feuer legen? Für D'ni und Averone und alle anderen? Was ist, wenn ein schlechter Apfel alle ansteckt? Dies ist ein Land ohne Hader. Es wäre mir zuwider, so etwas hier einzuführen.«

Katharina lächelte, drehte sich um und sah ihn an. »Ich meine, du machst dir zu viele Gedanken, Atrus. Du kennst doch unser Volk. Sie sind die Besten. Sie werden sich hier leicht einfügen. Also unterbreite ihm deinen Vorschlag, dann verbrenn die Bücher und versiegle den Tempel.«

»Und Chroma'Agana?«

»Oh, ich werde es vermissen, aber der Preis ist nicht allzu hoch.«

»Bist du glücklich hier, Katharina?«

Sie kam zu ihm, nahm seine Hände und lächelte zu ihm herab. »Sehr glücklich. Nun schieb deine Zweifel beiseite. Dies ist das, was du dir gewünscht hast. Also streck die Hand danach aus. Heile den Bruch und hol die D'ni nach Hause, nach Terahnee.«

Er lächelte und drückte ihre Hände. »So soll es sein.«

Im ersten Licht des Morgengrauens ragte der Gipfel des Hohen Saals des Königs – ein schlanker Turm, der abgetrennt von dem übrigen großen Steinbauwerk stand – aus dem weiten See der Dunkelheit, die unter ihm lag. Sein Weiß war von Gold überhaucht. Eine schmale Steinbrücke verband ihn mit dem Rest des Gebäudes; eine geschwungene weiße Linie, die sich zart von dem schwarzen Hintergrund abhob.

Als Atrus von der tief eingelassenen Tür, in der er stand, zum Turm des Königs hinüberblickte, zögerte er beim Gedanken an das bevorstehende Zusammentreffen, doch dann trat er auf die Brücke hinaus. Seine Schritte in den Stiefeln hallten in der Stille, sein Umhang flatterte in der kalten Morgenluft hinter ihm her.

Als er aufwachte, war es noch dunkel gewesen, und er hatte sich leise angezogen, um Katharina nicht zu wecken, und war nach draußen gegangen. Es war nicht so, daß er damit gerechnet hätte, den König so früh zu sehen – tatsächlich war er erstaunt, von dem Aufseher zu erfahren, daß Ro'Eh Ro'Dan sich bereits in seinen Räumen aufhielt –, er hatte nur das Gefühl gehabt, er sollte sich etwas bewegen und darüber nachdenken, was genau er dem König heute morgen sagen wollte.

Doch nun trat er, bevor die Sonne noch ganz aufgegangen war, auf die Brücke über das Dunkel, um ihn zu treffen.

Auf halbem Weg blieb er stehen und umfaßte die Balustrade. Er lehnte sich hinaus und starrte in die schattigen Tiefen hinab. Dort unten – eine Meile oder mehr unter der schmalen Brüstung, an der er stand – schlief die Stadt und ahnte nichts von ihm. Er nahm das Muster der Parks und Gebäude in sich auf, die zahllosen Brücken und Kanäle, und ihm gefiel, was er sah. Dann hob er den Blick und sah in die Ferne, auf wogende Hügel und herrliche Villen, die sich von einem Horizont zum anderen ausbreiteten.

Es war wahrhaftig ein Land, das nicht seinesgleichen hatte.

Er holte tief Luft, stieß den Atem wieder aus und nickte einmal, als habe sich ihm in diesem Augenblick etwas bestätigt, dessen er sich bis jetzt nicht sicher gewesen war.

»Atrus?«

Er drehte sich um. Ro'Eh Ro'Dan stand am anderen Ende der Brücke. Er war barhäuptig und hatte sich fest in seinen dunkelblauen Umhang gewickelt.

»Kommt … es gibt Frühstück, wenn Ihr wollt.«

Die Ungezwungenheit der Worte und die selbstverständliche Geste, die sie begleitete, gaben Atrus ein Gefühl der Sicherheit. Zwischen ihnen herrschte immer noch die freundschaftliche Vertrautheit des gestrigen Abends, und als Atrus zu Ro'Eh Ro'Dan trat, nahm der andere seinen Arm und führte ihn lächelnd nach drinnen.

Sie kamen in einen großen, kreisförmigen Raum, in dessen Mitte ein riesiger Schreibtisch stand. Diesen umstanden fünf elegant gekleidete alte Männer, von denen Atrus gestern abend einige kennengelernt hatte. Als Atrus und der König eintraten, senkten sie respektvoll das Haupt. Es war ein anheimelnder Raum, dessen Luxus erstaunlich einfach war. Die Steinwände rechts und links der Tür waren kahl, während auf der gegenüberliegenden Seite eine geschwungene Treppe, die der Biegung der Wand folgte, zu einer tief eingelassenen Holztür führte.

Nach der Pracht des Audienzsaals war der Raum unerwartet schlicht, aber als Atrus sich umsah, stellte er fest, daß ihn dies mehr beeindruckte als der Überfluß, den er anderswo gesehen hatte, denn es verriet etwas von der menschlicheren Seite Terahnees.

»Meine Herren … wir können später weitermachen.«

Die Alten schenkten Atrus ein Lächeln, brachen auf und ließen ihn mit Ro'Eh Ro'Dan allein. Der König wandte sich um, so daß er ihm gegenüberstand. »Habt Ihr gut geschlafen, Atrus?«

»Wunderbar.«

»Schön.« Er lächelte. »Wißt Ihr, ich freue mich über die Gelegenheit, allein mit Euch zu sprechen. Aber kommt, wir können uns beim Essen unterhalten.«

Atrus folgte dem König die geschwungene Treppe hinauf

und nach draußen ins Tageslicht. Fünf schmale Stufen führten auf eine Plattform. Als er hinaustrat, blickte Atrus sich mit wirklicher Freunde um, denn sie war als winziger, symmetrisch angelegter Garten gestaltet, in dessen Mitte ein niedriger Tisch und zwei Liegen standen.

Auf dem Tisch war ein Frühstück angerichtet, aber es war etwas anderes, das Atrus' Aufmerksamkeit auf sich zog: die Schönheit der zarten Blumen, die auf allen Seiten standen und deren winzige Blüten sich wie ein Wasserfall über die Ränder der Plattform ergossen.

Atrus ging zum Rand, blieb dort stehen und blickte hinaus. Es gab keine Mauern. Wenn er jetzt einen Schritt nach vorn tat, würde er eine Meile oder tiefer fallen, und gerade das – dieses Fehlen jeglicher Barriere zwischen der Plattform und dem, was darunter lag – verlieh diesem Ort seine überirdische Schönheit. Überall um ihn herum lag die Welt, und hier war dieser winzige, vollkommene Garten.

»Es ist wunderschön«, sagte er und drehte sich wieder um.

»Ich freue mich, daß es Euch gefällt.« Ro'Eh Ro'Dan wies auf die Liege. »Wollt Ihr Euch nicht zu mir setzen, Atrus?«

Atrus nahm Platz, wobei er sich bewußt war, daß unter ihm eine Meile leeren Raums lag. Ein kühler Wind blies und zauste sein Haar. Er ließ seinen Blick über die Vollkommenheit des Gartens streifen, dann sah er wieder Ro'Eh Ro'Dan an.

Der König beobachtete ihn aufmerksam, und seine tiefblauen Augen versuchten etwas zu ergründen. Und dann schien er sich zu entspannen. Wieder lächelte er.

»Ihr wirkt überrascht«, sagte er heiter.

»Alles hier überrascht mich.«

»Hat D'ni nicht auch seine Wunder?«

»Verglichen mit dem hier?« Atrus schüttelte den Kopf. »Nein. Nicht einmal in seinen besten Zeiten.«

»Ich verstehe.« Ro'Eh Ro'Dan blickte nach unten und runzelte die Stirn. »Ihr sprecht beinahe, als sei Euer Land im Niedergang begriffen.«

»Niedergang? Nein, das ist nicht das richtige Wort. Die

Wahrheit ist, daß D'ni untergegangen ist. Es ist nicht mehr. Außer, Ihr zählt seine Ruinen.«

Ro'Eh Ro'Dan lehnte sich zurück, sichtlich schockiert. »Aber ich dachte …«

»Es gibt Überlebende«, fuhr Atrus fort, »und ich habe versucht, es wieder aufzubauen. Dennoch …« Er sah dem jungen König in die Augen. »Ich möchte Euch etwas fragen, Ro'Eh Ro'Dan.«

Der König schien erschüttert, trotzdem nickte er. »Fragt nur.«

»Ich würde gern mein Volk aus D'ni hierherholen, um uns für immer in Terahnee anzusiedeln.«

»Natürlich. Wir haben Platz genug für alle.« Doch der König klang jetzt zerstreut. »D'ni untergegangen …« Noch einmal schüttelte er den Kopf und stand dann auf. »Ihr müßt mir alles berichten, was geschehen ist, Atrus. Alles … ganz von Anfang an.«

Katharina war wach, als er zurückkehrte.

»Es ist geschehen!« rief er freudig. »Ro'Eh Ro'Dan ist damit einverstanden, daß wir herkommen. Man wird Platz für unser ganzes Volk finden.«

Katharina erhob sich. »Das ist wunderbar!«

»Wir haben uns lange unterhalten und über D'ni diskutiert, über unser Volk und die Tragödie, die über uns gekommen ist. Und es war seltsam, Katharina, denn ich spürte, daß während er schockiert und traurig über unser Schicksal war, zugleich ein anderer Teil von ihm ganz anders reagiert hat. Ich weiß nicht, was es war, denn er war in keiner Geste und keinem Wort unfreundlich, aber trotzdem …«

Er unterbrach sich, denn er hatte mit einemmal bemerkt, daß Eedrah in der Tür stand.

»Verzeiht mir mein Eindringen«, begann Eedrah, »aber ich

glaube, daß ich die Sache aufklären kann. Nicht viele wissen von diesen Dingen, aber dem König sind sie höchstwahrscheinlich bekannt.«

»Wissen?« fragte Atrus. »Wovon wissen?«

»Von der alten Prophezeiung. Daß Terahnee untergehen würde. Daß eine große dunkle Wolke sich herabsenken und es mit ihrem giftigen Atem zerstören würde.«

Nun starrten Atrus und Katharina Eedrah an.

»Ihr seht also«, fuhr Eedrah fort, »daß eure Tragödie sich als unser Glück erweisen könnte. Jedenfalls ist das eine mögliche Interpretation. Seit unseren Anfängen haben wir dieses Unglück gefürchtet, und nun kommt Ihr und berichtet uns, daß es bereits geschehen ist, und daß wir hier in Terahnee es vollkommen unbeschadet überstanden haben. Ihr könnt sicher sein, daß Ro'Eh Ro'Dan sich in diesem Augenblick mit seinen engsten Ratgebern trifft und ihnen diese Neuigkeit mitteilt.« Eedrah lächelte. »Es wird Eurem Volk nicht schaden, Atrus. Überhaupt nicht.«

»Vielleicht nicht; aber wenn ich dies im voraus gewußt hätte, hätte ich das Thema vielleicht auf andere Weise angeschnitten.«

»Mein Mann glaubt nicht an Prophezeiungen«, erklärte Katharina. »Er hält sie für unwissenschaftlich.«

»Und das sind sie auch. Aber Eedrah hat recht. Und was geschehen ist, ist geschehen. Unsere Aufgabe ist es jetzt, unsere Völker zu vereinen und sie hierher, in ihre neue Heimat auf Terahnee, zu bringen. Wir dürfen uns von nichts anderem ablenken lassen. Der König hat seine Erlaubnis gegeben. Man wird Platz für uns schaffen.«

»Weiß er, wie viele kommen werden?«

»Ich habe ihm gesagt, fünftausend.«

Eedrah wirkte überrascht. »Sind das alle, die von euch übrig sind?«

»Auf D'ni und auf Averone, ja. Und wahrscheinlich ist das ein Glück, denn wie könnte selbst ein großes Land wie dieses eine höhere Zahl aufnehmen?«

»Das wäre mit Leichtigkeit möglich«, meinte Eedrah mit einem seltsamen Unterton. Einen Moment blickte er zur Seite, dann sah er sie wieder an. »Hat der König etwas darüber gesagt, ob er sich noch einmal mit Euch treffen möchte?«

»Das hat er. Aber nicht heute. Er hat uns die Erlaubnis gegeben, sofort nach Ro'Jethhe zurückzukehren und dort zu organisieren, daß alle D'ni über das Verbindungsbuch herkommen.«

»Dann werde ich mich um alles kümmern«, sagte Eedrah, wandte sich ab und eilte aus dem Raum.

Atrus sah Katharina an. »Alles wird gut werden.«

»Ja.« Aber auch sie schien abgelenkt. »Verzeih mir, Atrus, aber ich möchte kurz mit Eedrah sprechen. Etwas, das er gesagt hat …«

»Natürlich. Ich werde packen und dann den anderen Bescheid geben. Wir dürfen keinen Augenblick vergeuden.«

»Nein.« Sie lächelte. »Ich brauche nicht lange.« Dann wandte sie sich ab und eilte hinter Eedrah her, bemüht, ihn einzuholen.

Auf der Rückfahrt war Eedrah still und in sich gekehrt, und als Katharina fragte, was es sei, das er nicht sagen wollte, zog er es vor, von ihr wegzusehen, statt ihre Frage zu beantworten.

Atrus jedoch war voller Pläne und verbrachte den Großteil der Rückreise damit, mit Katharina und den anderen zu diskutieren, wie sie am besten ihr ganzes Volk hierhertransportieren sollten.

Als Marrim zum ersten Mal von Atrus' Plan gehört hatte, war sie verstummt und hatte fast einen halben Tag lang kein Wort gesprochen. Erst als sie verstand, daß Atrus auch vorhatte, die Leute von Averone einzuschließen, wurde sie wieder munter. Aber selbst dann hegte sie noch Vorbehalte. Sie beschloß, sie für sich zu behalten, bis sie die Gelegenheit hatte, unter vier Augen mit Atrus zu sprechen.

Am ersten Abend ihrer Rückreise bot sich diese Chance.

»Atrus?« fragte sie und schloß leise die Tür hinter sich.

Atrus, der in seinem Notizbuch geschrieben hatte, blickte auf und bedeutete ihr dann, näherzutreten. Während er zu Ende schrieb, schwieg sie.

»Nun?« fragte er und schloß das Buch.

»Was ist, wenn sie nicht mitkommen wollen?«

»Dein Volk, meinst du?«

Sie nickte. »Averone ist schließlich ihre Heimat.« Sie zögerte. »Könntet Ihr nicht ein Verbindungsbuch von hier nach dort schreiben?«

»Nein, Marrim.«

Sie schlug die Augen nieder.

»Es wird alles gutgehen«, sagte Atrus. »Sie werden hier glücklich sein. Es muß Meere auf dieser Welt geben. Wir werden Ro'Eh Ro'Dan bitten, für sie einen Platz an einem davon zu finden. Also laß dich nicht mehr davon bedrücken. Es ist eine Menge Arbeit zu tun, um die Übersiedlung vorzubereiten. Stell das in den kommenden Tagen in den Vordergrund deiner Gedanken.«

Sie blickte auf und strahlte.

Atrus erwiderte ihr Lächeln. »Eedrah sagte mir, wir würden morgen früh aufbrechen und ohne Unterbrechung bis nach Ro'Jethhe fahren. Es wird eine lange Reise werden, also sieh zu, daß du soviel Schlaf wie möglich bekommst.«

Marrim lachte. »Ihr redet fast, als würden wir zu Fuß zurückgehen und nicht auf einem Boot fahren!«

Zur Antwort reichte Atrus ihr das Notizbuch. »Nimm das. Ich möchte, daß du die letzten zehn Seiten liest. Und morgen möchte ich, daß du überlegst, wie man dein Volk am besten davon überzeugt, daß diese Umsiedlung nur zu seinem Besten ist.«

Marrim beugte das Haupt und nickte einmal.

»Gut. Dann geh jetzt. Morgen wird ein langer Tag.«

Jethhe Ro'Jethhe zog Atrus an sich, dann trat er zurück und sah die anderen an. Es war jetzt später Abend, und die Lampen, die von den blumenübersäten Balkonen hingen, warfen ein perlmuttfarbenes Licht über das Wasserbecken und die seidenen Sonnensegel des Bootes.

»Man hat mir berichtet, daß alles gutgegangen ist!« sagte Ro'Jethhe. »Tatsächlich habe ich gehört, daß Euer Volk hier zu uns nach Terahnee kommen wird.«

Atrus lächelte breit. »Das ist richtig, Ro'Jethhe. Dies ist ein guter Tag für unsere beiden Völker.«

»Ein ausgezeichneter Tag. Wir müssen ihn feiern.« Ro'Jethhe klatschte in die Hände. Sogleich öffnete sich eine Tür in der Wand hinter ihm, und eine Rampe wurde heruntergelassen. Als Atrus sich umdrehte, sah er, daß zwei Steinplatten aus den Seiten des Beckens ausgefahren worden waren und alles außer dem Boot bedeckten, das jetzt vollständig eingeschlossen in der Mitte lag.

»Kommt«, sagte Ro'Jethhe und geleitete sie hinüber. »Ich habe ein paar Freunde eingeladen.« Im Gehen wandte er sich lächelnd an Atrus. »Oh, Ihr seid inzwischen recht berühmt, Atrus. Viele wollen Euch kennenlernen. So viele, daß nicht einmal in den Sälen des Gouverneurs Platz für alle wäre. Aber ich habe einen oder zwei eingeladen, die Ihr vielleicht interessant finden werdet.« Schnell hob er eine Hand. »Ja, ich weiß, daß Ihr heute weit gereist seid, aber wir werden Euch nicht den ganzen Abend wach halten. Außerdem wollte ich den Augenblick, in dem wir auf die gemeinsame Zukunft unserer Völker anstoßen können, nicht vorübergehen lassen.«

Atrus lächelte. »Das möchte ich ebenfalls nicht.« Und mit diesen Worten ließ er sich und seine Gruppe von Ro'Jethhe die Rampe hinauf und in den Großen Saal führen, wo eine stattliche Anzahl von Ro'Jethhes Freunden sie erwartete.

Der Abend war gut verlaufen, aber jetzt war es spät. Sie hatten Irras wieder zum Plateau geschickt, um Meister Tamon über ihre bevorstehende Rückkehr zu informieren, und Atrus wäre ihm gefolgt, wäre dies nicht eine Beleidigung gegen ihren Gastgeber gewesen. Und so saß er weiter da und tat etwas, das er selten tat – nämlich bis tief in die Nacht zu plaudern.

In den Gesprächen mit den hiesigen Landbesitzern wurde klar, daß keiner von ihnen sich durch den beabsichtigten Zustrom aus D'ni bedroht fühlte. Es war genau, wie der König gesagt hatte – wenn jedermann soviel hatte, warum sollte er es anderen mißgönnen, wenn sie sein Glück teilten? Und dies hatte Atrus schließlich mehr als alles andere überzeugt, daß alles sich zum Besten wenden würde.

Als Katharina zu Atrus hinübersah, lächelte sie, denn sie hatte ihn selten in so guter Laune erlebt. Nun, da der König informiert war, hatte er die Freiheit, über D'ni und seine Lebensweise zu sprechen, und er genoß es. Eben jetzt hatte das Gespräch sich der Kunst des Schreibens und der Art der Zeitalter, die die D'ni schrieben, zugewandt. Ro'Jethhes Freunde überhäuften Atrus mit einer Frage nach der anderen, fasziniert von der ganzen Idee der Gilden und insbesondere von der Gilde der Bewahrer, obwohl es ihnen sichtlich schwerfiel zu verstehen, warum eine solche Gilde überhaupt existieren mußte.

»Aber wieso?« fragte einer von ihnen, vielleicht zum dutzendsten Mal. »Warum braucht ihr eine so hochspezialisierte Gilde?«

»Um die, die schwächer im Geiste sind, in Schranken zu halten«, antwortete Atrus geduldig, »um uns vor fehlerhaften Zeitaltern zu schützen und sicherzustellen, daß die Zeitalter nicht mißbraucht werden.«

Ein anderer der Nachbarn lachte, offensichtlich betrunken. »Aber zivilisierte Menschen haben sich unter Kontrolle, und daher kann man sie sehen!«

Atrus lachte verlegen. Er verstand nicht, was der Mann sagte.

Der Nachbar fuhr fort: »Wir schreiben, wir lesen, wir kontrollieren uns, wir werden gesehen.« Und mit jedem *wir* schlug er sich an die Brust.

»Ich bitte um Vergebung«, meinte Atrus, immer noch lächelnd, während er nach einem Anhaltspunkt suchte, worum das Ganze ging.

»Selbstbeherrschung und die Fähigkeit zu schreiben. Sie unterscheiden uns von den Tieren, meint Ihr nicht auch, Atrus? Sie machen uns zu dem, was wir sind. Zu Menschen statt zu ungesehenen Tieren.«

»Natürlich sind wir keine Tiere«, erwiderte Atrus betreten. »Aber was heißt gesehen? Welche Tiere sind denn unsichtbar?«

»Ihr müßt noch viel lernen.« Der Mann lachte. »Vielleicht können Eure Augengläser Euch helfen, die Tiere zu sehen, die wir nicht sehen können.«

Die Gäste brachen in Gelächter aus.

Atrus mochte Rätsel, aber nun stand er im Mittelpunkt der Unterhaltung, ohne eine Ahnung zu haben, worum es eigentlich ging. Er fühlte sich verunsichert. Aber er nahm seinen Verstand zusammen und begann die Informationen, die er erhalten hatte, abzuwägen. Gesehen, ungesehen, Kontrolle, Schreiben, Tiere … die Wahl dieses besonderen D'ni-Wortes, *bahro*, war eigenartig. Es war leicht als Ableitung aus dem Stammwort für ›Tier‹, *bah*, zu erkennen, aber man hatte das Suffix *ro* angehängt. Dies mußte ein Schlüssel zu dem Rätsel sein.

Die Terahnee stellten häufig einem Namen die Vorsilbe *ro* voran, um eine Gruppe von Menschen, einen Haushalt oder eine Familie zu bezeichnen. Nun fragte er sich, wofür die Kombination der beiden Wörter stehen könnte. Familien oder Haushalte von Tieren, ungesehen, aber was hieß unsichtbar? Vielleicht bezog es sich auf Viehzuchtbetriebe, wo, vor den Blicken der Allgemeinheit verborgen, Tiere als Nahrung gezüchtet wurden. Nein, er hatte gehört, wie sie das Wort für ›Tier‹ ohne das *ro* gebrauchten, wenn sie von Haustieren sprachen. Wilde Tiere – Familien oder Rudel ungesehener Wildtiere, außer Kontrolle, in den entlegenen Regionen dieses Zeitalters, wahrscheinlich gefährlich. Das mußte es sein.

»Begeben wir uns in Gefahr, wenn wir die zivilisierten Landstriche verlassen? Gibt es dort Tiere, die feindlich sein könnten?« Atrus warf die Frage in die Runde und hielt Ausschau nach einer Bestätigung seiner Schlußfolgerung.

Von neuem erfüllte Gelächter den Raum.

Atrus mußte wieder einmal lächeln. Er war nicht auf der richtigen Spur.

»Die Tiere sind weder zivilisiert noch fern noch feindlich noch zu sehen.« Der Nachbar genoß dieses spontane geistige Kräftemessen zutiefst. Tatsächlich hörte inzwischen die ganze Versammlung lächelnd zu.

Alle außer Eedrah. Atrus bemerkte, daß er jedes Wort des Gesprächs intensiv verfolgte – durchdringend, ohne auch nur die Andeutung eines Lächelns auf dem Gesicht, starrte er Atrus an. Der Gegensatz zu den anderen war so groß, daß Atrus den gedanklichen Faden verlor. Er erwiderte Eedrahs Blick.

Der Rätselsteller fuhr fort. »Die Zivilisierten beherrschen die Zivilisierten und die Unzivilisierten. Die Zivilisierten sehen die Zivilisierten, aber die Unzivilisierten sehen alle.«

Im Raum erschollen Jubelrufe.

Atrus sah den Sprecher an. Der letzte Hinweis hatte seine Verwirrung nur noch vergrößert. Er lächelte, hob die Hände und bedeutete, daß er sich geschlagen gab. Die Gäste brachen in Applaus aus, und der Rätselsteller verneigte sich.

Ro'Jethhe schaltete sich ein. »Atrus, so schwierig ist es gar nicht. Ihr werdet überrascht über die Antwort sein.« Er lächelte strahlend. »Schreiber und Nichtschreiber, es ist nur ein Wortspiel. Bahro, oder Tierleute, und Ahrotahntee, Nichtschreiber, Anderweltler. Klug ausgedacht, nicht wahr?«

Atrus ließ die Worte auf sich wirken – immer noch erfaßte er nicht, was die Verbindung war. »Tierleute?«

»Aber ja«, erwiderte Ro'Jethhe und streckte die Hand aus, um ein neues Glas Wein zu nehmen. »Schließlich sind es nur wir aus Terahnee und D'ni, die schreiben können. Die Ahrotahntee besitzen diese Fähigkeit nicht. Deswegen sind die Dinge so, wie sie sind. Gewiß ist es doch in D'ni genauso, oder, Atrus?«

Ahrotahntee. Katharina spürte, wie es sie kalt überlief, als ihr die Lösung des Rätsels aufging. Sie hatte diesen Begriff nicht mehr gehört, seit Gehn, Atrus' Vater, ihn gebraucht hatte. Er bedeutete Außenseiter. Buchweltler. Die, die nicht vom Blute der D'ni waren. Oder der Terahnee …

Atrus richtete sich im Sitzen auf. »Mit allem Respekt, Ihr irrt Euch, Ro'Jethhe. Die Ahrotahntee können schreiben. Man braucht es sie nur zu lehren.«

Schockiertes Schweigen breitete sich aus. Alle Blicke richteten jetzt auf Atrus, als habe er eine Obszönität ausgesprochen.

Ro'Jethhe blickte zur Seite, offenkundig peinlich berührt. »Ihr scherzt wohl mit uns, Atrus, oder?«

Atrus sah sich um. Sein Blick glitt von einem Gesicht zum anderen, doch er verstand nicht, was hier los war. »Aber Katharina kann schreiben, und sie ist eine Ahrotahntee!«

Alles keuchte erschrocken auf. Ro'Jethhes Miene hatte einen zutiefst schockierten Ausdruck angenommen. Überall im Saal starrten die Männer Atrus und seine Gruppe unverhohlen feindselig an, während ihre Frauen und Töchter erröteten und die Augen niederschlugen. Sogar einige der Aufseher, die üblicherweise keine Reaktion zeigten, hatten bei Atrus' Worten aufgeblickt und sahen einander an, als überlegten sie, was zu tun sei.

»Paßt auf, was Ihr sagt«, meinte Ro'Jethhe und wischte sich den Mund.

»Aber es stimmt«, sagte Atrus und ignorierte Katharina, die eine Hand auf seinen Arm gelegt hatte. »Tatsächlich waren meine Mutter und meine Großmutter beide Ahrotahntee!«

Mit einemmal brach Tumult aus. Ro'Jethhe stand auf und warf den Aufsehern einen Blick zu, die augenblicklich zu den Türen gingen, Schlüssel aus dem Gürtel zogen und sich daran machten, sie abzuschließen. Ro'Jethhe beobachtete sie; dann drehte er sich wieder um und sah Atrus an. Seine Miene war hart und zornig.

»Selbst wenn solche Dinge wahr wären«, sagte er, »sollten sie nicht ausgesprochen werden. Die Unsichtbaren …«

»Die Unsichtbaren?« fragte Atrus, stand auf und tat einen Schritt auf seinen Gastgeber zu. »Was für ein Rätsel ist das?«

Plötzlich hielt Atrus inne und lauschte aufmerksam. Aus den Wänden, die sie umgaben, drangen Geräusche, ein Rumpeln und dann ein deutlicher, dumpfer Aufschlag, gefolgt von einer Verwünschung. Dann, mit einemmal, öffnete sich in der Wand eine Tür, dort, wo noch einen Sekundenbruchteil zuvor keine gewesen war. Atrus wußte es, weil er auf diese Stelle geblickt hatte, genau in dem Augenblick, als sie sich aufgetan hatte. Und durch diese Tür kamen, wie Geister, sechs bleiche, schweigende Gestalten. Ihre kahlgeschorenen Schädel schimmerten wie Elfenbein, und ihre schwarze, enganliegende Kleidung ließ sie eher wie Ziffern denn wie Menschen erscheinen. Aber Menschen waren sie, trotz des unterwürfig gebeugten Kopfes, ihres abgewandten Blickes und ihrer fühlbaren Angst vor dem Aufseher, der sie mit wutverzerrtem Gesicht schweigend zwischen den Terahnee hindurch und durch eine zweite Tür, die sich wie durch Zauber öffnete, nach draußen trieb.

Atrus blickte sich um und fragte sich in diesem kurzen Augenblick, warum sie nicht alle so schockiert waren wie er, aber alles, was er sah, waren Statuen – Gesichter, die sahen und doch nicht sahen; Augen, die für diesen Moment ausdruckslos wie Stein geworden waren. Und als er sie sah, verstand er, und diese Erkenntnis sank in ihn ein, tiefer und tiefer, wie ein glatter, dunkler Stein, der langsam auf den Grund des Meeres fällt.

Sklaven. Die Relyimah – die ›Unsichtbaren‹ – waren Sklaven. Und dieser ganze Ort …

Atrus drehte sich der Kopf. Als er sich jetzt umblickte, sah er nicht eine Welt des Glanzes, sondern eine, die nach dem finsteren Entwurf seines Vaters errichtet war; eine Welt, in der eine verkehrte Rassenideologie ihre Bewohner so verblendet hatte, daß sie ihre Mitmenschen als Tiere betrachteten – das hieß, wenn sie sich überhaupt dazu herabließen, sie wahrzunehmen.

Bei dem Gedanken verschlug es ihm den Atem.

Atrus drehte sich um, blickte Ro'Jethhe an und sah ihn plötzlich in einem anderen Licht. Sein Gastgeber, dieser anscheinend leutselige Mann, den er für so freundlich gehalten hatte, starrte ihn jetzt zornig an.

»Ich habe nur die Wahrheit gesprochen«, sagte Atrus.

Ro'Jethhes Antwort war knapp und beißend. »Ihr habt genug gesagt. Noch werdet Ihr Eure Worte wiederholen. Ist das klar, Atrus aus D'ni?«

»Oh, jetzt verstehe ich«, antwortete Atrus mit kalter Stimme. »Ich sehe und verstehe.«

»Dann seht zu, daß Ihr es nicht wieder vergeßt.« Ro'Jethhe drehte sich um und winkte seinem Oberaufseher zu. »Kaaru!«

Sofort stand der Aufseher neben ihm.

»Bring Meister Atrus und seine Gruppe in ihre Räume. Und sorg dafür, daß sie dort bleiben.«

»Was soll das, Ro'Jethhe?« protestierte Atrus.

»Es scheint, daß wir Eurer lügenhaften Zunge nicht trauen können. Da dies so ist, steht Ihr in Euren Räumen unter Arrest, bis ich Nachricht vom König habe.« Und mit diesen Worten wandte er ihnen den Rücken und hastete aus dem Raum. Innerhalb einer Minute waren alle anderen Terahnee ebenfalls fort.

Atrus drehte sich um und betrachtete seine kleine Gruppe, dann warf er dem Aufseher einen Blick zu. Der Mann war ihm noch nie gut aussehend erschienen, aber nun, da er seine Züge genau ansah, meinte Atrus, etwas Brutales, beinahe Viehisches darin zu erkennen. Der Aufseher jedoch verbeugte sich nur.

»Wenn Ihr dann mit mir kommen würdet ...«

Wieder in ihren Räumen angekommen, hielten sie eine Krisensitzung ab. Katharina, Marrim, Carrad, Omar und Ezel saßen auf Stühlen, während Atrus auf und ab ging wie ein Tier im Käfig.

»Wir können nicht bleiben«, meinte Katharina.

»Ganz meiner Meinung«, sagte Ezel. »Wir sollten sofort von hier verschwinden.«

Omar nickte. »Ja, und die Bücher vernichten und den Tempel des Großes Königs wieder versiegeln.«

Atrus schüttelte den Kopf. »Der König hat mir sein Wort gegeben.«

»Ja«, sagte Katharina, »aber das war, als er uns für D'ni gehalten hat. Jetzt sind wir Ahrotahntee.« Verbittert lachte sie. »Ein Wunder, daß sie uns überhaupt noch sehen können!«

Atrus drehte sich um und sah sie an. »Dies gefällt mir ebensowenig wie dir, Katharina. Aber Ro'Eh Ro'Dan ist ein ehrenhafter Mann. Ich glaube, daß er sein Wort halten wird.«

»Du willst bleiben?«

»Vielleicht sollten wir es tun. Wir könnten unseren Einfluß dazu benutzen, die Zustände hier zu ändern.«

»Die Zustände ändern?« Katharina blickte fort. »Nun gut«, sagte sie. »Tu, was du tun mußt. Aber schick Carrad zurück, damit er Meister Tamon berichtet, was wir wissen.«

»Was wissen wir denn?«

»Daß dies eine Sklavenhaltergesellschaft ist. Was brauchen wir noch zu wissen?«

»Vielleicht, wie sie ihre Sklaven behandeln?« meinte Atrus.

»Aber was können wir tun?« fragte Omar. »Ihr habt gehört, was Eedrah sagte. Sie sind zweihundert Millionen.«

»Wir warten ab. Aber zuerst schicken wir Carrad zum Plateau zurück.« Atrus hielt inne und schüttelte sichtlich betrübt den Kopf. »Es ist ein Mißverständnis gewesen, auf beiden Seiten, aber die Terahnee haben uns niemals angelogen.«

»Nur, weil wir nie die richtigen Fragen gestellt haben!«

Atrus sah Katharina an. »Das stimmt. Wir haben uns von dem, was wir gesehen haben, blenden lassen; wir haben die

Oberfläche mit der Substanz verwechselt. Aber das war unsere Schuld, nicht ihre! Wie ich schon sagte, sie haben nicht gelogen.«

»Aber diese ganze Welt ist eine einzige Lüge!«

»Das mag sein, aber wir können nicht Ro'Jethhe und seinesgleichen die Schuld daran geben. Sie kennen nichts anderes.«

»Und genau das fürchte ich am meisten«, meinte Katharina. »Du willst ihnen die Augen öffnen, Atrus, aber was ist, wenn sie nicht sehen wollen? Was, wenn wir sie nicht dazu bewegen können, zu sehen? Solch eine Konditionierung ist sehr mächtig. Es ist schon schwierig genug, sie bei einem einzelnen Menschen zu durchbrechen, aber wenn eine ganze Gesellschaft so konditioniert ist …«

»Du vergißt eines, Katharina. Wir haben das Ohr des Königs.«

»Sein Ohr, ja, aber nicht seine Augen.« Sie erwiderte seinen Blick durchdringend, dann fuhr sie ruhiger fort: »Ich glaube, du irrst dich, Atrus. Ich denke nicht, daß man sie wirklich ändern kann.«

In der Nacht erwachte Atrus aus einem unruhigen Schlaf – einem Schlaf, während dessen er von Träumen geplagt worden war, in denen sich Türen vor und hinter ihm öffneten und schlossen, in Räumen, die sich in einem unendlichen Labyrinth drehten und wanden. Er drehte sich um und erwartete, Katharina neben sich im Bett liegen zu sehen. Aber sie war nicht da.

Er setzte sich auf, dann sah er sie auf der anderen Seite des Raumes. Sie saß am Schreibtisch, hatte eine Lampe neben sich stehen und schrieb in ihrem Tagebuch.

»Katharina?«

Sie wandte sich halb zu ihm um. »Ich konnte nicht schlafen. Also habe ich angefangen, alles noch einmal zu lesen, was ich aufgeschrieben hatte, seit wir hergekommen sind.«

»Und?« Er stand auf, ging hinüber und setzte sich neben sie auf einen Stuhl.

»Küchen. Es gab keine Küchen. Allein das hätte mich mißtrauisch machen sollen. All dieses Essen, das uns erwartete, wohin auch immer wir kamen, und kein Hinweis darauf, daß es irgendwo zubereitet wurde. Es war wie alles andere. Es schien zauberisch. Und wir haben es hingenommen.«

»Wir hatten keinen Grund, es nicht zu tun.«

»Nein. Und dann das, was Hadre zu uns sagte, als er uns das erste Mal begegnete. Weißt du noch? Er fragte: ›Sehe ich euch?‹ Und seine Augen – jetzt erinnere ich mich –, sie schienen durch uns hindurchzusehen. Bis du D'ni erwähnt hast. Und dann war es, als sei ein Schaltkreis geschlossen worden. Er sah uns.«

»Und Eedrah auch …« Atrus schüttelte den Kopf. »Er war mir sympathisch geworden. Aber wie kann ich ihm jetzt noch trauen? Er hätte es uns sagen können. Tatsächlich hätte er es uns sagen *müssen*.«

»Vielleicht dachte er, wir wüßten es.«

Es klopfte. Atrus sah Katharina an, dann stand er auf und ging zur Tür.

»Wer ist da?« fragte er leise.

»Ich bin es, Eedrah. Ich muß mit Euch reden.«

Atrus öffnete die Tür einen Spaltbreit. Dort, im Halbdunkel, stand Eedrah, allein.

»In Ordnung«, sagte Atrus und öffnete die Tür etwas weiter.

Eedrah zögerte und trat dann ein. Als die Tür sich hinter ihm schloß, blickte er sich nervös um. »Da ist etwas, das ich Euch zeigen muß.«

Schweigend folgten sie ihm bis zum Ende des langen, halbdunklen Korridors und bogen in eine schmale Galerie ein. Dort blieb Eedrah nach nur zwei oder drei Schritten stehen, lehnte sich an die Wand und drückte.

Eine Tür öffnete sich, wo zuvor keine gewesen war.

Über drei schmale Stufen folgten sie ihm hinab in einen dunklen Durchgang, der im Inneren der Wände verlief. Atrus streckte die Hand aus und berührte den glatten, abgegriffenen Stein. Kein Wunder, daß die Wände so dick erschienen waren.

Nach drei Schritten schloß sich lautlos die Tür, so daß kein Licht mehr einfiel. Einige Sekunden vergingen, und dann glomm in der Dunkelheit neben ihnen ein Licht auf und erhellte zuerst die Hand, die die Lampe hielt, dann Eedrahs Gesicht, seine Brust und die Wände, die sie umgaben.

Eedrah legte einen Finger an die Lippen, drehte sich um und ging voran.

Weiter ging es, durch verzweigte Korridore und eine lange, gerade Treppe hinab, deren Stufen durch viertausendjährigen Gebrauch ausgetreten waren. Und während sie dahingingen, sah Atrus es vor seinem inneren Auge, sah die unzähligen schweigenden Gestalten, die diesen Weg gegangen waren, um etwas zu holen und zu bringen und niemals mit einem Wort oder einem Laut ihren Herren hinter den Wänden ihre Anwesenheit kundgetan hatten.

Die Relyimah – die Unsichtbaren.

Ab und an passierten sie eine Reihe von Nischen in den Wänden, in denen alle Arten von Reinigungs- und Reparaturutensilien aufbewahrt wurden. An anderen Stellen gab es in die Wand eingebaute Vorratsschränke, und überall zweigten Türen und Tunnel ab. Hier, auf dieser unteren Ebene, lagen auch gutausgestattete Küchen mit langen Tischen mit Marmorplatten, hohen Steinregalen und riesigen Speisekammern. Jede Oberfläche war makellos sauber.

All dies wurde von dem weißen Schein der Lampe enthüllt, erschien aus dem Nichts und versank hinter ihnen im Dunkel.

Eine ganze Welt unterhalb der Welt.

Jenseits der Küchen weitete sich der Tunnel. Vier lange, breite Schienen aus blitzendem Silber waren in den Boden eingelassen und verliefen parallel in die Finsternis vor ihnen hinein. Sie gingen zwischen diesen Schienen, unter einer hohen, gewölbten Decke. Sie waren hundert Schritt weit vorgedrungen, als der Tunnel in einen breiten Saal mündete, an dessen beiden Seiten, auf Nebengleisen, die von den Hauptsträngen abzweigten, die leeren Waggons standen, die sonst auf den Schienen verkehrten. Es waren riesige Wagen aus einem stumpfen, steinähnlichen Material. Von den großen Ringen, die an ihren Seiten saßen, hingen schlaff dicke Seile herab.

Sie gingen weiter, in einen kleineren Tunnel, der eine Biegung machte und dann kurz anstieg. Die Decke über ihnen war jetzt in regelmäßigen Abständen durch große kreisförmige Luftschächte durchbrochen. Als Atrus aufblickte, erhaschte er einen Blick auf Sterne – einen kleinen Kreis hell leuchtender Sterne am Grund eines tiefen, tiefen Brunnens.

Und weiter ging es, durch eine seltsame Galerie, die sich auf beiden Seiten ins Dunkel hinein fortsetzte. Sie passierten eine Stelle, wo zu ihrer Rechten ein Dutzend dicker Taue aus einem länglichen Spalt hoch oben an der Wand hervorwuchsen. Sie spannten sich diagonal bis zur anderen Seite des Raumes, wo sie an ebenso vielen großen, bolzenähnlichen Vorsprüngen festgezurrt waren, die wie Pilze aus dem Boden zu sprießen schienen.

Wie die gestrafften Saiten eines riesigen Instruments, dachte Atrus, der sich nicht erklären konnte, was er da sah.

Und dann, mit einemmal, standen sie vor einer massiven, mit Nägeln beschlagenen Tür, in die ein Gitter eingelassen war. Eedrah drehte sich zu ihnen um, dann pochte er leise an die Tür.

Kein Laut. Kein Geräusch eiliger Schritte. Nur dieselbe Totenstille. So still war es, daß Atrus zuerst nicht bemerkte, daß das Gitter sich geöffnet hatte. Einen Augenblick starrte ein Gesicht zu ihnen hinaus, dann fiel das Gitter zu.

Langsam schwang die Tür auf. Eedrah sah sie noch einmal

mit einem um Verständnis flehenden Blick an; dann wandte er sich wieder ab und führte sie hinein, in einen schwacherleuchteten Raum.

Die Decke des Saals befand sich hoch über ihnen, und die Wände waren grob ausgehauen. Lange Wendeltreppen führen an diesen Mauern hinauf zu Türen, die tief in den Stein eingelassen waren; zwanzig, vielleicht dreißig Türen, die Zutritt zu sechs verschiedenen Ebenen gewährten, die alle von diesem Saal ausgingen.

Atrus drehte sich um und sah, daß der Mann, der sie eingelassen hatten, immer noch dastand. Er hatte den Kopf gesenkt, den Blick abgewandt, und alles an ihm wirkte demütig und unterwürfig. An seinem kahlgeschorenen Schädel und seiner pechschwarzen, enganliegenden Kleidung erkannte Atrus sofort, daß er ein Relyimah war.

»Kommt«, sagte Eedrah leise. Zum ersten Mal, seit sie dieses ausgedehnte unterirdische Labyrinth betreten hatten, sprach er. »Da ist jemand, den ihr kennenlernen müßt.«

Als Eedrah und Atrus in den Raum traten, blickte der Alte von seinem Buch auf, dann erhob er sich schnell. Er hielt den Kopf gesenkt und den Blick abgewandt. Der Raum war so klein und eng, daß der Schreibtisch des alten Mannes gut die Hälfte davon einnahm, aber die Schreibtischplatte war mit Bücherstapeln übersät. Dies allein war vollständig unerwartet.

»Willkommen, Atrus«, sagte der Alte, den Kopf immer noch gesenkt. »Ich bin Hersha.«

Atrus warf Eedrah einen fragenden Blick zu, dann verneigte er sich leicht. »Ich freue mich, Euch kennenzulernen, Hersha.«

»Er ist hier der Anführer«, erklärte Eedrah.

»Der Anführer?«

»Der Relyimah. Hersha ist ihr großes Geheimnis. Nicht einmal die Aufseher wissen, daß er hier ist.«

»Ich bin erstaunt«, sagte Atrus.

Eedrah sah ihn an, und in seinem Blick stand ein plötzlicher Ernst. »Ich dachte, Ihr wüßtet es. In D'ni …«

»… ist es nicht so. Wir haben keine Sklaven. Keine Relyimah. Auch in unseren Welten haben wir so etwas nie gestattet.«

»Ja … jetzt verstehe ich das.« Eedrah schlug die Augen nieder. »Es hat Mißverständnisse gegeben. Ich habe euch für andere gehalten, als ihr es seid. Und Ihr, Atrus … Ihr haltet mich gewiß auch für einen anderen, als ich es bin.«

»Ihr seid ihr Freund?«

Hersha antwortete an seiner Stelle: »Eedrah tut, was er kann, um uns zu helfen. Aber er ist eine Seltenheit. Nicht einer unter zehntausend ist wie er.«

Als Atrus jetzt wieder Eedrah anblickte, sah er ihn in einem neuen Licht. »Ihr seht sie, während Euer Vater dies nicht tut, stimmt das?«

»Ja.«

»Und Ihr, Hersha, was seht Ihr?«

»Die Verschwendung, die darin liegt«, antwortete Hersha und wagte es noch einmal, Atrus in die Augen zu blicken. »Die entsetzliche Vergeudung.«

Während die drei Männer sich unterhielten, machte Katharina einen Rundgang durch das schweigende Labyrinth von Räumen im Herzen des Sklavenquartiers. Was sie sah, entsetzte sie. Nach dem selbstverständlichen Luxus der Welt oben waren die primitiven Bedingungen hier unten einfach furchtbar. Junge Männer schliefen zu vierzig in einem kleinen Raum, jeweils fünf von ihnen in den engen Nischen, die aus dem Fels geschlagen

worden waren – eher Katakomben als Betten. Der kalte Stein war nur von dünnem Sackleinen bedeckt. Ihre Waschräume waren primitiv und erinnerten eher an Viehtröge denn an Badezimmer, und ihre Küchen waren winzig und unzureichend.

Als Katharina unter ihnen umherging, wandten die paar, die wach waren, sich von ihr ab, voller Furcht, ihr in die Augen zu sehen, und wichen vor ihrem fragenden Blick zurück wie vor einem glühenden Eisen. Doch ihr entging nicht, wie schlecht man sie behandelt hatte. Ihre bleichen Gliedmaßen waren mit häßlichen, purpurfarbenen Striemen bedeckt, und ein paar wiesen Narben auf, frische und lange verheilte, deren Tiefe ein offensichtliches Zeugnis für noch brutalere Mißhandlungen ablegte.

»Wer hat das getan?« fragte Katharina und wandte sich zu Atrus um, der zu ihr getreten war.

»Die P'aarli«, antwortete Atrus. »Die Aufseher. Anscheinend schlagen sie die Relyimah regelmäßig, um sich zu vergewissern, daß sie gehorchen ... und schweigen.«

Katharina wollte etwas sagen, da sah sie den alten Mann, der direkt hinter Atrus stand, neben Eedrah.

»Das ist Hersha«, sagte Eedrah. »Er ist der Anführer der Sklaven.«

»Sie haben einen Anführer?«

»Ja, und auch eine Religion.« Atrus zog ein dünnes Buch aus der Tasche und reichte es ihr.

Katharina studierte es einen Moment, dann blickte sie mit weit aufgerissenen Augen zu ihm auf. »Dies sind die alten Prophezeiungen.« Sie runzelte die Stirn. »Aber warum ist es ihr Buch?«

Eedrah antwortete ihr. »Wegen vier Zeilen in einer der ältesten Prophezeiungen – vier Zeilen, in denen von der Befreiung der Sklaven die Rede ist.«

»Ich verstehe.«

»Mit allem Respekt, ich bin nicht sicher, ob Ihr das tut«, sagte Hersha und kroch beinahe in sich zusammen, als er sprach.

»Was meint Ihr?« fragte Eedrah.

»Ich meine, daß diese Zeilen nicht isoliert stehen. Und so, wie die Dinge gegenwärtig liegen …«

Das war Atrus alles zu rätselhaft. Er unterbrach ihn. »Was wollt Ihr damit sagen: ›Wie die Dinge gegenwärtig liegen‹?«

Eedrah blickte zu Boden. »Es geschieht etwas, Atrus. Da ist eine Krankheit …«

»Eine Krankheit?« Katharina trat näher heran.

Eedrah nickte. »Sie ist erst vor kurzem aufgetreten. In den letzten paar Tagen sind einige Relyimah von Magenkrämpfen befallen worden. Zuerst dachte man, sie hätten etwas Verdorbenes gegessen, aber ihr Zustand hat sich verschlechtert, und viele von ihnen fiebern.«

»Kann ich sie sehen?«

Hersha führte sie einen Korridor entlang und durch eine weitere verborgene Tür in einen langen, niedrigen Saal, an dessen anderem Ende auf wackligen Pritschen ein Dutzend oder mehr Relyimah lagen, gepflegt von einigen ihrer Kameraden.

Katharina ging zu ihnen, kniete nieder und begann einen der Kranken zu untersuchen. Einen Moment schwieg sie, während sie die Drüsen am Hals des Mannes abtastete, in die blassen Augen des Bewußtlosen spähte und seinen Puls fühlte. Besorgt blickte sie zu Atrus auf. »Wir müssen diesen Männern helfen – wir brauchen medizinisches Gerät und Medikamente.«

»Ihr sollt alles haben, was ihr braucht«, sagte Eedrah. »Ich lasse es sofort holen.«

Als sie wieder in ihrem Zimmer im großen Haus angekommen waren, saßen Katharina und Atrus Eedrah gegenüber, während dieser sprach.

»Es war in meinem fünfzehnten Jahr, als ich das erste Mal

eines der Sklavenzeitalter sah. Als Kind wird einem natürlich beigebracht, die Sklaven nicht zu sehen. Man lehrt uns, nicht mit ihnen zu sprechen, sie nicht einmal zu bemerken. Nicht, daß man sie allzuoft sehen würde, denn die Aufseher halten sie so weit wie möglich aus dem Weg. Aber mit fünfzehn haben Eure Augen gelernt, nicht zu sehen, Euer Bewußtsein, die Verbindung nicht herzustellen. Es ist nicht schwierig. Aber ich nehme an, ich bin durch meine Krankheit anders geworden.«

»Eure Krankheit?« fragte Atrus.

»Ein einfaches Fieber. Aber ich bin fast daran gestorben. Ein Erntesklave hat mich draußen in den Obstgärten gefunden und ins Haus getragen.«

»Und wurde belohnt, hoffe ich«, sagte Katharina.

Eedrah schluckte und blickte zu Boden. »Er wurde getötet. Von den Aufsehern hingerichtet für seine Vermessenheit, einen Herrn zu berühren.«

Atrus und Katharina starrten ihn beide schockiert an.

»So ist es hier eben. Erinnert ihr euch an den Artisten? Den Turner, der gestürzt ist?«

»Ach ja«, meinte Katharina. »Ich hatte mich schon gefragt, wie es ihm wohl geht.«

»Er wurde für seinen Fehler schwer bestraft.«

Katharina schüttelte den Kopf. »Nein …«

»Das ist unsere Art. Fehler werden nicht toleriert. Ihr habt gesehen, daß er keinen Laut von sich gab, obwohl er Schmerzen litt. Hätte er das getan, hätten die Aufseher ihn ohne zu zögern getötet.«

Atrus seufzte. »Das wußte ich nicht.«

»Ich auch nicht«, sagte Eedrah. »Nicht bis zu diesem ersten Besuch dort. Da habe ich gesehen, wie die Jungen rekrutiert wurden. Es waren keine Waisenkinder, wie ich vermutet hatte, sondern normale Kinder wie ich selbst. Kinder von erst vier oder fünf Jahren wurden ihren Eltern weggenommen und in Ausbildungszeitaltern zusammengezogen, wo sie unter extrem grausamen Umständen auf den Dienst in Terahnee vorbereitet wurden. Diese Ausbildungszeitalter sind die trostlosesten

Orte, die ich je gesehen habe, und man lehrt die Kinder auf brutalste Weise, zu gehorchen oder zu sterben.«

»Weiß Ro'Eh Ro'Dan davon?«

Einen Augenblick starrte Eedrah Atrus ungläubig an. »Versteht Ihr es immer noch nicht, Atrus? Ro'Eh Ro'Dan regiert das Ganze. Er ist verantwortlich für dieses furchtbare System. Er und seine Minister setzen die Quoten fest. Sie bestimmen, wie viele Knaben ihren Familien entrissen und ausgebildet werden.«

Atrus konnte ihn nur anstarren.

»Ich weiß«, meinte Eedrah leise. »Es ist schwer zu glauben.«

»Aber er war so freundlich zu uns. Ihr wart alle so wohlwollend, so gastfreundlich.«

»Diese Freundlichkeit ist auf unsere eigene Art beschränkt. Solange meine Leute glaubten, ihr wäret genau wie sie, haben sie euch dieselben Rechte und Privilegien zugestanden. Aber jetzt ...«

Katharina hatte in ihren Schoß geblickt; nun sah sie wieder auf. »Warum habt Ihr vorher nichts davon gesagt?«

»Weil ich nicht wußte, ob ich euch trauen konnte.«

»Und wann wußtet Ihr das?«

»Gestern abend. Als das Rätsel euch verwirrt hat. Und ich habe eure Mienen gesehen, als die Sklaven weggeführt wurden.«

»Sind sie geschlagen worden?« fragte Atrus mit hohler Stimme.

»Nein, Atrus. Sie wurden getötet. Versteht Ihr, man konnte nicht zulassen, daß sie weitererzählten, was Ihr in diesem Raum gesagt habt.«

»Dann müssen wir etwas unternehmen.«

Eedrah verzog das Gesicht. »Es gibt nichts, was ihr tun könntet, versteht ihr das nicht? Ihr habt gehört, was Hersha sagte. Bei meinem Volk denkt nicht einer unter zehntausend so wie ich. Und Ihr habt erlebt, wie mein Vater euch von dem Augenblick an, in dem er erfuhr, daß ihr keiner einen D'ni seid, behandelt hat. Und so wird der König mit euch verfahren, wenn er davon hört. Das beste wäre, ihr würdet fliehen, solange ihr noch könnt!«

Atrus schüttelte den Kopf. »Nein. Ich werde nicht weglaufen. Außerdem wird der König sein Wort halten. Er mag ein Terahnee sein, aber er ist auch ein Mann.«

Jetzt sprang Eedrah erregt auf. »Begreift Ihr denn nicht, Atrus? Sie werden euch umbringen, ebenso sicher, wie sie diese Sklaven getötet haben. Tatsächlich wäret ihr schon alle tot, wenn ihr nicht immer noch unter dem Schutz des Königs stündet.« Als er sah, daß Atrus sich nicht umstimmen ließ, meinte Eedrah: »Nun gut. Ich werde tun, was ich kann, um euch zu unterstützen, aber jetzt muß ich zurück und Hersha helfen, die Krankheit zu bekämpfen, ehe die P'aarli wieder zum Dienst erscheinen.«

»Habt Ihr keine Angst, Eedrah?« fragte Katharina.

Eedrah wandte sich noch einmal um. »Um mich selbst fürchte ich nicht. Aber manchmal habe ich Angst um mein Volk. Etwas fehlt ihnen eine Art Tiefe. Ich weiß nicht, wie man es nennen soll. Eine Leere vielleicht. Und sie füllen sie mit Raffinesse und mit allen möglichen Zerstreuungen. Genau wie ihre Räume.«

»Das wußte ich nicht«, sagte Atrus noch einmal, mit gequälter Miene.

»Ihr habt keine Schuld daran«, sagte Eedrah.

»Ja, aber …« Mit einemmal sah er Eedrah stirnrunzelnd an. »Ihr habt geglaubt, wir wüßten es. Ihr dachtet, wir würden es gutheißen.«

Eedrah nickte. »Ja. Aber jetzt sehe ich euch.«

Sechster Teil

DAS KNARREN VON WAGENRÄDERN
IN DER SCHWEIGENDEN DUNKELHEIT.
TOTE MENSCHEN STÜRZEN ZWISCHEN DIE WELTEN.
EINE ZEIT GROSSEN LEIDENS.

– Aus dem Urakh'Nidar, Vers 87–89

Atrus erwachte seltsam erfrischt. In dem sonnendurchfluteten, friedlichen Raum erschienen die Ereignisse des vergangenen Abends merkwürdig traumhaft. Neben ihm schlief Katharina weiter.

Langsam fiel ihm alles wieder ein, und zugleich schien das Sonnenlicht zu verblassen, bis hinter allem Dunkelheit lag.

Selbst das Vogelgezwitscher hörte sich anders an.

Vorsichtig, um Katharina nicht zu wecken, stand Atrus auf und zog seinen Hausmantel an. Er wußte nicht, wie spät es war, aber danach, wie die Schatten in dem Raum fielen, stand die Sonne hoch am Himmel und der Tag war schon fortgeschritten. Auch das war seltsam.

Er schickte sich an, den Raum zu durchqueren, und blieb dann stehen. Dort auf dem Schreibtisch, wo Katharina gearbeitet hatte, stand ihre Schreibschatulle. Als sie schlafen gegangen waren, hatte sie nicht dort gestanden, aber jetzt war sie da. Und daneben lag eine Nachricht.

Atrus ging hinüber. Der Brief war an ihn gerichtet. Er riß den Umschlag auf und faltete das eine Blatt darin auseinander:

Atrus,

Eedrah hat mir alles erzählt. Es ist schwer zu glauben, aber ich denke nicht, daß er lügt. Er hat uns gewarnt und gesagt, wir sollten uns auf einen eiligen Aufbruch einrichten, und dies habe ich getan. Auf ein Wort von Euch werden die Bücher vernichtet und die Verbindung zwischen den Zeitaltern endgültig geschlossen werden, aber das werde ich nur tun, wenn es unbedingt nötig ist. Ich schicke

Irras und Carrad mit dieser Botschaft zu Euch, ebenso wie Medikamente und Ausrüstung. Unsere Gedanken sind bei Euch allen.

Meister Tamon

Eedrah war also selbst zum Plateau gegangen. Atrus faltete das Schreiben zusammen, steckte es in seine Tasche und trat dann nach draußen. Jetzt war er sich des Geheimnisses bewußt, das hinter den gewaltigen, dicken Mauern lag.

Der Korridor war still und leer. Kein Aufseher wartete darauf, seine Befehle zu erfüllen oder seinen Wünschen zuvorzukommen.

Eigenartig.

Er ging von einem Raum zum anderen, aber es war, als sei das große Haus verlassen. Kein Mensch war zu hören oder zu sehen. Und dann erklang aus den Gärten draußen ein Schrei. Er lief zu einem Fenster, riß es auf und blickte hinaus. Dort unten war Marrim. Sie schien erschüttert. Als sie ihn sah, winkte sie heftig, dann bedeutete sie ihm zu kommen.

»Warte dort!« schrie er.

Marrim kam ihm am Tor entgegen.

»Was ist los?« fragte er und versuchte sie zu beruhigen.

»Es ist einer von ihnen. Einer von den Sklaven, die wir gesehen haben. Er liegt einfach da. Er bewegt sich nicht. Und seine Augen …«

»Wo, Marrim?«

Sie führte ihn über eine verschnörkelte Brücke in einen symmetrisch angelegten Garten. Dort, jenseits einer kleinen Mauer, keine zehn Schritte von etwas entfernt, das wie ein Brunnenschacht aussah, lag der Sklave.

Atrus kauerte neben ihm nieder und tastete am Hals nach dessen Puls.

»Er lebt«, sagte er und blickte zu Marrim auf. »Geh schon vor und gib Katharina Bescheid. Ich bringe ihn nach oben in unsere Zimmer.«

Marrim nickte und eilte dann davon.

Atrus wandte sich wieder dem Sklaven zu. Es war ein Junge – höchstens sieben oder acht Jahre alt –, doch er war ebenso mit

Narben und Prellungen übersät wie die anderen, und seine Anonymität wurde noch betont durch die engsitzende schwarze Kleidung und seinen kahlgeschorenen Schädel.

Atrus schluckte seinen plötzlich aufwallenden Zorn herunter, schob die Arme unter den Knaben und hob ihn hoch. Es war nicht schwierig, denn der Junge wog kaum etwas.

Das Kind an die Brust gedrückt, ging Atrus zurück zum Haus, entschlossen, sich von keinem Aufseher aufhalten zu lassen. Aber niemand stellte sich ihm in den Weg. Die Korridore und Treppen des Hauses waren leer, und als er seine Räume erreichte, erwarteten ihn nur Katharina und Marrim.

»Aber er ist nur ein kleiner Junge«, sagte Katharina, erstaunt darüber, wie jung dieser Sklave war.

»Du hast doch gehört, was Eedrah sagte«, antwortete Atrus und legte ihn behutsam auf die Decken. »Sie holen sie mit vier oder fünf Jahren.«

Katharina seufzte. Sie setzte sich zu dem Kind auf das Bett, öffnete ihren Kasten und bereitete einige Medikamente vor.

»Marrim«, sagte sie, »soviel ich weiß, sind Irras und Carrad wieder da. Geh sie holen. Sie können mich zurück nach D'ni begleiten.«

Sie wählte ein Instrument aus dem Kasten, dann blickte sie zu Atrus auf. »Wir müssen erfahren, was er hat. Vielleicht können wir eine Behandlung finden.« Sie schrieb ein Etikett und klebte es auf ein Glasröhrchen. Anschließend setzte sie eine Spritze an und entnahm eine Blutprobe aus dem Arm des Jungen.

»Glaubst du, er wird sterben?«

Sie gab keine Antwort, aber ihr Blick sagte genug.

»Wir müssen etwas unternehmen«, beschloß Atrus. »Wir müssen alle herbringen, die über medizinische Kenntnisse verfügen. Omar wird wissen, wo sie zu finden sind. Oder fragt nach Freiwilligen.«

Katharina nickte. Atrus starrte sie einen Augenblick an; erst dann wurde ihm klar, daß etwas nicht stimmte.

»Bist du in Ordnung, Katharina?«

Sie steckte das Probenröhrchen an seinen Platz in dem Kasten und schloß den Deckel. Sie blickte zu Atrus auf. »Es ist nichts Körperliches. Es ist nur …«

»Ich weiß«, sagte er. Er wollte nicht, daß sie es aussprach. »Aber laß uns tun, was wir können. Wir wollen jeden Moment nehmen, wie er kommt.«

Nichts Körperliches …

Katharina betrachtete das schlafende Kind, dann wandte sie sich ab und blickte sich im Raum um.

Seltsam, daß ich es nicht vorher gesehen habe …

Atrus war wieder zu Eedrah und den Relyimah gegangen und hatte es ihr überlassen, ihre Tests durchzuführen, aber die Tests waren im Augenblick das letzte, das sie interessierte. Denn einen Augenblick zuvor hatte sie gespürt, wie sich neben ihr ein Abgrund auftat – ein schwindelerregender Riß in der Realität, der kurz gedroht hatte, sie zu verschlingen.

Worte, sagte sie sich, es waren nichts als Worte. Aber während dieses kurzen, lächerlichen Augenblicks waren sie ihr als das Bedeutungsvollste, das Wirklichste in diesem Raum erschienen, und doch waren sie nur Echos in ihrem Bewußtsein: die Erinnerung an zwei Zeilen, die sie vor Monaten in Gehns Notizbuch gelesen hatten. Zeilen, die eigenartigerweise im *Korokh Jimah*, dem Großen Buch der Prophezeiungen, das die Relyimah benutzten, ebenfalls auftauchten.

Zeit der Zwietracht. Der kleinste der Feinde läßt alle verzagen.

Verborgen im Inneren des Verborgenen. Ein Atemzug, und dann Dunkelheit.

Einen Moment lang hatte sie sich so gefühlt, wie sie es für gewöhnlich tat, wenn sie schrieb – in einem der Welt entrückten Zustand, der nichts mit ihrem rationalen Selbst zu tun hatte. Atrus hatte sie gelehrt, sich durch ihr bewußtes Ich hindurch auf diesen Teil von sich zu konzentrieren, aber eben hatte sie, schockiert durch alles, was geschehen war, gespürt, wie sie losgelassen hatte … und der Zusammenhang war hergestellt worden.

Sie hatte gefühlt, wie sie sich mit etwas Tieferem als der materiellen Welt verband. Etwas, das unter dem äußeren Schein lag. Katharina wandte sich wieder um und sah das Kind an. Aber nun schien sie mehr wahrzunehmen als Fleisch und Blut, über die Krankheit, die es verzehrte, hinaus.

All dies geschieht aus einem bestimmten Grund, dachte sie und wußte, noch während der Gedanke Gestalt annahm, daß er wahr war.

Ah, Atrus, ich hatte mich schon gefragt, wann Ihr kommen würdet …«

Eedrah wirkte ausgelaugt. Neben ihm, auf dem kahlen, sauber gekehrten Boden des Krankenreviers der Sklaven, war die Zahl der Pritschen auf mehr als hundert angestiegen, und auf mindestens sechs davon war das Laken über den Kopf des darauf Liegenden gezogen.

»Ja«, antwortete Eedrah auf die unausgesprochene Frage. »Was immer es ist, es bringt sie einen nach dem anderen um.«

»Dann sind wir ebenfalls in Gefahr.«

Eedrah lächelte trostlos. »Ich habe gehört, daß es sich auf andere Güter ausgebreitet hat. Und die Aufseher … auch sie sind der Krankheit erlegen.«

»Ich hatte mich schon gefragt, wohin sie verschwunden sind.«

»Einige von ihnen sind geflohen, sagte man mir. Aus Angst. Und Katharina?«

»Sie kehrt nach D'ni zurück. Sie nimmt eine Blutprobe mit, um sie zu analysieren.«

»Gut.« Eedrah gähnte. »Ich muß mich etwas ausruhen, sonst bin ich zu nichts mehr nütze.«

»Einverstanden. Aber bevor Ihr geht, sagt mir eines, Eedrah. Ist früher schon einmal etwas Ähnliches aufgetreten? Es muß doch bestimmt Seuchen gegeben haben.«

»Vor langer, langer Zeit vielleicht, aber die meisten davon sind ausgerottet. In den Ausbildungszeitaltern werden alle Relyimah geimpft. Kranke Sklaven sind schließlich schlechte Sklaven. Was dies ist, weiß also nur der Himmel. Alles, was wir wissen, ist, daß sie anscheinend keine natürlichen Abwehrkräfte dagegen haben.«

»Dann laßt uns hoffen, daß Katharina eine Lösung finden kann.«

Eedrah nickte düster. »Wir wollen es hoffen, Atrus, bevor wir alle dasselbe Grinsen tragen wie der Herr der Toten.«

Nach den Ereignissen des vergangenen Abends hatte Jethhe Ro'Jethhe nicht gut geschlafen; er hatte sich hin- und hergeworfen und sich gefragt, ob es richtig gewesen war, stillzuhalten und auf eine Nachricht vom König zu warten, oder ob er seinem Instinkt folgen und die Buchweltler bis auf den letzten Mann – und die letzte Frau – für ihre üble Lästerung hätte massakrieren lassen sollen. Dies waren außergewöhnliche Umstände, und der König hatte eindeutig nicht vorgehabt, irgendwelche Ahrotahntee unter seinen Schutz zu nehmen.

Andererseits hätte man möglicherweise geglaubt, er, Jethhe Ro'Jethhe, hätte seine Kompetenzen als normaler Bürger überschritten. Schließlich hätte man eine so überstürzte Handlung als Affront gegen den König selbst deuten können, und das war undenkbar. Doch was war, wenn sie entkamen? Wenn endlich die Botschaft des Königs eintraf und er nicht in der Lage war, diese Anweisungen von ganz oben auszuführen?

Und so ging es in seinem Kopf immer weiter, Stunde auf Stunde, bis in die Nacht hinein, bis er schließlich erschöpft in tiefsten Schlummer gefallen und sich verschlafen hatte, so daß er jetzt, zur Mittagszeit, aus seinem Zimmer stürmte, verwirrt, um nicht zu sagen wütend darüber, daß Duura ihn nicht eher geweckt hatte.

»Duura! Duu-ra!«

Er war nicht richtig angekleidet, und sein Haar war in einem furchtbaren Zustand, ungekämmt und zerzaust durch den Schlaf. Normalerweise wäre all dies schon lange erledigt gewesen, und er hätte nicht in einem leeren Korridor stehen und brüllen müssen.

Ro'Jethhe drehte sich um, ging wieder in seine Suite und schritt hindurch, bis in den großen Baderaum mit seiner riesigen, in den Boden eingelassenen Wanne. Auf der anderen Seite der leeren Wanne, hinter dem Badestuhl – dessen breite Lehne bis in einen langen Spalt in der Wand reichte – lag sein Ankleidezimmer. Dorthin ging er jetzt, stand da und starrte in die Luft. Er hatte keine Ahnung, was er tun sollte. Sein Blick glitt durch den leeren Raum, doch er sah die junge Sklavin nicht, die in einer Ecke zusammengebrochen war; seine Ohren nahmen ihren rasselnden Atem nicht wahr.

»Wo ist der Mann nur?« zischte er. Er eilte aus dem Raum, trat wieder in den Korridor hinaus und brüllte über den hallenden Flur.

»Duura! Duura!«

In der Haupthöhle von D'ni war es dunkel und still, als das Boot in den großen Hafen glitt und unterhalb der alten Treppe festmachte. Im Glühen der Lampen, die am Hafenrand standen, trat Katharina aus dem Boot und stieg schnell die Stufen hinauf. Carrad folgte ihr bald.

Als Katharina auf die Hafenmauer kletterte, trat eine Gestalt – gebeugt und uralt – auf sie zu. Sie bemerkte den Mann nicht, bis er sie ansprach.

»Katharina ... es überrascht mich zu sehen, daß Ihr zurück seid.«

Sie drehte sich um und verbeugte sich leicht. »Meister Tergahn ... es ist ziemlich spät für Euch, oder?«

Tergahn kam näher, und das Licht fiel auf sein tief zerfurchtes Antlitz. »Ganz und gar nicht. Je älter man wird, desto weniger Schlaf braucht man. Bis ...« Tergahn blinzelte eulenhaft, dann wies er auf den Kasten, den sie trug. »Ist es da drin?«

»Die Blutprobe? Ja. Ich vermute, Ihr wißt, was geschieht.«

»Ich weiß es.«

Sie wartete, aber Tergahn sagte nichts weiter.

»Vergebt mir, Meister Tergahn. Ich muß mich beeilen. Wir brauchen Antworten, und wir brauchen sie schnell.«

»Dann laßt Euch von mir nicht länger aufhalten.«

Später, allein an dem Experimentiertisch in dem speziellen, versiegelten, sterilen Labor sah sie zu, wie die alte Zentrifuge herumwirbelte und die Bestandteile in dem Röhrchen trennte, damit die Gildenheiler, die gerufen worden waren, sie untersuchen konnten. Katharina fragte sich, wieso der Alte sich die Mühe gemacht hatte, auf sie zu warten. Er hatte ihnen streng von diesem Unternehmen abgeraten, zugegeben, und nun, da er ›recht behalten‹ hatte, hätte es ihm niemand verübeln können, hätte er frohlockt und ›Ich habe es euch doch gleich gesagt!‹ gerufen. Aber in dem Blick seiner wässrigen Augen hatte nichts davon gestanden. Wenn sie dort überhaupt etwas gesehen hatte, dann Besorgnis.

In einem Gestell zur Linken des Heilers standen neun gleiche Röhrchen, eine Gruppe von vieren und eine von fünfen – geprüft und ungeprüft. Rechts von ihm stand das große Mikroskop aus Messing und Stein. Bis jetzt waren die Ergebnisse nicht schlüssig. Die Probe schien relativ harmlos – man hätte sagen können, normal. Als die Zentrifuge langsamer wurde, nahm er das Röhrchen, tropfte ein wenig von dem

Inhalt auf die transparente Schale, schob diese unter die Platte des Mikroskops und legte das Auge an die Linse.

Der Heiler studierte die Probe eine Weile und beobachtete fasziniert den seltsamen mikroskopischen Tanz der lebenden Zellen. Aber auch diese Probe schien normal. Sein Notizbuch lag aufgeschlagen auf dem Tisch neben ihm. Er wandte sich von der Linse ab, nahm seine Feder und begann zu schreiben. Die Resultate ergaben bis jetzt wenig Sinn, aber es standen noch eine Anzahl von Tests bevor.

Der Heiler arbeitete weiter, schweigend und methodisch, zufrieden damit, geduldig auf die Antwort zu warten, von der er wußte, daß er sie bekommen würde. Es kam einfach darauf an, alle Möglichkeiten auszuschöpfen.

Die Zentrifuge wurde langsamer. Er nahm ein weiteres Röhrchen aus ihrem Greifarm und schüttete ein wenig von der kostbaren Flüssigkeit in die Schale.

Dieses Mal war die Reaktion des Heilers eine andere, als sein Blick die vergrößerte Probe untersuchte. Kurz sprach er mit Katharina, und sie ging schnell zur Luftschleuse hinüber. Carrad, der draußen stand, bediente die Schleuse, und sie trat hinaus in die Isolationskammer.

Katharina spürte, wie die Luft über ihre Arme und ihr Gesicht strich, als die Filter sich einschalteten. Einen Augenblick später öffnete sich zischend die Außentür.

Sie trat hinaus. Mit erwartungsvollem Blick stand Carrad da. »Habt Ihr …«

Mit verschlossener Miene ging sie an ihm vorüber.

»Komm«, sagte sie einfach. »Wir müssen zurück.«

Ro'Jethhe stand oben auf der breiten Treppenflucht und umklammerte mit der feuchten Rechten das Geländer. Unter ihm schien das ganze Treppenhaus zu pulsieren; es wuchs und schrumpfte dann wieder zusammen, während die Wände auf allen Seiten seltsam gemasert schienen und flackerten.

Er schüttelte den Kopf, doch das half nicht. Von seiner Stirn tropfte Schweiß und lief an seiner Nase entlang.

Etwas stimmte hier nicht.

»Guu-reh ...«, stieß er unartikuliert hervor. »Guh ...«

Er taumelte, dann drehte er sich um und prallte mit dem Rücken gegen die Wand. Einen Augenblick blieb er dort stehen, als sei er an die Wand angenagelt. Seine Augen waren geschlossen, und um ihn herum pulsierte die Finsternis wie verrückt. Dann ging der Anfall vorüber, und seine Augen klappten wieder auf.

Die Bibliothek. Duura würde in der Bibliothek sein. Natürlich.

Er stieß sich von der Wand ab. Jetzt schwankte er. Seine Schritte waren wie die eines Betrunkenen, und seine Beine schienen mit einemmal weit weg zu sein. Er durchquerte die weitläufige Halle und stürzte in den Raum. Dann taumelte er nach hinten und hielt sich an dem massiven, dicken Türrahmen fest. Sein Kehlkopf ruckte heftig auf und ab, als er versuchte, seinen Blick auf den Raum zu konzentrieren.

»Meine Augen«, sagte er leise und verwirrt. »Etwas stimmt nicht mit meinen Augen ...«

Duura saß an seinem Schreibtisch auf der anderen Seite des Raumes. Einen Moment überlegte Ro'Jethhe, was hier nicht in Ordnung war, fragte sich, warum der Mann nicht in dem Augenblick, in dem er in der Tür erschien, zu ihm gekommen war.

Der Türbogen schien seine Hand festzuhalten wie ein klebriges Netz. Ro'Jethhe wandte den Kopf und starrte an seiner Schulter vorbei auf seine Hand; dann zwang er sie – befahl ihr – ihn von der Tür abzustoßen.

Langsam taumelte er durch die Bibliothek, und das Pulsieren in seinen Schläfen und unmittelbar hinter seinen Augen erweckte den Anschein, als dehne der Raum sich aus und ziehe sich wieder zusammen. Er war jetzt in Schweiß gebadet, und jeder Atemzug war zittrig und mühsam, aber jetzt war der Schreibtisch nicht mehr weit entfernt. Er war fast da.

»Duura«, rief er, indem er sich aufrichtete, und wenigstens seine Stimme klang deutlich. »Duura!«

Aber der Aufseher ignorierte ihn.

Ro'Jethhe blinzelte. Vor dem Mann lag ein aufgeschlagenes Buch, und er schien konzentriert darin zu lesen. Ro'Jethhe taumelte zu ihm hinüber, packte den Mann bei den Armen und schüttelte ihn.

»Duura!«

Er ließ los. Langsam kippte der Körper nach hinten, dann fiel er und rutschte ab. Er polterte auf den Boden und blieb dort, über den Stuhl gebreitet, als unansehnlicher Haufen liegen.

Entsetzt fuhr Ro'Jethhe zurück. Tot. Selbst er konnte erkennen, daß Duura tot war.

»Eedrah …«, sagte er leise. Dann wandte er sich ab und begann zu schreien. »Eedrah! Eedrah, wo bist du?«

Eedrah rückte von dem sterbenden Sklaven ab und wischte sich die Stirn mit dem Unterarm. Er fühlte sich nicht wohl. Er hatte versucht, sich einzureden, daß es nur die Müdigkeit war, aber jetzt wußte er es – auch er hatte die Krankheit.

Auf der anderen Seite des inzwischen überfüllten Raums kümmerte Atrus sich um einen der Neuerkrankten. Eedrah fragte sich kurz, ob er ihn rufen und ihm mitteilen sollte, welchen Verdacht er hegte, doch er ließ die Idee fahren. Atrus hatte genug zu tun.

Er spürte eine Hand auf seiner Schulter, blickte auf und sah, daß Marrim sich über ihn beugte. »Eedrah? Geht es Euch gut?«

Die Besorgnis in ihrem Blick tat ihm gut. »Ich bin nicht sicher. Ich glaube … also, ich glaube, ich bekomme es auch.«

Marrim nickte. »Ich habe Euch beobachtet.«

»Mich beobachtet?«

»Ja, ich dachte, daß Ihr nicht gut ausseht. Ich meine, Ihr solltet jetzt gehen und ausruhen.«

Er schickte sich an, aufzustehen. »Ich habe keine Zeit zum Ausruhen.« Aber Marrims Hand drückte ihn herunter. Überrascht blickte er wieder zu ihr auf.

»Vielleicht solltet Ihr ins Haus zurückgehen«, meinte sie.

»Um mich ins Bett zu legen?« Eedrah schüttelte den Kopf. »Nein, das hier genügt mir. Wenn ich schon ihr Los teilen soll, dann werde ich es in derselben Umgebung tun wie sie.«

Sie lächelte voller Zuneigung. »Habt Ihr gehört, daß sie etliche der Aufseher gefunden haben ... der P'aarli, wie Ihr sie nennt?«

»Tot?«

Marrim nickte.

»Es ist so, wie ich sagte«, fuhr Eedrah fort. »Die Relyimah waren alle geimpft. Ich weiß nicht, ob die P'aarli es waren. Vielleicht nicht.«

»Und die Terahnee?«

Eedrah schloß die Augen. »Ich sehe es ständig vor mir, Marrim. Zweihundert Millionen Tote, nicht zu reden von den Relyimah. Was ist das nur? Was im Namen des Schöpfers ist das für eine verfluchte Plage?«

Am anderen Ende der Krankenstation öffnete sich eine Tür, und zwei Gestalten traten ein.

»Katharina!« Eedrah rückte nach vorn, während Marrim sich schon aufgerichtet hatte und hinüberging, wobei sie sich einen Weg zwischen den Pritschen bahnen mußte, die inzwischen die gesamte Fläche bedeckten.

Auch Atrus hatte sich aufgerichtet. Als er sich umgedreht hatte, hatte er Katharina gesehen und sich angeschickt, zu ihr zu gehen. In der Nähe der Tür trafen sie zusammen.

Sie starrte Atrus mit einem seltsamen Blick an. »Ich glaube, wir müssen reden.«

»Dann sprich.«

»Nicht hier.«

Atrus blinzelte verblüfft, dann nickte er. »In Ordnung. Wir reden in Hershas Raum.«

Dies ist keine Krankheit«, sagte sie, »jedenfalls nicht in seiner natürlichen Form.«

»Katharina?«

»Harmlose Bakterien«, sagte sie. »Das ist es, was die Krankheit verursacht. Sie leben in unserem Magen.«

»Ich kann dir nicht folgen. Harmlos? Warum …«

Atrus verstummte jäh. Ein leises Zucken lief über sein Gesicht. Er verstand. Als er weitersprach, flüsterte er beinahe. »D'ni-Bakterien, meinst du. Harmlos für uns, weil wir im Lauf der Jahre immun dagegen geworden sind.«

»Aber nicht für die Relyimah.«

»Und auch nicht für die P'aarli, wie es scheint.«

»Sie haben es auch?«

Atrus nickte, doch es war offensichtlich, daß er unter Schock stand. Er schüttelte den Kopf. »Wir haben es hergebracht. Wir haben es verbreitet. Der Schöpfer helfe uns!«

»Was hergebracht?« fragte Eedrah. Er war lautlos eingetreten.

»Die Krankheit. Sie ist aus D'ni gekommen.«

Eedrah starrte sie schockiert an.

»Es ist ein Magenbakterium«, erklärte Katharina. »Harmlos für uns, aber gefährlich für die Relyimah.«

»Und für die Terahnee«, sagte Eedrah.

»Die Terahnee?« Atrus rückte auf seinem Stuhl nach vorn. »Ist Euer Vater krank?«

»Ja, und mein Bruder auch …« Eedrah unterbrach sich und blickte zu Boden. Zum ersten Mal war er den Tränen nahe. Er

beherrschte sich wieder und sah Katharina an. Aber er las keine Hoffnung auf ihrem Gesicht.

»Wir können es nicht heilen, Eedrah.«

»Dann müssen wir alle leiden.«

»Wir werden tun, was wir können«, sagte Atrus. »Wir werden Hilfe aus D'ni bringen, um die Kranken zu behandeln und zu pflegen. Einige werden sterben.«

»Ja«, sagte Eedrah, und kurz zuckte ein bitterer Ausdruck über seine Miene. Dann war er wieder verschwunden. »Ja«, sagte er noch einmal, deutlicher.

Katharina, die mit einemmal bemerkte, wie verhärmt und bleich Eedrah aussah, streckte die Hände aus und legte sie sanft um seine Arme. »Wir müssen Euch zu Bett bringen. Ich lasse Marrim kommen, um Euch zu pflegen.«

Eedrah lächelte dankbar, doch in seinen Augen stand Trostlosigkeit – die Trauer der Erkenntnis.

Atrus seufzte. Er schien in dieser kurzen Zeit um hundert Jahre gealtert zu sein. »Es tut mir so leid, Eedrah. Wenn ich gewußt hätte …«

Aber Katharina schüttelte den Kopf. »Du konntest es nicht wissen, Atrus. Du hast deine Wahl auf rationaler Grundlage getroffen.«

»Das glaube ich nicht. Ich habe eine Wahl getroffen, und meine Entscheidung war falsch. Nun müssen Millionen leiden.«

»Aber Atrus …«

»Nein«, sagte er, stand auf und trat mit versteinertem Gesicht um den Schreibtisch herum.

»Atrus!« rief Katharina ihm nach. Atrus!« Aber Atrus war fort; verschwunden in der Finsternis der Tunnel.

Das große Boot glitt langsam um die Biegung des Flusses und schwebte dann unter der Brücke hindurch. Das Haus Ro'Jethhes lag jetzt unmittelbar vor ihnen.

In Tunneln, die auf einer tieferen Ebene zur Rechten und zur Linken parallel zu der Wasserstraße verliefen, zogen zwei Gruppen von Sklaven an den dicken Seilen, vier pro Tau, und zerrten das Boot weiter. Gelegentlich schwappte Wasser über und rauschte aus dem teilweise abgedeckten Schlitz über ihren Köpfen auf sie hernieder.

Lautlos plagten sie sich und hielten den gleichmäßigen Schritt aufrecht, der das Boot in Bewegung versetzte, während hinter jeder Gruppe ein einzelner Aufseher in einer stabilen Sänfte folgte, die von vier Mann im Laufschritt getragen wurde.

Oben glitt das Boot langsam unter den dicken Mauern von Ro'Jethhes Haus vorbei und in das zentrale Becken hinein. Währenddessen änderten die Sklaven mit geübten, flüssigen Bewegungen abrupt die Richtung. Einen Moment lang hingen die langen Seile schlaff herunter, dann spannten sie sich wieder, und das Boot kam sanft zum Halten.

Erschöpft sanken die meisten Sklaven lautlos zu Boden, während einige die Taue festmachten.

Über ihnen traten vier Männer, angetan mit offiziellen Umhängen und Amtsketten, auf den ungefegten Marmor hinaus und waren überrascht, niemanden vorzufinden, der sie begrüßte.

»Ro'Jethhe?« rief einer, warf seinen Gefährten einen Blick zu und runzelte die Stirn. »Jethhe Ro'Jethhe?!«

Auf der gegenüberliegenden Seite des Platzes öffnete sich eine Tür, und eine Gestalt taumelte heraus; eine Vogelscheuche von einem Mann mit fleckiger und zerrissener Kleidung und ungekämmtem Haar. Langsam kam er auf sie zu, abwechselnd hinkend und hüpfend.

Als die Gestalt näher kam, sahen sie, daß es tatsächlich ein Mensch war.

»Ro'Jethhe?« fragte der erste Bote, erstaunt von dem Anblick, der sich ihm bot.

Aber die zerzauste Gestalt antwortete nicht. Statt dessen

drehte der Mann sich und blickte sich blinzelnd um, als könne er nicht begreifen, wer er war oder was er hier tat. Sein Gesicht war mit Schmutz und Tränen verschmiert, und sein Haar hing verfilzt herab.

»Ro'Jethhe? Was ist hier geschehen? Seid Ihr angegriffen worden?«

Die Vogelscheuche lachte und hopste, und ihr Blick huschte manisch, fiebrig hin und her.

»Ro'Jethhe«, kreischte der Mann wie ein Papagei. »Ich bin Ro'Jethhe.«

Wieder sah der oberste Bote seine Gefährten an, dann zog er eine lange silberne Röhre aus seinem Umhang und hielt sie der Vogelscheuche hin. »Wenn Ihr wirklich Ro'Jethhe seid, dann lege ich auf Befehl des Königs, Ro'Eh Ro'Dan, diesen offiziellen Erlaß in Eure Hände.«

Ro'Jethhe nahm die Röhre und starrte sie an, blinzelnd und schielend, mit verständnislosem Blick.

»Ro«, sagte er leise. Dann gefiel ihm das Spiel: »Ro! Ro! Roro!«

»Meine Herren!«

Die vier Männer drehten sich alle zugleich um und sahen sich einem weiteren, jüngeren Mann gegenüber; er war bleich und offensichtlich krank, doch er war ordentlich gekleidet, sein Haar war zurückgekämmt und sein Verhalten anscheinend ganz normal.

»Vergebt meinem Vater«, sagte der junge Mann und kam näher, »aber er ist nicht er selbst. Da ist eine Krankheit …«

Die vier Männer warfen einander besorgte Blicke zu.

»… eine Seuche, wie es scheint«, fuhr Eedrah fort. Er genoß die Verunsicherung der Männer des Königs. »Es gibt kein Mittel dagegen. Hier sind schon viele gestorben.«

Bei diesen Worten erbleichten die vier Männer. Schnell steckten sie die Köpfe zusammen und diskutierten die Sache leise und hastig murmelnd. Alle nickten zustimmend, dann wandte ihr Sprecher sich von neuem an Eedrah.

»Unsere Aufgabe hier ist erfüllt, Sohn des Ro'Jethhe. Die Botschaft des Königs ist korrekt übergeben worden, daher besteht keine Notwendigkeit, daß wir bleiben. Wir sind sicher, Euer Vater wird die Anweisungen des Königs umfassend erfüllen.«

Eedrah sah an ihnen vorbei seinen Vater an. Der stand da wie erstarrt und stierte die Silberröhre in seiner Hand an, als habe sein Blick sich daran festgesaugt.

»Die Krankheit wird euch finden«, sagte Eedrah würdevoll und wischte sich den Schweiß von der Stirn, »wohin auch immer ihr flieht.«

»Es ist die Prophezeiung!« flüsterte einer von ihnen rauh, aber die anderen brachten ihn rasch zum Schweigen, während der erste schon zurück ins Boot trat. Schnell folgten ihm die anderen.

Der oberste Bote starrte Eedrah an, dann hob er die Hände und schlug sie zusammen.

Es dauerte einen Augenblick – einen peinlichen Moment lang –, bis sich das Boot in Bewegung setzte.

Eedrah sah ihnen nach, dann ging er um das zentrale Becken herum, trat zu seinem Vater und nahm ihm die Röhre aus der Hand.

Einen Augenblick lang stand er da, spürte das Sonnenlicht auf seinem Gesicht und seinen Armen und fragte sich, ob er dies vielleicht zum letzten Mal erlebte, dann zerbrach er die Röhre und zog die versiegelte Botschaft heraus.

Es war so, wie er befürchtet hatte. Der König hatte befohlen, alle D'ni, einschließlich der Ahrotahntee, in Ketten zu legen und die Hauptstadt zurückzubringen, damit ihnen wegen ihrer Häresien dort ein Geheimprozeß gemacht werden konnte.

Eedrah rollte das Schreiben wieder zusammen, steckte es zurück in die Röhre und verschloß sie. Dann warf er sie mit einem trostlosen Lächeln ins Wasser.

Schluß mit Königen und Erlässen. Schluß mit Häresien. Nun waren sie alle gleich, Herren und Diener, Terahnee und Relyimah. Der Tod würde sie alle holen kommen, welchen Umhang sie auch trugen oder nicht trugen, gleich, ob ihre Augen sehen konnten oder nicht.

Betrübt sah er seinen Vater an. Sein Bruder Hadre war bereits tot, in seinem Bett gestorben, und nun war Jethhe Ro'Jethhe gegangen und hatte an seinem Platz diesen Narren in seinen ramponierten Kleidern zurückgelassen – diesen glotzäugigen, brabbelnden Idioten in einem kranken Körper.

Er nahm die Hand seines Vaters und führte ihn langsam über den Platz und durch die Tür, nach drinnen, wo sein Sterbebett ihn erwartete.

Der lange Tag ging vorüber, und als die Sonne zu versinken begann, stieg Atrus die Treppe aus den dunklen Sklavenquartieren empor. Die D'ni-Brille heruntergezogen, um seine Augen zu schützen, überquerte er die sonnenbeschienene Wiese und betrat das still daliegende Haus.

Nach dem Gespräch mit Katharina und Eedrah war er eine Zeitlang spazierengegangen, zermartert von dem Gedanken, daß er an allem schuld war; diese ganze Tragödie war durch sein impulsives Handeln verursacht worden. Immer wieder sah er das Gesicht des alten Tergahn vor sich, der ihm riet, die Bücher zu verbrennen und die Räume wieder zu versiegeln. Aber er hatte es ja besser gewußt.

Weiter und weiter war er gegangen; und dann, nach einiger Zeit, war er, als er sich viel ruhiger fühlte und ihm klar wurde, daß er nichts anderes tun konnte, zur Krankenstation zurückgekehrt und hatte sich weiter um die Kranken gekümmert. Dort war Katharina zu ihm gekommen, hatte ihn kurz umarmt und ihm von Ro'Jethhes Tod erzählt. Eedrah schlief derweil; er war von einer milderen Form des Fiebers befallen worden.

Während Atrus nun die lange geschwungene Treppe zu dem Raum hinaufstieg, den er mit Katharina teilte, fragte er sich, was ihm hier noch zu tun blieb. So erschöpft er auch war, er sah es deutlich vor sich. Diese Welt lag im Sterben, und sie konnten jetzt nichts anderes mehr ausrichten, als das Leiden einiger dieser armen Teufel während ihrer letzten Stunden zu lindern.

Dies war also aus seinen großen Plänen zur Vereinigung von D'ni und Terahnee geworden. Es war, wie Eedrah gesagt hatte: Was geschieht, geschieht, und was sind dagegen die kläglichen Pläne der Menschen?

Zum ersten Mal in seinem Leben war Atrus beinahe bereit, an das Schicksal zu glauben. Aber ein kleiner Teil von ihm widersprach immer noch. Das Leben hatte doch keinen Sinn, solange ein Mensch nicht die Freiheit hatte, sein Schicksal zu wählen, es zu formen und seiner Natur entsprechen zu gestalten.

»Ich bin zu müde«, sagte er laut, als er in sein Zimmer trat. »Zu müde und zu verwirrt.«

Er schälte sich aus seinem Hemd und warf es hin, dann drehte er sich um, als er hinter sich ein Geräusch vernahm.

»Marrim?«

Seine junge Gehilfin war auf dem Bett zusammengesunken. Der Anblick ließ ihn vor Schreck hochfahren. Dann fiel es ihm wieder ein. Sie waren immun dagegen.

Ja, aber sie ist keine D'ni …

Besorgt eilte er zu ihr. Was, wenn sie doch die Krankheit hatte? Aber als er sie leise schnarchen hörte, verstand er. Sie war nicht krank, sie schlief nur.

Atrus lächelte und wollte sich schon abwenden, da hielt er inne, und ein merkwürdiger kleiner Schauer lief ihm das Rückgrat hinunter. Das Sklavenkind, das Marrim gepflegt hatte, war wach und sah Atrus aus seinen dunklen Augen direkt an. Dann blinzelte es und wandte den Blick ab.

»Kind?«

Sofort kroch der Junge unter die Decken und versteckte sich.

»Es ist gut«, sagte Atrus und trat an das Kopfende des Bettes. »Ich werde dir nichts tun, Kind. Ich verspreche es.«

Aber der Knabe wollte nicht wieder hervorkommen. Unter den Decken zitterte er wie ein Tierjunges in der Falle.

Hersha, beschloß Atrus. *Ich werde Hersha holen. Er wird wissen, was zu tun ist.* Damit drehte er sich um und hastete aus dem Zimmer. Zum ersten Mal an diesem langen, düsteren Tag stieg Hoffnung in ihm auf.

Während Hersha leise mit dem Knaben sprach, um ihn abzulenken, entnahm Katharina eine Blutprobe aus seinem Arm.

Das Kind wand sich nicht etwa, um der Nadel zu entrinnen, es zitterte nur so heftig, daß es Katharina schwerfiel, die Nadel ruhig zu halten.

Dann war es vorbei, und während Katharina die Probe in ihrem Kasten verstaute und ihn zuschnappen ließ, breitete Marrim die Arme aus, zog das Sklavenkind an sich und hielt es fest.

Langsam hörte das Zittern auf. Nach und nach beruhigte sich das Kind.

Marrim lächelte und sah Hersha an, der sie erstaunt anstarrte.

»Wie ist sein Name?« fragte sie.

»Sein Name?«

»Ja. Er hat doch bestimmt einen, nicht? Oder haben die Terahnee sie alle einfach numeriert?«

»Nein … Sein Name ist Uta.«

»Uta …« Marrim rückte ein wenig von dem Jungen ab und versuchte ihm ins Gesicht zu sehen, aber wie immer sie sich wendete, er hielt sein Gesicht so, daß sie es nicht richtig erkennen konnte.

»Selbst bei einem so jungen Menschen ist die Konditionierung stark«, sagte Katharina, die sah, was vor sich ging. »Es wird eine Weile dauern, das zu ändern.«

»Aber jetzt kann es wenigstens geändert werden«, sagte Atrus. »Zumindest für die Relyimah gibt es etwas Hoffnung.«

»Und für die anderen?« fragte Marrim.

»Wir werden es bald wissen«, antwortete Katharina. »Ich habe eine Probe von Ro'Jethhes Blut genommen, und auch von Eedrah. Wenn wir herausfinden können, warum einige es überleben und andere unterliegen, dann kann ich vielleicht ein Heilmittel finden.«

»Dann brich sofort auf«, sagte Atrus.

Während Katharina eilig den Raum verließ, wandte Marrim sich wieder dem Kind zu. »Nun, junger Uta. Du schenkst uns allen Hoffnung.«

Aber der Knabe sagte nichts. Wie er es sein ganzes kurzes Leben hindurch getan hatte, wandte Uta den Blick ab und kroch in sich zusammen, als versuche er sich unsichtbar zu machen.

Horen Ro'Jadre lag auf dem Rücken in seiner großen Badewanne, wo der Tod ihn ereilt hatte, den Mund zu einem verblüfften ›Oh‹ aufgerissen. Seine P'aarli-Aufseher waren am Nachmittag geflohen, als die Kunde von der Krankheit, die den Süden verheerte, sie erreichte. Aber sie liefen vergebens davon, denn sie waren schon lange von den fremden Bakterien befallen, die nun unsichtbar in ihnen allen wimmelten und sich vermehrten.

Doch im Augenblick bewegte der Tod sich nur im Schritttempo vorwärts – oder, genauer gesagt, mit der Geschwindigkeit eines langsam dahingleitenden Bootes. Die Zeit bis zum Ausbruch der Krankheit betrug acht Tage. Acht Tage, ehe aus einer leichten Magenverstimmung heftige Krämpfe wurden und dann, mit einer Jähigkeit, die häufig zum Tode führte, etwas weit Schlimmeres.

Herren und Sklaven erlagen der Krankheit. Die P'aarli, die als erste geflohen waren, ereilte sie in den Feldern oder in einem gepflegten Beet exotischer Blumen, und der einzige Unterschied zu denen, die sie einst geschlagen und getötet hatten, war, daß sie laut stöhnten, während jene schweigend und schicksalsergeben starben.

Inzwischen verbreitete sich die Krankheit über das ganze Land. Die Kunde davon hatte die Hauptstadt erreicht, wo Ro'Eh Ro'Dan, noch unsicher, wie ernst die Sache war, sich mit alten Männern beriet, die in ihrem langen und wertlosen Leben noch niemals krank gewesen waren.

»Wenn die Sklaven sterben«, rieten die Alten, »dann holt neue aus den Zeitaltern. Laßt andere ihren Platz einnehmen.«

Diese Taktik schien einfach und wirkungsvoll. Aber die neuen Sklaven waren nicht ausgebildet. Konnte man darauf vertrauen, daß sie gehorsam sein würden?

»Egal«, meinten die alten Männer. »Sklaven sind Sklaven. Sie werden gehorchen.«

Aber einige taten das nicht. Und als sich die Nachricht von der Krankheit unter den Relyimah verbreitete, übten ein oder zwei von ihnen eigenmächtig schnelle Rache an denen, die ihnen Jahre des Elends aufgebürdet hatten.

Einer davon war ein Sklave namens Ymur. Als sein Aufseher die Peitsche hob, um Ymur zu schlagen, packte dieser das Handgelenk des P'aarli, drehte es um und brach ihm den Knochen.

Er stieß einen Schmerzensschrei aus, der sofort erstickt wurde. Und während die anderen die am Boden liegende Leiche ihres Peinigers ansahen, blickte Ymur sich um und erlaubte seinen Augen zu sehen, was sie noch niemals richtig betrachtet hatten.

»Kommt«, sagte er und winkte ihnen. Und sie folgten ihm wie fügsame Sklaven.

Noch viele Tage vergingen, und langsam wurde das Schema klarer. Viele der Relyimah starben, aber nur die, die zu schwach waren, um den ersten heftigen Ansturm der Krankheit zu überstehen. Die meisten überlebten und waren in wenigen Wochen wieder auf den Beinen. Unter den Terahnee und den P'aarli allerdings war die Sterbeziffer höher. Einige, darunter Eedrah, überlebten, aber eine hohe Zahl unterlag der Krankheit. So hatte Eedrah seinen Vater, seine Mutter und drei seiner Schwestern zu Grabe getragen.

Als Hersha zu ihm kam, saß er allein in der großen Bibliothek und schrieb.

Anfangs hatte Hersha es unangenehm – um nicht zu sagen furchteinflößend – gefunden, das Haupthaus zu betreten. Er war alt und äußerst belesen, aber trotzdem ein Relyimah, und hatte von Kindesbeinen an gelernt, unsichtbar zu sein. Nun lag ein neues Schicksal vor ihm.

»Eedrah ...«

Mit leicht benommenem Blick sah Eedrah auf. Auf Atrus' Anregung hatte er begonnen, seine Gefühle schriftlich festzuhalten, in der Hoffnung, sie zu läutern oder wenigstens zu verstehen, was er durchmachte.

»Ja, Hersha?«

»Vergebt mir, daß ich Euch störe, aber es ist eine wichtige Nachricht gekommen. Es soll eine Versammlung geben.«

»Eine Versammlung?«

»Eine Zusammenkunft der Relyimah, oder jedenfalls ihrer Anführer. Man hat mich gebeten, daran teilzunehmen. Sie soll auf dem großen Hügel im Gehallah-Distrikt stattfinden.«

Eedrah sah den Alten an und legte seine Feder beiseite. Irgendwie benahm Hersha sich merkwürdig.

»Hersha? Was ist es, das Ihr mir nicht sagt?«

Der alte Mann schlug die Augen nieder. »Ihr durchschaut mich, Renyaloth.«

Die Tatsache, der Hersha seinen Spitznamen unter den Relyimah – ›der Kränkliche‹ – gebrauchte, verriet Eedrah, daß er recht gehabt hatte. Was immer es war, es fiel Hersha schwer, es ihm zu sagen. Eedrah wußte, er würde es ihm mühsam entlocken müssen.

»Und was ist der Zweck dieses Treffens?«

Der alte Hersha zog den Kopf noch weiter ein, als seine eingeübten Reflexe die Kontrolle übernahmen. »Sie haben vor, die Herren zu stürzen.«

»Ah …« Es hätte ihn eigentlich nicht schockieren dürfen. Was gab es schließlich noch viel zu stürzen, nun, da viele von ihnen tot waren oder im Sterben lagen? Aber für die Relyimah war es unerhört, so etwas auch nur zu denken, und Eedrah war nicht nur erstaunt, sondern ehrlich bestürzt über diese Neuigkeit.

»Ist das eine Warnung, Hersha? Wollt Ihr mir sagen, daß ich Terahnee verlassen soll? Vielleicht mit Atrus zurückkehren?«

In Hershas Blick flackerte etwas auf, bevor er ihn wieder abwandte. Eedrah sah, wie er allen Mut zusammennahm, um noch etwas zu sagen, und als er sprach, war dies ein neuer Schock.

»Ich möchte, daß Ihr mit mir kommt«, sagte Hersha leise. »Um zu ihnen zu sprechen, sie zu überreden, nicht übereilt zu handeln.«

»Zu ihnen sprechen?«

Eedrah saß verblüfft da. *Und was soll ich sagen?* dachte er. *Wir haben euch abscheulich behandelt, aber bestraft uns bitte nicht dafür?*

Er seufzte. »Laßt mich darüber nachdenken, Hersha. Und laßt mich mit Atrus sprechen. Dann werde ich Euch mitteilen, ob ich mit Euch komme oder nicht.«

Hersha verneigte sich leicht. »Wie Ihr wünscht, Renyaloth.« Ohne ein weiteres Wort drehte der Alte sich um und trippelte davon. Er hielt den Rücken gekrümmt, und sein Blick huschte unruhig umher, als rechne er jeden Moment damit, für seine Unverschämtheit von den Aufsehern festgenommen zu werden.

»Bist du weitergekommen?« fragte Atrus und blickte über Katharinas Schulter auf die Seite, an der sie schrieb.

»Überhaupt nicht«, antwortete sie, beendete den Satz, an dem sie gearbeitet hatte, und blickte zu ihm auf. »Nicht, daß es jetzt noch darauf ankäme. Wenn das, was Hersha gehört hat, stimmt, dann gibt es in diesem Land keinen Winkel, der nicht von der Krankheit verheert worden ist.«

Atrus nickte düster. »Es scheint beinahe wie ein Gottesurteil.«

Katharina zögerte, als wolle sie etwas sagen, dann nickte sie. »Eedrah zumindest glaubt das.« Sie blickte an Atrus vorbei zu Uta, der sich auf dem Stuhl in der Ecke zusammenkauerte und versuchte, nicht bemerkt zu werden. »Ich frage mich bloß, wie die Relyimah zurechtkommen werden. Für den Augenblick reichen die Nahrungsvorräte aus, aber wenn sie erschöpft sind, was dann?«

»Sie haben doch die Nahrung angebaut«, sagte Atrus.

»Ja, aber damals war jemand da, der sie organisierte. Du hast sie doch gesehen, Atrus. Wenn ihnen niemand sagt, was sie tun sollen, sind sie hilflos. Es fehlt ihnen nicht an Verstand, ich weiß, aber manchmal verhalten sie sich, als wäre es so. Unser Problem ist, diese Konditionierung zu überwinden, bevor sie verhungern. Wir müssen sie dazu bringen, für sich selbst zu entscheiden.«

Atrus nickte, aber beide wußten, daß dies leichter gesagt als getan war. Wie sollte man etwas ändern, das nicht nur lebenslange Gewohnheit war, sondern auf jahrtausendealten Bräuchen beruhte? Und doch mußte es ein paar Relyimah geben, deren man sich bedienen, die man heranbilden konnte, um die neue Gesellschaft zu formen, die aus dieser Katastrophe hervorgehen mußte. Aber wo sollten sie die finden?

Eedrah hatte anscheinend die Antwort.

»Atrus«, sagte er und trat in den Raum. »Ich habe ein Problem. Es scheint, daß die Anführer der Sklaven eine große Versammlung abhalten wollen. Heute abend, bei Sonnenuntergang, auf dem großen Hügel in Gehallah.«

»Ist das weit von hier?«

»Höchstens zwei Stunden zu Fuß.«

»Und was soll bei der Versammlung diskutiert werden?«

»Der Sturz der Herren.« Eedrah lächelte freudlos. »Wenn ich richtig verstehe, haben sie vor, die Überlebenden samt und sonders zu massakrieren.«

»Ihr glaubt, daß sie das tun würden?« fragte Atrus überrascht.

Eedrah nickte. »Einige haben es bereits getan und sowohl P'aarli als auch Herren getötet. Anscheinend haben sie nicht einmal darauf gewartet, daß die Krankheit ausbrach.«

»Und wird Hersha an dieser Versammlung teilnehmen?«

»Ja, und er hat mich gebeten, mit ihm zu gehen und zu ihnen zu sprechen.«

»Werdet Ihr gehen?«

»Wenn Ihr mit mir kommt, Atrus. Ich kenne sie, das stimmt, aber ich bin kein Redner. Keiner wie Ihr.«

»Und Ihr meint, ich kann sie überzeugen, sich besonnen zu verhalten?«

»Wenn es jemand kann, dann Ihr.«

Atrus überlegte einen Augenblick. »In Ordnung. Ich werde mit Euch kommen. Aber zuerst muß ich noch einmal nach D'ni. Ich brauche etwas von dort.«

»Werdet Ihr lange fort sein, Atrus?«

Atrus lächelte. »Nein, nicht lange. Drei Stunden, höchstens vier.« Er drehte sich um und sah den Jungen an. »Uta! Komm, mein kleiner Schatten!«

Der Junge fuhr hoch, dann zog er den Kopf ein und stand auf.

»Bis später«, sagte Eedrah.

»Bis später.«

Ro'Eh Ro'Dan stand am Rand der hochgelegenen Plattform und blickte hinaus. Unter ihm erstreckte sich das Land Terahnee in die Ferne, umflossen vom spätnachmittaglichen Dunst. Aus dieser Höhe schien es ewig und unverändert, aber er wußte es besser. Da unten gab es keinen Haushalt, der unberührt geblieben war.

»An diesem Tag werden nur noch die Ziegel stehen, / Und den Blinden werden Augen geschenkt.«

Er sagte die Worte leise, flüsterte sie beinahe. Ro'Addarren, sein oberster Ratgeber, hatte sie ihm erst heute morgen aus dem uralten Buch vorgelesen, und nun war der alte Mann tot.

»Also waren sie doch wahr«, sagte Ro'Eh Ro'Dan und hätte fast gelacht, als er sich daran erinnerte, wie aufgeregt sie alle gewesen waren, als sie von der Tragödie gehört hatten, die D'ni getroffen hatte, und wie sie geglaubt hatten, daß damit die Prophezeiung erfüllt worden war. Nun, jetzt wußten sie es besser.

Aber dieses Wissen half ihnen nicht weiter.

Von weit unten drang ein Hämmern zu ihm. Er drehte sich um, starrte in die Tiefen hinab, sah die große Menschenmenge am Tor des Tales und wußte, ohne daß jemand es ihm zu sagen brauchte, daß dies die lärmende Masse der neuen Sklaven war, die sie aus den Zeitaltern geholt hatten.

»So sei es«, sagte er. Sein eigenes Schicksal war ihm nicht mehr wichtig. Was machte es schon, wenn er jetzt starb? Er war König über nichts mehr.

Aber andere mochten nicht zulassen, daß er sich seinem Schicksal überließ. Während er dort stand, wagten sich zwei seiner alten Ratgeber auf die Plattform hinaus. Sie ängstigten sich sichtlich vor der großen Höhe. Ihre Blicke huschten ständig zwischen Ro'Eh Ro'Dan und dem Rand der Plattform hin und her, während sie selbst in der Nähe der obersten Treppenstufe blieben.

»Ihr müßt kommen, Herr«, sagte einer von ihnen und winkte ihm wie einem Kind.

»Euer Boot erwartet Euch«, setzte der andere hinzu. »Wenn wir jetzt aufbrechen …«

Er seufzte und ging zu ihnen. Es war sinnlos, mit ihnen zu streiten. Außerdem irrte er sich vielleicht. Vielleicht konnten sie, wenn dieser Sturm vorüber war, ihre Welt wieder aufbauen. Soweit er gehört hatte, waren viele der Sklaven noch am Leben, und sie würden jemanden brauchen, der sie organisierte.

»Schon gut«, sagte er und ließ sich von ihnen die Treppe hinunter, durch sein Zimmer und hinaus auf die schmale Brücke führen. Er hatte sie zur Hälfte überquert, als eine innere Stimme ihm gebot, stehenzubleiben und sich umzudrehen, und als er zurückblickte, sah er in seiner Erinnerung sich selbst, wie er den Fremden begrüßte.

Ich habe ihn gemocht, erkannte er. *Eigentlich habe ich ihn gern gemocht.*

»Herr!« riefen die alten Männer und versuchten ihn zur Eile zu drängen. »Herr, wir müssen hier fort!«

Er schüttelte den Kopf in dem Versuch, die Erinnerung zu vertreiben, aber immer noch sah er sie beide vor sich, in Umhänge gehüllt, um die Kühle des frühen Morgens abzuhalten, und lächelte. Es war unvernünftig, den Mann immer noch zu mögen, nach allem, was geschehen war, aber er tat es.

Ich sehe Euch, Atrus. Dann wurde er sich wieder der alten Männer bewußt, die nervös um ihn herumwieselten, und er eilte auf das wartende Boot zu.

Atrus trat aus den Ruinen, den Packen auf dem Rücken, und während er seine Brille zurechtrückte, drehte er sich um und sah zu, wie Omar und Ezel hinter ihm herauskamen. Auch sie schleppten große Traggestell-Rucksäcke. Hinter ihnen kam der Sklavenjunge Uta, und schließlich Meister Tergahn.

Als Atrus sich wieder umwandte, eilte Tamon auf ihn zu. »Atrus! Dort geschieht etwas! In der Ferne sind große Rauchwolken zu sehen!«

Sie eilten zum Sessellift. Von seiner oberen Plattform aus hatte man eine gute Aussicht über Terahnee.

Atrus ließ den Blick über den Horizont schweifen und drehte sich dann wieder um. Tergahn beobachtete ihn.

»Ihr müßt auf mich hören, Atrus«, meinte der Alte. »Ihr habt es letztes Mal nicht getan, und nun seht, was geschehen ist. Wir müssen unsere Leute zurückziehen und die Bücher verbrennen. Ja, und auch den Tempel versiegeln, denn wenn die Relyimah ihn finden, werden sie nach D'ni springen und uns alle vernichten.«

Atrus nickte. »Ich höre Euch, Meister Tergahn. Aber ich muß diese eine Chance ergreifen, Wiedergutmachung zu leisten.« Er sah Tamon an. »Meister Tamon, wenn Ihr nach zwei Tagen nichts von uns hört, werdet Ihr tun, was Meister Tergahn vorschlägt. Ihr werdet den Aufzug abbauen, nach D'ni zurückkehren und die Verbindungsbücher zerstören. Dann werdet Ihr den Großen Tempel versiegeln.«

»Aber Atrus …«

»Keine Widerrede, Meister Tamon. Tergahn hat recht. Wir wissen nicht, wie die Relyimah sich verhalten werden, und wir dürfen unser Volk nicht gefährden. Zwei Tage reichen aus für das, was ich vorhabe. Sollte ich versagen, werde ich bis dahin gescheitert sein, und D'ni ist in Gefahr. Tatsächlich wäre es vielleicht gut, Wachposten aufzustellen.«

Tamon blickte düster drein, offensichtlich bestürzt über diese Wendung der Ereignisse. Dennoch beugte er gehorsam das Haupt. »Ich werde tun, was Ihr sagt.«

»Gut.« Atrus streckte die Arme aus und nahm die Hände seines Freundes. »Ich hoffe, so weit wird es nicht kommen.«

»Das hoffe ich auch«, meinte Tamon. »Viel Glück, Atrus, und kommt schnell zurück.«

Atrus lächelte. »Ich werde mein Bestes tun, Meister Tamon.« Dann bedeutete er Ezel, Omar und dem jungen Uta, zu ihm auf den Lift zu kommen, und stieg ebenfalls ein. Sein Blick schweifte hinaus zu den hohen dunklen Wolken, die in den fernen Himmel stiegen.

Siebter Teil

WENN WIR DIE GROSSE LEITER DER ZEIT HINABSTEIGEN,
SEHEN WIR VIER GESICHTER.
DIE GESICHTER VON VIER FRAUEN.
ALT UND TOT SIND DIE BEIDEN ERSTEN,
DIE DRITTE EINE TRÄUMERIN,
DIE LETZTE EINE LEHRERIN.

—*Aus den Visionen des Jo'Irimah, 157. Gesang*

Die Sonne ging eben unter, als Hersha und seine Gruppe über die lange schräge Rampe den großen Hügel von Gehallah erklommen.

Dort waren die Relyimah versammelt, über zwanzigtausend an der Zahl, und das uniforme Bild ihrer Kleidung und der kahlgeschorenen Köpfe wurde durch das vollständige Schweigen, in dem sie dastanden, noch betont.

Ein Baldachin aus goldfarbener Seide war in der Mitte des riesigen Amphitheaters aufgerichtet worden, und in den letzten Sonnenstrahlen hingen vier tiefschwarze Banner schlaff herab. Unter dem Baldachin war eine kleinere Gruppe versammelt. Dorthin begab sich jetzt Hersha, hinter ihm Eedrah und Atrus. Die anderen – Omar, Ezel, Uta und zwei weitere Relyimah – folgten einige Schritte hinter ihnen.

»Hersha«, sagte einer der Versammelten, als der Alte auf die Plattform trat, ein Gruß, dem sich die anderen schnell anschlossen.

»Freunde«, sagte Hersha. »Ich bin eurem Ruf gefolgt.«

»Und hast noch andere mitgebracht, wie ich sehe«, sagte jemand anderes, der im Hintergrund gestanden hatte, und trat vor.

Hersha blickte sich nach Aufklärung heischend um. Offensichtlich kannte er den Mann, der gesprochen hatte, nicht.

»Ich bin Ymur«, sagte dieser zögernd und doch gleichzeitig aggressiv. »Ich bin der Anführer der Relyimah von Ro'Tanak.«

Hersha runzelte die Stirn. »Ich dachte, Rafis sei ihr Führer.«

»Das war er«, meinte Ymur humorlos. »Und jetzt bin ich es.«

Atrus, der unmittelbar unter der Plattform stand und zusah, beobachtete, daß es allen außer Hersha schwerfiel, einander in die Augen zu sehen. Es war, wie Katharina gesagt hatte: Es fiel den Männer schwer, ihre Konditionierung abzuschütteln, selbst den kühnsten unter ihnen. Sie konnten sich nicht von einem Tag auf den anderen ändern. Andererseits war es gut möglich, daß sie unter dem Druck der neuen Anforderungen, die an sie gestellt wurden, vollkommen zusammenbrachen, und wenn das geschah, würde es beinahe mit Sicherheit zu Blutvergießen kommen.

»Wer sind diese Fremden?« fragte Ymur.

Hersha wandte sich an einen der anderen, einen alten Sklaven, und fragte: »Muß ich diesem Neuankömmling Antwort stehen, Baddu?«

Baddu war sichtlich unwohl. »Es wäre vielleicht am besten, Hersha. Eedrah kennen wir natürlich und heißen ihn als Freund willkommen, aber die anderen …«

»Sind ebenfalls Freunde«, sagte Hersha. »Sie sind Ahrotahntee.«

Er erntete erstaunte Blicke, denn alle Anwesenden hatten Atrus und seine Gefährten für Herren gehalten. Aber Ymur war nicht überzeugt.

»Sind das nicht die, die zum König von Terahnee gegangen sind?«

»So ist es«, antwortete Hersha.

»Dann ist hier auf dieser Versammlung kein Platz für sie.« Ymur warf drohende Blicke um sich und hob dann seine Stimme. Bei ihrem Klang duckten sich viele, die ihm am nächsten standen. »Hör mich an, Bruder Relyimah. Kein Freund der Terahnee kann unser Freund sein.«

»Das stimmt nicht«, begann Hersha, doch Ymur übertönte ihn.

»Man sagt, sie hätten einen Pakt geschlossen.«

»Das ist nicht wahr«, sagte Hersha.

Ymur trat vor und baute sich vor Hersha auf. »Nennst du mich einen Lügner, alter Mann?«

Hersha schlug die Augen nieder. »Du hast etwas Falsches gehört, das ist alles. Sie haben keinen Pakt geschlossen. Diese Leute sind unsere Freunde.«

»Das möchten sie dich glauben machen!« rief Ymur verächtlich. Er wandte Hersha den Rücken. »Ich für meinen Teil werde sie nicht anhören.«

»So, wie andere dich nicht sehen wollten, Ymur?«

Der Sprecher trat aus dem Dunkel im Hintergrund der Plattform. Sein dünner Umhang raschelte.

»Gat!« Flüsternd wurde der Name unter den Tausenden, die in der zunehmenden Dunkelheit versammelt waren, weitergegeben. »Da ist Gat!«

Der Alte blieb zwischen denen, die in der Mitte versammelt waren, stehen. Er war älter als selbst Hersha, und sein langes Haar war weiß. Hersha hatte seinen Namen häufig ehrfurchtsvoll erwähnt, aber Atrus hatte immer angenommen, er sei eine Legende und seit langem begraben. Doch hier war er, in voller Lebensgröße; ein kräftiger, vital wirkender alter Mann.

»Nun, Ymur?«

Und als Gat sich zu dem jungen Mann umdrehte, erkannte Atrus schockiert, daß er blind war.

Ymur war in sich zusammengekrochen und hatte den Kopf eingezogen wie ein geprügelter Hund.

»Aber sie sind keine Relyimah«, brummte er.

»Das mag sein«, sagte der Alte, »aber trotzdem täten wir gut daran, uns anzuhören, was sie zu sagen haben.«

Nach Ymurs Miene zu urteilen, gefiel ihm dies offensichtlich nicht, aber mit Gat würde er nicht streiten. Er nickte unwillig.

»Gut, dann zündet die Lampen an und laßt uns beginnen. Wir haben heute abend viel zu besprechen.«

Im hellen Schein der flackernden Lampen – echten Lampen, die in metallenen Pfannen brannten – trat Gat an die Stirnseite der Plattform und begann zu sprechen.

»Ich erinnere mich an meinen Vater und meine Mutter, und ich kann mich noch lebhaft an den Tag erinnern, an dem ich ihnen entrissen wurde. Selbst heute als Blinder sehe ich immer noch den Schmerz in ihren Augen. Terahnee hat das getan. Terahnee und die Diener Terahnees. Und an diesem Tag habe ich geschworen, ihnen das, was sie getan haben, niemals zu vergeben. Ich würde bis zum letzten gegen sie kämpfen – hier in meinem Inneren.«

Gat schlug sich an die Brust, dann hielt er inne, und seine blinden Augen blickten sich suchend um. »Wie ihr habe ich getan, als sei ich ein Nichts. Geblutet und gelitten und geschwiegen. Für die Arbeit gelebt und dennoch überhaupt nicht existiert. Ohne Liebe oder Anerkennung gelebt. All dies habe ich getan, nicht weil ich es mir so ausgesucht hätte, sondern weil ich keine Wahl hatte und feststellte, daß die Kraft des Lebens in mir stärker war als die Sehnsucht nach dem Tod. Das ist es, was einen Menschen zum Sklaven macht. Diese Entscheidung, wenn einem jede andere Wahl verweigert wird, der Entschluß, weiterzumachen.«

Gat neigte sich auf sie zu und senkte die Stimme, als spräche er jeden von ihnen persönlich an. »Aber jetzt, so scheint es, sind die Herren nicht mehr da. Ausgelöscht. Und wir sind frei.« Er lächelte blind. »Seht euch um. Wagt es, euch umzusehen. Seht die, die mit euch gelitten haben. Schaut ihnen in die Augen und erkennt dort den Schmerz, den alle hier ertragen haben.«

Als Atrus sich umsah, bemerkte er, daß einige der Relyimah kurze Blicke auf ihre Gefährten riskierten; aber die meisten sahen verschämt zu Boden, immer noch gefangen in den Fesseln der Gewohnheit.

Obwohl Gat blind war, schien er dies zu erkennen, und nun wurde seine Stimme sanfter. »Oh, es ist schwer, Brüder. Vielleicht das Schwerste, das wir je haben tun müssen: unsere

Bande abzuschütteln und wir selbst zu sein, kein Ding, das einem anderen gehört. Aber wir müssen lernen, unsere Augen auf neue Weise zu gebrauchen. Einander zu sehen und so aufhören, Relyimah zu sein. Es wird eine Zeitlang dauern. Vielleicht lange Zeit. Aber wir müssen diese Reise ins Sehen antreten. Dahin, gesehen zu werden. Und währenddessen müssen wir Geduld bewahren. Geduld, weil es unklug wäre, übereilt und hitzköpfig zu handeln. Dieser Weg kann uns nur noch mehr Kummer, mehr Ungerechtigkeit bringen. Was vergangen ist, ist vorüber. Wir müssen den Haß und die Verbitterung, die wir empfinden, loslassen. Und dazu rate ich euch, meine Brüder. Dazu, zu sehen und Ruhe zu bewahren.«

Und mit diesen Worten wandte Gat sich ab und trat ins Dunkel zurück.

Als nächster sprach Ymur. Er trat an die Front der Plattform. Nun, da er zu der Menge sprechen mußte, wirkte er gehemmt und befangen.

»Brüder«, begann er, »Gat sprich weise. Er hat gelitten wie wir. Wie wir hat er erfahren, was es bedeutet, ein Nichts zu sein. Ich behaupte, daß kein Mensch, der nicht dasselbe erlitten hat, davon sprechen kann.«

Bei diesen Worten wandte Ymur sich um und warf einen demonstrativen Blick auf Atrus, Eedrah und ihre Gruppe.

»Und so hören wir Gat an. So wie ihr jetzt Ymur anhört, der gelitten hat und ein Nichts war. Der, wie ihr, ein Relyimah ist. Und ich sage, daß auch ich mich an den Tag erinnere, an dem ich aus meinem Elternhaus entführt wurde. Ich erinnere mich, wie mein Vater gegen die P'aarli kämpfte und dafür getötet wurde. Und auch ich habe an diesem Tag einen Schwur abgelegt.«

Ymur hielt kurz inne. Während er gesprochen hatte, war seine Stimme lauter und selbstsicherer geworden. Nun schien er mit jedem Wort zu wachsen. Hinter jedem Satz stand glühender Zorn – ein Zorn, der, wie Atrus sah, viele in dieser großen Menschenmenge anrührte.

»Gat sagt, das Vergangene sei vorüber. Aber ist das wirklich so? Sind alle Herren tot? Nein. Einige sind noch am Leben.

Und solange sie leben, werden sie sich da nicht versucht fühlen, die alten Zustände wiederherzustellen? Werden sie nicht Leute aus anderen Zeitaltern holen, um uns von neuem zu unterwerfen? Wer von euch hier würde zu behaupten wagen, daß das nicht möglich ist?«

Er machte eine Pause. Seine Züge waren jetzt von Haß verzerrt. »Die Wahrheit ist dies: Wir wissen, was die Terahnee sind. Die Narben auf unseren Körpern sagen es uns.Und auch die Ketten, die wir im Kopf tragen. Gat spricht davon, wir sollten lernen, unsere Augen zu gebrauchen. Er hat recht. Aber zuerst müssen wir sehen, welche Bedrohung die Terahnee immer noch darstellen. Gat sagt, wir seien frei, aber wir sind nicht frei. Nicht, ehe das letzte Terahnee-Kind tot ist.«

Stimmengewirr brandete in der Versammlung auf – sowohl schockiertes Erstaunen als auch heftige Zustimmung. Und Atrus, der es hörte und sich umsah, verstand sofort. Was immer Gat darüber gesagt hatte, sie müßten lernen, sie selbst zu sein, dies war das große Thema, das die Relyimah spaltete.

Ymur sprach weiter. In seinen Worten klang jetzt eine kalte Leidenschaft; ihr früherer Zorn war jetzt einer eiskalten Sicherheit gewichen.

»Wer unter euch noch zweifelt, der blicke zurück. Erinnert euch daran, was euch angetan wurde. Nicht einmal oder zweimal, sondern an jedem Tag eures Lebens. Unsichtbar waren wir. Nun, ich jedenfalls werde ihnen die Augen aus dem Kopf reißen!«

Und mit diesen Worten drehte er sich um und schritt ins Dunkel davon. Hinter ihm blieb eine Menschenmenge zurück, in der es jetzt brodelte und zischte wie in einem großen Kessel Suppe, der beinahe den Siedepunkt erreicht hat.

»Darf ich etwas sagen?«

Baddu war vorgetreten, in der Absicht, zu der Versammlung zu sprechen. Nun wandte er sich um und sah den Sprecher an. Es war Eedrah.

»Eedrah?« fragte Baddu, überrascht und vielleicht peinlich berührt nach dem, was eben gesagt worden war.

»Laßt ihn reden«, sagte Gat aus dem Dunkel heraus. »Falls Ymur nicht einem, der unser Freund ist, die Augen ausstechen möchte.«

Ein lautes Murren war die Antwort darauf. Baddu sah zu Boden und nickte dann.

»Ich danke Euch«, sagte Eedrah und trat an den Rand der Plattform. Er blickte sich um, sichtlich nervös, dann begann er. Sein flehender Blick appellierte an die Relyimah, ihm zuzuhören.

»Ymur hat recht. Mein Volk verdient es nicht, zu leben. Meine Leute waren grausam und eigensüchtig. Nichts, was ich sagen könnte, kann mich von der Scham, die ich empfinde, reinwaschen.« Er drehte sich um und sah Gat an. »Wahrhaftig, ich würde mein Augenlicht herschenken, wenn ich Euch damit helfen könnte.«

Er wandte sich wieder zurück. »Und Ymur ist in einem weiteren Punkt im Recht. Würden genug Terahnee überleben, würden sie bestimmt versuchen, die alten Zustände wiederherzustellen. Denn sie kennen nichts anderes, und selbst diese große Tragödie, die wie ein Gottesurteil scheint, wird ihnen nicht die Augen öffnen. Womit ich sagen will, daß ich Euch verstehe, Ymur. Ich kann nicht genau nachempfinden, was Ihr fühlt, denn ich habe nicht gelitten wie Ihr, aber ich kann mir vorstellen, was Ihr empfindet. Und da ich es mir vorstellen kann, verstehe ich die Sehnsucht nach Rache, die in Euch brennt.«

Eedrah hielt kurz inne. »Ich verstehe es, und dennoch wehrt sich ein Teil von mir gegen diesen Weg. Wir sind der Gewalt überdrüssig. Wir haben genug davon, zu töten oder getötet zu werden. Unser Weg muß in einer anderen Richtung liegen. Außerdem gibt es wichtigere Dinge, die wir diskutieren müssen. Wie, zum Beispiel, sollen wir die Relyimah ernähren? Und wie sollen wir ihre Energien lenken, nun, da Terahnee untergegangen ist?«

Das war zuviel für Ymur. Er trat auf die Mitte der Plattform hinaus und fiel wortreich über Eedrah her.

»Was hat das mit dir zu tun, Terahnee? Wir werden uns selbst ernähren, ja, und unsere eigenen Anführer wählen. Du glaubst ohne Zweifel, du könntest uns mit schlauen Worten kontrollieren, aber ich zumindest lasse mich nicht zum Narren machen.«

»Nur einen Narren kann man nicht zum Narren halten«, sagte Gat und trat zu Eedrah. »Das behauptet er jedenfalls. Aber du, Ymur, sprichst schlecht über jemanden, der schon oft seinen Wert bewiesen hat. Eedrah hat recht. Wir müssen an etwas anderes als ans Töten denken. Wir müssen überlegen, wie wir unsere Freiheit gebrauchen sollen, nicht nur jetzt, sondern auch in Zukunft.«

Ymur kochte. »Ich sage noch einmal: Vernichtet die Terahnee. Dann können wir nach Hause gehen.«

»Nach Hause?« Gat schüttelte bekümmert den Kopf. »Verstehst du denn nicht, Ymur? Dies *ist* unser Zuhause. Die Frage ist, was wir daraus machen.«

»Hast du einen Plan?« höhnte Ymur.

»Ich nicht«, antwortete ihm Gat, »aber soviel ich weiß, ist hier jemand, der uns einen Weg zeigen könnte.« Er drehte sich um und wandte sich in Atrus. »Atrus von D'ni. Würdet Ihr jetzt vortreten und zu den Relyimah sprechen?«

Atrus kam heran. Er war sich der Menge bewußt, die ihn beobachtete und doch nicht ansah. Schweigend stand sie da, wie ein riesiges Totenheer.

»Was hier geschehen ist, ist eine große Tragödie«, begann er. »Viele eurer Leute sind gestorben, und viele weitere werden sterben, ehe diese Seuche vorüber ist. So ist es auch in meinem eigenen Zeitalter, in D'ni, geschehen. Doch es gibt keine zwei Dinge im Universum, die einander genau gleichen, und D'ni war nicht Terahnee. Diese Welt, die mich auf den ersten Blick so verzaubert hatte, war, wie ich jetzt sehe, verdorben und böse. Durch und durch korrumpiert von denen, denen die Verantwortung zur Führung anvertraut war. Wie Eedrah schon sagte, haben ihre Schöpfer ihr Schicksal verdient. Aber in D'ni war das nicht so. Meine Welt – besser gesagt, die Welt meines

Großvaters – war eine Welt der Ordnung und Gerechtigkeit, so verschieden von dieser wie der Fels von der Luft. Sie war eine Welt fester und verläßlicher Gesetze, wo jeder Mensch mit dem Respekt und der Würde behandelt wurde, die er verdiente. Wir hatten keine Sklaven, keine Aufseher. In unserer Welt wurde nicht geschlagen, es gab keinen Tod – außer durch Unfälle oder natürliche Ursachen. Jeder Mensch wurde als der gesehen, der er war, und um seiner Begabungen willen anerkannt.«

»Das sagst du«, unterbrach ihn Ymur. »Aber ich behaupte, daß ihr einen Pakt mit den Terahnee geschlossen habt. Ich behaupte, daß ihr vorhattet, euer Volk herzuholen und in Terahnee anzusiedeln.«

Atrus zuckte die Achseln. »Das ist wahr, aber …«

»Da!« rief Ymur. »Was habe ich euch gesagt?« Er wandte sich ab und trat an den Rand der Plattform. »Nun, Brüder? Sollen wir unsere alten Herren gegen neue eintauschen?«

»Dies ist keine Unterdrückung!« rief Atrus aus. »Nur die Herrschaft über euch selbst. Ich habe nicht den Wunsch, euch zu beherrschen, Ymur, ich will euch nur eine Orientierung geben.«

»Das sagst du. Ich aber sage, daß wir Relyimah jetzt unseren eigenen Weg finden werden. Wir haben zu lange auf andere gehört und getan, was sie uns befohlen haben. Nun ist unsere Zeit gekommen, und wir werden uns nicht durch irgendwelche Instrumente der Herrschaft fesseln lassen.«

»So ist es nicht!«

Mit verächtlicher Miene wandte sich Ymur um. »Warum sollten wir auf dich hören, Atrus von D'ni?«

»Weil mir eure Interessen am Herzen liegen!«

»Unsere Interessen – oder eure?«

Atrus starrte Ymur an und verstand mit einemmal, daß er, was immer er sagte, diesen Mann nicht würde überzeugen können. Ymur war gegen ihn eingestellt, gegen die Vernunft überhaupt. Und bedauerlicherweise war Ymur nicht der einzige, denn seine heftigen Worte hatten die dunkle menschliche

Masse, die hier vor ihnen versammelt war, von neuem angestachelt.

Atrus wollte sich schon abwenden und fortgehen, um die Gesetzbücher, die er aus D'ni mitgebracht hatte, zu nehmen und nach Hause zu gehen, als sich hinter ihm jemand in Bewegung setzte und zwischen ihn und Ymur stellte.

Ymur drehte sich halb um, als er spürte, daß jemand dicht neben ihm stand, und runzelte dann die Stirn. »Junge?«

Atrus trat einen Schritt auf das Kind zu und blieb wieder stehen. Uta zitterte, aber in seiner Haltung lag etwas, das Atrus davon abhielt, einzuschreiten. Der Knabe hatte allen Mut zusammengenommen, um dies zu tun. Er hielt den Rücken gekrümmt und hatte das Kinn an die Brust gepreßt, doch seine Stimme war in dem plötzlichen Schweigen deutlich zu vernehmen.

»D… du … hast … un… unrecht.«

»Unrecht?« Ymur warf den Kopf zurück, als habe ihn jemand ins Gesicht geschlagen. Und dann, unerwartet, lachte er. »Geh weg, Kind. Laß die Älteren sprechen.«

»Du hast unrecht«, wiederholte Uta, dieses Mal ohne zu stottern. »Atrus ist ein Freund. Er hat mich gefunden, als ich krank war, und mich gesund gepflegt. Er hat mich getragen, ohne um sich selbst zu fürchten.«

Aber Ymur lachte nur höhnisch. »Nur weil er wußte, daß er sich nicht anstecken konnte.«

»Damals wußte er es nicht«, sagte Hersha. »Uta hat recht. Atrus hat sich wie ein Bruder verhalten und hatte keine Angst um sein eigenes Leben. Und seine Leute haben uns geholfen, unsere Kranken zu pflegen.«

Uta blickte in das Gesicht des Alten auf. Dann sagte er in einem eigenartigen, beschwörenden Tonfall:

»Was quält das kranke Kind?
Was für ein Fremder kommt da?
Welche Worte werden ihm folgen,
gesprochen von schlafenden Zungen?«

Tiefe Stille folgte diesen Worten. Atrus drehte sich um,

denn er spürte, daß in der Menge etwas geschah, und sah zu seiner Verwunderung, daß viele jetzt zur Plattform blickten und das Kind ehrfürchtig anstarrten – ja, und auch ihn selbst.

»Was ist los?« fragte Atrus und sah Eedrah an. »Was geht da vor?« Aber selbst Eedrah schien es nicht zu wissen.

Einer nach dem anderen sanken die Relyimah auf die Knie, und ein ehrfürchtiges Wispern durchlief die große Arena.

Oben auf der Plattform trat Gat an Atrus vorbei und hob die Arme. Schweigen senkte sich herab.

»Wir haben genug gehört«, sagte er. Ein seltsames, unerklärliches Gefühl ließ seine Stimme zittern. »Es ist beschlossene Sache. Wir werden dieses neue Gesetz lernen und eine neue Lebensweise annehmen. Ymur, ist es nicht so?«

Atrus sah Ymur an und rechnete damit, daß dieser widersprechen würde, aber Ymur hatte geschlagen den Kopf gesenkt. »So ist es.«

Während sich die Relyimah zerstreuten und in ihre Lager zurückkehrten, traten ihre Anführer durch den großen Torbogen im hinteren Teil des Amphitheaters in den Saal des Mondes.

Einst war von allen Seiten der großen Halle Wasser in hohen, angestrahlten Schleiern herabgestürzt, aber nun lagen diese künstlichen Wasserfälle still, und die gewölbten Marmoroberflächen waren stumpf und trocken. Hinter ihnen, durch die Zwischenräume zwischen den wuchtigen Segmenten zu erkennen, standen die zwölf riesigen, sich um eine Achse drehenden Schaufeln jetzt still – sechs massive Steintröge an zwei ebenso massiven Rädern; Behälter, die dazu bestimmt waren, das Wasser aus den Reservoiren darunter zu heben. Die dicken Taue, die von den Rädern herabhingen, lagen schlaff da, die Ledergeschirre waren leer.

Über ihnen stand der Mond, ein großes, aus glitzerndem Kristall hergestelltes Schild, dort, wo seine letzte Reise über diesen illusorischen Himmel ihn hingeführt hatte. Durch ihn hindurch beleuchtete das blauweiße Licht einer starken Lampe den Boden, der hundert Fuß darunter lag.

Aber Atrus bemerkte kaum etwas davon. Als sich die großen Türen hinter ihnen schlossen, drehte er sich um und sah das Kind an.

»Uta … was waren das für Worte, die du eben gesprochen hast?«

Uta warf Gat einen Blick zu, erschrocken über Atrus' Frage, und zog den Kopf tief ein.

»Gat?« fragte Atrus, an den Alten gewandt.

»Das waren Zeilen aus dem Korokh Jimah.«

»Dem Buch der Prophezeiungen?«

»So wird es manchmal auch genannt.«

»Eure Leute schienen den Worten eine Bedeutung zuzumessen.«

»Worte, gesprochen von schlafenden Zungen.« Gat lächelte. »Diese Beschreibung scheint gut auf die D'ni-Gesetzbücher zu passen, meint Ihr nicht auch, Atrus? Gar nicht zu reden von dem kranken Kind.«

»Fast alles würde darauf passen.« Atrus schüttelte den Kopf. »Nun, wir wollen uns wichtigeren Dingen zuwenden.« Er blieb stehen und blickte sich unter der kleinen Gruppe um, die sich hier versammelt hatte. »Wo ist Ymur?«

»Fort«, sagte Hersha. »Ich habe gesehen, wie er gegangen ist.«

»Ymur ist ein ziemlicher Hitzkopf«, meinte Atrus. »Es wäre vielleicht am besten, ihn im Auge zu behalten.«

»Ihr haltet ihn für eine Gefahr?«

»Er ist nur eine einzelne Stimme«, erwiderte Gat. »Er mag zornig sein, aber das Wort des Rats der Relyimah wird er nicht anfechten.«

»Vielleicht nicht, aber ihr müßt eine Aufgabe für ihn finden. Etwas, um all diesen Zorn in Bahnen zu lenken.«

»Ihr könntet recht haben, Atrus. Wir werden darüber nachdenken. Aber sagt mir ... diese eure Gesetze ... können sie für die Relyimah angepaßt werden?«

Atrus lächelte. »Daran habe ich keinen Zweifel. Tatsächlich werde ich sofort mit der Arbeit beginnen. Aber ich werde Hilfe beim Kopieren der daraus resultierenden Passagen brauchen. Gibt es Relyimah, die uns bei dieser Aufgabe helfen könnten?«

Gat lachte. »Tausende. Glaubt Ihr, die Terahnee, diese faulen Tunichtgute, hätten sich zu einer solch harten und schwierigen Arbeit herabgelassen?«

»Dann werde ich meine Gefährten Omar und Ezel anweisen, mir bei der Anfertigung einer angemessenen Übersetzung zu helfen, damit sie abgeschrieben und verbreitet werden kann.«

»Und wir werden unter uns diejenigen bestimmen, die geeignet scheinen, als Lehrer für diese neuen Gesetze zu fungieren.« Gat hielt inne. »Aber es gibt noch andere, weit dringendere Probleme.«

»Nahrung«, fügte Hersha hinzu.

»Nahrung? Aber es gibt Lebensmittel im Überfluß.«

»Jetzt noch. Aber wenn die Felder nicht abgeerntet, die Früchte nicht von den Bäumen gepflückt und die Tiere nicht versorgt werden, dann werden wir sehr bald ein Problem haben. Seit dem Ausbruch der Krankheit ist fast nicht gearbeitet worden.«

»Ich verstehe.« Atrus überlegte einen Moment. »Und das Problem ist, sie wieder zum Arbeiten zu bewegen?«

»Ganz und gar nicht«, sagte Baddu. »Die Relyimah wollen arbeiten. Aber viele sind gestorben, und ohne die Aufseher ...«

»Unsere Leute fühlen sich verloren ohne Anleitung«, meinte Gat. »Oh, sie haben ihre Herren gehaßt und verachtet, ja, und die Diener ihrer Herren, aber nun, da sie fort sind, stellen sie fest, daß sie auch auf sie angewiesen waren.«

»Ich verstehe«, sagte Atrus und sah Eedrah an, der merkwürdig ruhig war. »Aber dieses Bedürfnis ist vorübergehend. Sie müssen jetzt ihre eigenen Herren sein. Und bei dieser Aufgabe werden wir ihnen helfen.« Er hielt inne. »Jeder Mann kennt doch seine Arbeit, oder?«

»So ist es.«

»Dann soll jeder sie tun.«

Gat runzelte die Stirn. »Aber wer wird das alles organisieren?«

»Die Relyimah. Am Ende schon. Aber zuerst müssen sie ihre normalen Pflichten wiederaufnehmen.« Atrus lächelte. »Ich weiß, was Ihr sagen wollt, Gat. Sie bräuchten jemanden, der ihnen sagt, was sie tun sollen. Aber das stimmt nicht. Jedenfalls nicht ganz. Sie müssen sich nur so verhalten, als wären die Aufseher noch da – nur unsichtbar.«

Darüber waren sie zunächst erstaunt, dann lachten alle.

»Ihr meint, so tun als ob?« fragte Gat.

»Bis ein besseres System entwickelt ist. Bis echte Veränderungen vorgenommen werden können. Aber Ihr habt recht … die normale Arbeit muß weitergehen, denn sonst wird nichts mehr funktionieren.«

»Dann soll es so sein«, meinte Gat, und ein strahlendes Lächeln ließ seine blinden Augen leuchten. »Aber was ist mit den Frauen?«

»Frauen?« Atrus' Miene war bestürzt. »Es gibt weibliche Relyimah?«

»Natürlich. Wer, glaubt Ihr, hat den Großteil der Arbeit im großen Haus getan?«

»Die Männer, dachte ich …« Er sah Hersha an, der die Achseln zuckte.

»Ich war der Meinung, Ihr wüßtet es, Atrus. Sie haben ihre eigenen Quartiere, weit von denen der Männer entfernt.«

»Geschlechtertrennung, meint Ihr?« Aber das Wort sagte Hersha nichts.

Atrus blickte sich um und sah alles in neuem Licht. »Und Männer und Frauen kommen nie zusammen?«

»Niemals«, antwortete Gat.

»Und wie ist es jetzt?«

Gat wandte sich verlegen ab. »Es ist … schwierig. Schwerer, als zu sehen und gesehen zu werden. Eine von ihnen auch nur anzuschauen, war ein Verbrechen, für das ein männlicher Relyimah sterben konnte.«

Atrus verzog das Gesicht. »Das habe ich nicht …«

»Seht Ihr?« sagte Eedrah, sein langes Schweigen brechend. »Oh, das war das Schlimmste daran, Atrus. Daneben waren alle anderen Grausamkeiten erträglich. Aber dieses Band zu zerreißen …« Er erschauerte. »Allein dafür bin ich Ymurs Meinung. Wäre ich ein Relyimah, würde ich meine Leute jagen, bis der letzte von ihnen tot wäre.«

»Dich selbst eingeschlossen, Eedrah?« Gat starrte ihn aus seinen blinden Augen an, erstaunt über die tiefe Bitterkeit, die Eedrah an den Tag legte.

»Ich war kaum besser als meinesgleichen. Ich habe nichts getan, um sie davon zu überzeugen, daß sie Unrecht taten.«

»Ihr habt uns geholfen, Eedrah«, sagte Hersha, streckte die Hand aus und berührte wahrhaftig den Terahnee.

Eedrah starrte einen Augenblick auf die Stelle auf seinem Arm, wo Hershas Hand gelegen hatte, dann blickte er sich um. Kein Gesicht, auf dem Verdammung lag. Er schloß die Augen, denn der Schmerz, den er empfand, überwältigte ihn in diesem Moment. »Eine solche Lüge zu leben … an manchen Tagen war es unerträglich.«

»Ich verstehe«, sagte Gat. »Aber nun ist all das vorüber, und Ihr, mein Bruder, Ihr müßt uns helfen, einen besseren Weg zu finden.«

Eedrah sah den Blinden an, dann senkte er den Kopf. »Wie Ihr wünscht … mein Bruder.«

Wieder im großen Haus in Ro'Jethhe angekommen, setzte Atrus sich mit Katharina zusammen und berichtete ihr alles, was bei der Versammlung geschehen war.

»Es gibt weibliche Relyimah?« fragte sie erstaunt.

»So hat man es mir erzählt. Aber Hersha sagt, daß sie woanders untergebracht sind. Nach Geschlechtern getrennt. Anscheinend war ihnen noch nicht einmal gestattet, einander anzusehen. Bei Todesstrafe. Und sie sind sterilisiert – Männer wie Frauen – für den Fall, daß sie hätten entkommen und sich verstecken können.«

Katharina starrte ihn voller Entsetzen an. »Das ändert alles.«

»Wieso denn?«

»Das ist sehr einfach. Du möchtest hier eine richtige Welt errichten, eine funktionierende Gesellschaft mit guten Gesetzen und gerechter Behandlung für alle. Aber wie kann man irgendeine Gesellschaft schaffen, wenn es keine Kinder gibt und keine Aussicht, jemals welche zu haben?«

»Dann werden wir sie holen, aus anderen Zeitaltern. Oh, nicht wie die Terahnee sie geholt haben, als Sklaven, sondern mit ihren Familien.«

»Meinst du, daß das funktionieren wird?«

»Ich weiß es nicht. Wir müssen es eben versuchen.« Atrus lehnte sich zurück und massierte sich mit einer Hand den Nacken. Nach dem langen Tag war er jetzt müde. »Eines weiß ich jedenfalls: Dies ist ein noch größeres Unternehmen, als es der Wiederaufbau von D'ni je gewesen ist. Aber wenn der Wille da ist – und ich glaube, das ist er –, dann kann es uns gelingen. Und vielleicht können wir uns doch noch hier niederlassen. Ein Teil davon werden.«

Sie lächelte. »Vielleicht. Aber zuerst solltest du Meister Tamon einen Boten schicken, damit er weiß, daß alles in Ordnung ist.«

»Das mache ich. Sofort.« Er stand auf und wandte sich zum Gehen, aber Katharina rief ihn zurück.

»Atrus? Noch eines. Ist dir schon aufgefallen …«

»Was aufgefallen?«

»Marrim und Eedrah. Hast du bemerkt, wieviel Zeit sie miteinander verbringen?«

Marrim steckte den Kopf durch die Tür. »Also da bist du. Ich habe dich überall gesucht.«

Eedrah saß an dem Schreibtisch auf der anderen Seite der Bibliothek, ein aufgeschlagenes Tagebuch vor sich. Als er ihre Stimme hörte, hatte er die Feder niedergelegt. Nun, während Marrim auf ihn zuging, bestreute er die Seite mit Sand und schloß das Tagebuch.

»Etwas, das ich nicht sehen soll?« fragte sie scherzhaft und trat an den Schreibtisch.

Verstimmt sah er sie an, dann schob er das Tagebuch über den Schreibtisch auf sie zu. »Schau hinein, wenn du willst.«

»Nein«, sagte sie und erkannte, daß sie ihn verletzt hatte. »Geht es dir gut?«

Er blickte an ihr vorbei und schüttelte den Kopf. »Nein, nicht wirklich. Ich habe das Gefühl …« Er sah sie geradeheraus an. »Ich habe das Gefühl, ich hätte nicht weiterleben sollen.«

»Daran leidet die Hälfte der D'ni ebenfalls«, meinte sie fröhlich. »Das sagt jedenfalls Katharina.« Dann sprach sie ernster weiter. »Du empfindest doch nicht wirklich so, oder? Ich meine, ich dachte, du wolltest den Relyimah helfen.«

»Das tue ich auch.« Eedrah runzelte die Stirn, dann stand er auf und durchquerte den weitläufigen Raum zur Hälfte, bevor er sich wieder umdrehte und sie ansah. »Heute abend bei der Versammlung ist vieles gesagt worden. Da war dieser eine Relyimah namens Ymur. Ein unangenehmer Bursche, aber was er sagte, hat es mir klarwerden lassen. Wie verderbt alles war. Und ich hatte das Gefühl, daß ich es irgendwie zugelassen habe.«

»Du hattest keine andere Wahl.«

»Nicht? Siehst du, das ist genau der Punkt, Marrim. Ich habe auch immer so argumentiert, aber nun, da alles vorbei ist, erkenne ich es deutlich. Es war mein Schweigen, das Schweigen von Menschen wie mir, das das Fortbestehen des Systems ermöglicht hat. Ihm erlaubt hat, ungehindert weiterzumachen. Es wäre an uns gewesen, an denen, die gesehen haben, etwas zu tun. Aber wir haben es nicht getan. Tausende von Jahren lang haben wir es einfach hingenommen.«

»Aber du hast Terahnee nicht geschaffen, Eedrah.«

»Nein. Das stimmt. Ich habe es nur benutzt, ebenso wie jeder andere.«

»Ich glaube, du bist zu hart mit dir.«

Er lachte bitter. »Hart? Ich sterbe innerlich.«

Eedrah schlug die Augen nieder. »Erinnerst du dich an das Labyrinth, Marrim, in Horen Ro'Jadres Haus?«

»Ich weiß noch, daß ich dich geschlagen habe.«

»Hat Atrus dir einmal erzählt, wie das funktionierte?«

»Nein. Irgendeine ausgetüftelte Mechanik, nehme ich an.«

»Du nimmst an!« Er schnaubte. »Sklaven haben das gemacht, Marrim! Relyimah! Hunderte von ihnen, an große Zahnräder und Flaschenzüge geschirrt, haben geschuftet, um diese massiven Räume hochzuhieven und zu drehen. Und wenn einer fiel oder ausrutschte, wurde er von seinen Kameraden niedergetrampelt, weil sie keine Zeit hatten, anzuhalten. Die Räume mußten gedreht werden. Sie hatten zwölf Sekunden, erinnerst du dich? Zwölf Sekunden!«

Marrim starrte ihn schockiert an.

»Nun, wie fühlst du dich jetzt, Marrim, wo du weißt, daß dein Zeitvertreib wahrscheinlich mehrere junge Männer das Leben gekostet hat?«

Sie blickte entsetzt.

»So, nun stell dir einmal vor, dies an jedem einzelnen Tag deines Lebens zu empfinden! Oder noch schlimmer, stell dir vor, du hättest deine Gefühle so weit betäubt, daß du es nicht mehr spüren könntest!«

In den folgenden Tagen wurde ihnen langsam das Ausmaß der vor ihnen liegenden Probleme deutlich. Vor der Krankheit war Terahnee ein Land mit zweihundert Millionen Einwohnern gewesen, nicht gerechnet die P'aarli und die schweigenden Relyimah, die natürlich ungezählt geblieben waren. Danach war die eingeborene Bevölkerung rapide auf weniger als einhunderttausend geschrumpft – ironischerweise hatten gerade die überlebt, die wie Eedrah am kränklichsten gewesen waren. Aber nun waren die Sklaven, die große unsichtbare Masse, ans Tageslicht getreten, und selbst nach ihren eigenen Verlusten zählten sie noch über zwei Milliarden Seelen.

Es war ein ungeheures logistisches Problem, dessen Tragweite nicht einmal Gat richtig klar war. Der alte Mann zog unermüdlich von Versammlung zu Versammlung, redete zu den Relyimah vor Ort und sprach von dem ›Weg, der vor ihnen lag‹, aber die praktischen Details überließ er Atrus und Eedrah.

Ihre erste Aufgabe war es, eine Gruppe von ›Schreibern‹ zusammenzubringen – Relyimah, die schreiben konnten und Erfahrung mit verschiedenen weniger untergeordneten Tätigkeiten hatten. Die umliegenden Güter wurden benachrichtigt, und sehr bald kamen sie herbei, zu zweit, zu dritt und nur gelegentlich allein, und begaben sich zum großen Haus auf Ro'Jethhe.

Meister Tamon wurde die Aufgabe übertragen, die Überlebenden der D'ni auf diese Welt zu bringen und in Terahnee anzusiedeln, wo sie Atrus und die anderen dabei unterstützen sollten, eine neue gesellschaftliche Ordnung aufzubauen.

Katharina widmete sich unterdessen der Aufgabe, alle Sklaven zusammenzuführen, männliche und weibliche. Es durfte nicht übereilt geschehen, wenn sie keine Katastrophe heraufbeschwören wollten, denn sie waren sich bewußt, daß die Relyimah in diesem Bereich, wie in so vielen, kein soziales Verhalten kannten. Man hatte es sie nicht gelehrt, ja ihnen tatsächlich ausdrücklich untersagt, sich als Menschen mit menschlichen Gefühlen und Bedürfnissen zu betrachten. Aber nun mußten sie genau das tun, und der Übergang würde nicht leicht sein. Und so wurde für den Augenblick noch eine Art Geschlechtertrennung aufrechterhalten.

Und dann war da noch ein weiteres, vielleicht doch dringenderes Problem: die Terahnee-Zeitalter. Es war wie in D'ni, nur daß das Problem diesmal um das Tausendfache größer war. Wie viele Bücher gab es? Und wer wohnte in ihnen?

Atrus' erste Eingebung war, alle Bücher einzusammeln, aber war das wirklich die Lösung? Seine eigenen Leute reichten nicht aus, um diese Aufgabe anzugehen, und er war nicht sicher, ob er den Relyimah zutrauen konnte, es für ihn zu tun. Tatsächlich war er nicht einmal sicher, ob sie den Unterschied zwischen einem normalen Buch und einem, mit dem man in ein anderes Zeitalter reiste, überhaupt kannten. Außerdem hatte er mit eigenen Augen gesehen, wie groß die Bibliotheken auf Terahnee waren, und der Gedanke daran, den Versuch zu unternehmen, eine Masse von vielleicht mehreren Millionen Büchern zusammenzuziehen und dann zu lagern, war niederschmetternd. Gar nicht davon zu reden, sie zu erforschen. Da er selbst beschäftigt war, bat er seine jungen Gehilfen Carrad und Irras, sich eine Strategie dazu einfallen zu lassen.

Die Probleme wuchsen, doch sie hatten auch Erfolge zu verzeichnen. Atrus' Plan, die Relyimah wieder an ihre jeweilige Arbeit zu schicken, entwickelte sich gut. Die meisten schienen froh, wieder etwas zu tun zu haben, und das Bedürfnis nach Anleitung erwies sich als weniger dringend, als man hätte denken können. Aber alle wußten, daß es so nicht für immer weitergehen konnte. Es mußte zu Veränderungen kommen, und zwar bald.

Atrus' vorrangiges Ziel in diesen ersten Tagen war es, den Relyimah Gesetze zu geben. Mit Omars und Ezels Hilfe arbeitete er bis spät in die Nacht, las in den sechs dicken Bänden, die sie aus D'ni geholt hatten, und machte sich Notizen. Er ignorierte alles, was spezifisch für D'ni war, und versuchte einen Verhaltenskodex zu umreißen, der auf dem Prinzip des D'ni-Gesetzes beruhte und den Relyimah in den vor ihnen liegenden schwierigen Zeiten von Nutzen sein konnte.

Ein Problem, bei dem Atrus froh darüber war, daß er sich nicht damit zu beschäftigen brauchte, war das Nachspiel der Krankheit – das Verbrennen der Toten. Dies übernahmen die Relyimah, und tagelang war der Himmel überall von großen dunklen Rauchwolken erfüllt. Unter dieser Dunstglocke, die wie ein Leichentuch war, hätte man verzweifeln können, aber es gab auch Hoffnung. Hoffnung, daß diese größere Freiheit von Dauer sein würde. Doch um dies zu erreichen, mußten sie noch schwer arbeiten.

Am vierten Tag nach der Versammlung in Gehallah suchte Atrus Hersha auf und legte ihm einen Gesetzeskodex vor – eine Aufstellung von vierzig Grundrechten und -pflichten, die für alle verständlich war und sofort in Kraft treten konnte. Ein ausführlicheres Gesetz würde folgen, sagte Atrus, aber dies war die Substanz. Auf diese Weise würden die Relyimah sich von jetzt an selbst regieren.

Noch am selben Morgen begannen Omar und Ezel, Arbeitsgruppen von Relyimah-Schreibern einzuteilen, und stellten Bänke in der großen Bibliothek von Ro'Jethhe auf. Bis zum Abend lag das erste Kontingent von tausend Exemplaren zur Verteilung in der Bevölkerung bereit. Das war eine enorme Leistung, und allgemein herrschte ein Gefühl der Euphorie.

Dann kam die Nachricht, daß man die Leiche des Königs gefunden hatte, und eine Stunde später, bei Einbruch der Nacht, traf Gat ein, um Atrus zu sehen. Die Fackeln seiner Leibwachen erhellten den Weg vor ihm, als er die Rampe hinaufschritt.

Sie umarmten sich.

Als Gat zurücktrat, spiegelten sich die zuckenden Flammen der Lampen in seinen blinden Augen, als wären sie lebendig und könnten sehen.

»Ich möchte, daß Ihr mit mir in die Hauptstadt kommt, Atrus. Um den letzten König von Terahnee zu bestatten.«

»Ich werde kommen.«

»Dann laßt uns sofort aufbrechen.«

Atrus wandte sich ab und umarmte Katharina kurz. Dann folgte er Gat über die Rampe hinunter zu dem wartenden Boot.

Atrus erwachte, als das erste Licht des Morgens den Horizont rötete. Neben ihm im Boot saß Gat, schweigend und, wie es schien, wach.

Hinter ihnen hielten die Ruderer – zwölf junge Relyimah, Freiwillige, die es als Ehre betrachteten, dem legendären Gat zu dienen – ihren beständigen Rhythmus und trieben das lange Fahrzeug durch das Wasser. Das Geräusch war beruhigend.

»Das hattet Ihr nötig«, sagte Gat, der spürte, daß Atrus wach war. »Hersha meint, daß Ihr Euch bis an die Grenzen Eurer Kraft beansprucht.«

»Hersha übertreibt. Ich arbeite gern.«

»Ja, und dafür sind wir dankbar.« Gat wandte den Kopf und lächelte. »Aber jetzt müßt Ihr ausruhen. Außerdem müssen wir miteinander reden, Atrus, und was für eine bessere Gelegenheit könnte es geben als diese?«

Atrus richtete sich auf. »Seid Ihr unsicher, Gat?«

»Ein wenig. Oh, wir machen wirkliche Fortschritte, aber die größten Probleme liegen noch vor uns, fürchte ich. Eure Gesetze werden eine Hilfe sein, doch mir scheint, daß schlichte Gewohnheit unser schlimmster Feind ist.«

»Gewohnheit?«

»Die Gewohnheit des Gehorsams und des Schweigens. Die Gewohnheit, nicht zu existieren.« Gat fixierte Atrus mit seinem ausdruckslosen Blick. »Meine Leute sind wie Neugeborene. Sie wissen nicht, wie sie sich zu benehmen haben. Kleinkinder sind jung und hilflos und können von ihren Eltern gemaßregelt werden. So war es bei den Terahnee. Aber meine Kinder sind groß und muskulös und – jedenfalls im Moment – verwirrt durch die Empfindungen, die sie spüren. Gefühle, die bisher immer unterdrückt worden sind, aus Angst vor Strafe oder Schlimmerem. Einfach ausgedrückt, Atrus, sie müssen *leben* lernen, und dabei werden sie jeden Rat brauchen, den wir ihnen geben können.«

»Ganz meine Meinung. Und die D'ni und ihre Freunde werden euch helfen.«

Wieder lächelte Gat. »Ich weiß. Wir wissen Eure Freundschaft außerordentlich zu schätzen, Atrus. Aber überlegt einmal, wie viele wir sind. Zwei Milliarden. Wie sollen wir es anstellen, so viele zu unterweisen? Wie in aller Welt sollen wir solche Massen unter Kontrolle halten?«

»Es bereitet Euch Sorgen, Gat?«

»Natürlich macht es mir Sorgen. Die Zeit arbeitet gegen uns. Jetzt sind sie noch fügsam, der angelernte Gehorsam ihrer Art. Aber je mehr von ihrem Selbst wir ihnen zurückgeben, desto mehr werden sie verlangen, und um so schlechter wird es ihnen vielleicht gehen.«

»Glaubt Ihr?«

»Waren die Terahnee keine Menschen? Oh, sie mögen sich wie gefühllose Ungeheuer verhalten haben, aber unter anderen Umständen hätten sie, wie Eedrah, auch anders sein können. Freundlicher auf jeden Fall. Und genauso ist es bei einer ungeheuren Masse von Kleinkindern. Meinen Relyimah. Wenn sie lernen, daß sie nicht unsichtbar sind, werden ihre Probleme erst richtig beginnen, denn einigen wird gefallen, was sie sehen, und anderen nicht. Einige, wie Ymur, werden zornig über die Vergeudung ihres früheren Lebens sein, während andere, wenn sie daran zurückdenken, in so tiefe Verzweiflung versinken werden, daß sie sich nie wieder davon erholen.«

Atrus seufzte. »Ich hatte nicht daran gedacht ...«

Der Alte streckte die Hand aus und umfaßte Atrus' Schulter. »Ihr seid beschäftigt gewesen, Atrus. Und Ihr könnt nicht über alles nachdenken.«

»Was sollen wir also tun?«

»Vielleicht ihre Anzahl verringern. Ihr habt Hersha von den Büchern erzählt – den Zeitaltern, die die Terahnee geschrieben haben. Möglicherweise können wir einige davon benutzen, um unser Volk umzusiedeln.«

»Möglich wäre es.«

»Dann sollten wir diese Möglichkeit untersuchen. Ich habe überlegt, ob wir vielleicht die Frauen dorthin schicken sollten.«

Atrus sah ihn verblüfft an.

»Oh, ich habe lange und gründlich darüber nachgedacht,

Atrus. Ich habe mich gefragt, ob es nicht einen friedlichen Weg geben könnte, mit dieser Sache umzugehen. Die, die so lange getrennt waren, zusammenzubringen.«

»Und?«

Gat atmete langsam und tief aus. »Ich glaube, daß es nicht funktionieren würde. Ich weiß, Katharina beschäftigt sich mit dem Problem, und ich werde abwarten, was sie zu sagen hat, bevor wir handeln, aber mein Gefühl sagt mir, daß es für dieses ganz einzigartige Problem keine Lösung gibt. Jedenfalls nicht in dieser Generation. Wenn wir sie jetzt zueinander bringen, könnte dies das Netz unserer neuen Gesellschaft zerreißen, bevor sie eine Gelegenheit gehabt hat, zu wachsen und zu gedeihen.«

»Aber eine Gesellschaft von Männern …«

»Und Familien, und Kindern.«

Atrus runzelte die Stirn und blickte zu Boden. »Mir gefällt das nicht, Gat. Es kommt mir zu sehr so vor, als beließe man die Dinge, wie sie waren. Es wäre … nun, als wolle man den Relyimah jede wirkliche Normalität vorenthalten.«

»Meint Ihr, daß sie normal leben können, Atrus, nach allem, was sie gelitten haben?«

»Ich glaube, daß man ihnen die Chance geben sollte, es zu versuchen, selbst wenn es mit einem Fehlschlag endet. Das Leben ist kein Leben ohne dieses Risiko.«

Gat wandte einen Augenblick die blinden Augen ab, dann nickte er. »Manchmal habe ich das Gefühl, daß Ihr weiser seid, als Ihr scheint, Atrus.«

Atrus lachte. »Und wie erscheine ich Euch, mein Freund?«

»Wie die Unbeirrbarkeit in Person.«

Als die Sonne höher stieg und die umgebende Landschaft sichtbar wurde, sahen sie, wieviel Schaden die Relyimah anrichtet hatten. Statuen waren zerschlagen und viele optische Spielereien vollständig zerstört worden. Dies erstaunte Atrus, der von solchen Vorfällen nichts gehört hatte. Gleichzeitig bemerkte er, daß die meisten belebten Dinge – die Bäume und Blumen – unberührt waren, und dies machte ihm Hoffnung, mehr als alles andere, das er gesehen hatte.

Aber nun, da er wußte, was er sah, wirkte diese Landschaft, die ihm so herrlich, so voller ständiger Überraschungen erschienen war, als er sie zum ersten Mal erblickt hatte, nur noch trostlos auf ihn: ein zerbrechliches Machwerk, das in einem winzigen Augenblick zerschmettert worden war.

Wie die Zeitalter, die mein Vater schrieb …

»Wir sollten all dies entfernen«, sagte er, indem er Gat zum ersten Mal seit Stunden ansprach.

»Ihre Spielzeuge, meint Ihr?«

»Ja, und auch ihre Häuser. Alle Zeichen dessen, was sie waren.«

Gat lächelte. »Es würde eine Ewigkeit dauern.«

»Wir könnten zumindest einen Anfang machen.«

»Vielleicht.« Der Alte rückte nach vorn und wies auf die Stadt, die nun unmittelbar vor ihnen lag. Sie war während der vergangenen Stunden immer größer geworden und beherrschte den Horizont, mehr wie ein Berg als etwas von Menschen Geschaffenes. »Aber was ist damit? Wie wollt Ihr es anstellen, das da abzutragen?«

»Nach und nach.«

Gat lachte sanft. »Ich kann mir vorstellen, daß es Besseres zu tun gibt. Ihr nicht?«

»Ihr könnt nicht in den Trümmern der Vergangenheit leben.«

»Und doch habt Ihr es versucht, Atrus.«

»Dann habe ich mich vielleicht geirrt.« Und zum ersten Mal erkannte er deutlich, daß er tatsächlich falsch daran getan hatte, sein neues D'ni in den Trümmern des alten aufzubauen.

»Und vielleicht haben wir keine andere Möglichkeit, als es zu versuchen«, sagte Gat in etwas defensivem Tonfall. Dann meinte er milder: »Aber Eure Idee hat etwas für sich, Atrus. Zum mindesten sollten wir ihre Spielzeuge zerstören. All ihre gräßlichen Zerstreuungen. Aber die Häuser ... wir könnten sie bewohnen. Trennwände in die Räume einziehen, sie benutzen, um dort Kranke zu versorgen, oder als regionale Regierungssitze.«

Atrus nickte zerstreut, doch diese Vorstellung stieß ihn ab, allein schon wegen jener Tunnel in den Wänden. Jedes Terahnee-Haus, das stehenblieb, war ein Monument der großen Lüge, die sie alle einmal gelebt hatten; eine Erinnerung an die oberste Devise der Relyimah, unsichtbar zu sein.

Aber sie konnten nicht alles auf einmal erreichen. Einige Dinge würden warten müssen, und vielleicht war dies eines davon. Er warf Gat noch einen Blick zu und sah, wie aufgewühlt der Alte war. Damit hatte er nicht gerechnet.

»Alles wird gut ausgehen«, sagte er beruhigend. Doch noch während er sprach, fiel ihm wieder ein, was Gat über seine ›Unbeirrbarkeit‹ gesagt hatte. Und wahrhaftig, die Miene des alten Mannes hellte sich auf, und ein Lächeln trat auf seine ausdrucksvollen, aber uralten Züge.

»Ja, Atrus. Ich bin sicher, daß es so sein wird.«

An diesem Nachmittag regnete es; der erste Regen, den Atrus erlebte, seit er nach Terahnee gekommen war.

Gat hatte den Baldachin aufziehen wollen, nicht für sich selbst, sondern um Atrus vor dem Platzregen zu schützen, aber Atrus hatte sich geweigert. Statt dessen hatte er dagestanden und es genossen, den Regen, der auf ihn herunterprasselte, zu spüren. Nach der Hitze der letzten paar Tage fühlte er sich erfrischend an, reinigend.

Der Wolkenbruch zog vorüber, und Atrus setzte sich wieder. Der Rhythmus der Ruder, die in das Wasser eintauchten und sich wieder daraus erhoben, schläferte ihn ein, während seine Kleider, die an ihm klebten, im Sonnenschein langsam trockneten.

Er wachte auf, als Gat ihm auf den Arm klopfte. »Kommt, Atrus, wir müssen ein Stück laufen.«

Atrus blickte sich um, dann reckte er sich, stand auf und stieg aus dem Boot. Vor ihnen verschwand der Kanal in der Flanke eines riesigen Marmorhügels. Von seiner früheren Reise her erkannte Atrus die Stelle als den Anfang des ausgedehnten Schleusensystems, das in Ro'Jadres Haus endete.

Keine dieser Schleusen war jetzt in Funktion, da Gat seinen Leuten untersagt hatte, sich in Geschirre zu spannen und die großen Gewichte zu heben, die das Wasser von einer Ebene zur anderen transportierten. Und so legten sie den Weg zu Fuß zurück. Sie erklommen die langen Treppen, die die Hügelflanke hinaufführten, und traten auf ein großes Steinsims hinaus, von dem aus man Ro'Jadre überblickte.

Hinter dem Haus wartete ein anderes Boot auf sie. Frische Ruderer saßen bereits an ihrem Platz. Und dahinter lag die Stadt.

Als er dort stand, fühlte Atrus sich mit einemmal von einem starken Zwiespalt überwältigt. Das Haus, die Aussicht waren wahrhaftig herrlich. Kein Wissen um das Böse, das dahinter stand, konnte das auslöschen. Aber wie war es möglich, daß solche Schönheit, ein so sicherer Instinkt für alles Ästhetische, gleichzeitig mit solcher Unmenschlichkeit existiert hatte?

Er folgte Gat hinüber, wie immer erstaunt darüber, daß der alte Mann seinen Weg ohne Augen fand. Und als er hinter Gat in das Boot stieg, stellte er fest, daß seine früheren Zweifel weggewischt waren.

Es würde klappen. Sie würden dafür sorgen, daß es funktionierte.

Und während Ro'Jadre hinter den umgebenden Hügeln zurückblieb, stellte Atrus fest, daß er wieder nach vorn blickte, diese ganze riesige Welt umarmte, für die er sich einsetzte. In seinem Inneren begann er neue Pläne für die Relyimah zu schmieden, neue Projekte, die sie ausführen konnten.

Die Hauptstadt war still und unheimlich leer. Während sie über den großen Kanal in ihr Zentrum vordrangen und die jungen Ruderer die Riemen langsam zogen und im Fahren um sich starrten, wurde Atrus klar, wie vollständig zerstört Terahnee wirklich war.

Hier hatte nichts überlebt. Beim ersten Auftreten der Krankheit waren die Relyimah geflohen und hatten ihre Herren deren Schicksal überlassen. Zwischen den Steinplatten wuchs Gras, durch den kürzlichen Regen in die Höhe geschossen.

Jetzt schon wirkte die Stadt vernachlässigt. Die Spuren zahlreicher Brände – es war schwer zu sagen, ob zufälliger Natur oder absichtlich gelegt – schwärzten ihr einst makelloses Weiß.

Baddu und einige der anderen Relyimah-Führer erwarteten sie am Fuß des königlichen Palastes, dieser riesigen Steinmasse, und begrüßten sie an diesem kalten Ort voller Wärme.

»Sind alle tot?« fragte Atrus, denn ihm war, als befinde er sich in einem gigantischen Mausoleum.

»Die, die nicht verrückt geworden oder schon lange geflohen sind«, antwortete ihm Baddu mit einem Anflug trockenen Humors. »Vorhin haben wir einen gesehen, der durch die Straßen wanderte und vor sich hin brabbelte.«

»Und hat er Euch gesehen?«

»Verrückt oder nicht, er war ein Terahnee.«

Atrus nickte, doch ihn schmerzte der Gedanke, daß die Terahnee sogar nach allem, was sie gelitten hatten, immer noch nicht sehen konnten.

»Also«, fragte er schließlich, »wo ist nun Ro'Eh Ro'Dan?«

»Kommt«, sagte Baddu und steuerte auf einen Bogen auf der anderen Seite des marmornen Anlegestegs zu. »Es ist eine ordentliche Kletterpartie, aber der Anblick ist es wert.«

Baddu hatte nicht gescherzt. Tausend Stufen oder mehr stiegen sie hinauf, und immer noch wand sich die Treppe durch den Fels. Immer höher ging es hinauf, bis sie plötzlich in einen schwacherleuchteten Saal traten, dessen Größe schwer abzuschätzen war, denn er schien wie eine große Höhle im Fels.

Einen Augenblick glaubte Atrus, er sei wieder in D'ni, so sehr erinnerte dieser Ort daran. Aber dann erkannte er, wo er war. Dies war der Audienzsaal des Königs, wo Tausende und Abertausende von Terahnees Notabeln gesessen hatten, um seiner Ankunft beizuwohnen. Und dort, irgendwo in der Dunkelheit auf der anderen Seite des großen Saales, stand der Smaragdthron des Königs.

»Ist er hier?« fragte Atrus, und seine Stimme widerhallte in diesem stillen Raum.

Zur Antwort klatschte Baddu in die Hände, in einer perfekten Nachahmung der Geste, mit der einst ein Terahnee-Meister seine Diener befehligt haben mochte. Sogleich wurden auf allen Seiten des Raumes Lampen angezündet, und dort, genau in der Mitte, in einem Boot aus exquisitem Stein, lag der große König selbst, Ro'Eh Ro'Dan.

Atrus ging die Stufen hinab, bis er weniger als zehn Schritte von Boot entfernt stand. Ro'Eh Ro'Dan lag auf dem Rücken, auf einem Bett mit goldenen Laken. Ein schmales Goldband umschloß seine eisig-bleiche Stirn. Obwohl er tot war, strahlte Macht von ihm aus, so daß selbst Baddu, der zuvor so wegwerfend von ihm gesprochen hatte, sich dem Boot voller Ehrfurcht näherte.

»Das Buch ...«, begann Atrus und deutete auf den kleinen

ledergebundenen Band, den der Tote an seine Brust preßte. »Was ist das für ein Buch?«

Die Relyimah sahen einander an. Keiner hier wagte es, den König zu berühren, ob tot oder nicht. Ihn auch nur anzusehen fiel vielen von ihnen schwer.

Als er erkannte, daß er keine Antwort bekommen würde, trat Atrus heran, hielt sich am Bug des Bootes fest und stieg an Bord. Es schwankte leicht und wiegte den Toten, der in der Mitte des Decks lag.

Aus dieser Nähe konnte Atrus die ekelhaft süße Einbalsamierungsflüssigkeit riechen, sah, wo die Kunst des Balsamierers an diesem leblosen Fleisch ihren Zauber gewirkt hatte.

Er drehte sich um und sah Baddu an. »Wer hat den Körper hergerichtet?«

»Relyimah«, antwortete Baddu. »Seine Leibdiener. Sie sind gekommen und haben ihn hier gefunden.«

Behutsam trat Atrus heran, beugte sich über die Leiche und löste das Buch aus ihrem festen Griff.

Es war ein Geschichtsbuch. Eine Geschichte der Anfänge Terahnees. Er schlug den Einband auf, las die Schrift dort und fühlte, wie es ihm kalt über den Rücken lief.

Das Buch war für ihn! Ro'Eh Ro'Dan hatte es ihm gewidmet!

»Was ist das, Atrus?« fragte Gat, trat heran und blieb am Heck stehen.

»Eine Geschichte«, antwortete er, und seine Verblüffung wandelte sich in Staunen bei dem Gedanken, daß Ro'Eh Ro'Dan vor seinem Ende an ihn gedacht hatte. »Ein Buch über die Entstehung von Terahnee.«

Katharina wird hoch erfreut darüber sein, dachte er. *Ja, und Omar und Ezel ebenfalls.*

Atrus blickte hinunter und betrachtete die blassen, aber anziehenden Züge des Königs. In welchem Maße war Ro'Eh Ro'Dan ein Gefangener Terahnees und seiner Sitten gewesen? Oder war er die willfährige Verkörperung seiner Exzesse, seines tiefen moralischen Verfalls gewesen? Es war schwer zu sagen. Obwohl er König dieses Landes des Bösen gewesen war, konnte Atrus den persönlichen Eindruck, den dieser Mann auf ihn gemacht hatte, nicht abschütteln.

Ich habe Euch gemocht, Ro'Eh Ro'Dan, und unter anderen Umständen hätten wir sogar Freunde werden können.

Statt dessen war er hergekommen und hatte ihn getötet, ebenso sicher, als hätte er ihm ein Messer mitten ins Herz gestoßen.

Und so hatte D'ni Terahnee ausgelöscht. Es aus der Geschichte gestrichen wie eine Fußnote aus einem Buch. Die Seite wurde umgeschlagen, und es war fort.

Atrus wandte sich ab. Es war Zeit, Ro'Eh Ro'Dan zu bestatten. Zeit, sich von der Vergangenheit zu verabschieden und weiter in die Zukunft zu schreiten.

Auf einer Bahre aus Kampferholz und Bronze trugen sie Ro'Eh Ro'Dan über die Ebenen seines mächtigen Palastes, wo hundert Könige vor ihm geherrscht hatten, hinunter auf den großen Platz im Herzen der Hauptstadt. Dort, vor der Statue des Namenlosen Königs, des Gründers von Terahnee, setzten die Relyimah ihn ab und verneigten sich im Tode vor ihm, wie es ihnen nicht gestattet gewesen war, als er noch lebte.

Gleich hinter der Statue hatten sie einen hohen Holzstapel errichtet. Nachdem sie dem König ihren Respekt bezeugt hatten, trugen sie ihn dorthin und stellten die Bahre obenauf. Einen Augenblick herrschte Schweigen, dann trat Gat vor und begann mit bewegter Stimme zu sprechen.

»Die Ketten, die uns gefesselt haben, sind nun zerbrochen, und wir feiern ihr Ende, ebenso wie wir das Hinscheiden des letzten Königs von Terahnee ehren.« Er hielt inne und rief dann feierlich aus: »Von nun an soll kein Mensch je wieder unser Herr sein!«

Und mit diesen Worten senkte er den Arm, und einige Relyimah legten Fackeln an den riesigen Scheiterhaufen. Einen Moment lang herrschte Panik, doch dann stiegen die Flammen auf, und mit einem Donnern und einem plötzlichen Gleißen fing das Holz Feuer. Die Blicke der Unsichtbaren richteten sich, magisch angezogen, darauf, und sie sahen, wie die Flammen den Körper des Königs umtänzelten wie Diener, die ihm aufwarteten, wie sie ihm seine prächtige Kleidung auszogen, als mache er sich zum Schlafen bereit.

»Jidar N'ram!«

Bei dem Schrei fuhr Atrus zusammen. Als er sich umdrehte, sah er, daß eine kleine Gruppe Relyimah eingetroffen war. Atemlos eilten sie auf Gat zu, dann verlangsamten sie ihren Schritt, als sie sahen, daß die blinde Aufmerksamkeit des Alten ganz dem Feuer galt.

»Jidar N'ram«, rief einer von ihnen und kniete vor dem alten Mann nieder, »wir haben Neuigkeiten!«

Atrus zog die Augen zusammen. Er kannte diesen Titel nicht; aber es war eindeutig Gat, der damit angesprochen worden war.

»Was ist?« fragte Gat und riß seine Aufmerksamkeit von dem brennenden Scheiterhaufen los.

»Sie kommen!« schrie der Bote zitternd. Sein Blick huschte nervös hin und her. Er fürchtete sich, dem Alten direkt ins Gesicht zu sehen.

»Wer?« fragte Gat mit für ihn untypischer Ungeduld. »Wer kommt?«

»Die P'aarli! Sie haben eine große Armee von ihrer Heimatwelt hergebracht, um uns zu unterwerfen!«

Als die Relyimah das hörten, stieg ein Stöhnen von ihnen auf. Ihre Augen waren groß und rund vor Angst. Und dann schienen sie alle zugleich in sich zusammenzukriechen, als versuchten sie, sich unsichtbar zu machen.

»Die P'aarli ...«, sagte Gat, die Worte beinahe wie einen Seufzer ausstoßend. Alle Farbe war aus dem Gesicht des Alten gewichen. Selbst er schien von dieser Nachricht niedergeschmettert.

»Ihr müßt gegen sie kämpfen«, sagte Atrus. »Ihr seid viele ...«

»Vielleicht, ja. Aber wir haben keine Ahnung vom Kämpfen.«

»Dann laßt Ymur rufen. Wir wollten ihm eine Aufgabe geben. Nun, dann spannt ihn hier ein. Laßt ihn eine Streitmacht aufstellen, um den P'aarli Einhalt zu gebieten. Wenn er nur halb so beherzt ist, wie ich denke ...«

Gat erschauerte. Einen Augenblick lang schien er vollkommen ratlos. Dann nickte er leicht, als komme er wieder zu sich. »Nun gut. Wir werden Ymur rufen und ihn zum Anführer unserer Streitkräfte machen. Aber was ist, wenn er versagt?«

»Dann hat er uns wenigstens einen Aufschub verschafft.« Atrus lächelte und legte dem Alten fest die Hand auf die Schulter. »Kommt, Gat. Ruft eine Versammlung der Ältesten zusammen. Es gibt mehr als einen Weg, seine Feinde zu schlagen.«

Der Mann stand auf dem Gipfel des Hügels und blickte über das sich weithin erstreckende üppige Tal zu dem gewaltigen Gebäude an dessen Hängen hinüber. Dort, zur Linken des Hauses, in der Mitte des Tales, rückte ein Heer schwarzgekleideter Relyimah durch die Felder. Die vorderste Linie schnitt die dicken Stengel der Pflanzen ab und gab sie nach hinten an andere weiter, die sie schnell beiseite trugen und in große Karren warfen.

Aber dies war kein Erntetrupp. Selbst aus der Entfernung konnte man erkennen, daß die Feldfrüchte unreif waren und sie die Schneise nur schlugen, um schneller vorwärts zu kommen. Außerdem marschierten unmittelbar hinter diesem Wall aus gebeugten menschlichen Leibern die Ränge einer riesigen Phalanx von P'aarli, deren rote Umhänge sie ebenso deutlich kennzeichneten wie ihr silberfarbenes Haar. Eine große bootähnliche Sänfte im Hintergrund wurde von vierzig Sklaven getragen. Sie besaß einen reichgeschmückten goldenen Baldachin, und im hinteren Teil stand ein gewaltiger Thronsessel. Aber wer auch immer auf diesem Stuhl saß, war dem Blick fast vollständig verborgen. Nur ein Paar langer blasser Hände auf den Lehnen des grünen Throns waren im Tageslicht zu sehen.

Vor der Seuche war der Beobachter der Szene selbst Sklave gewesen, und nun, da er sah, wie die große Armee der P'aarli ins Tal hinabstieg, wurde er von einer übelkeiterregenden Furcht ergriffen.

Sie waren zurückgekehrt. Der kurze Traum von einem besseren Leben war zu Ende. Selbst von hier aus konnte er das unaufhörliche Klirren der Ketten hören und wußte, daß bald auch seine Glieder wieder das kalte Brennen des Eisens spüren würden.

Er sah zu, wie einer der P'aarli sich vom Haupttrupp löste und zu der Sänfte zurückging. Während er mit dem Unbekannten darin sprach, paßte er sein Schrittempo ihrer Geschwindigkeit an. Einen Augenblick geschah nichts, dann verneigte sich der Bursche, wandte sich ab und eilte an den Rängen der P'aarli entlang. Im Gehen sprach er hier und da jemanden an.

Als er das sah, erstarrte der Beobachter, und ein leichtes Zittern überlief ihn. Und dann keuchte er auf, als vier Gruppen zu je acht Mann sich von der Masse der P'aarli trennten, sich im Laufschritt formierten und ausschwärmten.

Er hatte dies schon einmal gesehen, in seinem Heimatzeitalter. Er war ein Kind von vier Jahren gewesen, als die P'aarli gekommen waren. An diesem Tag hatte er dasselbe beobachtet: die in endlosen Reihen marschierende Streitmacht, und dann die kleineren Gruppen – Kundschafter – die mit Netzen, Messern und Haken ausgeschickt wurden, um Beute zu suchen. Der erste Trupp erkletterte bereits den Abhang vor ihm. Die Männer bewegten sich geduckt, im Laufschritt. Einer von ihnen stieß einen Schrei aus, als er ihn entdeckte.

Sein Zittern wurde heftiger, und einen Moment lang konnte er sich nicht rühren. Dann fuhr er mit einer verzweifelten Hast, wie er sie seit jenem Tag vor zwanzig Jahren nicht empfunden hatte, herum und rannte. Das Herz hämmerte in seiner Brust, sein Atem ging rasselnd, und er wußte nicht, wo er, falls überhaupt, Sicherheit finden würde.

Der P'aar'Ro, der Große Aufseher und Anführer der P'aarli, rekelte sich in seinem Sessel in der Kühle des großen Baldachins, sanft gewiegt von der Bewegung der Sänfte unter ihm. Der Feldzug hatte gut begonnen. Sie hatten bereits eine große Zahl Relyimah – alles in allem über achthunderttausend – eingefangen und in Pferche gesteckt, und mit jeder Stunde wurden es mehr. Wer Widerstand leistete, wurde umgebracht, aber das waren nicht viele, und er hatte etwas dagegen, gute Sklaven zu verschwenden. Der gewohnte, tiefeingeprägte Gehorsam war von den Ereignissen nicht erschüttert worden, und dies beruhigte ihn mehr als alles andere. Sie waren schließlich bloß ein Mob. Unorganisiert. Vollständig bar jeden vernünftigen Denkens. Man brauchte ihnen nur zu befehlen, sich zu unterwerfen, und sie gehorchten. Dennoch war die Aufgabe nicht unerheblich, und er hatte seine Männer darauf vorbereitet, daß es Schwierigkeiten geben könnte.

Träge blickte er sich um. Einige Zeit war vergangen, seit er zum letzten Mal auf Terahnee gewesen war, und er hatte vergessen, was für ein angenehmer Ort es war. In den letzten Jahren hatte er den Großteil seiner Zeit in seinem Heimatzeitalter verbracht und die wichtige Aufgabe der Ausbildung der Aufseher unter sich gehabt, aber durch die Krankheit hatte sich alles geändert. Nun waren ihre Prioritäten andere.

Er blickte nach unten, an den breiten, reichgeschmückten Seiten der Sänfte vorbei, wo langsam, mit abgewandtem Blick, die Sklaven gingen. Die langen hölzernen Stangen, die so geschnitzt waren, daß sie dicken, gedrehten Tauen ähnelten, lagen auf ihren Schultern. Konnte er sich dazu erziehen, sie nicht zu sehen?

Der Gedanke belustigte ihn. Es war wie der Sessel, auf dem er saß; eine genaue Kopie des großen Throns des Königs, nur daß er aus Jade bestand, nicht aus Smaragd. Aber warum sollte er sich länger mit Kopien zufriedengeben?

Ja, die Dinge lagen jetzt anders, und sie mußten sich mit ihnen ändern.

Für den Anfang würden sie Aufseher brauchen.

Nun ... vielleicht befanden sich unter den Relyimah einige, die für diese Arbeit ausgebildet werden konnten. Möglicherweise die Schreiber.

Der P'aar'Ro grinste, dann lehnte er sich zurück und schloß träge die Augen. Es war an der Zeit, etwas geruhsamer zu leben. Zeit, daß sie jemand anderen die schmutzige Arbeit tun ließen.

Ymur wartete im Obstgarten auf sie. Als die P'aarli zwischen den Bäumen hindurchkamen, sprangen seine Männer sie von oben an, während andere, die sich hinter den Stämmen versteckt hatten, mit Netzen und Messern über sie herfielen und ihre eigenen Tricks gegen sie anwandten.

Die meisten P'aarli wurden in dieser ersten hektischen Minute getötet, aber zwei überlebten und wurden von seinen Männern niedergehalten. Ymur sah zu, wie sie darum kämpften, hochzukommen, hörte sich ihr unaufhörliches Geschrei an, dann trat er zu dem, der ihm am nächsten lag, und schlug ihn hart ins Gesicht.

Der Mann verstummte. An seiner Lippe klebte Blut, und seine Augen waren vom Schock geweitet.

»Wie viele seid ihr?« fragte Ymur, über den Mann gebeugt.

Er sah ihm ihn die Augen und ließ ihn wissen, daß er keine Angst vor ihm hatte.

Der P'aarli lachte nur.

Ymur versetzte ihm noch einen Schlag, dieses Mal fester, so daß der Mann aufschrie.

Die Relyimah, die zusahen, lachten; ein grausames, befriedigtes Lachen.

Ymur blickte sich jetzt grinsend um und richtete sich auf.

»Was soll's?« sagte er und drehte den beiden den Rücken zu. »Wir kriegen sie ohnehin alle, bevor wir hier fertig sind.« Dann drehte er sich um, zog sein langes Messer, ein großes Fleischermesser, das man benutzte, um Keulen abzutrennen, und zeigte es ihnen. Er genoß es zu sehen, wie ihnen das Blut aus dem Gesicht wich.

Ymurs Männer legten die Leichen auf Strohpritschen, dann nahmen sie sie mit und stellten sie auf allen umliegenden Gütern aus, wobei sie viel Aufhebens von den Wunden machten. Sie lachten, als sie berichteten, wie leicht es gewesen war. Und dann, wenn sie diese Geschichte erzählt hatten, richteten sie die Standarte auf und baten alle, die da waren, zu kommen und mit ihnen das große Unternehmen der Befreiung Terahnees zu wagen.

Manche wurden blaß und wandten sich ab, aber viele andere folgten dem Ruf, und so wurde der kleine Haufen, mit dem Ymur begonnen hatte, langsam zu einer Streitmacht und schließlich zu einer Armee.

Während er in seinem Lager umherging und alles mögliche organisierte, nickte Ymur nachdenklich. Seltsam, wie es dazu gekommen war, wie die alten Männer an ihn herangetreten waren, denn er hatte selbst vorgehabt, eine Streitmacht aufzustellen und gegen die verfluchten P'aarli zu ziehen. Besser das – besser der Tod –, als wieder Sklave zu sein. Und so stürzte er sich in die Arbeit, redete seinen Leuten abwechselnd gut zu oder tyrannisierte sie und versuchte aus diesem fügsamen Haufen eine Art kämpfender Truppe zu machen.

Er wußte, es würde nicht leicht werden. Diese Sache im Obstgarten war auf gewisse Weise ein Trick gewesen. Er hatte gewußt, daß er damit durchkommen konnte ... mit etwas Glück. Aber eine ausgewachsene Schlacht gegen eine gut disziplinierte Armee war etwas anderes. Er hatte die P'aarli in den Zeitaltern bei der Arbeit gesehen und konnte nicht vergessen, wie furchteinflößend sie ausgesehen hatten. Ihn ängstigte es nicht, aber er wußte, daß er in dieser Hinsicht eine Ausnahme darstellte. Die meisten seiner Leute würden lieber in ein loderndes Feuer springen, als sich der großen Armee zu stellen. Doch es mußte einen Weg geben.

Vier Tage hatte er, wenn er den Berichten über das Vorrücken der P'aarli glauben konnte. Höchstens fünf.

Er blieb stehen, dann lachte er, als er bemerkte, daß die Lösung sich ungebeten in den Fluß seiner Gedanken geschlichen hatte. Das war es! Er würde Feuer einsetzen.

»Uta!« rief er. Der Sklavenjunge war einer der ersten gewesen, die zu seiner Fahne geeilt waren. »Komm, Kind, du mußt eine Botschaft überbringen. An Atrus, in der Hauptstadt. Sie beginnt so ...«

Atrus stand an seinem Schreibtisch und studierte die Karte der Hauptstadt, die vor ihm ausgebreitet lag, als Uta in den Raum trat.

»Uta!« rief er, erfreut, den Jungen zu sehen. »Hast du eine Nachricht für mich?«

Uta kam herüber, blieb vor Atrus stehen und senkte tief den Kopf. Er blickte nicht auf, während er sprach.

»Ymur heißt mich, seinen Freund zu grüßen, und fragt, ob

so etwas wie flüssiges Feuer zu beschaffen ist. Wenn ja, bittet er darum, daß ihm bis spätestens morgen abend tausend Fässer davon geliefert werden.«

Atrus starrte den Jungen verblüfft an.

»Flüssiges Feuer?« sagte er leise, mehr zu sich selbst denn zur Antwort. »Ja … ich werde dafür sorgen.« Er nickte entschieden. »Sag unserem guten Freund Ymur, daß er bekommen wird, worum er bittet.«

Uta schickte sich an, sich umzudrehen und den Raum zu verlassen, aber Atrus rief ihn zurück.

»Warte, Uta. Nimm dir eine Stunde Zeit, ehe du zurückkehrst. Katharina würde dich bestimmt gern sehen, bevor du aufbrichst.«

Nachdem der Junge fort war, stand Atrus lange Zeit da und fragte sich, zu welchem Zweck Ymur wohl das flüssige Feuer einsetzen wollte. Wie auch immer, er würde ihm Anweisungen geben müssen – vielleicht sollte er Irras oder Carrad schicken, um ihn in seinem Gebrauch zu unterweisen. Dann schüttelte er den Gedanken ab und wandte seine Aufmerksamkeit wieder der Karte zu.

Er hatte markiert, welche Alleen und Kanäle im Ostteil der Stadt verbarrikadiert werden sollten, und Hersha und Eedrah waren bereits damit beschäftigt, die Arbeiten zu organisieren. Nun mußte er noch entscheiden, welche der verbleibenden Verkehrswege sich am besten für seinen Plan eigneten.

Wenn er recht vermutete, würden die P'aarli die Hauptstadt einnehmen wollen. Wenn ja, dann würde er sie in so etwas wie ein Labyrinth führen. Ein tödliches Labyrinth, wo ständig Dinge auf sie herabregnen würden.

Es würde keine Schlacht geben, nicht einmal Kämpfe Mann gegen Mann, denn die Relyimah würden unsichtbar bleiben.

Gat hatte der Plan ganz besonders gefallen. Aber Baddu war weit weniger überzeugt davon gewesen. »Warum sollten die P'aarli in unsere Falle gehen? Was ist, wenn sie vor der Stadt warten?«

»Dann sollen sie warten«, meinte Atrus. »Aber wir werden dafür sorgen, daß sie keine Möglichkeit haben, sich zu ernähren. Wir nehmen ihnen Wasser und Nahrung fort.«

»Wie sollen wir das bewerkstelligen?« hatte Baddu gefragt.

»Indem wir jedes Feld östlich der Hauptstadt abbrennen und jeden Wasserlauf blockieren.«

»Und wenn das scheitert?«

»Dann werden wir einen anderen Weg finden, sie zu bekämpfen. Wir sind viele.«

»Wir sind viele«, wiederholte Gat. Der Satz gefiel ihm, und er nickte begeistert. »Und die P'aarli ...« Er grinste breit. »Die P'aarli sind arrogant. Sie werden uns in die Falle gehen!«

Sie hatten den großen Baldachin zurückgezogen, so daß der P'aar'Ro, der in seinem Amtssessel saß, zu sehen war. Die Relyimah hatten sich wieder außer Sichtweite zurückgezogen, und die Sänfte schien zwischen den Säulen zu hängen – ja beinahe zu schweben.

Die drei Terahnee blieben stehen und blickten sich um. Sie waren sich nicht ganz sicher, wie sie vorgehen sollten. Dann faßten sie Mut, traten in die große Halle und lächelten, als sie das Silberhaar des alten Mannes sahen, den weinroten Umhang. Das wenigstens war vertraut.

»P'aar'Ro!« rief einer von ihnen und grüßte den Großen Aufseher. »Wir heißen Euch in Ro'Derraj willkommen! Wir sind die letzten Terahnee in diesem Distrikt. Der Gouverneur ...«

Er verstummte und wartete darauf, daß der P'aar'Ro aufstehen und herunterkommen würde, um sie zu begrüßen, aber der Anführer der Diener saß einfach da, als habe niemand etwas gesagt. Tatsächlich bemerkten die Terahnee nun, da sie genauer hinsahen, daß er etwas aß!

Sie drehten sich um und warfen einen Blick zurück auf die Linie der P'aarli, die jetzt vor dem großen Tor standen und es blockierten, dann wandten sie sich wieder um.

Seltsam …

»Als wir hörten, daß Ihr zurückgekehrt seid, waren wir hoch erfreut!« sagte der zweite Terahnee, dann hielt er inne, denn der P'aar'Ro war auf seinem Thron nach vorn gerückt, als wolle er etwas sagen. Statt dessen gab er den Aufsehern, die hinter ihm standen, ein Zeichen, wies mit dem Kinn auf die drei Terahnee und zog einen Finger quer über die Kehle.

»P'aar'Ro?« fragte einer von ihnen. »Ist das Gespräch beendet?«

Aber er hatte seinen Satz kaum ausgesprochen, als man ihn von hinten packte.

Der P'aar'Ro betrachtete die halb gegessene Frucht in seiner Hand, dann warf er sie beiseite und tat, als bemerke er den Sklaven nicht, der sie schnell und unauffällig aufhob und wegbrachte.

Übung, sagte er sich. Eine reine Übungssache.

Ymur schritt die Reihe der Karren ab und inspizierte sorgfältig jede Ladung von Fässern, dann wandte er sich um und sah Carrad an.

»Ausgezeichnet!« meinte er. »Aber laßt uns hoffen, daß wir sie nicht einsetzen müssen!«

Carrad kratzte sich den kahlen Schädel. »Ihr meint, Ihr haltet sie in Reserve, Ymur? Aber gewiß …«

Ymur nahm den Arm des jungen Mannes und führte ihn in

sein Zelt. Drinnen angekommen, sah er dem stämmigen Burschen ins Gesicht.

»Ich werde dies nur einmal sagen und es nicht wiederholen. Und Ihr werdet es niemandem gegenüber erwähnen, Meister Carrad. Das Feuer ist nicht für die P'aarli, es soll gegen unsere eigenen Männer gebraucht werden, für den Fall, daß sie nicht den Mumm haben, zu kämpfen.«

»Aber ...«

»Kein aber. Wir können die P'aarli schlagen, sie durch unsere bloße zahlenmäßige Überlegenheit überrennen. Aber nicht, wenn wir in die falsche Richtung laufen! Ich habe vor, ihre Entschlossenheit ein wenig zu fördern.«

Carrad nickte, aber mit einemmal war ihm unwohl. Um die Wahrheit zu sagen, was er über diesen kleinen Mann gehört hatte, als Atrus ihn instruierte, hatte ihm gar nicht gefallen, und in Person fand er ihn sogar noch weniger sympathisch. Aber Uta, den er für einen guten Menschenkenner hielt, schien diesen Mann wie einen Gott zu verehren.

»Sagt mir, wen ich unterweisen soll«, meinte Carrad.

»Gut«, antwortete Ymur. »Ihr werdet später mit den Stummen sprechen ...«

»Stumme?«

Ymur lächelte. »Glaubt Ihr, ich könnte so etwas Männern anvertrauen, die Zungen haben? Selbst Relyimah reden untereinander!«

Carrad sah Ymur kurz in die Augen, und neben dem Zorn, den er erwartet hatte, erkannte er die Grausamkeit darin. Dann senkte er den Kopf. »Wie Ihr wünscht, Ymur.«

Sie waren jetzt so viele, daß es zum Problem wurde, die Männer zu ernähren, mit Wasser zu versorgen, sie ordentlich zu kleiden und Waffen für sie zu finden. Aber es würde nicht lange ein Problem bleiben. Die Armee der P'aarli befand sich, wenn seine Kundschafter recht hatten, nur eine Stunde weit fort und kampierte in einer großen Bodensenke am Rande des Guts des hiesigen Gouverneurs.

Es war noch eine Stunde bis Sonnenuntergang, und wenn er seine Männer direkt dorthin führte, konnten sie die P'aarli noch vor dem Dunkelwerden angreifen. Nicht, daß es darauf ankam. Ymur war auch bereit, im Mondlicht gegen sie anzutreten, wenn es nötig war. Tatsächlich hatte er lange und eingehend darüber nachgedacht, ob es vielleicht von Vorteil wäre, dies zu tun. Aber irgendwie schien der Sonnenuntergang richtig. Zu dieser Tageszeit waren Menschen entspannt. Jedenfalls die, die sich in einem Lager aufhielten. Während seine Männer nach dem langen Gewaltmarsch nervös sein würden.

Eine halbe Million Männer folgte jetzt seinem Banner. Das war mehr als hundertmal die Anzahl der P'aarli. Aber damit war der Sieg noch lange nicht garantiert. Wenn die vorderste Linie ins Stocken geriet und umdrehte, dann würde er sich möglicherweise an der Spitze einer in Panik dahinstürmenden Masse wiederfinden. Sie würden sich gegenseitig zu Tode trampeln.

Er reckte im Gehen die Arme, dann blickte er sich unter seinen Anführern um, die neben ihm schritten – Männer, die er wegen ihrer Geisteshaltung aus den Reihen ausgewählt hatte. Vor allem Männer wie er selbst. Und hinten in der kleinen Gruppe ging der junge Uta, der sich als Überraschung erwiesen hatte. Zuerst hatte er geglaubt, Uta sei ihm untergeschoben worden, jemand, der im Lager für Atrus und die anderen die Ohren offenhielt, aber der Knabe konnte seine Begeisterung nicht verbergen. Er war ebenso begierig wie Ymur, Terahnee von den Herren und ihren Helfershelfern zu befreien.

Bei diesem Gedanken grinste Ymur, dann wandte er seine Aufmerksamkeit dem Läufer zu, der über den Hügel gekommen war und direkt auf ihn zuhielt.

»Wie sieht es aus?« fragte er, wobei er weder stehenblieb noch sein Tempo mäßigte. Der Läufer mußte neben ihm in

Gleichschritt fallen. »Haben die P'aarli sich in Bewegung gesetzt?«

»Nein, Ymur«, antwortete der Mann atemlos. »Außer, Ihr zählt die Bewegung in Richtung Bett als Strategie!«

In der Gruppe der Anführer wurde gelacht.

»Dann laßt uns hoffen, daß wir ein paar von ihnen schlafend vorfinden«, sagte Ymur. Er beschleunigte seinen Schritt, zog ein langes Messer aus dem Gürtel und hob es, als seien die P'aarli bereits in Sicht.

Die P'aarli saßen um ihre Feuer, sprachen und lachten und diskutierten den ›Spaß‹, den sie an diesem Tag gehabt hatten. Die Sonne stand jetzt tief, die Schatten waren lang, und im Westen stieg bereits der Mond am Himmel auf.

Dies war ein angenehmes Land – weit schöner als die meisten, in die sie kamen –, und die Relyimah hier waren fügsam und gut konditioniert. Trotzdem hatten sie Wachen aufgestellt, wie sie es in feindseligeren Zeitaltern taten, allerdings mehr aus Gewohnheit denn in Erwartung eines Angriffs.

So kam es, daß ihnen entging, wie sich plötzlich über den höchsten Kämmen des Tales der Himmel verdunkelte. Und falls jemand etwas hörte, so hielt er es zweifellos für fernes Donnergrollen.

Vom Kamm aus blickte Ymur in das Lager hinab und prägte sich die ordentliche Aufstellung der Zelte ein, die regelmäßige Anordnung der Feuer, die Art, in der die Proviantwagen aufgestellt waren, denn er wußte, daß er daraus lernen konnte. Dann, nachdem er genug gesehen hatte, hob er den Arm und stürmte mit einem lauten Schrei den Abhang hinab. Im Laufen schwenkte er die Waffe, brüllte, so laut er konnte, und vernahm das ohrenbetäubende, donnernde Geschrei seiner zusammengewürfelten Armee, die hinter ihm losstürzte.

Er hatte über einen lautlosen Überraschungsangriff nachgedacht – daran, sich in das Lager zu schleichen und ihnen die Kehlen durchzuschneiden –, aber dies hier war besser. Er würde mehr Männer verlieren, aber was sollte es? Einen hinterlistigen Mann rühmte niemand, wohl aber einen kühnen.

Als sie auf die vorderste Linie der P'aarli trafen, spürte Ymur, wie eine große Woge der Begeisterung in ihm aufstieg und ihn davontrug, und eine Zeitlang dachte er gar nichts mehr, nur sein Messerarm hob und senkte sich und durchbohrte Freund und Feind gleichermaßen.

Und dann, als ihre Niederlage schon sicher schien, boten die P'aarli ihre letzten Kräfte auf. Im Zentrum des Lagers rottete sich ein kleiner Trupp zusammen und schickte sich an, sich zum großen Haus am anderen Talende durchzuschlagen. Die Relyimah, die sich dieser entschlossenen Gruppe gegenübersahen, brachen zusammen, flohen und warfen verängstigt ihre Waffen fort. Aber Ymur, der wieder zu sich gekommen war, sah das, nahm einige seiner handverlesenen Männer, lief los und schnitt ihnen den Weg ab. Er riskierte sein eigenes Leben, zeigte seinen Männern durch sein Beispiel, was möglich war, und binnen kurzem waren die P'aarli überrannt, als mehr und mehr Relyimah sich wieder in den Kampf stürzten.

Und dann war es mit einemmal vorbei, und eine seltsame Stille senkte sich über das Lager herab.

Ymur wanderte in die Mitte des Lagers und sah im Licht der Lagerfeuer die großen Berge der Toten, die hier gekämpft hatten.

»Verbrennt sie!« befahl er und blickte sich um. »Verbrennt alles hier! Und dann weiter nach He'Darra. Laßt uns diese P'aarli endgültig vernichten!«

Wohin so eilig?«

Der P'aar'Ro blieb stehen und drehte sich langsam um. Der Relyimah, der vor ihm stand, reichte ihm kaum bis zur Brust, und in dem flackernden Licht der Lampen schien er ein seltsames, schiefes Gesicht zu haben.

»Trägt Euch denn niemand, Großer Aufseher?«

»Ich …« Der P'aar'Ro schluckte. Die Wahrheit war, daß seine Sklaven in dem Augenblick, da die Relyimah das Lager angegriffen hatten, desertiert waren. Er hatte sich glücklicherweise zu dieser Zeit im Haus aufgehalten und hatte so die Möglichkeit gehabt, zu entkommen. Jedenfalls hatte er das geglaubt.

»Möchtet Ihr, daß *wir* Euch tragen, P'aar'Ro?«

Er blickte sich um. Die Schatten mochten ihm einen Streich spielen, aber er hatte den starken Eindruck, daß dies keine freundlichen Gesichter waren. Gehörten diese Männer zur Sklavenarmee, oder waren sie bloß Streuner? Wenn ja, konnte er sie vielleicht noch einschüchtern.

»Habt ihr eine Sänfte?« fragte er und versuchte zuversichtlicher zu klingen, als er sich fühlte.

»Die haben wir«, antwortete ihr Sprecher, und auf eine Geste von ihm brachten vier der Relyimah eine einfache Strohbahre herbei und kauerten sich hin, als wollten sie ihn aufsteigen lassen.

»Das?« fragte der P'aar'Ro ungläubig.

»Das ist das, was wir benutzen«, sagte der kleine Mann.

»Benutzen?«

»Um die Leichen zu tragen …«

Dem P'aar'Ro wurde der Mund trocken. »Ich …«

»Haltet ihn fest«, befahl Ymur und lächelte beinahe freundlich, als er auf den Großen Aufseher zutrat. »Haltet ihn nieder, während ich ihm die Augen aussteche.«

Atrus hörte den Jubel, lange bevor der Bote eintraf. Er trat gerade rechtzeitig auf den Balkon, um noch zu sehen, wie Hersha über den Hof eilte, um den Mann abzufangen.

Einen Moment lang berieten sie sich kurz, dann richtete der Alte sich auf und stieß einen lauten Freudenschrei aus.

Also hatte Ymur es geschafft. Er hatte die Armee der P'aarli zerschmettert. Atrus holte tief Luft. Auf gewisse Weise war er froh, daß er nicht gebraucht worden war.

»Atrus!« rief Hersha und kam auf ihn zu. »Die P'aarli sind vernichtet, der P'aar'Ro gefangen! Und nun zieht Ymur weiter nach He'Darra, um das Werk abzuschließen!«

»He'Darra?«

»Das ist der Ort, wo sie die Sklaven auf diese Welt bringen. Es ist ein grauenhafter, entsetzlicher Ort. Ymur hat vor, ihn zu zerstören und die Verbindung zur Heimatwelt der P'aarli zu schließen.«

Atrus nickte, aber er fragte sich, ob Ymur wußte, was notwendig war, um die Verbindung abzubrechen.

»Wir sollten die Bauarbeiten stoppen«, sagte er, sich praktischen Dingen zuwendend.

»Ich werde mich darum kümmern«, antwortete Hersha. »Aber gleichzeitig werde ich die Erlaubnis geben, die Weinkeller der Terahnee aufzubrechen. Wir sind viel zu lange nüchtern gewesen, Atrus! Es ist Zeit zum Feiern. Und wenn Ymur zurückkehrt, geben wir ein großes Festmahl zu seinen Ehren!«

»Und Gat … weiß Gat es schon?«

»Ich weiß es«, sagte Gat, der lautlos von hinten an sie herangetreten war. »Hört Ihr es denn nicht, Atrus? Hört … dieser Lärm … So klingt die Freiheit!«

Der Eingang nach He'Darra war ein langer dunkler Spalt in der Erde. Breite schwarze Stufen führten in diese Finsternis hinab, und wenn man darüber schritt, schien es, als werde man vom Boden verschluckt. Tiefer und immer tiefer erstreckten sich diese Treppen, als führten sie bis zum Mittelpunkt der Erde.

Hier stank es. Der faulige, üble Geruch stieg aus der Dunkelheit auf wie eine unsichtbare Wolke.

Ymur rümpfte die Nase. Er war sechs gewesen, als er He'Darra verlassen hatte. Weniger als acht Wochen hatte er hier verbracht, und doch hatten jene fünfzig Tage eine so tiefe, dunkle Narbe in seinem Inneren hinterlassen, daß er selbst jetzt noch zitterte bei dem Gedanken an das, was unter ihm lag.

Er bleckte die Zähne, dann winkte er seinen Männern, ihm zu folgen, und machte sich an den Abstieg.

Hier, dicht unter der Oberfläche, breiteten sich rechts und links der Haupttreppe die Quartiere aus, wo die Wachen – natürlich P'aarli – schliefen und aßen. Es gab geräumige Küchen und gute Betten, und von den Decken der Räume hingen riesige Lampen. Hier befanden sich auch die Lagerräume und Waffenkammern. In einer davon blieb Ymur stehen, ging an den Peitschen vorüber, die an der Wand aufgereiht hingen, und wählte eine besonders bösartig aussehende. Aber hier befanden sich auch andere Gerätschaften: Geißeln und Ketten, Beile und Skalpelle, Dinge, von denen die Herren – der Terahnee-Abschaum – nichts wußten. Denn dies war die Domäne der P'aarli. Hier waren die Aufseher die Herren und Meister, denen die Terahnee Macht verliehen hatten, damit sie aus gefügigen Gefangenen wirkliche Sklaven machten. Hier gaben sie den langen Monaten der Unterwerfung in den Ausbildungszeitaltern den letzten Schliff, die endgültige Gestalt.

Ymur trat wieder in das große Treppenhaus und winkte seinen Männern. »Bringt Lampen!«

Sie eilten davon. Kurz darauf waren sie zurück, von gleißendem Licht eingehüllt, und schlossen sich Ymur an, als er den Abstieg von neuem antrat.

Vor ihnen lag das große Tor. Dahinter befanden sich die Pferche.

Das Tor war ein gigantischer Kreis aus Stein, der in die umgebende Erde eingepaßt war. Im Zentrum, zwanzig Fuß voneinander entfernt, befanden sich zwei gewaltige Tore aus dicken steinernen Gitterstäben, wie die Türen einer riesigen Zelle.

Und genau das waren sie. Denn hier unten hatten sie mehr als eine Million Relyimah gleichzeitig gefangen gehalten. Jungen, keiner von ihnen älter als sieben oder acht, und die meisten weit jünger.

Ymur sah nach links. »Erinnerst du dich an diesen Ort, Uta?«

Uta zögerte, dann nickte er mit furchterfülltem Blick.

»Manche verdrängen es«, sagte Ymur. »Auf andere Weise können sie nicht damit umgehen. Aber ich erinnere mich an alles.«

»Ja«, sagte Uta mit leiser, verschüchterter Stimme. »Ich erinnere mich auch.«

»Gut«, meinte Ymur, dann ging er weiter.

Die Tore waren unverschlossen. Ymur wartete, während seine Männer die massiven Flügel auf ihren Scharnieren zurückschoben, und trat dann hindurch.

Hier wurde der üble Geruch zu einem infernalischen Gestank. Weiter oben, in den Quartieren der P'aarli, hatte es Luftschächte und Ventilatoren gegeben, aber hier gab es zwar eine Art Lüftung, aber nur von der einfachsten Sorte, und der Geruch der Millionen, die hier durchgeschleust worden waren, hing noch in der Luft.

Dieser Gestank rief mehr als alles andere seine Erinnerungen wach. Er hatte hier solche Grausamkeiten gesehen, solche berechnete Brutalität, daß ihm im Rückblick das Ausbildungszeitalter beinahe human vorgekommen war. Hier wurde kein einziger Fehler toleriert. Auspeitschungen und Prügel waren an der Tagesordnung gewesen. Und noch Schlimmeres. Selbst die, die sich fügten, wurden manchmal geholt, zum Zeitvertreib oder aus schlichter Bosheit. Und das Schlimmste war seine eigene Unfähigkeit zu handeln gewesen. Was er damals gefühlt hatte, das empfand er auch jetzt. Denselben glühenden Zorn, dasselbe Gefühl furchtbarer Ungerechtigkeit.

Nun, jetzt konnte er etwas unternehmen. Nun konnte er eine Armee in die Welt der P'aarli bringen, um sie zu zerstören und jede Erinnerung daran, daß sie je existiert hatte, auslöschen.

Er ging hinunter. Die Fackeln brannten in der Dunkelheit und enthüllten rechts und links von ihm die großen Käfige – Ställe hatten sie sie genannt, als seien die Relyimah bloß Tiere –, in denen sie zehntausend Jungen gleichzeitig eingekerkert hatten. Der Boden war mit endlosen Reihen von Ketten übersät, und tiefe Abwasserrinnen zogen sich im Zickzack durch den kalten Stein. Wenn hier ein Junge starb, ließ man ihn liegen, bis er verfaulte, als ›Lektion‹ für die anderen – eine der vielen, die die P'aarli sie lehrten.

Als nächstes kamen die Tunnel, die sich in alle Richtungen meilenweit in die Erde erstreckten und wo sie gelernt hatten, sich lautlos zu bewegen; Tunnel, aus denen ein Junge, der vergaß, welchen Ausgang er nehmen mußte, vielleicht nie wieder herausfand.

Weiter unten befanden sich die Räume, in denen sie die Übungsgewichte aufbewahrten. Die massiven Eisenblöcke hingen immer noch an ihren Flaschenzügen, hundert Seile baumelten schlaff herunter, und die Ledergeschirre lagen leer auf dem Boden.

Noch einmal bleckte Ymur die Zähne bei dieser Erinnerung, dann wandte er sich ab. Weiter stieg er hinab, tiefer, vorbei an noch mehr Pferchen, noch mehr Räumen, wo sie ihre schrecklichen Aufgaben erlernt hatten. Endlich erreichte er die unterste Ebene, wo, hinter einem letzten Tor, die Buchräume lagen.

Schweigend, nachdenklich saß Ymur in dieser Nacht auf dem Thron des P'aar'Ro. Im Tal unten kampierte seine Armee, und ihre Lagerfeuer waren als leuchtende Punkte im Dunkel zu erkennen.

Dort fand ihn der Bote. Der Mann kniete nieder und streckte ihm die Schriftrolle, die er überbrachte, entgegen. Ymur nahm sie und reichte sie dann dem Schreiber weiter, der immer an seiner Seite war.

Der Schreiber rollte das Papier auf und überflog es. Dann hob er die Stimme und las laut vor.

»Guter Bruder, wir grüßen Euch! Euer Sieg ist ein Sieg für alle Relyimah! Um diesen äußerst glücklichen Anlaß zu feiern, soll bei Eurer Rückkehr in der Hauptstadt ein großes Festmahl stattfinden. Die Ältesten danken Euch und halten Euch in großen Ehren.«

Ymur wartete, dann sah er den Mann an. »Ist das alles?«

Der Schreiber hielt den Blick abgewandt. »Das ist alles … Herr.«

Ymur entriß ihm das Papier und zerfetzte es. Das war es also, ja? Ein Festmahl! Und dann? War er ihr Diener, daß er dies und jenes für sie tat? Nein, es war nicht genug. Nicht halbwegs genug. Wenn er zurückging, würden immer noch die alten Männer regieren. Und was würde er dann tun? Däumchen drehen und zusehen, wie sie alles im Chaos versinken ließen? Nein. Nein, das würde nicht geschehen!

Zornig sprang er auf. Die P'aarli mochten warten. Diese Angelegenheit würde er zuerst erledigen.

»Wir danken Euch … und halten Euch in Ehren …«, wiederholte er mit hämischem Unterton. Dann drehte er sich um und klatschte in die Hände. »Schreiber!« bellte er. »Bring Feder und Papier! Ich habe eine Antwort für die alten Männer!«

Der Bote fiel vor dem alten Gat auf die Knie und ließ den Kopf hängen, als schäme er sich.

»Nun, Mann?« fragte Gat. »Was ist?«

Ohne aufzublicken hielt der Mann ihm das Papier hin, das der Schreiber aufgesetzt hatte. Eedrah nahm es, entfaltete es und las es laut vor, damit Gat hören konnte, was darin stand. Mitten im Text stockte er auf einmal.

»... und so werde ich, Ymur, zum Schutz und zur Sicherheit aller, die große Bürde auf mich nehmen, Terahnee zu regieren ...«

»Er will uns alle zu seinen Sklaven machen«, sagte Gat.

»Dann müssen wir gegen ihn kämpfen«, meinte Hersha sofort.

»Nein«, sagte Atrus. »Ich werde ihn treffen. Ich rede mit ihm und bringe ihn von seinem Vorhaben ab.«

Atrus bemerkte, daß der Bote bei diesen Worten zusammenzuckte.

»Meint Ihr, er wird mich nicht sehen wollen?«

Der Kopf des Boten sank noch tiefer. Seine Stimme war kaum vernehmbar. »Er wird sich vielleicht mit Euch treffen, Bruder, aber nicht, um zu reden.«

»Warum sollte er dann zustimmen, mich zu treffen?«

»Um Euch zu töten, Bruder. Er hat Euch bereits zum Tode verurteilt. Euch und alle anderen D'ni.«

»Ich verstehe.«

Kurz schwiegen alle, dann sprach Gat von neuem. »Es scheint, daß wir jetzt nur zwei Möglichkeiten haben, Atrus. Kämpfen oder uns unterwerfen. Was sollen wir tun?«

Atrus sah ihn an, und in seinem Blick stand Trauer. Er hatte gehofft, es werde nie soweit kommen. »Ich habe keine Erfahrung im Kampf. Außerdem habe ich nicht das Gefühl, daß Gewalt eine Lösung für dieses Problem ist. Wenn wir so anfangen, dann ist ein Grundmuster festgelegt.«

Doch noch während er sprach, wurde Atrus klar, daß das, was Gat gesagt hatte, stimmte. Dies war nicht wie die Schlacht gegen die P'aarli, noch gab es hier irgendwelche Kompromißlösungen. Ymurs Tat hatte die Situation vollständig verändert.

»Wenn Ihr uns verlassen wollt, verstehen wir das«, meinte Gat. »Dies ist schließlich nicht Euer Kampf.«

»Glaubt Ihr, ich würde Euch jetzt verlassen, Bruder?«

»Dann müssen wir uns so gut wie möglich bewaffnen.« Gat wandte sich zu Hersha und Baddu, und seine blinden Augen schienen zuerst den einen und dann den anderen anzusehen. »Also, Brüder, wer von Euch wird die Aufgabe übernehmen?«

Der Spiralturm wand sich in den Himmel hinauf. Die Bruchstücke seiner Innenausstattung aus Perlmutt waren vom Feuer geschwärzt, und seine zarten Glasfenster, einst die Freude eines Terahnee-Kindes, waren nun dunkel wie blinde Augen.

Im gezackten Schatten des Turms, in der Mitte eines dichten, üppigen Rasens, stand Ymurs Zelt. Seine blutrote Leinwand wirkte inmitten des Grüns wie ein Schmutzfleck. Rundum schwelten noch die ausgebrannten Ruinen des einst mächtigen Hauses und ließen schwarzen Qualm in den wolkenlosen Sommerhimmel aufsteigen.

Unterhalb des Hügels, auf dem es stand, fiel sanft ein Tal ab. Es war einmal bewaldet gewesen, aber sie hatten es gerodet, und nun drängten sich darin die Zelte einer großen, eine halbe Million Mann starken Armee. Eine gewaltige Flut vielfarbiger Zeltleinwand erstreckte sich, so weit das Auge reichte, und umschloß den alten Wasserlauf, der sich zwischen den Hügelrücken dahinschlängelte.

Es war ein warmer, windstiller Abend, und die zerlumpten goldenen Banner über dem großen Zelt hingen schlaff herab. Sklaven bewegten sich über die Wiese und gingen ihrer Arbeit nach, während in einer Sänfte vor dem Zelt Ymur selbst saß, umgeben von seinen Anführern und Dienern.

Im Moment war er in grüblerisches Schweigen versunken und starrte über das Tal hinweg auf die Stadt. Sie lag nicht mehr als fünf Tagesmärsche entfernt – ein markanter Punkt, der ständig den Blick auf sich zog.

Ymur rülpste geräuschvoll, dann blickte er auf die Brille in seiner Hand hinab. Er hatte nicht gewagt, selbst hindurchzusehen, doch es hieß, daß die D'ni damit in weite Fernen blicken, ja, mit ihnen sogar die Dunkelheit durchdringen konnten. Es waren Zauberdinge, und er hatte diese Magie gestohlen.

Er hatte Atrus bei der Versammlung beobachtet, hatte diesen herablassenden Ausdruck auf dem Gesicht des Lügners gesehen; und wenn die anderen sich vielleicht zum Narren halten ließen – er nicht. Die D'ni waren Herren wie die Terahnee, und wenn man ihnen die Möglichkeit gab, würden sie deren Herrschaft wieder errichten. Sie sprachen dieselbe Sprache und waren blutsverwandt. Wie konnten sie etwas anderes sein als Herren?

Nicht, daß bei den Herren alles verkehrt gewesen wäre. Die Relyimah mußten schließlich regiert werden, aber all dieser Unsinn über bindende Verhaltensregeln und Gesetze war dazu nicht geeignet. Um starke Gesetze durchzusetzen, brauchte es einen starken Mann.

Ymur blickte sich um. Gut. Alle hielten die Augen abgewandt. Es war ihnen verboten, ihn anzusehen; sie durften nicht einmal einen flüchtigen Blick auf ihn werfen. Er war ein Relyimah, und das würde er bleiben, selbst wenn alle anderen sichtbar waren.

Auf der anderen Seite des Hügels führte ein Weg ins Tal hinab. Auf diesem Pfad bewegte sich eine lange Reihe von Wagen. An jeden waren ein Dutzend Sklaven geschirrt und mühten sich, die schweren Ladungen von Nahrungsmitteln zu ziehen, die Ymurs Armee ernähren würden. Auf jeder Kutschbank saß ein ausgewählter Mann und schlug mit der Peitsche auf seine Mitsklaven ein.

Ymur wußte, alte Gewohnheiten konnten sich als nützlich

erweisen, und er würde seine Leute nicht davon abbringen. Manche Menschen waren eben zu Sklaven geboren – ihr Charakter bestimmte sie zur Unterordnung –, aber andere konnte man über sie erheben und benutzen. So würde er seine Gesellschaft ordnen, so würde er sein Königreich auf den Trümmern des alten erbauen.

Wieder blickte er in Richtung Pfad, und da fiel ihm etwas auf. Ein Mann bewegte sich im Laufschritt den Weg hinauf, gegen den Strom der Wagen. Ymur erhob sich und zog das große Beil, das er sich zur Lieblingswaffe erwählt hatte.

Als der Mann sich näherte, entspannte Ymur sich. Er war einer seiner eigenen Boten. Trotzdem behielt er das Beil in der Hand, für alle Fälle.

Zehn Schritte von Ymur entfernt fiel der Mann auf die Knie und verbeugte sich bis zum Boden.

»Sprich«, sagte Ymur.

»Wir haben eine Nachricht erhalten«, sagte der Mann. »Eine Gegenarmee ist aufgestellt worden. Der alte Baddu führt sie an.«

Ymur lachte. »Und wie groß ist diese … *Armee*?«

»Fünfzigtausend Mann. Manche sagen achtzig.«

Ymur grinste und blickte sich um. Auch andere lächelten jetzt, obwohl niemand es wagte, ihn anzusehen, und jeder von ihnen unter seinem Blick zusammenzuckte. Selbst wenn die höhere Zahl stimmte, war seine eigene Armee mindestens sechsmal so stark. Und zweifellos besser bewaffnet.

»Wie weit sind sie von hier entfernt?«

»Einen Zweitagesmarsch.«

Ymur grinste. »Gut.« Er hob die Hände und schlug sie zusammen. Sogleich kamen zwei Sklaven herbeigehuscht und warfen sich zu seinen Füßen nieder.

»Bringt mir zu essen!« befahl er. »Und Wein! Den besten, den es im Keller gibt!« Ymur blickte sich hochmütig um. »Kommt, Brüder, laßt uns unseren Sieg feiern!«

Ymur hatte mehrere Meilen im Umkreis alles Land abgebrannt, um in der Mitte dieses großen dunklen Kreises zu warten, den größten Teil seiner dreihunderttausend Mann im Rücken, während Baddus ›Armee‹ eingeschüchtert dieses schwarze, gesichtslose Terrain durchquert hatte.

Armer Baddu, dachte Ymur und setzte den Fuß auf die Leiche des Alten. Er hatte keine Chance gehabt. Nicht, daß er mehr als hundert seiner Männer bei sich gehabt hätte, als er Ymur erreichte. Der Rest war geflohen. Sie waren nicht weit gekommen, denn Ymurs Männer hatten mit Peitschen und Ketten auf sie gewartet. Nun kauerten sie in der Nähe, an Händen und Füßen aneinandergekettet, und warteten darauf, was Ymur mit ihnen tun würde.

»Uta!« rief Ymur den Jungen zu sich. »Ich habe eine Aufgabe für dich. Ich will, daß du zu den Ältesten gehst und ihnen folgendes mitteilst: Wenn sie meinem Zorn auf dem Schlachtfeld entgehen wollen, müssen sie mir den D'ni, Atrus, schicken. Wenn nicht, werde ich sie alle töten.«

Uta nickte, den Blick abgewandt.

»Dann beeil dich, Junge. Ich kann ihre Antwort kaum erwarten.«

Ein leichter Wind wehte, als Uta zwischen den Bäumen am Fuß des Tales heraustrat und den Wachposten passierte. Er ging weiter, den vielbegangenen Pfad entlang bis auf die Anhöhe, von der aus er das große Haus erkennen konnte, das sich in die Hügel am anderen Ende des Tales schmiegte.

Das Haus lag jetzt in Trümmern, und als er dorthin blickte, sah er den blutroten Flecken, Ymurs Zelt. Dazwischen lag ein breiter Saum provisorischer Zelte aus Seide, Sackleinen und Leinwand, in allen Farben, die sich das Auge vorstellen konnte.

Zwei Tage war er fort gewesen. Nur zwei Tage, und doch

hatten sie alles geändert. Atrus hatte ihn gebeten zu bleiben, hatte gesagt, er werde einen anderen Boten schicken, um dem Mann seine Antwort zu bringen, aber Uta hatte sich geweigert. Er hatte sich entschieden. Jetzt war er Ymurs Bote, und damit mußte er leben.

Uta kratzte sich die Stoppeln auf dem Kopf, dann ging er den ausgetretenen Pfad hinab. Ein Dutzend Schritte noch, dann war er zwischen ihren Zelten. Mit einemmal wurde er sich bewußt, was für ein zusammengewürfelter, schlechternährter und undisziplinierter Haufen sie waren. Einige der Männer lagen in ihren Zelten, betrunken oder schlafend, andere saßen im Freien und zupften nervös an ihren ungewaschenen Gliedmaßen herum. Die meisten waren jedoch still und gedrückt; an ihrer natürlichen Fügsamkeit hatte sich nichts geändert. Sie hatten dunkle Augen wie Vieh, und einige von ihnen waren sichtlich verängstigt.

Als Uta zwischen ihnen einherging, schien er ihre Gesichter zum ersten Mal zu sehen. Niemand störte sich an seinen Blicken oder seiner Anwesenheit. Behelfsmäßige Waffen hingen von den Stangen ihrer Unterstände. Die meisten waren Küchen- oder landwirtschaftliche Gerätschaften, aber gelegentlich sah er auch ein geschickt umgearbeitetes Terahnee-Spielzeug.

Was ihm aber am meisten auffiel, war die Stille in einem so großen Lager. Was ihm einmal so selbstverständlich wie das Atmen erschienen war, kam ihm nun vollkommen unnatürlich vor. Sein Aufenthalt bei den D'ni – mit ihren nicht enden wollenden Gesprächen, ihrer Neugierde, ihrem Lachen – hatte ihn verändert. Katharina insbesondere hatte ihn zum Reden ermutigt, und auch Marrim, so daß ihm dieses Schweigen nicht nur bedrückend, sondern geradezu obszön erschien – das greifbarste Zeichen der Unterdrückung. Und die Unterdrückung hatten sie doch abgeschüttelt.

Jedenfalls hatte er das geglaubt.

Uta hob den Blick, blickte zwischen den Zelten hindurch und sah wieder das Haus und das prächtige Zelt, das davor

stand. Seine goldenen Banner hingen unbeweglich in der ruhigen, warmen Luft. Als er weiterging, wußte er, daß er endlich zu sehen begonnen hatte.

Im ersten Licht der Morgendämmerung stand Atrus neben dem großen Torbogen und sah zu, wie die Relyimah hindurchkamen. Sie marschierten in Rängen, wie er es sie gelehrt hatte, und einige riskierten im Vorbeigehen einen Blick auf ihn. Sie waren guter Stimmung, wenn man bedachte, daß in einer oder zwei Stunden beinahe mit Sicherheit der Großteil von ihnen tot sein würde. Aber das war nichts Neues, und wenigstens dieses Mal würde der Tod eine Bedeutung haben – die Freiheit zu erhalten, die das Schicksal ihnen geschenkt hatte.

Eedrah, der neben ihm stand, stieß ihn an.

»Seht sie an«, flüsterte er. »Es begeistert sie, Euch einfach nur zu sehen, Atrus.«

Es stimmte. Von den Männern ging geradezu ein Leuchten aus. Sie waren glücklich, daß ihnen dieser kurzen Moment in ihrem Leben geschenkt wurde, dieses eine Aufwallen tiefen Gefühls. Aber bei Atrus mischte sich Trauer in den Stolz, den er empfand. Dies hätte nicht sein müssen, und er verfluchte Ymur, weil er der Mann war, der er war, und weil er sie alle auf seine primitive Ebene hinabgezogen hatte.

»Wie weit ist es?« fragte er und blickte an Eedrah vorbei zu Gat, der neben Hersha stand.

»Nicht weit«, antwortete ihm Hersha. »Unsere Kundschafter berichten, daß ihr Hauptlager weniger als eine Stunde Marsch von hier entfernt liegt.«

»Und dort sind sie?«

Hersha nickte. »Eine halbe Million von ihnen.«

Was bedeutete, daß sie gegen eine enorme Übermacht standen. Aber dies machte Atrus nicht bange. Er hatte seine kleinere Streitmacht so gut organisiert, wie es ihm in der kurzen Zeit, die sie gehabt hatten, um sich auf dies vorzubereiten, möglich gewesen war, und den Männern gegenüber betont, daß sie diese Schlacht eher durch Strategie als durch zahlenmäßige Überlegenheit gewinnen würden.

Jedenfalls hoffte er das, denn weder D'ni noch Terahnee besaßen viel Erfahrung im Kriegshandwerk, weder auf ihren Heimatwelten noch in den Zeitaltern, die sie geschrieben hatten. All dies war ihnen neu, und er konnte nur beten, daß Intelligenz und Disziplin über Masse und brutale Kraft siegen würden.

Dieser Tag würde es zeigen.

Als die anderen weitergingen, gesellte er sich zu ihnen. Er war jetzt schweigsam, grübelte über die bevorstehende Schlacht nach und fragte sich zudem, ob er Katharina je wiedersehen würde.

Wenigstens in dieser Hinsicht hatten die Relyimah Glück, denn es war leichter zu ertragen, wenn es niemanden gab, der um einen trauerte, wenn man nichts hatte, das einen an das Leben band.

Sie marschierten und rechneten jeden Augenblick damit, ihren Feind vor sich zu finden, über einen Hügelkamm zu rücken und Ymurs mächtige Armee unter sich zu sehen, bewaffnet und wartend. Und mit jeder Minute, die verging, wurde das Schweigen, das sich über ihre Reihen senkte, tiefer.

Der Tag schritt fort. Langsam ging die Sonne auf, die Schatten wurden kürzer, und plötzlich war vor ihnen der Feind.

Atrus ließ anhalten. Dann stand er da, unmittelbar vor ihnen allen, eine Hand erhoben, um seine Augen zu beschatten, und spähte durch seine Schutzbrille auf das Lager, das in der Ferne lag.

Eedrah eilte heran.

»Und?« fragte er. »Haben sie uns schon gesehen?«

Atrus ging schweigend weiter, mit großen Schritten, so daß Eedrah beinahe rennen mußte, um ihn einzuholen.

»Was ist los?«

»Sie sind fort.«

»Fort?« Eedrah legte die Hand auf Atrus' Arm und zog ihn herum. »Was meint Ihr, *fort?* Wie kann eine Armee von einer halben Million Männer einfach weg sein?«

Atrus blieb stehen. Hinter ihm kam die große Streitmacht der Relyimah plötzlich zum Halten.

»Ich weiß nicht. Aber das Lager ist tatsächlich verlassen. Die Zelte sind noch da, und auch Hunderte großer Wagen, die hoch mit Proviant beladen sind, aber von Ymurs Armee ist nichts zu sehen.«

Eedrah wandte sich ab und blickte sich nervös um. »Dann ist es vielleicht eine Falle.«

»Das glaube ich nicht.«

»Aber wie könnt Ihr sicher sein?«

»Weil es hier um Ymur geht, und Ymur würde sich die Gelegenheit, uns auf dem Schlachtfeld zu zerschmettern, nicht entgehen lassen. Er würde es für schändlich halten, eine Falle zu stellen.«

»Was ist dann aber geschehen?«

Gat trat zu ihnen und antwortete Eedrah. »Ich vermute, daß unser Freund tot ist. Nichts anderes könnte ihn vom Schlachtfeld fernhalten.«

»Das würde ich auch sagen«, pflichtete Atrus ihm bei, »doch ich wage kaum zu hoffen, daß es wahr ist.«

»Ich auch nicht«, sagte Gat. »Aber laßt uns gehen und uns überzeugen.«

Sie fanden Ymur auf dem Rasen vor seinem Zelt. Er lag auf dem Rücken, seine leeren Augen starrten blind zum wolkenlosen Himmel hinauf, und das Messer, das ihn getötet hatte, steckte immer noch zwischen seinen Rippen. Nahe bei ihm lag Uta, dessen Wunden nur zu offensichtlich waren, ebenfalls tot.

Als Atrus das Kind sah, spürte er einen Schmerz, der so heftig war, daß er ihm den Atem raubte. Er stöhnte und schlug die Arme um den Körper, und Gat, der nicht wußte, was vor sich ging, bat Hersha um Aufklärung.

»Es ist der Sklavenjunge«, antwortete Hersha. Auch sein Gesicht war schmerzverzerrt. »Der Junge, den Atrus gerettet hat, der bei der Versammlung für ihn gesprochen hat.«

Der Alte seufzte und richtete sich auf. »Dann wollen wir ihm am heutigen Tag Ehre erweisen, denn durch seinen Tod hat er viele andere Menschenleben gerettet.«

Währenddessen stand Eedrah da und beobachtete Atrus, sah zu, wie er zu dem Jungen ging, ihn hochhob und an seiner Brust barg, als sei er sein eigenes Kind.

Atrus drehte sich zu ihnen um. Seine Wangen waren tränenüberströmt. »Schickt Boten aus, um die Nachricht zu verbreiten, und um die Ältesten der Relyimah aufzufordern, zu einer Versammlung in die Hauptstadt zu kommen.« Noch einmal blickte er auf das Kind herab und schüttelte den Kopf. »Das ist das Ende. So etwas darf nie wieder geschehen.«

Achter Teil

DER, DER ZÄHLT, ABER KEINE NAMEN NENNT:
ER IST DER VORBOTE DER ZUKÜNFTIGEN TRAGÖDIE.
SEINE FUSSABDRÜCKE UMGEBEN DEN SCHLAMMIGEN
TEICH.

– Aus dem Ejemah'Terak, viertes Buch, Vers 3111–14

In der Mitte der Dachsparren hing zwischen sechs Stützpfeilern ein riesiger umgekehrter Trichter herab, geschickt aus Holz gefertigt. Darunter war die Erde kreisförmig ausgehoben und dicht an dicht mit Steinen aufgefüllt worden. Diese Grube war von einem Wall aus aufeinandergestapelten Steinen umgeben, zwischen denen sorgfältig ein riesiger Haufen Feuerholz aufgeschichtet worden war.

Draußen erstreckten sich die weiten Ebenen dieses neuen Zeitalters dunkel bis zum Horizont, und das blasse Licht eines kleinen Mondes überhauchte die fernen Berge. Es war jetzt spät, und das Blockhaus, das vor einigen Stunden fertig geworden war, lag in tiefen Schatten. Seine hölzernen Wände und Säulen, seine Schlafabteile und Gemeinschaftsräume wurden nur von einer Handvoll flackernder Lampen erhellt, die hoch oben an den Innenwänden angebracht waren, uralte Öllampen in eisernen Becken. Mehrere hundert Menschen standen dort in dem freien Raum um die Grube versammelt, als Eedrah den Zunder anschlug, die lange Stange hochnahm und die brennende Fackel hinübertrug.

Einen Moment lang geschah nichts, während das Holz Feuer fing, und dann sprangen plötzlich helle Flammen auf. Funken stoben nach oben ins Dunkel der Nacht.

Lauter Jubel brandete auf. In dem heller werdenden Lichtschein wandten sich Dutzende lächelnder Gesichter Eedrah zu.

»Sag etwas!« rief Marrim. Sie war jetzt hochschwanger; das Licht des Feuers tanzte auf ihrem fröhlichen Gesicht.

Eedrah blickte sich um; dann warf er die Stange auf das lodernde Feuer, hob beide Arme und bat um Ruhe.

»Freunde«, begann er, »dies ist ein denkwürdiger Tag gewesen, ein Tag des Neuanfangs, und ich bin froh, unter solchen Gefährten zu sein. Aber ehe wir es vergessen, würde ich gern einer Person danken, die mehr als alle anderen zu unserem Glück beigetragen hat …«

Er drehte sich um und blickte dorthin, wo Atrus neben Katharina saß. Indem er ihm einen Arm entgegenstreckte, bat er Atrus zu sich.

Zögernd erhob Atrus sich und trat auf ihn zu. Wieder erscholl lauter Jubel, der kein Ende nahm, bis Eedrah eine Hand hob und um Ruhe bat.

»Meine Worte sind kurz und einfach«, sagte Eedrah, wandte sich Atrus zu und verneigte sich tief. »Im Namen aller danken wir Euch, Atrus.«

Wieder wurde gejubelt, und Irras und Carrad brachen in laute Freudenrufe aus.

Atrus blickte sich um, und in diesem Augenblick war seine Miene streng, entschlossen – das Gesicht, das sie so gut kannten.

Dann lächelte er. »Freunde« – er drehte sich um und sah zu Gat hin – »Brüder … ich bin froh, heute hier bei euch zu sein. Froh, euch alle kennengelernt zu haben. Aber nun müßt ihr allein zu diesem neuen Unternehmen aufbrechen.«

Zwischenrufe erklangen – ›Nein‹ und ›Bleibt doch‹ –, aber Atrus winkte ab.

»Dies ist eure Welt, euer Lebensexperiment, nicht meines. Doch ich möchte euch einige Worte des Rates sagen, bevor wir uns trennen.«

Tiefe Stille hatte sich über die versammelten Zuhörer gesenkt. Nur das Knistern der Flammen brach dieses Schweigen, als Atrus sich umblickte.

»Als ich dieses Zeitalter schrieb, habe ich versucht, all meine Erfahrung, alles, was ich vom Schreiben verstehe, hineinzulegen. Es so gut zu machen, wie ich konnte. Doch selbst während ich hart daran arbeitete, war mir bewußt, daß ich trotz all meines Wissens nur halbe Arbeit leisen konnte.«

»Aber dies ist ein wunderbares Zeitalter!« rief Eedrah aus.

Atrus lächelte. »Ich danke Euch für Eure freundlichen Worte, Eedrah, aber das meinte ich gar nicht. Ich sprach von der neuen Gesellschaft, die ihr aufbauen müßt. Versteht ihr, ebenso wie wir uns Mühe beim Schreiben unserer Zeitalter geben, so sollten wir uns bemühen, die sozialen Formen und Strukturen, in denen wir in diesen Zeitaltern leben wollen, zu schaffen – zu schreiben, wenn ihr so wollt. Jene Elemente, aus denen eine gerechte und gesunde Gesellschaft besteht. Darin sehe ich die große Aufgabe, die vor euch liegt.

Dies muß eure Welt sein, und ihr müßt ihr Gestalt verleihen. Ich kann euch nur raten, aus vergangenen Fehlern zu lernen und aus den Gesellschaftsordnungen, die ihr kennt, das Beste und nicht das Schlechteste zu übernehmen. Ihr könnt neu anfangen, habt eine neue Chance zu leben, in einem neuen Land, das ihr bebauen, mit neuer Luft, die ihr atmen könnt. Ergreift diese Chance, aber, um des Schöpfers willen, gebraucht sie weise.«

Ein tiefes, zustimmendes Gemurmel klang auf. Atrus wartete, bis es sich gelegt hatte, dann sprach er weiter.

»Morgen lassen wir die Vergangenheit hinter uns. Morgen schließen wir ein langes Kapitel und beginnen von neuem. Doch wir dürfen nicht vergessen, woher wir gekommen sind. Das war der Fehler, den die Terahnee gemacht haben.« Er lächelte. »Wir sind nicht die großen Herren, für die die Terahnee sich gehalten haben, sondern einfache Menschen, und wir müssen tun, was normale Menschen tun, nämlich für morgen bauen, Ziegel auf Ziegel, Stein auf Stein. Doch dabei ist es uns aufgegeben, bei unseren Kindern und Kindeskindern die Erinnerung an das, was gewesen ist, zu erhalten und ihnen Geschichten von Ländern zu erzählen, die nicht mehr sind. So ist es Brauch bei uns, und so muß es bleiben, bis das letzte Wort in das letzte Buch geschrieben wird.«

Atrus holte tief Luft, als wolle er noch mehr sagen, aber

dann hob er nur eine Hand, wandte sich ab und trat aus dem Kreis.

Einen Moment lang herrschte Schweigen, und dann stieg lauter Jubel auf, der nicht enden wollte, während die Flammen hoch in die Dunkelheit hinaufsprangen.

An diesem Morgen kehrten sie zum letzten Mal nach Terahnee zurück.

Während Atrus und die anderen packten, ging Katharina in ihr Zimmer in Ro'Jethhes Villa. Dort fand Atrus sie eine Stunde später. Sie verstaute eben die letzten paar Sachen in ihrem Koffer.

»Sind wir soweit?« fragte sie.

»Beinahe.« Atrus küßte sie auf die Schulter, dann blickte er sich im Raum um. Auf ihrem Schreibtisch lagen aufgeschlagene Bücher – Terahnee-Bücher, ihrem Äußeren nach zu urteilen – sowie ihr eigenes Notizbuch.

»Immer noch bei der Arbeit?«

Katharina sah ihn kaum an. »Hmm … mmm.«

»Woran arbeitest du?«

»Ach, nichts.«

»Kann ich es sehen?«

Sie lachte. »Nein. Erst, wenn ich fertig bin.«

»Ein Geheimnis, was?«

»Ein Geheimnis. Nun laß mich hier fertig werden, dann komme ich nach.«

»Nun gut, aber komm nicht zu spät, Katharina, sonst gehen wir ohne dich.«

Sobald Atrus fort war, durchquerte Katharina das Zimmer, steckte die ledernen Lesezeichen wieder an ihren Platz und nahm die Bücher auf. Behutsam trug sie sie hinüber und legte sie in den Koffer.

Endlich begann es einen Sinn zu ergeben. Lange Zeit hatte sie nichts gehabt außer Bruchstücken und vagen Hinweisen, faszinierend, aber unklar, aber jetzt fing sie dank dieser uralten Terahnee-Texte an, das Ganze zusammenzufügen.

Der Text der Relyimah war korrumpiert, wie sie jetzt wußte, und mehr als zwei Drittel seiner ›Prophezeiungen‹ stellten wenig mehr als stümperhafte Verse dar, die lange nach der Formulierung der Originale hinzugefügt worden waren. Nicht, daß es einen einzigen Originaltext der alten Prophezeiungen gegeben hätte. Soweit sie erkennen konnte, hatte es in uralter Zeit, in jener ursprünglichen Heimatwelt – Garternay, von der sowohl D'ni als auch Terahnee sich abgespalten hatten – zahlreiche sogenannte Propheten gegeben; und das, was als Buch der Prophezeiungen bekannt war, war tatsächlich ein weit jüngerer Text, in dem viele – wenn auch nicht alle – der Prophezeiungen, die überdauert hatten, vereint waren.

Dies war vor fünf-, vielleicht auch sechstausend Jahren gewesen. Und dann war es zum Bruch gekommen und einer Periode des Vergessens, die so traumatisch und von Gewalt erfüllt gewesen war, daß es wie ein Wunder schien, daß überhaupt etwas überdauert hatte, um diese Geschichte zu erzählen.

Atrus, das wußte Katharina, wäre ärgerlich auf sie gewesen, hätte er gewußt, was sie da tat. Er glaubte nicht an das Schicksal und hielt die Prophezeiungen für einen Haufen abergläubischen Unsinns. So wie sie anfangs auch. Aber die Umstände hatten ihre Meinung geändert.

Vor einem Jahr, zu selben Zeit, als Atrus mit der Arbeit an seinem neuen Zeitalter begonnen hatte, hatte sie begonnen, diese Sache tiefer, eingehender zu untersuchen. Sie hatte alles zusammengetragen, was sie über das Thema finden konnte, hatte diesen großen Bücherstapel durchforstet, bis sie ermittelt hatte, was echt und was spätere Ergänzungen des Kanons waren.

Aber nun hatte die Zeit sie eingeholt. Es war Zeit, Terahnee zu verlassen, gerade als sie begann, einen Sinn in das, was hier geschehen war, zu bringen.

Doch selbst dies, das wußte sie nun, mußte so sein, denn die Zeit war ein Kreis, und dieser Kreis würde jetzt geschlossen werden.

Sie schlug den Kofferdeckel zu und zog die Lederriemen fest, dann trat sie in den Flur und rief nach Irras und Carrad, damit sie ihr tragen halfen.

Zeit … Es war tatsächlich an der Zeit.

Die Sonne schickte sich an, unterzugehen, als sie sich in den Ruinen oben auf dem großen Plateau versammelten. Die meisten waren bereits in das neue Zeitalter gesprungen, aber eine Handvoll waren noch geblieben, darunter Hersha und der alte Gat, die ihnen, zusammen mit einer Gruppe Relyimah, in diesen letzten Momenten helfen sollten. Über dem alten Buchraum war ein neues Gewölbe errichtet worden. Man hatte zwei Löcher oben in seine Oberfläche geschnitten: einen schmalen achteckigen Schacht und eine Art Eingang, der die Form einer riesigen Pfeilspitze aufwies. Neben dem Gewölbe standen zwei gewaltige Flaschenzüge, von denen massive Ketten aus Nara herabhingen. Ihre letzten Glieder waren in die glatte Marmoroberfläche eines gewaltigen Steinkeils eingelassen.

Zwei Gruppen von je fünfzig Relyimah warteten, in Geschirre gezwängt, und sahen zu, wie Atrus zu Hersha und Gat trat, um sie zu begrüßen.

»Es ist soweit«, sagte Atrus feierlich.

»So ist es«, antwortete Gat und schob sein langes Kinn vor. »Wir dachten, Ihr solltet es wissen, Atrus. Wir haben diesem

Zeitalter einen neuen Namen gegeben. Heute ist es noch Terahnee. Aber morgen, wenn wir aufwachen, wird es Devokan heißen.«

»Hoffnung ...«, sagte Atrus, indem er das alte D'ni-Wort übersetzte. »Das ist ein guter Name für eine Welt.«

Gat nickte. »Wir arbeiten dafür, eine bessere, einfachere Welt aufzubauen.«

»Und das, was Ymur getan hat, wird nie wieder geschehen!«

»Nein, dank den Worten der Vorfahren!« Der alte Gat schenkte Atrus kurz ein blindes Lächeln, dann setzte er eine ernstere Miene auf. »Es ist eine ernüchternde Lektion, Atrus, zu erkennen, daß das Erlangen der Freiheit nur der erste Schritt dazu ist, sie zu verwirklichen. Und ich hätte nie gedacht, daß wir so hart daran arbeiten müßten, um auch nur zu behalten, was wir gewonnen haben. Darin hat Ymur uns geholfen, obwohl er das weder gewußt noch beabsichtigt hat. Durch ihn sind wir gewarnt. Wir haben einen großen Rat gebildet, wißt Ihr?«

»Ich habe davon gehört«, sagte Atrus. »Omar hat es mir erzählt.«

»Omar ist eine große Hilfe gewesen, und Ezel ebenfalls. Wir werden sie sehr vermissen.«

»Wir werden in Gedanken bei Euch sein, Jidar N'ram.«

»Das ist ein Trost, Atrus, aber wir müssen jetzt lernen, uns selbst zu regieren – unsere eigenen Herren zu sein.«

»Dann laßt uns tun, was getan werden muß.« Er nahm Gats Hände. »Ich bin traurig, alter Freund, und doch weiß ich in meinem Herzen, daß es so am besten ist. Das Kind muß seinen eigenen Weg gehen, nicht wahr?«

»So ist es, Atrus. So ist es.«

Im letzten Licht des letzten Tages von Terahnee standen neun dunkle Gestalten auf dem Gewölbe, in Umhänge gekleidet und barhäuptig. Eedrah trat vor und legte das uralte Buch in die ausgehauene Nische im Inneren des Behälters, den sie gefertigt hatten. Ehrfurcht lag in jeder seiner Gesten. Er trat zurück, und auf ein Zeichen von Atrus hin begannen Irras und Carrad, die Ketten herunterzulassen und das Buch in den tiefen Schacht zu senken. Als es den Boden berührte, ließen sie los und beobachteten fasziniert, wie die feinen Kettenglieder in diese achtseitige Dunkelheit davonglitten.

Einen Augenblick war es still, dann klappten die großen Platten, die den Schacht wie riesige steinerne Blütenblätter umstanden hatten, zusammen, und die letzte der neun – selbst ein kleines Achteck – neigte sich darüber und paßte sich als Verschlußstein ein. Die Fuge zwischen ihr und den anderen war so fein, so perfekt gearbeitet, daß sie nicht zu sehen war.

Atrus kniete nieder und nahm ihr Werk in Augenschein; dann stand er zufrieden auf und wandte sich wieder zu seinen Begleitern um.

»Diese Bücher in Stein zu versiegeln ist nicht so sicher, wie sie Freunden anzuvertrauen. Doch heute tun wir mehr, als die Zeitalter sicher zu verwahren. Wir kehren symbolisch zu jenem ersten Tag zurück, da die großen Verbindungsbücher zwischen D'ni und Terahnee das erste Mal versiegelt wurden. So war es, und so muß es wieder sein. Und so verlassen wir dieses Land der Hoffnung, um jeder für sich sein Schicksal zu suchen.«

Atrus wandte sich um und warf einen Blick auf die untergehende Sonne hinter sich.

Ein Vogel rief, ein hoher, süß klingender Laut in der Stille.

Sie standen da und sahen ihn an – Katharina, Eedrah und dessen junge Frau Marrim, Carrad und Irras, die Meister Tamon und Tergahn und schließlich die junge Allem von Averone, die ihre Eltern und ihre Heimatwelt verlassen hatte, um Marrims Schülerin zu werden.

D'ni und Terahnee waren von neuem voneinander abgeschlossen, die beiden Zeitalter so unzugänglich füreinander wie Länder hinter einem Spiegel. Ein Traum unter Stein.

Noch einen Moment standen sie da. Die Stille hüllte sie ein, und jeder von ihnen war von Ehrfurcht erfüllt angesichts der Bedeutung dieses Augenblicks. Die uralten Ruinen umgaben sie, während die große Welt Terahnee langsam im Dunkel versank.

Als die Dämmerung in die Nacht überging, wandte Atrus sich um und stieg in das Gewölbe hinab. Die anderen folgten schweigend, und nur Eedrah blieb kurz stehen, um sich umzudrehen und zurückzublicken, bevor er ebenfalls in das von Lampen erhellte Innere hinunterging.

Der Mond war aufgegangen.

Auf ein Zeichen von Hersha begannen die Relyimah zu ziehen und stemmten sich in die dicken Ketten. Fünftausend Jahre Übung lagen in der Leichtigkeit, mit der sie den Schlußstein hochhievten. Die gigantische Pfeilspitze schwankte sanft, als sie in die Lüfte schwebte.

Langsam erhob sie sich, schwang sich nach oben, über das Gewölbe, während Hersha seine Freiwilligen mit leisen, geduldigen Worten dirigierte. Und dann, langsam, ganz langsam, senkte sie sich wieder herab, hing einen Augenblick in der Luft und glitt dann mit dem Sirren von poliertem Stein auf poliertem Stein in die bereitstehende Lücke.

Es war vollbracht.

Leise wie Schatten stahlen sie sich davon und ließen die beiden Alten auf dem Plateau allein. Einen Moment standen sie reglos da und betrachteten aus blinden und sehenden Augen das große Gewölbe zwischen den Ruinen. Dann wandten auch sie sich ab.

Schatten auf Silber. Und Stille. Der Kreis war geschlossen.

Epilog

BLUMEN IN DER WÜSTE. DIE AUGEN DES KINDES WEIT
GEÖFFNET.
TAUSEND MILLIONEN STERNE TANZEN
IN DEM DUNKLEN SPIEGEL DES WASSERS.

– Aus einer namenlosen Terahnee-Schriftrolle uralten Ursprungs

Und so endete es, wie es begonnen hatte.

Als ich dort stand, unter dieser kleinen Gruppe einfacher Menschen, hatte ich das Gefühl, die Welt stehe still, als halte das Universum selbst inne, bevor die letzte Seite umgeschlagen, das letzte Wort geschrieben wurde.

So waren meine Empfindungen, als die Nacht herabsank, dort auf dem Plateau, wo unsere große Reise begonnen hatte. Wo vor mehreren tausend Jahren die erste große Trennung der Zeitalter stattgefunden hatte.

Die Zeit stand still, und da strömte das Wissen um das, was geschehen war, in mich hinein und erfüllte mich mit dem gesegneten Licht des Verstehens.

Die Prophezeiungen …

Fünftausend Jahre und länger hatten sie auf ihn gewartet, verborgen und versiegelt, wie der beste Trick eines großen Zauberers, nicht geschaffen, um seine Zuschauer zu erfreuen, sondern zu seinem eigenen Ergötzen.

Doch von ›Zauberei‹ zu sprechen, setzt die Leistung dessen herab, der diese Prophezeiungen einst verfaßt hat, denn mir ist nun klar, daß ihre komplexe Phraseologie dieselben Wurzeln hat, vielleicht sogar denselben kühnen Experimenten entstammt, die die Große Kunst selbst hervorgebracht haben. Und ebenso, wie diese Worte die Verbindung zwischen Zeitalter und Zeitalter herstellten, so verbanden diese ganz anderen Worte eine Zeit mit einer anderen.

Es war so prophezeit. Daran habe ich jetzt keinen Zweifel

mehr. Doch die Tatsache, daß es vorhergesagt wurde, ändert nichts. Hätte Atrus es gewußt – wäre er sich der unermeßlichen Bedeutung dessen, was er tat, bewußt gewesen –, dann hätten seine Handlungen etwas Vergebliches gewonnen, wäre sein ganzes Leben zu seinem Marionettenspiel geworden. So aber finde ich seine Taten äußerst bemerkenswert. Immer wieder hat er sich in Gefahr begeben, immer wieder hat er sich gegen den Strom der Ereignisse gestemmt. Und mit welchem Ziel? Um eine Prophezeiung zu erfüllen? Nein. Denn an keinem Punkt kannte er jemals das Resultat seiner Handlungen. Sein ganzes Leben ist in einem großen Schmelzofen des Nichtwissens geschmiedet worden, und letztlich ist es dieses Nichtwissen, seine Entschlossenheit, das zu tun, was er für richtig hielt, und nicht das, was zweckmäßig war, das seine Handlungen zu mehr machte als etwas Schicksalsgegebenem, zu viel, viel mehr als etwas, das bloß ›vorhergesagt‹ war. Obwohl Atrus selbst geschrieben worden war, schrieb er sich doch seinen eigenen Weg, wie ein Verbindungsbuch zurück zu sich selbst.

Und von Atrus und D'ni muß ich schreiben. Denn an diesem Tag, als das Bild der Prophezeiungen deutlich vor meinem inneren Auge stand, da wurde mir klar, was nur der Schöpfer und der Große König gewußt hatten. Ich sah den Faden der Ereignisse, der in jeden Aspekt von Atrus' Leben gewoben war, um ihn zu dieser Stunde auf dieses Plateau zu führen. Vom ersten Beginn dieser großen Geschichte, die ich geschrieben habe, bis zu diesen letzten Worten ist jetzt das Ziel der Ereignisse nachvollziehbar. Von den einfachsten Geschehnissen an – dem Tod von Ti'anas Vater, der sie zu ihrer Reise hinab nach D'ni bewegte – bis zur größten Katastrophe – dem Untergang von D'ni selbst, durch den jener verborgene Raum entdeckt wurde – hatte es alles so sein müssen: um einen höheren Zweck zu erfüllen und ein großes Übel zu bezwingen.

Und daher erbauen wir, so, wie die Prophezeiungen von einem großen Wiederaufbau sprechen, D'ni von neuem; nicht in der großen Höhle, sondern in einem neuen Zeitalter – einem

Zeitalter, das gewiß zu den besten Büchern zählt, die in der ganzen hervorragenden Geschichte D'nis geschrieben wurden. Es sind die Überlebenden des alten D'ni, die dieses neue Zeitalter erbauen werden. Ein Zeitalter reich an Schönheit und Vollkommenheit und Wundern, die zu beschreiben ebenso viele Bände füllen würde wie die, die ich bereits verfaßt habe.

Aber Ihr, die Ihr meine Aufzeichnungen gefunden habt, solltet ein Letztes erfahren – denn ich habe diese Dinge nur geschrieben, auf daß sie zukünftigen Suchenden, ob menschlicher oder D'ni-Abstammung, bekannt werden –, nämlich daß Atrus und ich ein ruhiges Leben auf Tomahna führen, mit unserer kleinen Tochter Yeesha, die zusammen mit Marrims kleiner Anna aufwächst. Und ich frohlocke und weine vor Freude, wenn ich an das Leben denke, das hinter uns liegt, und die Herrlichkeit dessen, was noch kommen wird.

Und Atrus? Er schreibt, aber er herrscht nicht. Er rät, aber befiehlt nicht. Er staunt und versucht zu verstehen. Er liebt das Leben und bewegt sich ruhig auf das Ziel zu, das der Schöpfer ihm gesetzt hat.«

Über den Autor und die anderen Mitglieder des D'ni-Übersetzungsteams

Rand Miller – der gemeinsam mit seinem Bruder Robyn in den zum Megahit gewordenen CD-ROM-Welten *MYST* und *RIVEN* sowie den Romanen *Myst: Das Buch Atrus* und *Myst: Das Buch Ti'ana* die Geheimnisse des D'ni-Reichs entdeckt und zum Leben erweckt hat – genießt sein ruhiges, einfaches Familienleben an der nordwestlichen Pazifikküste der Vereinigten Staaten. Er liebt immer noch Computergolf und ein gutzubereitetes Texas-Steak mit einem großen, kühlen Glas Pfirsich-Eistee.

David Wingrove ist der Autor der *Chung-Ko*-Romanreihe, zu der die Romane *The Middle Kingdom, The Broken Wheel, The White Mountain* und *The Stone Within* gehören, sowie von *Spree: The History of Science* (*Der Milliarden-Jahre-Traum*), das den begehrten ›Hugo‹ und den Locus-Award als bestes Sachbuch des Jahres im Bereich Science-fiction gewann. Er lebt mit seiner Frau und vier reizenden Kindern im Norden von London.

Chris Bradkamp, der die Geschäfte von Cyan führt, liebt Gartenarbeit und Möbelbau und natürlich jegliches Musikinstrument.

Richard Watson ist der Meister und Hüter von D'ni. Er ist der Experte für die Kultur und Sprache der D'ni. Er ist ein hingebungsvoller Vater und Ehemann, und wenn er nicht gerade D'ni studiert, werfen er und seine Freunde einander Sprüche aus Bugs-Bunny-Cartoons an den Kopf.

Während Ryan Miller nervös darauf wartet, ob Dallas dieses Jahr den Superbowl gewinnt, arbeitet er weiter daran, mehr von der Kultur der D'ni ans Licht zu bringen. Außerdem hat er Spaß daran, viel Zeit mit seinem kleinen Sohn zu verbringen.

Band 20.900 · DM 39.90

DAS BUCH ATRUS

Voller Wunder und Abenteuer sind sie, die Zeitalter von MYST.
aber auch voller Intrigen und Betrug.
Vieles ist Euch bisher noch nicht bekannt von dieser fremden Welt.
So wagt ihn nun, den einen Schritt, den Schritt in die Legende von MYST.

Erzählt wird Euch die Geschichte von Atrus, dem Sohne Gehns und letzter des Volkes der D'ni. Einsam wächst er bei seiner Großmutter auf, bis eines Tages sein Vater kommt und ihn in das versunkene Reich der D'ni entführt. Dort erlebt Atrus, wie sein Vater ganze Welten entstehen läßt, allein mit Hilfe des geschriebenen Wortes. Welten, in denen er als Gott verehrt wird – und gefürchtet, denn eine Welt, die er schuf, kann er ebenso leicht wieder zerstören.
Und kann man sich gegen einen selbstherrlichen Gott auflehnen, ohne vernichtet zu werden?
Atrus wagt das Unmögliche und wird von Abenteuer zu Abenteuer getrieben, von Welt zu Welt …

DAS BUCH ATRUS
ist der Beginn einer schillernden Fantasy-Trilogie, einer Geschichte von Vater und Sohn, von Gut und Böse, Liebe und Vergeltung.
Laßt Euch entführen in Welten, wie sie sich selbst Eure Phantasie nicht vorzustellen wagt. Laßt Euch entführen in die Legende von MYST

Band 20.901 · DM 39.90
DAS BUCH TI'ANA

Voller Wunder und Abenteuer sind sie, die Zeitalter von MYST,
aber auch voller Intrigen und Betrug.
Vieles ist Euch bisher noch nicht bekannt von dieser fremden Welt.
So wagt nun einen weiteren Schritt in die Legende von
MYST.

Erzählt wird Euch die Geschichte von Ti'ana,
welche den Menschen als Anna bekannt ist.
Als erste Frau der Außenwelt erlangt sie Zutritt
zu dem geheimnisvollen Reich der D'ni.
Mutig durchwandert sie eine fremde Welt,
sieht Orte und Wunder,
welche sie nie hätte sehen dürfen.
Erstaunt sind die D'ni über Ti'anans Weisheit
und Intelligenz – erstaunt und erschrocken.
Als ein junger Lord sich in sie verliebt
und sie zur Frau nimmt, wird das Reich der D'ni
in seine Grundfesten erschüttert.
Die Folgen sind unvorhersehbar …

DAS BUCH TI'ANA
ist eine Geschichte über einen tragischen
Konflikt zwischen Freunden,
über den Kampf zwischen Tugend und Verrat.
Und es ist eine Geschichte,
die manch einer verschweigen möchte.
Lest, und Ihr werdet Unvorstellbares erfahren.
Am Ende bleibt nur einer, der sie fortzuführen vermag,
die Legende von
MYST.